Una sombra en la oscuridad

Una sombra en la oscuridad

Robert Bryndza

Traducción de Santiago del Rey

Rocaeditorial

Título original: *The Night Stalker*

© 2016, Robert Bryndza

Primera edición: febrero de 2018

© de la traducción: 2017, Santiago del Rey
© de esta edición: 2018, Roca Editorial de Libros, S. L.
Av. Marquès de l'Argentera 17, pral.
08003 Barcelona
actualidad@rocaeditorial.com
www.rocalibros.com

Impreso por Liberdúplex, s.l.u.
Ctra. BV-2249, km 7,4, Pol. Ind. Torrentfondo
Sant Llorenç d'Hortons (Barcelona)

ISBN: 978-84-16700-70-7
Depósito legal: B. 29354-2017
Código IBIC: FF; FH

RE00707

A Ján, Riky y Lola

Las cosas buenas del día empiezan a declinar y a adormecerse,
mientras los negros agentes de la noche se abalanzan sobre sus presas.

WILLIAM SHAKESPEARE, *Macbeth*

1

*E*ra una noche sofocante de verano, a finales de junio. La figura vestida de negro se deslizaba con ligereza en medio de la oscuridad, sin que sus pasos se oyeran apenas en el estrecho camino de tierra. Avanzaba esquivando los arbustos y árboles circundantes con gracia y agilidad, como una sombra que pasara silenciosamente sobre el follaje.

El cielo nocturno era una estrecha franja en lo alto, entre las copas de los árboles, y la contaminación lumínica de la ciudad dejaba sumida la maleza en una gradación de sombras. La pequeña figura llegó a un claro entre los arbustos de la derecha y se detuvo bruscamente: jadeante, con el corazón acelerado pero la mente serena.

Un resplandor azulado iluminó los alrededores: era el tren de las 19:39 a London Bridge, que interrumpía allí la tracción diésel y elevaba sus brazos metálicos hacia los cables electrificados con un chisporroteo. La sombra se agazapó y los vagones vacíos pasaron traqueteando. Hubo un par de destellos más y el tren se desvaneció; el angosto trecho de maleza volvió a sumirse en la oscuridad.

La sombra se puso de nuevo en marcha y caminó sin ruido por el camino, que ahora se curvaba ligeramente, alejándose de las vías. A la izquierda, los árboles escaseaban y dejaban a la vista una hilera de casas adosadas. Se entreveían imágenes sucesivas de patios traseros: tramos de césped con mobiliario de jardín, cobertizos de herramientas, un columpio… Todo inmóvil en el denso aire nocturno.

Y entonces apareció la casa. Una casa adosada de estilo

victoriano como todas las demás, con tres pisos de ladrillo claro, aunque en la planta baja el dueño había añadido una gran cristalera que sobresalía por la parte trasera. La pequeña figura lo sabía todo sobre el propietario. Conocía sus horarios; conocía también la distribución de la casa. Y lo más importante, sabía que esa noche estaría solo.

Se detuvo en el extremo del jardín. Un árbol enorme se alzaba pegado a la valla metálica junto a la que discurría el camino de tierra. En un punto, el tronco se montaba sobre la valla, de tal manera que los pliegues de la corteza rodeaban el poste oxidado como una gran boca sin labios. En lo alto, se extendía en todas direcciones una densa masa de follaje que casi impedía ver las vías del tren desde la casa. Unas noches antes, la figura había seguido ese mismo camino, había recortado el extremo de la valla y vuelto a dejarla suelta en su sitio. Ahora la apartó con facilidad y, agachándose, se deslizó a rastras por debajo. La hierba estaba reseca y la tierra muy agrietada a causa de la falta de lluvia que se prolongaba desde hacía semanas. Se puso de pie bajo el árbol y cruzó el césped con movimientos rápidos y fluidos: apenas un trazo negro rasgando la oscuridad.

Un aparato de aire acondicionado adosado a la pared posterior zumbaba ruidosamente, con lo que se enmascaraba el crujido de las pisadas sobre el estrecho sendero de grava que había entre la gran cristalera y la casa vecina. La sombra llegó a una ventana baja de guillotina y se agazapó debajo del alféizar. Una luz encendida en el interior dibujaba en la pared del vecino un recuadro amarillo. Calándose la capucha del chándal, la figura se incorporó muy despacio y se asomó.

El hombre que estaba dentro era alto y fornido, tenía cuarenta y tantos e iba con unos pantalones de color canela y una camisa blanca arremangada. Cruzó la amplia y diáfana cocina, sacó una copa de un armario y se sirvió vino tinto. Dio un largo trago y volvió a llenarla hasta el borde. Había un envase de comida preparada sobre la encimera. Lo cogió, quitó la funda de cartón y pinchó la tapa de plástico con el sacacorchos.

La figura agazapada afuera sintió una oleada de odio. Resultaba embriagador observar al hombre sabiendo lo que estaba a punto de ocurrir.

Miró cómo programaba el microondas y metía el envase dentro. Sonó un pitido y comenzó la cuenta atrás digital.

Seis minutos.

El hombre dio otro trago de vino y salió de la cocina. Al cabo de unos momentos, se encendió una luz en el baño del segundo piso, que quedaba directamente encima de donde la figura se encontraba agazapada. La ventana se entreabrió unos centímetros y sonó el chirrido del grifo de la ducha.

Con el corazón martilleándole en el pecho, la sombra maniobró deprisa. Abrió la cremallera de una riñonera que llevaba, cogió un pequeño destornillador plano y lo introdujo en la ranura entre la ventana y el alféizar. Le bastó una ligera presión para que se abriera con un chasquido. Alzó con sigilo la ventana de guillotina y se coló por la abertura. Ya estaba, lo había conseguido. Después de tantos planes, de tantos años de angustia y de dolor…

Cuatro minutos.

La sombra se descolgó dentro de la cocina y actuó con rapidez. Sacó una jeringuilla de plástico y vertió el líquido claro que contenía en la copa de vino tinto; agitó la copa para disolverlo y la dejó con cuidado sobre la encimera.

Se quedó inmóvil un momento, aguzando el oído, disfrutando de las frías oleadas del aire acondicionado. La encimera de granito negro destellaba bajo las luces.

Tres minutos.

Cruzó la cocina, pasó junto a la barandilla de madera de la escalera y se situó detrás de la puerta de la sala de estar. El microondas emitió los tres pitidos finales. El hombre bajó por la escalera con una toalla alrededor de la cintura. Al pasar descalzo, dejó una fragancia a piel limpia en el ambiente. La sombra oyó cómo sacaba los cubiertos de un cajón y arrastraba un taburete sobre el suelo de madera para sentarse a comer.

La figura inspiró hondo, emergió de la oscuridad y subió con sigilo la escalera.

Para observar.

Para esperar.

Para imponer un castigo justo y largamente esperado.

13

2

Cuatro días más tarde

El aire era sofocante y húmedo en la silenciosa calle del sur de Londres. Las mariposas nocturnas zumbaban y chocaban en el cerco anaranjado de una farola que iluminaba la hilera de casas adosadas. Estelle Munro caminaba arrastrando los pies, entorpecida por la artritis. Al acercarse a la zona iluminada, bajó de la acera a la calzada. El esfuerzo de bajar el bordillo le arrancó un gruñido, pero su temor a las mariposas nocturnas era más fuerte que el dolor de sus rodillas.

Pasó entre dos coches aparcados y dio un buen rodeo para evitar la farola, avanzando por el asfalto recalentado durante todo el día. La ola de calor había entrado ya en su segunda semana, abrumando a los residentes de Londres y de todo el sureste de Inglaterra, y el corazón de Estelle, como el de miles de personas mayores, no dejaba de protestar. Oyó a lo lejos la sirena de una ambulancia, que parecía hacerse eco de sus pensamientos. Sintió un gran alivio al ver que las dos farolas siguientes estaban averiadas. Lenta y penosamente, se metió entre otros dos coches y volvió a subir a la acera.

Le había prometido a su hijo Gregory que daría de comer al gato mientras él estuviera fuera. A ella no le gustaban los gatos. Pero se había ofrecido para poder fisgar a sus anchas por la casa y para ver cómo se las arreglaba Gregory ahora que su esposa, Penny, lo había dejado, llevándose también a Peter, el nieto de cinco años de Estelle.

Estaba sin aliento y chorreante de sudor cuando llegó por fin a la verja de la elegante casa adosada de su hijo. A su modo de ver, era la casa más elegante de toda la calle. Sacó un pañuelo enorme de debajo del tirante del sujetador y se enjugó el sudor de la cara.

La luz anaranjada de la farola fluctuaba sobre la puerta de cristal de la casa. Estelle sacó la llave. Al abrirla, la golpeó una vaharada de calor asfixiante. Entró de mala gana, pisando las cartas esparcidas sobre la esterilla. Pulsó el interruptor que había junto a la puerta, pero el vestíbulo permaneció a oscuras.

—Otra vez no, maldita sea —masculló, cerrando la puerta a su espalda. Recogió a tientas el correo y se dio cuenta de que ya era la tercera vez que se cortaba la corriente desde que Gregory estaba fuera. Una vez por culpa de las luces de la pecera, y otra porque Penny se había dejado encendida la lámpara del baño y la bombilla había explotado.

Buscó el móvil del bolso y, tanteando torpemente con sus deformados dedos, lo desbloqueó. La pantalla arrojó un tenue halo de luz que iluminó las paredes y un corto trecho de la moqueta de color claro. Se llevó un sobresalto al ver su reflejo fantasmal en el gran espejo que había a su izquierda. Bajo la lívida claridad, las azucenas de su blusa sin mangas adquirían un matiz oscuro y casi venenoso. Enfocó el móvil hacia el suelo y avanzó arrastrando los pies en dirección a la puerta de la salita de estar, buscando el siguiente interruptor. Quería ver si se trataba de la bombilla del vestíbulo, que se había fundido. Encontró el interruptor y lo accionó arriba y abajo, pero inútilmente.

Se agotó el tiempo de la pantalla del móvil y se vio sumergida en una oscuridad total. Se oía su trabajosa respiración. Le entró pánico; manipuló el móvil para volver a desbloquearlo. Al principio no acertaba a mover los artríticos dedos con la rapidez suficiente, pero al final lo consiguió y reapareció la luz, que iluminó la salita con un cerco azulado.

El bochorno resultaba asfixiante allí dentro: la abrumaba por completo y le taponaba los oídos. Era como si estuviera debajo del agua. Las partículas de polvo giraban a cámara lenta en el aire. Una nube de moscas diminutas flotaba silenciosamente sobre una gran bandeja de porcelana llena de bolas de madera que había en la mesita de café.

15

—¡No es más que un apagón! —exclamó en medio del silencio. Su voz reverberó en la chimenea de hierro. Se sentía irritada por haberse asustado. Había saltado el diferencial, simplemente. Para demostrar que no había nada que temer, se tomaría un vaso de agua fresca y volvería a dar la corriente. Giró en redondo y se dirigió resueltamente hacia la cocina, sujetando el móvil por delante con el brazo extendido.

La cocina, cuya cristalera se extendía hacia el jardín, tenía un aspecto cavernoso a la media luz del teléfono. Estelle se sintió expuesta y vulnerable. Se oyó un silbido lejano y un prolongado traqueteo: pasó un tren por las vías que quedaban más allá del jardín. Se acercó a un armario y sacó un vaso de cristal. El sudor le escocía en los ojos; se limpió la cara con el antebrazo. Fue al fregadero y llenó el vaso. Hizo una mueca al beber, porque el agua estaba tibia.

Se apagó otra vez la luz del móvil y, justo en ese momento, un estrépito en el piso de arriba quebró el silencio. El vaso se le escapó a Estelle de la mano y se rompió en mil pedazos en el suelo de madera. Con el corazón palpitando violentamente, oyó en la oscuridad otro ruido aparatoso en el piso superior. Se apresuró a coger un rodillo del pote de utensilios de la encimera y se acercó al pie de la escalera.

—¿Quién anda ahí? Tengo un aerosol de pimienta y estoy marcando el número de emergencias —gritó mirando hacia las densas sombras de arriba.

Se produjo un profundo silencio. El calor era agobiante. La idea de fisgonear por la casa de su hijo había quedado olvidada. Lo único que Estelle quería ahora era volver a la suya y mirar el resumen de Wimbledon en su salita acogedora e iluminada.

De repente un bulto surgió disparado de las sombras de la escalera y se lanzó sobre ella. La mujer retrocedió, consternada, y estuvo a punto de soltar el móvil. Entonces vio que era el gato. El animal se detuvo junto a ella y se restregó contra sus piernas.

—¡Me has dado un susto de muerte, maldita sea! —dijo con alivio; el corazón se le serenó un poco. Captó en el aire un olor repulsivo que parecía provenir del descansillo de la

16

escalera—. Vaya, lo que me faltaba. No habrás hecho alguna guarrería ahí arriba, ¿eh? Tú ya tienes una bandeja para tus necesidades. Y una gatera para salir al jardín.

El gato alzó la cabeza y la miró con indiferencia. Por una vez, ella se alegraba de verlo.

—Vamos. Voy a darte la comida.

Se tranquilizó al ver que el gato la seguía hasta el armario de debajo de la escalera y le permitió que se restregara contra sus piernas mientras buscaba la caja de fusibles. Al abrir la cubierta de plástico, vio que el interruptor principal estaba apagado. «Qué raro.» Lo accionó, y el pasillo se iluminó instantáneamente. Sonó al fondo el pitido del aire acondicionado.

Regresó a la cocina y encendió las luces. Las grandes cristaleras le devolvieron su reflejo en medio de la estancia vacía. El gato subió de un salto a la encimera y miró con curiosidad cómo ella barría los cristales del suelo. Cuando los hubo recogido, abrió una bolsita de comida para gatos, la exprimió sobre un platito y lo dejó sobre el suelo de piedra. El aire acondicionado surtía efecto. Permaneció bajo el chorro de aire fresco unos instantes, observando cómo el gato lamía delicadamente la comida gelatinosa con su rosada lengua.

El mal olor había aumentado. Entraba con fuerza en la cocina a medida que el aire acondicionado absorbía el aire de la casa. Cuando el gato acabó de lamer los últimos restos del platito, corrió hacia la pared de cristal y se escabulló por la gatera.

—Come y se larga. Y a mí me deja el estropicio —dijo Estelle. Cogió un trapo y un periódico viejo, fue a la escalera y subió lentamente, porque sus rodillas no dejaban de protestar. El calor y el hedor repugnante empeoraban a medida que subía. Llegó arriba, cruzó el descansillo iluminado. Miró en el baño vacío, en la habitación de invitados y debajo de la mesa del pequeño estudio. Ni rastro de un regalito del gato.

El olor se volvió espantoso cuando llegó a la puerta del dormitorio principal, hasta el punto de provocarle una arcada. «De todos los malos olores, el peor es el de caca de gato», pensó.

17

Entró en la habitación y encendió la luz. Las moscas zumbaban y bullían en el aire. El edredón azul oscuro estaba doblado al pie de la cama de matrimonio. Un hombre desnudo yacía boca arriba sobre las sábanas, con una bolsa de plástico atada a la cabeza y con los brazos amarrados en el cabecero. Sus ojos estaban abiertos y abultaban de un modo grotesco bajo el plástico. Tardó un instante en darse cuenta de quién era.

Era Gregory.

Su hijo.

Y Estelle hizo una cosa que no había hecho en muchos años.

Chilló.

3

Aquella era la cena menos divertida a la que había asistido la inspectora Erika Foster en mucho tiempo. Mientras su anfitrión, Isaac Strong, abría el lavaplatos y metía la vajilla y los cubiertos, se produjo un incómodo silencio, interrumpido por el zumbido del ventilador enchufado en un rincón. El aparato apenas aliviaba el calor; más bien removía las oleadas de aire caliente por la cocina.

—Gracias. La lasaña estaba deliciosa —dijo cuando Isaac se acercó a retirar su plato.

—He usado crema de leche desnatada para la bechamel —le dijo él—. ¿Te has dado cuenta?

—No.

Isaac volvió al lavaplatos y Erika recorrió la cocina con la vista. Era bastante elegante, de estilo rústico francés: armarios pintados a mano de blanco, superficies de madera clara y un fregadero hondo y cuadrado de cerámica blanca. Se preguntó si, como patólogo forense, Isaac había evitado deliberadamente el acero inoxidable. Detuvo la mirada en el exnovio de Isaac, Stephen Linley, que estaba sentado al otro lado de la gran mesa de la cocina, observándola receloso con los labios fruncidos. Era más joven que ella e Isaac; le ponía unos treinta y cinco. No podía negarse que era un auténtico Adonis, un tipo robusto y de bello rostro, pero había en su expresión unos destellos maliciosos que no le gustaban nada. Erika trató de desarmar esa actitud con una sonrisa; dio un sorbito de vino e hizo un esfuerzo para decir algo. El silencio se prolongaba embarazosamente.

No era eso lo que solía suceder cuando cenaba con Isaac. Durante el último año habían comido juntos muchas veces en aquella acogedora cocina francesa, y en tales ocasiones siempre se reían y se contaban secretos. Erika había sentido que comenzaba a florecer una sólida amistad entre ellos. Con Isaac, más que con ninguna otra persona, había logrado abrirse acerca de la muerte de su marido, Mark, ocurrida hacía poco menos de dos años. Y él, por su parte, le había hablado de la pérdida del amor de su vida, Stephen.

Aunque había una gran diferencia, porque Mark había muerto trágicamente, cumpliendo con su deber en una redada policial; en cambio, Stephen le había destrozado a Isaac el corazón dejándolo por otro hombre.

De ahí la sorpresa que se había llevado la inspectora esa noche al llegar y ver a Stephen allí. De hecho, no había sido exactamente una sorpresa…

Más bien había tenido la sensación de una encerrona.

Aunque llevaba más de veinticinco años en el Reino Unido, a Erika le había sorprendido el deseo de que esa cena se hubiera celebrado en su Eslovaquia natal. Allí la gente era más directa.

«Pero ¿qué es esto? ¡Podrías haberme avisado! ¿Por qué no me has dicho que el idiota de tu exnovio estaría aquí? ¿Es que te has vuelto loco? ¿Cómo permites que vuelva a entrar en tu vida después de lo que te hizo?»

Eso era lo que habría querido gritar cuando había entrado en la cocina y visto a Stephen allí, sentado lánguidamente en pantalones cortos y camiseta. Pero se había limitado a sentirse incómoda y atenido a las convenciones sociales británicas, que indicaban que todos debían disimular y actuar como si la situación fuera de lo más normal.

—¿Alguien quiere café? —preguntó Isaac cerrando el lavaplatos y volviéndose hacia ellos. El patólogo forense era un hombre alto y guapo, con una mata de pelo tupido y oscuro peinado hacia atrás y una amplia frente. Sus grandes ojos castaños estaba enmarcados por finas cejas capaces de arquearse o de juntarse para transmitir una amplia gama de matices irónicos. Esta noche, sin embargo, parecía avergonzado.

Stephen agitó el vino blanco de su copa y miró alternativamente a Erika y a Isaac.

—¿Café... tan pronto? Son las ocho, Isaac, y hace un calor horrible. Abre otra botella de vino.

—A mí un café me vendría de maravilla, gracias —dijo Erika.

—Si vas a tomar café, al menos tómalo de la máquina —comentó Stephen. Y añadió con tono posesivo—. ¿No te lo ha contado? Le he regalado la Nespresso. Me ha costado una fortuna. Con el anticipo de mi último libro.

Erika sonrió con desgana y cogió una almendra tostada del plato que había en el centro de la mesa. Al masticarla, le pareció que los crujidos resonaban en medio del silencio. Durante la embarazosa cena, Stephen había llevado en buena parte la voz cantante, explicando con detalle la nueva novela criminal que estaba escribiendo. También había creído conveniente explicarles todos los intríngulis del análisis forense, cosa que a Erika le había parecido más bien graciosa, teniendo en cuenta que Isaac era uno de los patólogos forenses más destacados del país, y que ella misma, como inspectora jefe de la policía metropolitana de Londres, había resuelto con éxito un montón de casos de asesinato en el mundo real.

Isaac preparó el café y encendió la radio. La música de «Like a Prayer» de Madonna rasgó el silencio.

—¡Súbelo! Me apetece oír un rato a Madge —dijo Stephen.

—Pongamos algo un poquito más tranquilo —replicó Isaac recorriendo las emisoras y reemplazando la voz chillona de Madonna por las dulces notas de un violín melancólico.

—Se supone que es un hombre alegre[1] —observó Stephen mirando a Erika y poniendo los ojos en blanco.

—Me parece que una música suave será más adecuada en estos momentos, Stevie —se defendió Isaac.

---

1. El personaje juega con los dos sentidos de la palabra *gay*: «alegre» y «homosexual». (*Todas las notas son del traductor.*)

—Por el amor de Dios, no tenemos ochenta años. Vamos a divertirnos un poco. ¿A ti qué te apetece, Erika? ¿Qué haces tú para divertirte?

Stephen, desde el punto de vista de Erika, era un manojo de contradicciones. Vestía de modo muy masculino, como un atleta de universidad de élite americana, pero tenía en su forma de moverse un toque ligeramente amanerado. Él cruzó las piernas e hizo una mueca con los labios, aguardando su respuesta.

—Yo... creo que voy a fumarme un cigarrillo —se excusó Erika cogiendo el bolso.

—La puerta de arriba está abierta —dijo Isaac mirándola con aire de disculpa. Ella le sonrió y salió de la cocina.

Isaac vivía en una casa adosada en Blackheath, cerca de Greenwich, y la habitación de invitados de arriba disponía de un pequeño balcón. La inspectora abrió la puerta de cristal, salió afuera y encendió un cigarrillo. Exhaló el humo hacia el oscuro cielo, sintiendo la intensidad del calor. La noche estaba despejada, pero las estrellas lucían débilmente entre el halo de contaminación lumínica de la ciudad, que se extendía frente a ella hasta el horizonte. Siguió con la mirada el láser del Observatorio de Greenwich, alzando la cabeza hacia el punto donde el haz de luz se desvanecía entre las estrellas. Dio otra profunda calada al cigarrillo y percibió el canto de los grillos en el jardín trasero, mezclado con el rumor del denso tráfico de la calle.

¿No estaba siendo demasiado dura al juzgar a Isaac por permitir que Stephen volviera a entrar en su vida? ¿No sería que se sentía celosa al ver que su amigo ya no estaba solo? No, no, ella deseaba lo mejor para Isaac, y Linley era un tipo tóxico. Se le ocurrió con tristeza que tal vez no habría lugar en la vida de Isaac para ambos, para ella y para Stephen.

Pensó en el pisito pobremente amueblado que trataba de considerar su hogar, y en las noches solitarias que se pasaba en la cama mirando la oscuridad. Erika y Mark habían compartido sus vidas en muchos más sentidos que un marido y una esposa. Habían sido compañeros desde que se habían incorporado al cuerpo de policía de Mánchester con poco más de veinte años. Ella se había convertido en una figura en alza dentro del cuerpo y la habían ascendido rápidamente a inspectora jefe, un grado superior al de Mark. Y él la había amado aún más por este motivo.

Hacía casi dos años, Erika había dirigido la desastrosa redada contra el narcotráfico que había provocado la muerte de Mark y de otros cuatro compañeros. Después de aquello, el dolor y la culpabilidad le habían resultado a veces demasiado abrumadores para soportarlos, y había tenido que luchar para encontrar un lugar en el mundo sin su marido. Empezar de cero en Londres no había sido fácil, pero su trabajo en el Departamento de Homicidios y Crímenes Graves de la policía metropolitana le había permitido poner otra vez en juego todas sus energías. Si antes había sido una figura en alza, ahora era más bien una persona marcada dentro del cuerpo, y su carrera profesional había quedado encallada. Era una agente directa, motivada y brillante que no soportaba a los idiotas, pero no tenía tiempo para dedicarse a la política dentro de la policía y había chocado una y otra vez con sus superiores, creándose poderosos enemigos.

Encendió otro cigarrillo. Ya estaba pensando en inventarse una excusa para irse enseguida cuando la puerta de cristal se abrió a su espalda. Isaac asomó primero la cabeza y acabó saliendo al balcón.

—No me vendría mal uno de esos —dijo y, cerrando la puerta, se acercó a la barandilla de hierro.

Erika le ofreció el paquete con una sonrisa. Él sacó un cigarrillo con la mano —grande y elegante—, y se inclinó para que ella se lo encendiera.

—Perdona, la he cagado a base de bien esta noche —dijo irguiéndose y exhalando el humo.

—Es tu vida —replicó Erika—. Pero podrías haberme avisado.

—Ha ocurrido todo muy deprisa. Se ha presentado esta mañana y nos hemos pasado el día hablando y... bueno, no voy a entrar en detalles. Y ya era tarde para anular la cena. Y tampoco es que yo quisiera anularla.

Erika captó su ansiedad.

—Isaac, a mí no tienes que darme explicaciones. Aunque yo, en tu caso, escogería la lujuria como explicación. Te has de-

23

jado llevar por la lujuria. Así resulta mucho más disculpable.

—Ya sé que es una persona complicada, pero cambia mucho cuando estamos solos los dos juntos. Es muy vulnerable. ¿Tú crees que si manejo bien la situación y establezco unos límites adecuados, podría funcionar esta vez?

—Es posible… Y al menos esta vez no podrá matarte en la ficción —dijo Erika con ironía.

Stephen había sacado en una de sus novelas a un patólogo forense inspirado en Isaac, pero se lo cargaba en una truculenta paliza homófoba.

—Hablo en serio. ¿Qué crees que debería hacer? —preguntó Isaac, angustiado.

Ella suspiró y le cogió una mano.

—Mejor será que no sepas lo que pienso. Me gusta que seamos amigos.

—Yo valoro tu opinión, Erika. Dime, por favor, lo que debería hacer…

Sonó un chirrido al abrirse la puerta de cristal. Stephen apareció descalzo con un vaso lleno de *whisky* con hielo.

—¿Que le digas lo que debería hacer… sobre qué? —preguntó con aspereza.

El embarazoso silencio fue interrumpido por un pitido de alerta que sonó en las profundidades del bolso de Erika. Sacó el teléfono móvil y leyó el mensaje con preocupación.

—¿Todo en orden? —preguntó Isaac.

—Ha aparecido el cadáver de un hombre en una casa de Laurel Road, en Honor Oak Park. En condiciones sospechosas de asesinato —dijo Erika, y añadió—: Mierda, no tengo el coche. He venido en taxi.

—Tendrás que asignar un patólogo forense para el caso. Te podría llevar en mi coche, si quieres —sugirió Isaac.

—¿No tenías la noche libre? —preguntó Stephen, indignado.

—Yo siempre estoy de servicio, Stevie —replicó Isaac, que parecía deseoso de salir.

—Muy bien. Vamos —aceptó Erika, y no pudo resistir la tentación de decir mirando a Stephen—: Me temo que el café de tu máquina Nespresso habrá de esperar.

4

Erika e Isaac llegaron a Lauren Road al cabo de media hora, ya sin acordarse de la embarazosa cena. La calle estaba acordonada con cinta policial en ambas direcciones y había, además, varios vehículos de apoyo —una furgoneta de la policía, cuatro coches patrulla y una ambulancia—, cuyas luces azules iluminaban de forma intermitente la larga hilera de casas adosadas. Desde muchos portales y ventanas, los vecinos observaban la escena boquiabiertos.

La inspectora Moss, una de las colegas de mayor confianza de Erika, se les acercó mientras aparcaban el coche en un hueco a cien metros del cordón policial. Era una mujer baja y fornida, y sudaba profusamente a pesar de que iba con falda y con una blusa liviana. Se había recogido el rojizo cabello, de modo que la cara le quedaba despejada: una cara completamente cubierta de pecas, con un grupito de ellas debajo de un ojo que parecía formar una lágrima. Sin embargo, era alegre por naturaleza, y los recibió a ambos con una sonrisa irónica cuando se bajaron del coche.

—Buenas noches, jefa, doctor Strong.

—Buenas noches, Moss —dijo Isaac.

—Buenas noches. ¿Quién es toda esa gente? —preguntó Erika al acercarse a la cinta policial, donde se agolpaba un grupo de hombres y mujeres de aspecto cansado.

—Gente que vuelve del trabajo desde el centro —contestó Moss—, y que acaba de descubrir que su calle se ha convertido en una escena criminal.

—Es que yo vivo ahí mismo —decía un hombre señalando con su maletín la casa que quedaba dos puertas más allá. Tenía la cara sofocada y el ralo pelo pegado al cuero cabelludo. Cuando Moss, Erika e Isaac llegaron a su altura, los miró con la esperanza de que trajeran otras noticias.

—Soy la inspectora jefe Foster, estoy a cargo de la investigación; y este es el doctor Strong, nuestro patólogo forense —dijo Erika mostrando su placa al agente uniformado—. Póngase en contacto con el ayuntamiento para que proporcione a esta gente un hospedaje donde dormir esta noche.

—Muy bien —respondió el agente, anotándolos en el registro. Ellos se apresuraron a pasar por debajo de la cinta antes de que la gente protestara al saber que iba a tener que dormir en camas de acampada.

La puerta del número catorce de Laurel Road estaba abierta, y salía una intensa luz del vestíbulo, por donde circulaban varios agentes de la científica con mono de color azul oscuro y mascarilla. Las dos policías y el forense se enfundaron los trajes que les ofrecieron en el trecho cubierto de guijarros del jardincito de la entrada.

—El cadáver está arriba, en el dormitorio —informó Moss—. La madre de la víctima ha venido a dar de comer al gato. Pensaba que él estaba de vacaciones en el sur de Francia, pero, como van a ver, no llegó siquiera al aeropuerto.

—¿Dónde está la madre ahora? —preguntó Erika metiendo los pies en el mono, que era de plástico muy fino.

—La conmoción y el calor la han abrumado. Un agente acaba de llevársela al hospital universitario Lewisham. Tendremos que tomarle declaración cuando se recupere —dijo Moss subiéndose la cremallera.

—Denme cinco minutos para examinar la escena —pidió Isaac, y se puso la capucha del mono. Erika asintió, y él se apresuró a entrar en la casa.

Entre el calor, la cantidad de gente y los potentes focos, la temperatura en el dormitorio del piso superior pasaba de los cuarenta grados. Isaac, con sus tres ayudantes y el fotógrafo, trabajaban en un silencio respetuoso y eficiente.

La víctima yacía desnuda boca arriba sobre la cama de

matrimonio. Era un hombre alto, de complexión atlética. Tenía los brazos abiertos en cruz, atados al cabecero con un fino cordel que se le hundía en las muñecas, y las piernas totalmente extendidas y separadas. Una bolsa de plástico le ceñía estrechamente la cabeza y le distorsionaba los rasgos.

A Erika siempre le parecía mucho más difícil enfrentarse a un cuerpo desnudo. La muerte ya era lo bastante indecorosa, sin que uno quedara expuesto de esa manera. Reprimió el impulso de tapar la mitad inferior del cadáver con una sábana.

—La víctima es el doctor Gregory Munro, de cuarenta y seis años —dijo Moss, y ambas se situaron junto a la cama.

Los ojos castaños del muerto estaban abiertos de par en par y tenían una nitidez sorprendente bajo el plástico; la lengua, en cambio, se había hinchado y asomaba entre los dientes.

—¿Doctor… en qué? —preguntó Erika.

—Es el médico de cabecera de la zona. Dueño y director del consultorio de Medicina General Hilltop, que está en Crofton Park Road —respondió Moss.

Erika miró a Isaac, que estaba de pie al otro lado de la cama, examinando el cuerpo, y le preguntó:

—¿Puedes confirmarme la causa de la muerte? Yo supongo que asfixia, pero…

Isaac soltó la cabeza de la víctima; la barbilla le quedó apoyada sobre el pecho desnudo.

—Todos los indicios apuntan a la asfixia, pero habré de comprobar si no es que la bolsa se la pusieron en la cabeza *post mortem*.

—¿Podría tratarse de un juego sexual que acabó yéndose de las manos?, ¿de un caso de autoasfixia? —preguntó Moss.

—Hipotéticamente, es posible. Pero no podemos descartar un acto criminal.

—¿Hora de la muerte? —inquirió Erika. Ahora sudaba profusamente bajo el mono forense.

—No te pases —protestó Isaac—. No podré darte una hora hasta que lo examine mejor y diseccione el cadáver. El calor o el frío extremos modifican el proceso de putrefacción. En este caso, el calor que hace en esta habitación está secando el cuerpo. Como ves, la carne ya ha cambiado de color. —Señaló una zona en torno al abdomen donde la piel estaba adquiriendo matices verdes—. Esto podría indicar que lleva aquí unos días. Pero, como digo, primero debo hacer la autopsia.

Erika echó un vistazo a la habitación. Había un gran armario ropero en la pared contigua a la puerta, un tocador a juego con espejo en el hueco de la ventana-mirador, y una cómoda alta a la izquierda de la ventana. Todos los muebles estaban despejados: no había libros ni adornos, ni tampoco los restos y desechos que suelen acumularse en un dormitorio. Se veía todo impecable. Casi demasiado.

—¿Estaba casado? —preguntó Erika.

—Sí. Pero la esposa ya no vive aquí. Llevaban separados unos meses —explicó Moss.

—Está todo muy pulcro para un hombre que acaba de separarse —opinó Erika—. A menos que el asesino haya hecho limpieza —añadió.

—¿Qué quiere decir?, ¿que pasó el aspirador antes de darse el piro? —preguntó Moss—. Ojalá viniera a mi casa. Debería ver cómo la tengo.

Erika observó que dos agentes de la científica que estaban trabajando en torno al cadáver reprimían una sonrisa.

—Moss, no es momento para bromas.

—Perdón, jefa.

—Creo que los brazos se los ataron *post mortem* —dijo Isaac señalando delicadamente la zona de las muñecas con un dedo enguantado en látex—. Apenas hay abrasión en las muñecas.

Por otra parte, unas estrías blanquecinas se extendían alrededor de las axilas contrastando con la cerúlea piel subyacente.

—¿O sea que ya estaba en la cama cuando se produjo el ataque? —inquirió Erika.

—Posiblemente —respondió Isaac.

—No hay ropa tirada. Aunque podría ser que se hubiera desnudado para acostarse y que la hubiera recogido —terció Moss.

—¿El asesino podría haber estado escondido debajo de la

cama o en el armario, o haber entrado por la ventana? —preguntó Erika parpadeando repetidamente, porque el sudor le resbalaba por la frente sobre los ojos.

—Eso habrás de averiguarlo tú —dijo Isaac.

—Sí, es cierto. Qué suerte la mía.

Erika y Moss bajaron por la escalera y entraron en la diáfana sala de estar, donde un grupo de técnicos de la científica estaba trabajando. Se les acercó uno de ellos. La inspectora jefe no lo conocía. Era un hombre de poco más de treinta años, de cara atractiva y frente despejada de tipo nórdico. El sudor le relucía en el rubio cabello. Al llegar junto a ella, alzó la vista con sorpresa, advirtiendo lo alta que era, pues Erika pasaba del metro ochenta.

—¿Inspectora jefe Foster? Soy Nils Åkerman, supervisor de la científica —dijo con un deje sueco pese a su inglés impecable.

—¿Usted es nuevo? —preguntó Moss.

—En Londres, sí. En el mundo del crimen, no. —Tenía un rostro agradable además de atractivo, y como muchos de los que se codeaban a diario con el horror y la muerte, adoptaba una actitud respetuosa y distante, teñida de un sombrío sentido del humor.

—Encantada de conocerlo —dijo Erika. Los guantes de látex crujieron al estrecharse las manos.

—¿Qué les han explicado hasta ahora? —preguntó.

—Cuéntenoslo desde el principio —pidió Erika.

—De acuerdo. La madre se presenta hacia las siete y media para darle la comida al gato. Abre con su llave. El interruptor principal de la corriente, cuando ella llega, está apagado. Y parece que llevaba así unos días, porque el contenido de la nevera y del congelador se ha podrido.

Erika echó un vistazo al gran frigorífico de acero inoxidable, en cuya puerta había sujetos con imanes un par de dibujos infantiles de profusos colores pintados con los dedos.

—Las conexiones de Internet y del teléfono también estaban cortadas —añadió Nils.

—¿Cortadas… por falta de pago? —quiso saber Erika.

29

—No. Estaba cortado el cable de Internet —contestó Nils acercándose a la encimera de la cocina y mostrándole una bolsa de pruebas con dos trozos de cable, uno de ellos conectado a un pequeño módem. Le mostró otra bolsa—. Este es el teléfono móvil de la víctima. Faltan la tarjeta SIM y la batería.

—¿Dónde lo han encontrado?

—En la mesilla de noche. Conectado todavía al cargador, que estaba enchufado.

—¿No hay otro teléfono en la casa?

—Sí, la línea fija de la planta baja.

—Así pues, el asesino sacó la tarjeta SIM y la batería después de que se colocara el móvil en la mesilla para cargarlo, ¿no? —dedujo Moss.

Nils asintió.

—Es una posibilidad.

—Un momento, un momento —intervino Erika—. ¿Había algo más en la mesilla de noche? El dormitorio parece muy vacío.

—Aparte del móvil, no había nada más —dijo Nils—. Pero sí hemos encontrado estas revistas en el cajón de esa mesilla. —Alzó otra bolsa de pruebas que contenía cuatro revistas pornográficas gais: ejemplares de *Black Inches*, *Ebony* y *Latino Males*.

—¿Era gay? —preguntó Erika.

—Y casado —añadió Moss.

—¿Qué edad ha dicho que tenía?

—Cuarenta y seis —respondió Moss—. Se había separado de su esposa. Pero estas revistas son antiguas. Mire, son números del año 2001. ¿Por qué las guardaba ahí?

—¿Las tenía escondidas y era gay en secreto? —se planteó Erika.

—Quizá las había tenido escondidas durante años. Quizá las bajó del desván cuando se rompió su matrimonio —aventuró Nils.

—Son muchos quizás, para mi gusto —dijo Erika.

—Hemos encontrado el envoltorio de una lasaña individual de microondas en la isla de la cocina. Estaba en un plato, y al lado había una copa vacía y una botella mediada de vino tinto. Estamos a punto de mandarlo todo al laboratorio —informó Nils—. También debería ver esto.

Los guio por la amplia cocina, pasando junto a un gran sofá medio hundido que tenía un montón de marcas de rotulador y una gran mancha de té. Había una caja rebosante de juguetes entre el extremo del sofá y las puertas cristaleras que daban al jardín. Estas estaban abiertas, y los tres salieron a la terraza de suelo de madera. Erika percibió con alivio el cambio de temperatura. Habían colocado focos por todo el jardín trasero, que se extendía hasta un grupo de árboles y matorrales. La inspectora vio a varios técnicos agazapados allí, examinando el césped.

Retrocedieron por el estrecho sendero de grava que discurría junto a las cristaleras y llegaron a una ventana de guillotina, situada a la altura del fregadero de la cocina. La zanja de drenaje que discurría por debajo dejaba escapar un hedor espantoso, como a vómito.

—Hemos buscado huellas en la ventana, en los canalones de desagüe, en la ventana de la casa vecina —dijo Nils—. Todo en vano. Hemos encontrado esto, sin embargo —aclaró indicándoles la base de la ventana de guillotina pintada de blanco—. ¿Ven aquí, en la madera? —Con un dedo enguantado de látex, señaló en la pintura reluciente una pequeña muesca cuadrada, que no tendría más de medio centímetro de ancho—. La ventana fue forzada con un utensilio plano sin filo, quizá un destornillador.

—¿Esta ventana estaba cerrada cuando usted ha llegado aquí? —preguntó Erika.

—Sí.

—Buen trabajo. —Volvió a mirar la diminuta muesca en la pintura—. ¿Ha encontrado alguna huella en la grava?

—Algunas marcas imprecisas, quizá de unos pies pequeños, pero nada de lo que hayamos podido sacar un molde. Ahora volvamos adentro —indicó Nils.

Rodearon de nuevo la casa, cruzaron las cristaleras y se acercaron al otro lado de la ventana de guillotina.

—Miren aquí, tendría que haber dos topes —dijo Nils señalando dos orificios situados a cada lado del marco de la ventana.

—¿Qué clase de topes? —preguntó Moss.

—Dos pequeños ganchos de plástico montados sobre muelles que asoman por la parte de dentro del marco de la hoja superior de la ventana. Están ahí para impedir que la hoja inferior pueda forzarse hacia arriba. Y aquí los han quitado.

—¿Podría haberlos retirado Gregory Munro? —preguntó Erika.

—Difícilmente, si le preocupaba que entraran ladrones; y creo que sí le preocupaba. La casa cuenta con un sistema de seguridad de alta gama. Hay sensores de movimiento en el jardín trasero. Y al cortarse la corriente, debería haberse disparado la alarma. Están programadas para eso; pero no sucedió nada.

—¿El asesino quitó los topes de esta ventana y conocía la combinación de la alarma? —inquirió Erika.

—Sí, es una teoría factible —admitió Nils—. Una cosa más.

Volvió a guiarlas por las puertas cristaleras. Al llegar al fondo del jardín, se agachó bajo el árbol y les mostró la zona donde la valla metálica había quedado levantada.

—Por este lado, el jardín da a las vías del tren y a la reserva natural de Honor Oak Park —dijo—. Creo que este fue el punto de acceso. Cortaron la valla con un cortador de alambres.

—Joder —exclamó Moss—. ¿Quién demonios cree que habrá sido?

—Hemos de averiguar más sobre este doctor Gregory Munro —dijo Erika alzando la vista hacia la casa—. Solamente así encontraremos respuestas.

5

El viejo ordenador, montado sobre un decrépito soporte metálico con ruedas, estaba metido bajo la escalera de una casa modesta. La página del chat se abrió en la pantalla. Una página sencilla, sin gráficos sofisticados. La mayoría de los chats contaban con moderadores, pero ese en particular se encontraba en las aguas turbias y estancadas de Internet, donde florecía la escoria más abyecta.

Sonó un pitido y apareció en pantalla el nombre de un usuario llamado DUKE.

DUKE: ¿Hay alguien despierto?

Las manos se deslizaron ávidamente por el teclado.

NIGHT OWL: Yo nunca duermo, Duke.
DUKE: ¿Dónde andabas, Night Owl?
NIGHT OWL: Tenía mucho que hacer. He pasado tres días seguidos sin dormir. Casi mi récord.
DUKE: El mío es de cuatro días. Pero las alucinaciones eran una locura, realmente flipantes, así que casi valió la pena. Chicas en bolas. Tan reales.
NIGHT OWL: ¡Ja! Ojalá mis alucinaciones fuesen tan simpáticas. No puedo soportar las luces encendidas, me causan dolor... Es como si las sombras cobraran vida. Veo caras sin ojos observándome. Lo veo a él.
DUKE: ¿Estás pasándolo mal?

NIGHT OWL: Ya me he acostumbrado... Ya sabes.
DUKE: Sí, lo sé.
DUKE: Bueno, ¿y qué? ¿Lo hiciste?
NIGHT OWL: Sí.
DUKE: ¿En serio?
NIGHT OWL: Sí.
DUKE: ¿Usaste la bolsa de suicidio?
NIGHT OWL: Sí.
DUKE: ¿Cuánto tardó?
NIGHT OWL: Casi cuatro minutos. Se resistió, a pesar de las drogas.

Hubo una pausa. Apareció una burbuja de texto que decía: «DUKE está escribiendo…». Y la pantalla quedó en silencio unos momentos.

NIGHT OWL: ¿Sigues ahí?
DUKE: Sí. Nunca creí que lo hicieras.
NIGHT OWL: ¿Creías que iba de farol, como la mayoría de la gente en la red?
DUKE: No.
NIGHT OWL: ¿Es que no me consideras lo bastante fuerte?
DUKE: ¡No, nada de eso!
NIGHT OWL: Bien. Porque yo voy en serio. Ya he aguantado demasiados años que la gente me subestimara. Que me considerase débil. Que me pisoteara. Que me maltratara. Yo NO SOY DÉBIL. Tengo PODER. PODER físico y mental. Y ahora lo he desatado.
DUKE: No lo dudo.
NIGHT OWL: Ni se te ocurra.
DUKE: Perdona. Nunca lo he dudado. Nunca.
DUKE: ¿Cómo te sentiste?
NIGHT OWL: Como Dios.
DUKE: Nosotros no creemos en Dios.
NIGHT OWL: ¿Y si yo soy ÉL?

Transcurrieron unos minutos en silencio. Al fin DUKE escribió:

DUKE: Bueno, ¿y ahora qué?

NIGHT OWL: Esto es solo el principio. El doctor era el primero de mi lista. Ya tengo al siguiente en el punto de mira.

6

*E*rika llegó al aparcamiento de la comisaría de policía Lewisham Row poco antes de las ocho de la mañana. El trabajo en la escena del crimen se había prolongado hasta bien entrada la madrugada, de modo que no le había dado tiempo más que de dormir un par de horas y de darse una ducha antes de volver al trabajo. Al bajarse del coche, notó que el caluroso aire estaba saturado por los gases de los tubos de escape. Los camiones reptaban por la carretera de circunvalación cambiando ruidosamente de marchas. A cierta distancia, se oía el zumbido de las grúas de los rascacielos que se alzaban en los alrededores en diversas fases de construcción. Al lado de esas moles, el achaparrado edificio de hormigón de la comisaría quedaba empequeñecido. Erika cerró el coche y cruzó el aparcamiento hacia la entrada principal, malhumorada por la falta de sueño. Ya estaba sudando, pese a la hora, y necesitaba una bebida bien fría.

El área de recepción estaba algo más fresca, pero la combinación del aire templado y de un repulsivo olor a vómito y desinfectante no mejoraba demasiado la cosa. El sargento Woolf se hallaba encorvado sobre su escritorio rellenando un formulario, con la panza apoyada en el regazo. Su redonda cara de mofletes colgantes estaba enrojecida y reluciente de sudor. Un tipo flaco, que vestía un traje roñoso, esperaba junto a él, sin apartar la vista de sus pertenencias, guardadas en un cubo de plástico: un iPhone nuevecito y dos paquetes de cigarrillos todavía con el envoltorio de celofán. El rostro chupado y hambriento del tipo no acababa de encajar con un móvil tan caro; Erika tuvo la sensación de que no tardarían mucho en verlo otra vez por allí.

—Buenos días. ¿Hay alguna posibilidad de que sirvan un café con hielo en la cantina? —preguntó la inspectora.

—Qué va —dijo Woolf secándose la cara con un brazo cubierto de vello—. No tienen ningún problema para servir la comida completamente helada, así que no veo por qué no podrían hacer lo mismo con el café.

Ella sonrió. El tipo flaco puso cara de paciencia.

—Sí, pónganse a charlar, como si yo no tuviera otra cosa que hacer. Quiero que me devuelvan el iPhone. Es mío.

—Este aparato fue incautado en la escena de un crimen hace cuatro meses. Podrá esperar otros diez minutos, ¿no? —le espetó Woolf lanzándole una agria mirada. Dejó el bolígrafo y pulsó el botón para abrirle a Erika la puerta de la parte principal de la comisaría—. Marsh ya ha llegado. Ha dicho que quiere verla en su despacho en cuanto llegue.

—De acuerdo —dijo ella, y cruzó la puerta, cuyo irritante zumbido cesó al cerrarse a su espalda. Recorrió el pasillo iluminado por fluorescentes, pasando junto a varias oficinas vacías. Muchos agentes estaban de vacaciones y el ambiente general parecía haber bajado unos grados de intensidad.

Subió en ascensor al despacho de su jefe, en la última planta. Llamó a la puerta, oyó una voz amortiguada y entró. El comisario jefe Marsh se hallaba de espaldas, contemplando por la ventana el despliegue de grúas y el tráfico. Era alto y fornido, y llevaba el pelo entrecano cortado casi al rape. Cuando se dio media vuelta, la inspectora vio que tenía entre los labios una pajita de color verde que sobresalía de un vaso de Starbucks de café helado. Marsh era un hombre atractivo, pero tenía un aspecto exhausto. Arqueó las cejas y tragó un sorbo de café.

—Buenos días, señor —saludó Erika.

—Buenos días, Erika. Tenga, he pensado que no le vendría mal uno —dijo Marsh acercándose a un escritorio totalmente desordenado. Cogió otro café helado, con una pajita envuelta en papel, y se lo tendió. El vaso había dejado un gran cerco de humedad en el informe preliminar sobre el

37

asesinato de Gregory Munro que la inspectora había enviado por correo electrónico de madrugada.

—Gracias, señor —dijo ella cogiéndolo. Al mismo tiempo que quitaba el envoltorio de la pajita, recorrió con la vista el despacho. Estaba hecho un desbarajuste. Siempre pensaba que venía a ser una combinación de dormitorio de adolescente y de guarida de alto cargo. Había varios diplomas colgados de la pared y un gran mueble librería cuyos estantes rebosaban de archivadores colocados de cualquier manera y por cuyos cajones asomaban documentos y legajos metidos a presión. La papelera estaba hasta los topes, pero el comisario jefe, en vez de vaciarla, había tirado además un par de cajas de sándwiches y varias tazas de café vacías, que se mantenían en equilibrio un palmo por encima del borde. En el alféizar de la ventana agonizaban unas cuantas plantas resecas; y apoyado en la pared del rincón, había un perchero partido por la mitad. Erika no tenía claro si se había roto bajo el peso acumulado en él, o si Marsh lo había partido en dos en un acceso de furia: un acceso que ella, por suerte, se había ahorrado.

Introdujo la pajita por el orificio de la tapa de plástico y dio un primer sorbo, saboreando la deliciosa frescura del café helado.

—Bueno, señor, ¿a qué viene este café tan rico? ¿Es porque se va de vacaciones?

Él sonrió y se sentó indicándole una silla.

—Sí, dos semanas al sur de Francia. Me muero de impaciencia. Bueno, ya he leído el informe de anoche. Un crimen entre gais, un asunto muy feo.

—No sé si fue un crimen entre gais, señor...

—Bueno, los indicios hablan a gritos de un crimen de ese tipo: víctima masculina, porno gay, asfixia. Se trata de un médico con un buen sueldo. Mi hipótesis es que el tipo contrata a un prostituto. Se ponen en plan pervertido. El prostituto le hace un numerito... ¿Se han llevado algo?

—No, señor. Como le he dicho, no creo que se trate de un asesinato entre homosexuales. No lo he catalogado así en mi informe preliminar. —Notó la confusión de Marsh—. Señor, ¿se ha leído el informe?

—¡Claro que lo he leído!

Erika cogió el informe del escritorio; la tinta humedecida estaba esparciéndose en un círculo. Vio que era una única hoja. Se levantó, se acercó a la impresora, abrió el cajón del papel, sacó un buen fajo, lo colocó en la bandeja y cerró el cajón.

—¿Qué hace? —preguntó Marsh.

Sonó un clic y un zumbido; cuando salió la segunda hoja del informe, Erika se la entregó y tomó asiento. Él se fue quedando lívido a medida que la leía.

—Señor, había indicios de que el asesinato fue planeado con antelación. La alarma estaba desactivada y el cable del teléfono, cortado; y no hemos encontrado otras huellas ni otros fluidos corporales que los de la víctima.

—Maldita sea, es lo que nos faltaba. Yo creía que solo era un crimen entre gais.

—¿Solo, señor?

—Bueno, ya me entiende. Los crímenes entre homosexuales son… o sea, no tienen eco mediático. —Volvió a revisar el informe—. Maldita sea, Gregory Munro era el médico de cabecera de la zona, un padre de familia. ¿Cuál ha dicho que era la dirección?

—Laurel Road. Honor Oak Park.

—Es un buen distrito, además. Perdone, Erika. Ha sido una semana muy larga… Podría haber numerado las páginas.

—Están numeradas, señor. Ahora estoy esperando los resultados de la autopsia y las pruebas forenses que ha realizado Isaac Strong. Vamos a revisar el disco duro del ordenador de la víctima y el teléfono móvil. Me voy a informar a mi equipo.

—De acuerdo. Manténgame al corriente. Quiero conocer cualquier novedad que se produzca. Tengo un mal presentimiento sobre este asunto. Cuanto antes atrapemos a ese hijo de puta, mejor.

7

*E*l centro de coordinación de Lewisham Row era una gran oficina comunitaria mal ventilada. La cruda luz de los fluorescentes sumía a los agentes de policía en una deslumbrante claridad. Las particiones de cristal de ambos lados daban a sendos pasillos, y a lo largo de uno de los lados había una hilera de impresoras y fotocopiadoras. De pie junto a una de las impresoras, Erika sintió un conocido hormigueo, una mezcla de expectativa, horror y excitación, al echar un vistazo a los hallazgos preliminares de la autopsia de Gregory Munro. Las páginas emergían una a una, todavía calientes.

Su equipo ya estaba a tope. Muchos de los agentes habían dormido unas pocas horas desde que habían abandonado la escena del crimen. El sargento Crane —el pelirrubio e incansable motor de la sala de coordinación— circulaba entre las mesas, preparando la sesión informativa con un montón de hojas impresas. Moss se encargaba de controlar los teléfonos junto con la agente Singh, una linda policía de cuerpo menudo y mente avispada. Un miembro nuevo del equipo, el agente Warren, estaba fijando los datos del caso sobre las pizarras blancas que cubrían la pared del fondo. Era un joven bien parecido y lleno de entusiasmo.

El inspector Peterson entró y abarcó de un vistazo el ajetreo de la sala. Era un agente negro, alto y apuesto, con rastas cortas. Él y Moss se habían convertido en los compañeros de confianza de Erika. La elegante sofisticación del inspector proporcionaba un contrapeso adecuado a la tosquedad de Moss.

—¿Unas buenas vacaciones, Peterson? —preguntó Erika levantando la vista del informe.

—Sí. Barbados. Paz y tranquilidad, playas de arena blanca… Esto parece justo lo contrario —respondió él con un deje melancólico, pero Erika volvió enseguida a centrarse en el informe.

Peterson fue a sentarse a su mesa y observó el desangelado panorama del centro de coordinación.

Moss lo miró y tapó un momento el auricular del teléfono.

—¿Seguro que has estado de vacaciones? No has vuelto muy bronceado que digamos…

—¡Ja, ja, ja! Me he tomado esta mañana un cuenco de gachas que tenían más color que tú —dijo Peterson con una sonrisita.

—Me alegro de que hayas vuelto —replicó ella, guiñándole un ojo, antes de volver a su llamada.

—Bien. Buenos días a todos —dijo Erika dirigiéndose a la parte delantera de la sala. Sacó una serie de fotos de la escena del crimen y las fue fijando en la pizarra—. La víctima es Gregory Munro. Cuarenta y seis años. Médico de cabecera de la zona. —Se hizo un silencio general; todos se concentraban en las fotos—. Ya sé que algunos estuvieron en el lugar del crimen anoche, pero voy a repasar lo sucedido para los que no estaban allí.

Los agentes la escucharon sin interrumpirla; ella resumió los hechos principales.

—El departamento forense acaba de enviar el análisis toxicológico y los primeros hallazgos de la autopsia. En la sangre de la víctima había una pequeña cantidad de alcohol, pero un alto nivel de flunitrapezam: noventa y ocho microgramos por litro. Flunitrazepam es el nombre genérico del Rohypnol.

—La droga favorita para cometer violaciones —dijo Peterson secamente.

—Sí. Se han encontrado restos de esta sustancia en la copa de vino de la cocina —añadió Erika.

—Debieron echárselo de extranjis. A menos que quisiera quitarse la vida… Como médico, tenía que saber que una dosis tan alta podía matarlo —comentó Moss.

41

—Sí, pero no lo mató. Murió por asfixia. Aquí pueden ver la bolsa transparente que tenía atada a la cabeza con un fino cordón blanco. —Señaló una foto de Gregory Munro en la que se le veían los ojos abiertos a través del plástico—. Las manos se las habían atado *post mortem*. Se encontraron unas revistas pornográficas gais en el cajón de la mesilla de noche. Esas revistas y la asfixia con la bolsa, unidas a la droga utilizada a menudo en una violación, implican que habrá que descartar la posibilidad de algún elemento sexual. No había signos de que lo hubieran violado, ni restos de pelo o de fluidos corporales que no fueran los suyos... —Hizo una pausa y observó a los agentes, que la miraban a su vez—. Así pues, quiero que trabajemos con la hipótesis de que alguien irrumpió en la casa y de que Gregory Munro fue drogado y luego asfixiado. Creo también que no se trató de un ataque al azar. No se llevaron nada: ni dinero ni objetos de valor. Las líneas de teléfono y la corriente estaban cortadas, lo cual indica que el ataque había sido en cierta medida planeado. El asesino, además, tuvo que desactivar la alarma antes de cortar la corriente.

»Bueno, quiero que sigamos el protocolo habitual: interrogatorios puerta a puerta en Laurel Road y calles circundantes. Los agentes uniformados ya han empezado a hacer ese trabajo, pero quiero que entrevisten a todas las personas que viven en esa calle o que se encontraban en la zona. Consigan todos los registros e historiales de Gregory Munro: banco, teléfono, correo electrónico, redes sociales, amigos, parientes. Estaba separado de su esposa, o sea que supongo que habría acudido a un abogado: averígüenlo. También averigüen si estaba en alguna página web de citas gais, y analicen el disco duro de su móvil, para ver si tenía aplicaciones de ese mismo tipo de citas. Tal vez había contratado a un prostituto. Munro era, además, el médico de cabecera de la zona; investiguen todo lo que puedan sobre su trabajo, o si tenía problemas con sus colegas o con los pacientes.

Se acercó a la pizarra y, señalando las fotos tomadas en el jardín, añadió:

—El asesino accedió a la casa por la valla, que da a las vías del tren y a una pequeña reserva natural. Consigan todas las imágenes de videovigilancia que puedan encontrar en torno a las vías, así como de las estaciones más cercanas y de las calles de las inmediaciones. Crane, usted coordinará todas las pesquisas desde aquí.

—Sí, jefa —asintió Crane.

—Creo que Gregory Munro conocía a la persona que lo mató, y que indagar en su vida privada nos ayudará a atrapar al asesino. Bueno, a trabajar. Volveremos a reunirnos aquí a las seis para comentar lo que hayamos averiguado.

Todos los agentes se pusieron en movimiento.

—¿Alguna noticia sobre la madre de Munro? —preguntó Erika acercándose a donde Moss y Peterson estaban sentados.

—Aún sigue en el hospital Lewisham. Se ha recuperado, pero están esperando a que el médico le dé el alta —dijo Moss.

—De acuerdo, vamos a verla. Usted también, Peterson.

—¿No creerá que es sospechosa? —aventuró Moss.

—No, pero las madres siempre son una gran fuente de información —respondió Erika.

—Tiene razón. La mía se entromete en los asuntos de todo el mundo —dijo Peterson, que se levantó y recogió la chaqueta.

—Esperemos que Estelle Munro sea igual —murmuró Erika.

43

8

*E*l hospital universitario Lewisham era un complejo de edificios de ladrillo clásico y cristal futurista, dotado de una nueva ala de plástico amarillo y azul. Había mucho ajetreo en el aparcamiento, y estaban llegando varias ambulancias seguidas a Urgencias. Erika y sus dos ayudantes aparcaron el coche y se dirigieron a pie al acceso principal, un cuadrado de cristal y acero situado enfrente de Urgencias. Afuera, vieron a una mujer mayor en una silla de ruedas, que estaba gritándole a la enfermera agachada a su lado.

—¡Es una vergüenza! —decía apuntando a la enfermera con un dedo torcido, cuya uña estaba pintada de rojo—. Me hacen esperar una eternidad y, cuando por fin me dan el alta, me tienen aquí sentada una hora soportando el calor. No tengo mi bolso ni mi teléfono. ¡Y ustedes no hacen nada!

Algunas personas que salían por la entrada principal repararon en la escena; en cambio, un grupo de enfermeras que estaban entrando no parpadearon siquiera.

—Es esa: Estelle Munro, la madre de Gregory —dijo Moss.

Cuando llegaron a su altura, la enfermera se incorporó. Era una mujer cuarentona, de cara amable pero cansada. Erika, Moss y Peterson se presentaron mostrando sus placas.

—¿Va todo bien? —preguntó Erika. Estelle levantó la vista y los miró con los ojos entornados. Debía de andar por los sesenta y pico y parecía una mujer elegante, pero, tras una noche en el hospital, los pantalones claros y la blusa floreada que vestía estaban arrugados, la mayor parte del maquillaje se le había corrido con el sudor y su pelo castaño rojizo se le erizaba en mechones rebeldes. Tenía en el regazo una bolsa de plástico que contenía unos zapatos negros de charol.

—¡No! ¡No va todo bien...! —exclamó Estelle.

La enfermera se puso en jarras, interrumpiéndola:

—Los agentes que han venido esta mañana a tomarle declaración se han ofrecido a llevarla, pero ella ha rechazado la invitación.

—¡Claro que la he rechazado! ¡No voy a llegar a mi casa en un coche de policía! Me gustaría que me llevaran en taxi... Yo ya sé lo que pasa: tengo derecho a un taxi, pero ustedes quieren ahorrar gastos...

Según la experiencia de Erika, el dolor y la conmoción afectaban a la gente de distintas maneras. Algunos se deshacían en lágrimas; otros se quedaban paralizados y no podían hablar, otros se enfurecían. Era evidente que Estelle Munro formaba parte de esta última categoría.

—Me han tenido encerrada toda la noche en ese espantoso cuchitril que llaman Urgencias. Yo sufrí una especie de desmayo, nada más. Pero no: igualmente tuve que hacer cola. ¡Y a los borrachos y drogadictos los atendían primero! —Estelle miró a los tres policías—. Y sus colegas me han hecho un montón interminable de preguntas. ¡Cualquiera diría que soy una criminal! ¿Y ustedes qué hacen aquí, además? Mi hijo está muerto... ¡Lo han asesinado!

En ese momento, la mujer se vino abajo. Se agarró de los apoyabrazos de la silla de ruedas y apretó los dientes.

—¡Dejen de agobiarme de una vez! —gritó.

—Nosotros tenemos un coche sin distintivos. Podemos llevarla a casa ahora mismo —dijo Peterson amablemente, agachándose y ofreciéndole un paquete de pañuelos de papel que llevaba en el bolsillo.

Ella alzó la vista; tenía los ojos arrasados en lágrimas.

—¿De veras me pueden llevar?

Peterson asintió.

—Pues acompáñenme, por favor. Lo único que quiero es llegar a casa y estar sola —dijo y, cogiendo un pañuelo, se lo acercó a la cara.

«Gracias», dijo la enfermera articulando la palabra con los labios.

45

Peterson quitó el freno de la silla y la empujó hacia el aparcamiento.

—Ingresó en bastante mal estado, extremadamente deshidratada y con una fuerte conmoción —le explicó la enfermera a Moss y Erika—. No quería llamar a nadie. No sé si hay algún vecino, ¿o tal vez una hija? Debe guardar reposo y estar tranquila.

—Peterson ejercerá su magia. Siempre ha sido un hacha con las ancianitas —dijo Moss mirando cómo maniobraba con la silla para bajar el bordillo y se desplazaba por el aparcamiento. La enfermera sonrió y se volvió hacia la entrada.

—¡Mierda, las llaves del coche las tengo yo! ¡Vamos! —exclamó Erika, y las dos se apresuraron a seguir al inspector.

—¡Ay, este calor!… —dijo Estelle con desesperación cuando todos estuvieron en el bochornoso interior del coche—. ¡Y lleva así días y días!

46   La habían sentado delante, al lado de Erika; los otros dos inspectores iban en el asiento trasero.

Erika se inclinó, la ayudó a ponerse el cinturón y arrancó.

—El aire acondicionado se notará enseguida.

—¿Cuánto tiempo llevan aquí aparcados? —preguntó Estelle, al tiempo que Erika le mostraba su placa al empleado de la garita de salida. Él les indicó que pasaran.

—Quince minutos —dijo la inspectora.

—Si no fueran policías, tendrían que pagar una libra cincuenta, aunque no hubieran estado la hora completa. Yo siempre le preguntaba a Gregory si no podía hacer algo para que los pacientes no tuvieran que pagar. Él me decía que iba a escribirle a nuestra diputada en el Parlamento. Mi hijo la ha visto varias veces, ¿sabe?, en recepciones oficiales… —Su voz sonaba más débil. Buscó el pañuelo por el regazo y se enjugó los ojos.

—¿Quiere un poco de agua, Estelle? —preguntó Moss, que había comprado un par de botellas en la máquina expendedora de la comisaría.

—Sí, por favor. Pero llámeme señora Munro, si no le importa.

—Por supuesto, señora Munro —dijo Moss, y le pasó por el espacio entre los asientos una botella cubierta de gotitas de condensación. Estelle consiguió sacar el tapón y dio un largo trago. Avanzaron por Ladywell, pasando junto al enorme parque colindante con el hospital, donde un grupo de jóvenes jugaba al fútbol bajo el ardiente sol matutino.

—Gracias a Dios. Esto ya está mejor —dijo la mujer arrellanándose en el asiento; el aire acondicionado soplaba sobre ellos.

—¿Podría hacerle unas preguntas, por favor? —inquirió Erika.

—¿No lo podemos dejar para más tarde?

—Tendremos que pedirle una declaración oficial, pero me gustaría preguntarle algunas cosas... Por favor, señora Munro. Es importante.

—Está bien. Adelante.

—¿Gregory iba a salir de viaje?

—Sí. A Francia. Iba a dar una conferencia en una convención de la BMA, la Asociación Médica Británica.

—Pero no la llamó para avisarla de que había llegado a su destino.

—Obviamente, no.

—¿Eso era algo insólito?

—No; no vivíamos tan pegoteados. Yo sabía que él me llamaría en algún momento del viaje.

—¿Gregory estaba separado de su esposa?

—Sí, de Penny —dijo la mujer frunciendo los labios con desagrado.

—¿Puedo preguntar por qué?

—«¿Puede preguntar por qué...?». Ya me lo está preguntando, ¿no? Fue Penny quien lo provocó. Ella presentó una demanda de divorcio. Si alguien tenía que haber pedido el divorcio era Gregory.

—¿Por qué?

—Penny le amargó la vida. ¡Con todo lo que mi hijo hizo por ella! Le dio una calidad de vida muy superior. Ella aún vivía con su espantosa madre a los treinta y cinco años. Y casi no tenía perspectivas de futuro. Era una simple recepcionista en el consultorio de Gregory. En cuanto empezaron a salir, se quedó embarazada. Le apretó las tuercas, y él tuvo que casarse.

—¿Por qué tenía que casarse con ella? —preguntó Moss.

—Ya sé que hoy en día está de moda traer bastardos al mundo. ¡Pero mi nieto no iba a ser un bastardo!

—¿Así que usted los empujó a casarse? —presionó Moss.

Estelle se volvió hacia ella.

—No. Fue Gregory. Decidió hacer lo correcto.

—¿Había estado casado antes? —inquirió Erika.

—Por supuesto que no.

—Penny y Gregory estuvieron casados cuatro años. O sea que debía de tener cuarenta y dos cuando se casaron, ¿no es eso? —dijo Moss.

—Sí —confirmó Estelle.

—En los años anteriores a su matrimonio, ¿había tenido muchas novias? —preguntó Peterson.

—Algunas. Nada demasiado serio. Él estaba muy volcado en su profesión, ¿entiende? Primero en la facultad y más tarde en el consultorio. Hubo varias chicas agradables durante ese tiempo. Él habría podido escoger a la que más le hubiera gustado. Y va y elige a esa codiciosa recepcionista...

—¿A usted no le caía bien? —preguntó Peterson.

—¿Usted qué cree? —dijo Estelle mirándolo por el retrovisor—. Ella no lo quería, únicamente le interesaba su dinero. Se lo dije desde el primer momento, pero él no quiso escucharme. Y fueron ocurriendo una serie de cosas que me dieron la razón.

—¿Qué ocurrió? —quiso saber Erika.

—Ella, cuando apenas se había secado la tinta del acta matrimonial, ya estaba presionando a Gregory para que pusiera cosas a su nombre. Él tiene... tenía, varias propiedades puestas en alquiler. Las había adquirido con su propio esfuerzo, ¿sabe?, trabajando duro. Una de las propiedades estaba a mi nombre, para darme un poquito de seguridad... ¡y ella quería que la pusiera al suyo! Naturalmente, se negó. Penny involucró a su hermano en el asunto... —Estelle meneó la cabeza, asqueada—. Le aseguro que la palabra «malcriados» los define a la perfección a ambos, a Penny y a su hermano Gary. Él es un miserable *skinhead,* siempre metido en líos con la policía. Pero ella lo adora. Me extraña que no lo conozcan ustedes. Gary Wilmslow.

Erika lanzó una mirada a Moss y Peterson.

Estelle prosiguió:

—Las cosas llegaron a un punto crítico el año pasado cuando Gary amenazó a Gregory.

—¿Cómo lo amenazó? —preguntó Erika.

—Todo se inició con la discusión para elegir una escuela para Peter. Gregory quería un internado, lo cual habría implicado enviarlo fuera. Penny recurrió a Gary para que intimidara a su marido. Pero Gregory se enfrentó con él… y le aseguro que no hay mucha gente que se atreva a enfrentarse con Gary Wilmslow, y acabó dándole una buena paliza —dijo Estelle con orgullo.

—¿Qué ocurrió entonces?

—La situación se fue pudriendo. Gregory no quería saber nada de Gary, pero Penny no estaba dispuesta a cortar con él. Y Gary no se tomaba nada bien una derrota. Debió de correr la voz, seguro, lo que la dejaba en mal lugar. Penny y su hermano saldrían ganando si Gregory desaparecía. Ahora ella lo heredará todo. Se lo aseguro: ahorrarán un montón de dinero al contribuyente si detienen a su hermano, Gary Wilmslow. Es capaz de cometer un asesinato, estoy convencida. Hace una semana volvió a amenazar a mi hijo. Entró con todo descaro en su despacho, en el consultorio nada menos, lleno de pacientes…

—¿Por qué lo amenazaba?

—Eso no llegué a saberlo. Yo me enteré de todo por la gerente del consultorio. Iba a preguntárselo a Gregory cuando volviera de vacaciones, pero… —Estelle sollozó de nuevo. No alzó la mirada hasta que apareció la Forest Hill Tavern en la esquina—. Es ahí a la izquierda. Mi casa está al final de la calle —indicó.

Erika paró frente a una elegante casa adosada. Habría preferido que el trayecto hubiera sido más largo.

—¿Quiere que la acompañemos adentro? —preguntó.

—No, gracias. Necesito un poco de tiempo y de espacio. He pasado unos momentos terribles, como comprenderá… Yo que usted, iría directa a detener al hermano. Ha sido Gary, se lo digo. —Estelle agitó un dedo torcido. Se desabrochó el cinturón con dificultad y sacó los zapatos de la bolsa de plástico.

—Señora Munro, tendremos que enviarle a unos agentes para que haga una declaración formal. Y necesitamos que alguien venga a identificar el cuerpo de su hijo —dijo Erika en voz baja.

—Yo ya lo he visto de esa manera una vez… No quiero volver a verlo así. Pídaselo a ella. A Penny —respondió la mujer.

—Claro.

Peterson se bajó y rodeó el coche hasta el lado del copiloto. Cogió los zapatos de la señora Munro, se los calzó, la ayudó a bajarse y la acompañó hasta la puerta.

—Esto empieza a ponerse interesante —le susurró Moss a Erika—. Dinero, propiedades, guerra familiar. Un cóctel que nunca presagia nada bueno.

Contemplaron cómo Peterson ayudaba a la mujer a subir los escalones y esperaba a que abriera y desapareciera dentro.

—Es cierto —dijo Erika—. Quiero hablar con Penny. Y también con ese Gary Wilmslow.

9

La casa de Penny Munro estaba en Shirley, una zona del sureste de Londres situada a pocos kilómetros de donde habían dejado a Estelle. Era una antigua vivienda de protección oficial remodelada, de paredes de color pardo empedradas con guijarros y celosías sobre las nuevas ventanas de PVC. El jardín delantero estaba cuidado y contaba con un césped verde y exuberante pese a la falta de lluvia. Había un pequeño estanque cubierto con una red, bajo la que surgía una explosión de nenúfares en flor. Un poco más lejos, se alzaba una garza de plástico, con una pata flexionada, rodeada de una colección de gnomos de amplia cara rosada.

Cuando pulsaron el timbre, sonó una versión electrónica de «Pompa y circunstancia». Moss se volvió hacia Erika y Peterson, arqueando una ceja. Hubo una pausa lo bastante prolongada como para que sonara un verso completo; luego el timbre enmudeció. Al fin, el pomo giró y la puerta se abrió lentamente: apenas unos centímetros. Un niño pequeño de pelo oscuro se asomó por la rendija y los escrutó tímidamente con unos grandes ojos castaños. El parecido con Gregory Munro era tan acusado —sobre todo en los ojos y en la despejada frente— que resultaba estremecedor. Un televisor atronaba tras una puerta cerrada del pasillo.

—Hola, ¿tú eres Peter? —preguntó Erika. El niño asintió—. Hola, Peter. ¿Está tu mamá en casa?

—Sí. Está arriba llorando —dijo él.

—¡Ay, lo siento mucho! ¿Podrías preguntarle, por favor, si podemos hablar con ella?

Los examinó a los tres: primero a las dos mujeres, y, finalmente, a Peterson. Asintió, echó la cabeza atrás y gritó:

—Mami, hay una gente en la puerta.

Sonó un chasquido y el ruido de la cisterna de un váter; por la escalera bajó una mujer joven, de ojos hinchados y enrojecidos. Era delgada y atractiva, de cabello rubio rojizo hasta los hombros y nariz pequeña y puntiaguda.

—¿Penny Munro? —preguntó Erika. La mujer asintió—. Hola. Soy la inspectora jefe Foster. Estos son el inspector Peterson y la inspectora Moss. Sentimos mucho lo de su es...

Penny negó con la cabeza frenéticamente.

—No, no. Él no lo sabe... No se lo he... —susurró señalando al crío, que estaba sonriendo porque Peterson le había sacado la lengua y había bizqueado.

—¿Podríamos hablar un momento, por favor? —dijo Erika.

—Ya he hablado con unos agentes.

—Señora Munro, es muy importante.

Penny resopló por la nariz y asintió, gritando:

—¡Mamá! ¡Mamá! Por Dios, ya ha puesto otra vez la tele a tope... —Abrió la puerta que daba al pasillo y el sonido se intensificó. La sintonía del noticiero *The Morning* sonaba a tal volumen que el marco del espejo de la pared traqueteaba. Al cabo de unos momentos, apareció en la puerta de la sala de estar una oronda mujer mayor, con una mata canosa de pelo grasiento y unas gafas de montura tan gruesa que casi resultaban cómicas. Llevaba un jersey de un verde ambivalente y unos pantalones que le venían cortos. Las perneras le bailaban por encima de los hinchados tobillos, que casi tapaban los bordes de unas zapatillas a cuadros. La mujer los observó con ojos miopes a través de los sucios cristales de sus gafas.

—¿AHORA QUÉ QUIEREN? —bramó, airada.

—NADA. TÚ LLÉVATE A PETER —gritó Penny.

La vieja les lanzó a los tres una mirada suspicaz y asintió.

—VAMOS, PETEY —dijo con una estridente voz aflautada.

Peter enlazó la rechoncha mano de su abuela y se metió en la sala de estar, no sin echar una última mirada atrás. El sonido de la televisión se amortiguó al cerrarse la puerta.

—Mamá está sorda. Vive encerrada en su propio mundo —explicó Penny.

En la calle sonó el petardeo de un coche. Ella se sobresaltó y se echó a temblar. Ladeó la cabeza para mirar por detrás de ellos y siguió con la vista a un viejo Fiat rojo que pasó rugiendo, conducido por un joven con gafas de sol y sin camiseta.

—¿Qué sucede, señora Munro? —preguntó Erika.

—Nada… no es nada —dijo de forma poco convincente—. Vengan a la cocina.

53

10

*S*e sentaron en una diminuta y sofocante cocina atestada de adornos y de toallitas de té con volantes. La ventana daba a un jardín trasero todavía más infestado de gnomos que el césped de delante. A Erika le parecían horripilantes aquellas caras rosadas y exageradamente risueñas. Se preguntó si eran de talla gigante para que la madre de Penny pudiera distinguirlos.

—La última vez que hablé con él fue hace tres días —dijo la mujer, que se había quedado de pie, apoyada contra el fregadero, con expresión de incredulidad. Encendió un cigarrillo y cogió del alféizar un cenicero rebosante de colillas.

—¿De qué hablaron? —preguntó Erika.

—No hablamos mucho. De su viaje a Francia para asistir a una convención…

—¿De la Asociación Médica Británica? —inquirió Moss.

—Él es uno de los directivos.

—¿No era extraño que no hubiera vuelto a tener noticias suyas para decirle que había llegado bien? —quiso saber Erika.

—Estábamos en pleno proceso de divorcio. Nos llamábamos cuando teníamos que… Yo le llamé para confirmar que se iba de viaje y que me podía quedar a Peter. Hemos… Habíamos acordado que el niño se quedaría con su padre los sábados por la noche.

—¿Qué más le dijo Gregory?

—No gran cosa.

—¿Se le ocurre alguien capaz de hacerle eso a su marido?

Ella contempló el jardín, abstraída, y tiró la ceniza del cigarrillo en el fregadero.

—No… había personas con las que se había enemistado, pero eso le sucede a todo el mundo. No se me ocurre nadie que lo odiara hasta el punto de entrar en su casa y… asfixiarlo.

Rompió a llorar. Moss cogió una caja de pañuelos de la mesa de la cocina y le ofreció uno.

—Gracias.

—La casa tiene un sistema de alarma. ¿Cuándo lo instalaron? —preguntó Erika.

—Hace un par de años, cuando terminaron de montar la extensión.

—¿Lo usaban siempre?

—Sí. Gregory siempre lo conectaba al salir. Solía ponerlo también por la noche, pero más adelante, cuando Peter ya caminaba, hubo varias ocasiones en las que bajó a oscuras a beber un vaso de agua y se disparó la alarma. Dejamos de conectarla… Pero hicimos poner cerrojos adicionales en las ventanas y en las puertas.

—¿Recuerda el nombre de la compañía de seguridad?

—No. Greg se encargó de todo. ¿Cómo pudo… el que lo hizo… entrar en la casa?

—Es lo que estamos intentando averiguar —dijo Erika—. ¿Puedo preguntarle por qué se separaron?

—Él había acabado detestando todo lo que yo hacía: cómo vestía, cómo hablaba, cómo me comportaba con la gente. Decía que yo flirteaba con los hombres en las tiendas; pensaba que mis amigos no tenían la suficiente categoría. Intentó separarme de mi madre, pero la suya siempre era bien recibida, siempre estaba allí. Y no se llevaba bien con mi hermano, Gary…

—¿Se comportó violentamente alguna vez?

—Gary no era violento —se apresuró a responder Penny.

—Me refería a Gregory —aclaró Erika.

Peterson y Moss se miraron; Penny lo advirtió.

—Perdone, estoy confusa. No. Gregory no era violento. Podía resultar intimidante, pero nunca me pegó… Yo no soy idiota. La relación no siempre fue tan mala, de todos modos.

Cuando nos conocimos, él pensó que yo era como un soplo de aire fresco: excitante, algo bocazas, divertida.

Erika la observó con atención y comprendió por qué los hombres la encontraban atractiva. Era guapa y natural.

—Pero los hombres solo quieren una aventura con ese tipo de chicas —prosiguió Penny—. Cuando nos casamos, él esperaba que cambiara. Yo era su esposa, su representante, decía. ¡Yo lo representaba en sociedad! Pero no estaba dispuesta a convertirme en ese tipo de esposa. Y creo que él se dio cuenta después…

—¿Qué me dice de la madre de Gregory?

—¡Uf! Eso sería largo de explicar. La relación entre ellos da lugar a que *Edipo Rey* parezca una comedia de enredo. Ella me ha odiado desde el minuto cero. Fue ella quien lo encontró, ¿verdad?

Erika asintió.

A la señora Munro se le ensombreció la cara, y dijo:

—Pues a mí no me llamó. Tuve que enterarme por un poli que apareció en la puerta. Lo cual dice bastante sobre ella, ¿no?

—No era responsabilidad suya informarla. Además, se la llevaron conmocionada al hospital —adujo Moss.

—Ella ha explicado que hubo un incidente entre Gregory y su hermano, Gary. ¿Es así? —preguntó Peterson.

En cuanto Gary salió a relucir, Penny se puso tensa.

—Fue una disputa, un riña familiar —se apresuró a decir.

—Estelle ha dicho que llegaron a las manos.

—Sí, bueno. Los chicos siempre hacen igual.

—Pero ellos eran dos hombres adultos. Su hermano ha tenido problemas con la policía otras veces —añadió Peterson.

Nerviosa, la mujer miró alternativamente a los tres agentes. Apagó el cigarrillo en el cenicero repleto.

—Mi hermano está en libertad condicional por atacar a un tipo en New Cross —explicó soltando el humo hacia el techo—. Trabaja de «gorila» en un club. El tipo estaba ciego de drogas, así que fue en defensa propia. Pero Gary… se pasó de la raya. No lo metan en esto. Ya sé que no es un santo, pero es completamente imposible que él tuviera nada que ver, ¿me oyen?

—¿Por eso se ha sobresaltado antes, en la puerta? ¿Pensaba que era Gary? —preguntó Erika.

—Oiga, ¿para qué demonios han venido aquí? —Penny cruzó los brazos y entornó los ojos—. Ya se han presentado otros policías en la puerta para informarme y hacerme preguntas. ¿No deberían estar buscando a ese individuo?

—No hemos dicho que fuera un individuo —observó Moss.

—No se haga la lista conmigo. Usted sabe que la mayoría de los asesinos son hombres —dijo la señora Munro.

Erika le lanzó una mirada a Moss: notaba que la mujer se estaba cerrando en banda.

—Está bien, señora Munro. Perdone. No estamos investigando a su hermano. Hemos de formularle estas preguntas para hacernos una idea general y poder atrapar al asesino.

Penny encendió otro cigarrillo.

—¿Quieren uno? —preguntó.

Moss y Peterson negaron con la cabeza, pero Erika cogió uno. Penny se lo encendió y les dijo:

—Gregory quería mandar a Peter a un internado. ¡Enviar lejos de casa a un niño tan pequeño! Yo me planté y dije que ni hablar. El fin de semana anterior a que Peter comenzara en la escuela primaria local, me enteré de que mi exmarido había cancelado la matrícula y había seguido adelante, aceptando la plaza del internado.

—¿Eso cuándo sucedió?

—En Pascua. Llamé a Gregory, pero él me dijo que Peter saldría ese mismo lunes y que yo no iba a impedirle que le diera al niño una educación decente. ¡Era casi un secuestro! Por eso Gary fue a buscar a Peter. Abrió la puerta de una patada, pero no hizo... No se puso violento, ¿vale? Estelle estaba allí. Ella se lanzó contra Gary con un cenicero de cristal y así se inició la bronca. Apuesto a que ella no ha contado esa parte, ¿verdad?

—De modo que, ¿su relación con Estelle no es buena?

Penny se echó a reír con amargura.

—Es una bruja. Se inventa toda clase de fantasías para excusar a su hijo. A mí me odió nada más verme, en cuanto empezamos a salir juntos... Lo arruinó todo: la fiesta de compromiso, la boda. El padre de Gregory había muerto cuando él era pequeño; y como era hijo único, se acostumbraron a depender el uno del otro: él y su mami. ¿Cómo lo llaman? Codependientes. Al principio de nuestro matrimonio, creí que quizá conseguiría ganármelo, o que al menos me convertiría en la relación más importante para él, pero su madre se encargó de que yo quedara siempre en segunda línea. Suena patético, ¿no? Me escucho explicándoselo y me siento patética.

Erika miró a sus compañeros, consciente de que había una pregunta más que formular.

—Señora Munro, siento tener que preguntárselo, pero ¿sabe si su marido mantenía relaciones con otros hombres?

—¿Qué quiere decir? ¿Amigos? No tenía muchos.

—Quiero decir relaciones sexuales con otros hombres.

Penny los miró, uno a uno. Se oía de fondo el tictac del reloj. De pronto la puerta de la cocina se abrió violentamente y se estrelló contra la nevera; entró un hombre bajo y fornido con la cabeza rapada. Llevaba vaqueros, camiseta y botas negras con cordones. La cabeza le relucía de sudor, y tenía manchas de humedad en las axilas y en la pechera. Desprendía un oscuro aroma a agresión. En su rostro había una mezcla de desconcierto y furia.

—¿Relaciones sexuales con otros hombres? ¿Qué cojones es todo esto? —gritó.

—¿Es usted Gary Wilmslow? —preguntó Erika.

—Sí. ¿Y usted quién es?

—La inspectora jefe Foster, señor. Estos son la inspectora Moss y el inspector Peterson. —Ellos se levantaron y le enseñaron sus placas.

—¿Qué coño es esto, Penny?

—Me están haciendo preguntas sobre Greg. Preguntas de rutina, ¿vale? —respondió ella con tono cansado, como si aplacar a su hermano fuese una tarea habitual en su vida.

—¿Y están preguntando si era un maricón? —exclamó Gary—. ¿Eso es lo mejor que se les ocurre? Greg podía ser un gilipollas...

—¡Gary!

—Pero no era maricón, ¿lo oyen? —dijo el hombre alzando un dedo y agitándolo en el aire para subrayar su afirmación.

—Señor, ¿podemos pedirle que espere fuera mientras terminamos? —pidió Peterson.

—A mí no me llame «señor». ¡No es lo que piensa! —replicó Gary. Abrió la nevera de un tirón y metió la cabeza dentro musitando: «Negro hijo de puta».

—¿Qué acaba de decir? —preguntó Peterson. Erika notó que la respiración de su colega se aceleraba.

Gary se irguió, con una lata de cerveza en la mano, y cerró la puerta de la nevera.

—No he dicho nada.

—Yo le he oído —aseguró Erika.

—Y yo —dijo Moss—. Ha llamado a mi compañero «negro hijo de puta».

—No, no es cierto. Y aunque lo fuera, esta es mi casa y puedo decir lo que quiera. Y si no les gusta lo que oyen, ya pueden irse a la mierda… Vuelvan con una orden judicial.

—Señor Wilmslow, estamos formulando las preguntas de rutina en una investigación de asesinato… —explicó Erika.

—Son unos putos inútiles. Para ustedes tres es más fácil sentarse aquí y acosarnos, cuando acaba de producirse una muerte en la familia, que salir a buscar al responsable.

—¿Puedo recordarle que proferir insultos raciales contra un agente de policía es un delito? —planteó Peterson, que se acercó a Gary y lo miró fijamente a los ojos.

—También lo es el asesinato. Pero yo estoy en mi derecho de defenderme si usted se pone agresivo en mi propiedad.

—¡GARY! —gritó Penny—. Déjalo ya. Vete a ver si mamá y Peter están bien… ¡Ahora mismo!

Él alzó la lata de cerveza, la abrió y salpicó a Peterson en la cara. Hubo un momento de tensión; dio un sorbo y salió dando un portazo.

—Lo siento. Lo siento muchísimo… No le gusta la policía —se excusó Penny. Cortó un trozo del rollo de cocina de papel absorbente y se lo pasó a Peterson con mano temblorosa.

—¿Se encuentra bien para continuar? Ya casi hemos terminado —dijo Erika. Peterson se secó la cara. Penny asintió—. No le hacemos estas preguntas porque sí. Encontramos unas revistas pornográficas gais en el cajón de la mesita de su marido.

—¿De veras?

—Sí. Hemos de averiguar por qué estaban ahí. Seguramente no significan nada; tal vez sentía curiosidad. Pero debo preguntarle si a usted le consta que Gregory fuera bisexual o que sintiera impulsos de salir a buscar a otros hombres. Nos ayudaría mucho en nuestra investigación saber si su marido llevaba una vida secreta, o veía a otros hombres, o los invitaba…

—Vale, sí, lo he captado —le espetó Penny—. ¡Ya lo he entendido, joder! —Encendió otro cigarrillo y dejó escapar el humo, tirando el mechero sobre el escurridero. Daba la impresión de no saber cómo procesar la información. Hubo un largo silencio—. No lo sé… Una vez… En una de las raras ocasiones en las que nos emborrachamos juntos, Gregory dijo que le gustaría probar un trío. Estábamos de vacaciones en Grecia, pasándolo bien… Yo pensé que se refería a un trío con otra chica, pero lo que quería… Él quería que nos acostáramos con otro chico.

—¿Usted se sorprendió? —preguntó Erika.

—¡Claro que me sorprendí, joder! Él era siempre muy convencional: la posición del misionero y tal…

—¿Qué sucedió?

—Nada. Enseguida se rajó; dijo que estaba bromeando para ver cómo reaccionaba yo.

—¿Cuál fue su reacción cuando se lo dijo?

—No sé. La isla era maravillosa, lo estábamos pasando muy bien. Había algunos tipos griegos que estaban muy buenos. Yo pensé que podría ser divertido, una experiencia loca y divertida. Nosotros nunca nos divertíamos.

—¿Le molestó que él lo hubiera sugerido?

—No. Yo lo amaba, en esa época lo amaba, y él era tan puritano que, no sé, me gustó que hubiera compartido esa fantasía conmigo… —La mujer se derrumbó y se echó a llorar.

—Por tanto, ¿no cree que su marido pudiera haber sido gay?

—No, no lo creo —contestó alzando la cabeza y mirando a Erika con expresión sombría—. Bueno, ¿ya está?

—Sí, gracias. Enviaremos más tarde a un agente para que la recoja y la lleve a identificar el cuerpo de su marido —informó Erika.

Ella asintió, con lágrimas en los ojos, y se volvió hacia el alegre jardín trasero.

—Si averiguan algo más sobre Greg, sobre si era gay… yo no quiero saberlo. ¿Entendido?

—Sí, entendido.

Habían dejado el coche aparcado junto al bordillo y, cuando llegaron, estaba ardiendo, por lo que dejaron las puertas abiertas un rato para que se ventilara. Erika hurgó en su bolso, sacó el móvil y llamó a Lewisham Row.

—Hola, Crane, soy la inspectora Foster. ¿Puede buscarme un nombre en el sistema, por favor? Gary Wilmslow, con domicilio en el número catorce de Hereford Street, Shirley. Todo lo que tengamos. Es el hermano de Penny Munro, la esposa de la víctima. ¿Y podría concertar una entrevista formal con Estelle Munro, y también asignar agentes de enlace familiar para mediar entre ella y Penny?

Ya iban a subir al coche cuando Gary apareció por la puerta principal, llevando a Peter de la mano.

—Señor Wilmslow —lo llamó Erika retrocediendo hasta la verja de entrada—, ¿puede decirme dónde estaba el jueves por la noche entre la seis de la tarde y la una de la madrugada?

Gary se acercó a la manguera enrollada en torno a un grifo, justo debajo de la ventana del salón, y la desenrolló. Hecho esto, se la pasó al crío.

—Estaba aquí —dijo—. Viendo *Juego de tronos* con Penny y con mamá.

—¿Toda la noche?

—Sí, toda la jodida noche. Nos compramos el recopilatorio completo.

Peter cogió la manguera y se preparó, apuntando al césped. Alzó la vista, miró a Gary con una sonrisa mellada y, cuando este abrió el grifo, roció el césped sediento.

—¿Y ellas pueden corroborarlo?

—Sí —dijo Gary con mirada gélida—. Pueden «corroborarlo».

—Gracias.

Erika volvió al coche, arrancó el motor y el aire acondicionado. Moss y Peterson subieron también.

—Lo podríamos detener ahora mismo, ¿sabe? Está prohibido regar a causa de las restricciones de agua —informó Peterson.

—Ya. Pero le ha dado la manguera al crío —dijo Moss.

—Está visto que es de esos cabrones escurridizos, ¿eh? —sentenció Peterson, alicaído.

—Sí —asintió Erika.

Observaron cómo fumaba. Peter iba regando el césped. Él alzó la vista y los miró.

—Vamos a dejarlo por ahora —terció Erika—. A ver qué hace. Es un posible sospechoso, pero necesitamos saber mucho más.

$\mathcal{A}$tardecía. La enfermera Simone Matthews estaba sentada en una de las pocas habitaciones individuales del pabellón geriátrico del hospital Queen Anne de Londres. A su lado, en una cama metálica, yacía dormida una anciana llamada Mary. El delgado bulto que conformaba su cuerpo apenas se apreciaba bajo la manta azul que la envolvía. Tenía la cara chupada y amarillenta, y respiraba entrecortadamente por la boca entreabierta.

Ya no quedaba mucho.

El hospital Queen Anne se hallaba en un edificio de ladrillo rojo muy deteriorado, y el pabellón geriátrico, en especial, podía resultar a veces un lugar sombrío y que suponía un reto. Ver cómo se desmoronaba la gente desde el punto de vista físico y mental acababa pasando factura. Dos noches antes, Simone había tenido que ocuparse de bañar a un viejo que hasta entonces había sido un paciente ideal. Y mientras lo bañaba, sin previo aviso, el hombre le había dado un puñetazo en la cara. Enseguida la habían enviado a hacerse una radiografía; por suerte, no tenía fracturada la mandíbula. La hermana supervisora le había dicho que se tomara un par de días para descansar y reponerse de la conmoción, pero ella reaccionó con estoicismo y se empeñó en presentarse en el hospital para su siguiente turno.

El trabajo para Simone lo era todo, y quería estar con Mary, permanecer a su lado hasta el final. Las dos mujeres nunca habían hablado. La anciana llevaba diez días en el pabellón, y se los había pasado en un estado de semiincons-

63

ciencia. Todos los órganos le estaban fallando; su cuerpo se apagaba poco a poco. No la habían visitado ni familiares ni amigos, pero Simone se había hecho una imagen de ella a partir de los efectos personales metidos en una pequeña taquilla junto a la cama.

La mujer había sufrido un colapso en un supermercado y cuando la ingresaron, llevaba un vestido raído y unos viejos zapatos de jardinería. También llevaba un bolsito negro. No había gran cosa dentro: una pequeña lata de pastillas de menta y un pase de autobús; pero la enfermera había encontrado en un bolsillo con cremallera del forro una pequeña foto arrugada en blanco y negro.

La habían tomado en un parque durante un día soleado. Bajo un árbol, una bella joven se hallaba sentada sobre una manta a cuadros, con una larga falda arrebujada en torno a las piernas. La estrecha cintura y el busto que se adivinaba bajo la blusa azul almidonada componían una envidiable figura. Aunque la foto era en blanco y negro, Simone dedujo que Mary había sido pelirroja: se percibía en los reflejos del sol sobre su larga y ondulada cabellera. A su lado, había un hombre de pelo oscuro. Era apuesto, pero había en él un barrunto de peligro y excitación. Guiñaba los ojos bajo el sol y rodeaba a Mary por la cintura, en actitud protectora. En el dorso, escrito a mano, se leía: «Con mi querido George. Bromley, verano de 1961».

Había otra fotografía, en el pase del autobús, tomada tres años atrás. Sobre un fondo negro, Mary miraba asustada a la cámara, como un conejo deslumbrado por unos faros: el cabello mustio y canoso, la cara arrugada y llena de surcos.

«¿Qué le sucedió a Mary entre 1961 y el 2013? —se preguntaba Simone—. ¿Y dónde estaba George?» Por lo que deducía, no habían vivido felices los dos juntos desde aquel entonces. Según el historial médico, Mary no se había casado. No tenía hijos ni cargas familiares.

De pronto la mujer farfulló algo. Su hundida boca se abrió y se cerró lentamente; la respiración se le interrumpió un instante, para retomar enseguida su ritmo entrecortado.

—Tranquila, Mary, estoy aquí —susurró Simone cogiéndole la mano: una mano flaca, de piel flácida y cubierta de cardenales oscuros, causados por los repetidos intentos de encontrarle una vena para la vía intravenosa.

La enfermera miró el relojito de plata que tenía prendido en la pechera del uniforme y vio que su turno estaba terminando. Sacó un cepillo de la taquilla junto a la cama y le cepilló el pelo a Mary: primero apartándoselo de la amplia frente, y a continuación sujetándole la cabeza para llegar hasta las puntas dando largas pasadas. El cepillo iba y venía, y las hebras plateadas brillaban a la luz del sol que entraba por la pequeña ventana.

Simone habría deseado que Mary hubiera sido su madre, que hubiera abierto los ojos y le hubiera dicho que la quería. Mary había amado a George, eso lo veía en la foto, y estaba segura de que habría podido quererla también a ella. Con otro tipo de amor, claro. El amor de una madre a una hija.

Le vino a la cabeza por un instante el rostro de su propia madre, lo que le provocó un temblor tan agudo en las manos que se le cayó el cepillo al suelo.

«¡UNO DE LOS PEORES CASOS DE ABANDONO INFANTIL QUE SE HAN VISTO!», habían proclamado los titulares de los periódicos. Un vecino había encontrado a la pequeña Simone, de diez años, encadenada al radiador del baño: la madre se había ido de vacaciones y la había dejado así. El vecino y el periodista con el que contactó creían que le habían salvado la vida a la niña, pero la verdad era que la vida en el centro de menores había resultado peor. Cuando la madre volvió de sus vacaciones, se presentó sin previo aviso en el centro de menores. Los responsables llamaron a la policía, pero ella huyó antes de que pudieran detenerla. Esa noche se arrojó desde el Tower Bridge y se ahogó en las gélidas aguas del Támesis. Simone prefería pensar que se había quitado la vida por el sentimiento de culpabilidad, pero tampoco podía estar segura.

Recogió el cepillo y, haciendo un esfuerzo, consiguió que sus trémulas manos se relajaran.

—Ahí está. Mira qué guapa has quedado —dijo retrocediendo para admirar su obra.

El ralo pelo de Mary estaba ahora impecablemente peinado; sus plateadas hebras se esparcían en abanico sobre la almidonada almohada blanca. Simone volvió a dejar el cepillo en la taquilla.

—Ahora te voy leer. —Buscó detrás de la silla y sacó de su bolso un periódico local.

Empezó por el horóscopo: primero el de Mary —sabía por su ficha que era Leo—, y luego el suyo. Ella era Libra. Leídos los horóscopos, pasó a la primera página y leyó un artículo sobre un médico del sur de Londres que había aparecido estrangulado en su propia cama. Al terminar, depositó el periódico sobre su regazo.

—Yo nunca he entendido a los hombres, Mary. Nunca sé lo que está pensando mi marido, Stan... o sea, Stanley abreviado. Es como un libro cerrado. Lo que hace que te sientas sola. Me alegro de tenerte a ti... Me comprendes, ¿verdad?

Mary continuó durmiendo. Ella estaba muy lejos, en aquel parque soleado, sentada sobre la manta a cuadros con George, el hombre que le había roto el corazón.

12

*E*rika y sus ayudantes, Moss y Peterson, llegaron a la comisaría poco antes de las seis de la tarde y se reunieron con el equipo restante en el centro de coordinación.

—Bueno, la personalidad de Gregory Munro no nos acaba de quedar clara —dijo la inspectora jefe, dirigiéndose a todo el mundo frente a las pizarras blancas—. Su madre lo considera un santo; su esposa lo describe como un hombre de sexualidad ambigua y temperamento reservado y arisco. Hemos estado en su consultorio y nos hemos tropezado con dos de sus pacientes, que tienen opiniones diametralmente opuestas sobre su trato con los enfermos... También me he pasado media hora al teléfono con la gerente del consultorio, quien, tras enterarse de que su jefe había muerto, se fue a pasar al día a Brighton para broncearse y salir de copas. Llevaba trabajando para él quince años y no estaba enterada de su inminente divorcio; ni siquiera sabía que su esposa lo había abandonado hace tres meses.

—O sea que mantenía su vida separada en compartimentos, ¿no? —dijo Crane.

—Es una forma de expresarlo —replicó Erika—. Hemos pedido datos sobre cualquier comentario o queja formulada contra él por los pacientes. La gerente se mostraba más bien reacia a facilitarlos, pero en cuanto he hablado de la posibilidad de pedir una orden judicial ha cambiado de tono. Nos enviará la información mañana por la mañana como más tarde.

Se giró hacia un nuevo elemento añadido a la pizarra:

una foto policial de Gary Wilmslow. En la imagen, este aparecía con un poco más de cabello y miraba a la cámara con expresión ceñuda y con grandes bolsas bajo los ojos.

—Bueno, lo más parecido que tenemos a un sospechoso por ahora es el cuñado de la víctima, Gary Wilmslow. Hay un motivo: odiaba a Gregory y habían tenido varios altercados. Y su hermana va a heredar el considerable patrimonio de Gregory. Como familia, Gary, Penny y la madre de ambos parecen uña y carne: funcionan como una banda organizada, si me permiten la expresión. ¿Qué más sabemos sobre Gary?

El ambiente cambió visiblemente porque en ese momento entró en el centro de coordinación el comisario jefe Marsh. Los agentes se irguieron en los asientos y adoptaron una actitud más atenta. Marsh se apoyó en el ángulo de la mesa de las impresoras y le indicó a Erika con un gesto que prosiguieran.

Crane se puso de pie e informó:

—Bien. Gary Wilmslow, edad treinta y siete años. Nacido en el distrito de Shirley al sur de Londres. Actualmente trabaja como «gorila» en un club de Peckham dieciséis horas a la semana... El número mínimo de horas para reclamar prestaciones sociales. Es un tipo encantador, con un historial tan extenso como una concursante de Miss Universo —dijo con ironía. Se puso el bolígrafo entre los dientes, revolvió en su escritorio y sacó un grueso expediente—. Wilmslow fue juzgado en 1993 en el tribunal de menores por un ataque a un viejo en la parada de autobús de Neasden High Street. El viejo pasó tres días en coma, pero se recuperó y pudo prestar declaración. Gary pasó tres años en el Centro de Delincuentes Juveniles Feltham por este asunto. Posteriormente, en 1999, fue juzgado y condenado por un delito de lesiones graves y pasó dieciocho meses en la cárcel. Cumplió otros dos años, de 2004 a 2006, por tráfico de drogas. —Crane iba hojeando el abultado expediente—. Fue condenado a otros dieciocho meses en 2006 por atacar a un hombre en un garito de juego de Sydenham con un taco de billar. Lo procesaron por violación en 2008, pero la acusación fue retirada por falta de pruebas. Y finalmente, el año pasado lo juzgaron por homicidio involuntario.

—¿Eso cuando trabajaba de «gorila»? —preguntó Erika.

—Sí, trabaja en el club H2O de Peckham, un local bien conocido, y detestado, por la división uniformada de los fines de semana. El abogado de Gary Wilmslow argumentó que había actuado en defensa propia y le cayó una condena de dos años. Salió al cabo de un año y ahora está en libertad provisional... Lo más interesante es que fue nada más y nada menos que Gregory Munro quien pagó al abogado.

Erika volvió a la pizarra y examinó la foto de Gary. Los agentes se arrellanaron en las sillas en silencio intentando asimilar toda la información.

—De acuerdo. Gary es un bicho de cuidado. Tiene un historial más largo que el trasero de un cocodrilo. Ahora bien, ¿fue él quien hizo esto? —preguntó dando unos golpecitos a las fotos de la escena del crimen en las que Gregory Munro aparecía muerto en la cama, con los brazos atados al cabezal y la cara distorsionada por la bolsa de plástico.

—Gary Wilmslow nos ha proporcionado además una coartada —dijo Crane.

—Nos está tomando el pelo con esa coartada: resulta que todos se quedaron en casa viendo la tele —soltó Peterson sin disimular apenas su inquina.

—Ya, bueno, pero no olvide que está en libertad provisional y que Penny tiene con él una actitud protectora. No nos apresuremos a sacar conclusiones, por favor —pidió Erika.

—¡Pero... jefa! Mire sus antecedentes. Es más que capaz. Yo digo que lo detengamos.

—Sí, entiendo, Peterson. Pero este asesinato fue planeado con mucho cuidado y ejecutado con auténtica destreza, sin dejar prácticamente ninguna prueba forense. Wilmslow es un matón impetuoso de poca monta. —Ella cogió el expediente de Crane y hojeó las páginas—. Todos estos delitos fueron cometidos de forma impulsiva, en violentos arrebatos de furia.

—El móvil de heredar todo el patrimonio de Gregory es muy sólido —dijo Peterson—. Tres propiedades en Londres, un consultorio médico. ¿Hemos examinado el seguro de vida? Lo más probable es que el doctor Munro tuviera

69

una póliza impresionante. Y, además, está el odio que sentía hacia él. El sistema para irrumpir en la casa podría ser un montaje.

—Muy bien, entendido —aceptó Erika—. Pero para detenerlo necesitamos pruebas.

El agente Warren se levantó.

—Sí. ¿Qué novedades tiene? —preguntó Erika.

—Jefa, hemos recibido más datos del laboratorio. En la valla del fondo del jardín se encontraron cuatro fibras; todas ellas de una pieza de tela negra, una mezcla de algodón y lycra. En la búsqueda de fluidos corporales, en cambio, no ha habido suerte.

—¿Y qué quiere decir detrás de la casa?, ¿en la vía del tren?

—Humm, hay una reserva natural —tartamudeó Warren, intimidado por la presencia silenciosa de Marsh al fondo del centro de coordinación—. Es pequeña; la crearon hace siete años varios residentes de la zona. Se extiende a lo largo de unos cuatrocientos metros junto a la vía del tren en dirección a Londres, y termina antes de la estación de Honor Oak Park... Ya he pedido a la compañía South West Trains las imágenes de las cámaras de vigilancia de la noche del asesinato.

—¿Hasta dónde llega la reserva natural en la otra dirección? —preguntó Erika.

—Hasta unos centenares de metros más allá de la casa de Gregory Munro, y es un callejón sin salida. He pedido las imágenes de videovigilancia de las calles circundantes, aunque en muchas de las cámaras se ha anulado la vigilancia regular.

—Ah, déjeme adivinar... ¿recortes presupuestarios? —preguntó la inspectora.

El agente Warren volvió a tartamudear.

—Humm. No estoy seguro del motivo exacto...

—No comprendo cómo los idiotas del Gobierno pueden creer que suprimiendo las cámaras de videovigilancia van a ahorrar dinero... —masculló Erika.

Marsh la interrumpió:

—Inspectora Foster, eso está ocurriendo en todo Londres.

No hay fondos suficientes para manejar miles de cámaras instaladas por toda la capital, sencillamente.

—Ya, y esas mismas cámaras no funcionaban hace dieciocho meses cuando estábamos tratando de atrapar a un asesino. Y se habrían ahorrado miles de horas de trabajo policial si hubiéramos tenido acceso a las imágenes de una sola cámara...

—Entiendo, pero este no es lugar idóneo para discutirlo —dijo Marsh—. Creo que deberíamos continuar.

Hubo un incómodo silencio. Algunos agentes miraron al suelo. Erika prosiguió:

—De acuerdo. Consiga todas las imágenes de videovigilancia que pueda. Compruebe si había algún individuo sospechoso merodeando. Todos los datos posibles: altura, peso... Si llegó en tren, en bicicleta, en autobús o en coche...

—Sí, jefa —dijo el agente Warren.

—¿Cómo van los interrogatorios puerta a puerta, y los historiales bancarios y telefónicos de la víctima? —preguntó ella.

La agente Singh se puso de pie e informó:

—Muchos residentes de Laurel Road todavía están fuera, de vacaciones; y muchos más habían salido la noche del asesinato. Con este calor, la gente va a los parques y a los *pubs* al salir del trabajo, y no vuelve hasta muy tarde. Además, los vecinos de ambos lados de la casa de Gregory Munro están de vacaciones hasta el próximo fin de semana.

—¿Me está diciendo que nadie vio nada? —le soltó Erika con impaciencia.

—Humm. No.

—Maldita sea. ¿Qué más?

—Gregory Munro tenía un sueldo anual de doscientas mil libras. Lo cual se debe en parte a que dirigía uno de los consultorios de medicina general más grandes y rentables del sur de Inglaterra. No tenía deudas, aparte de una hipoteca de ochenta mil libras en su residencia principal de Laurel Road. También poseía una casa en New Cross Gate, que alquilaba a estudiantes, y la casa de Shirley donde ahora reside Penny Munro. Los registros telefónicos son bastante corrientes, nada fuera de lo normal. Llamó a su esposa tres días antes de la fecha prevista de su viaje, tal como ella ha declarado. Y todos los demás datos concuerdan. Iba a tomar un vuelo a Niza para asistir a una convención de la Asociación Médica Británica.

—¿Era miembro de alguna página gay o tenía aplicaciones de contactos?

—Se descargó hace un mes la aplicación Grindr de contactos gais. Estaba en su móvil. Pero no rellenó el formulario.

—¿Qué hay del abogado que se ocupaba del divorcio?

—Le he dejado varios mensajes, pero aún no ha respondido.

—De acuerdo. Siga insistiendo.

—Sí, jefa —dijo Singh sentándose con aire abatido.

Los agentes observaron cómo deambulaba Erika de aquí para allá frente a las pizarras.

—Es Gary Wilmslow, jefa. Yo creo que hemos de coger el toro por los cuernos y detener a ese sinvergüenza —insistió Peterson.

—No. No basta con que sea un sinvergüenza.

—¡Pero... jefa!

—No, Peterson. Si lo detenemos, quiero estar segura y tener pruebas de su culpabilidad, ¿entendido?

Peterson se echó atrás en su silla, negando con la cabeza.

—Haga todos los aspavientos que quiera. No permita que los sentimientos le nublen el juicio. Cuando llegue el momento, siempre que esté justificado, lo detendremos. ¿De acuerdo?

Peterson asintió.

—Bueno, ¿alguien tiene algo más?

Hubo un silencio. Erika miró el reloj.

—Bien... Vamos a enfocar la investigación en Gary Wilmslow, pero con la mente abierta. Que alguien hable con su jefe y que indague un poco. Utilicen sus contactos.

El centro de coordinación se llenó de murmullos. Marsh se acercó a las pizarras.

—Erika, ¿tendrá tiempo para charlar cuando acabe?

—Sí. Pero creo que aún estaremos varias horas más, señor.

—No importa. Deme un toque cuando haya terminado e iremos a tomar un café. —El comisario se fue hacia la puerta.

—¿Me va a invitar a dos cafés en un día? —murmuró Erika, llena de suspicacia—. ¿A qué viene esto?

13

*E*rika se sorprendió porque Marsh la llevó a un bar de yogures helados que estaba en la misma calle de la comisaría. Acababan de abrir unos días antes y había mucho ajetreo.

—Le prometí a Marcie que probaría este lugar —dijo el comisario poniéndose a la cola en el interior del local, iluminado con un estridente neón de colores rosa y amarillo.

—¿Todo esto es para darme ánimos? ¿O quiere demostrarme que los presupuestos policiales no se rigen siempre con criterios de austeridad? —preguntó Erika.

—Mi despacho está en la última planta de la comisaría. Necesito refrescarme un poco.

Llegaron a la altura de una chica situada frente a un humeante dispensador de yogur. Marsh pidió dos de tamaño grande. Se lo sirvieron en un vaso de cartón, y recorrieron un mostrador de autoservicio donde había una serie de cuencos con caramelos, fruta y chocolate. Erika observó cómo examinaba Marsh con toda seriedad aquel surtido de golosinas y optaba finalmente por unos ositos de goma. Ella reprimió una sonrisa y escogió fruta fresca.

—Bueno, ¿cómo se va adaptando a su nuevo piso? —le preguntó Marsh, una vez que encontraron un hueco entre la aglomeración y ocuparon dos taburetes junto a un gran ventanal. Afuera los coches pasaban lentamente y el calor se elevaba rielando del asfalto reblandecido. Por la otra acera, desfilaban los trabajadores que salían a borbotones de la estación.

—Llevo allí seis meses. Es tranquilo, lo cual me gusta —dijo Erika, y se metió una cucharada de yogur helado en la boca.

—¿No ha pensado en comprar algo en Londres?

—No lo sé. Ahora empiezo a adaptarme a la ciudad, y también al trabajo, pero los precios son una locura. Incluso un cuchitril por aquí cuesta doscientas o trescientas mil libras.

—Está tirando el dinero al vivir de alquiler, y los precios no harán más que subir, Erika. Si piensa hacerlo, hágalo pronto. Usted tiene su antigua casa en Mánchester. Eche a los inquilinos, véndala y súbase al tren de la propiedad inmobiliaria.

—¿Ahora también se dedica a dar consejos sobre bienes inmuebles, señor? —dijo ella con una sonrisa.

Marsh no se rio. Engulló otra cucharada de yogur. Los ositos de goma multicolores relucían a la luz del sol.

—Quiero que se mantenga alejada de Gary Wilmslow —dijo él, cambiando de tema bruscamente.

Erika lo miró sorprendida.

—Usted estaba en el centro de coordinación, señor. No pienso ir tras él hasta que tenga pruebas suficientes.

—Lo que le digo es que no vaya a por él. En modo alguno. Es terreno vedado. —Inclinó la cabeza y la miró por encima de las gafas de sol.

—¿Puedo preguntar por qué, señor?

—No. Se lo estoy diciendo como superior suyo.

—Ya sabe que conmigo este tipo de cosas no funcionan. Si me mantiene en la oscuridad, acabaré encontrando el interruptor.

El comisario tomó otra gran cucharada de yogur helado. Antes de tragarlo, lo paseó un momento por la boca. Luego se quitó las gafas y las dejó sobre la mesa.

—¡Por el amor de Dios! Está bien. ¿Ha oído hablar de la Operación Hemslow?

—No.

—La Operación Hemslow se centra en los promotores y distribuidores de pornografía infantil. Gary Wilmslow está seriamente implicado en una banda de pornografía pedófila, y estamos hablando de una red a gran escala: distribución a través de páginas web y, en menor medida, producción de DVD. Lo hemos mantenido vigilado los últimos ocho meses, pero es un cabronazo muy escurridizo. Desde hace cinco semanas está sometido a vigilancia las veinticuatro horas.

—¿Y usted necesita que continúe suelto, dedicándose a sus negocios, para poder pillarlo in fraganti?

—Exacto.

—Pero ¿qué me dice de Peter, el sobrino? ¡Están viviendo bajo el mismo techo!

—No pasa nada. Estamos prácticamente seguros de que Wilmslow no interviene directamente en el reclutamiento de niños para filmar los vídeos.

—¿Prácticamente seguros?

—Estamos convencidos.

—¡Por Dios! —exclamó Erika apartando el yogur.

—Estoy confiando en usted, Erika. Estoy otorgándole toda mi confianza.

—Vale, de acuerdo. Pero ¿no podríamos sacar de en medio a Peter, y también a Penny?

—Ya sabe que en estos casos nos tomamos muy en serio la protección de las personas en situación de riesgo, pero aún no tenemos pruebas suficientes que nos permitan asumir la custodia de Peter. Como le he dicho, tenemos a Gary bajo vigilancia las veinticuatro horas del día. Si se lleva al chico, nos enteraremos.

—¿Usted sabe que Gary Wilmslow no mató a Gregory Munro porque lo tienen bajo vigilancia?

—Sí. Su coartada encaja. Pasó toda la noche en casa.

—¿Y está seguro de que el asesinato de Gregory no tiene nada que ver con Gary Wilmslow o con la Operación Hemslow?

—Por completo. Nosotros no teníamos a Gregory Munro bajo nuestro radar. Espero que encuentre un modo de orientar a su equipo en otra dirección. Si el caso fuera mío, yo seguiría la ruta del asesinato entre homosexuales. Lo derivaría a uno de los equipos de Investigación Criminal especializados en asesinatos de motivación sexual.

—Yo no sé si el asesinato de Gregory Munro tuvo una

motivación sexual. Por ahora lo único que tenemos son pruebas circunstanciales.

—Pero esas pruebas circunstanciales le vienen al pelo, Erika. Naturalmente, la decisión es suya, pero podría hacerse un favor a sí misma y deshacerse del caso.

—Pero ¿los de crímenes sexuales no están ya bastante ocupados con lo suyo, señor?

—¿Acaso no lo estamos todos? —dijo Marsh rebañando los restos del yogur.

—Esto me obliga a partir otra vez de cero —comentó Erika. Se sumió en un sombrío silencio unos momentos. Miró por el ventanal cómo pasaba la gente alegremente bajo el sol veraniego.

—Además, va a haber pronto una vacante de comisario —anunció Marsh, y se puso otra vez las gafas.

Erika se volvió hacia él y le dijo:

—Si no lo ha hecho ya, señor, espero que proponga mi nombre. He trabajado como inspectora jefe el tiempo suficiente y me merezco…

—Un momento, un momento. Ni siquiera sabe dónde es la plaza.

—No me importa dónde sea.

—¡Si acaba de decirme que empieza a adaptarse a Londres!

—Es cierto, pero tengo la sensación de haber sido dejada de lado últimamente. Salió un puesto de comisario el año pasado; se convocó la plaza y usted no…

—No me pareció que estuviera preparada.

—¿Y qué derecho tiene a tomar esa decisión, Paul?

Marsh enarcó las cejas y le replicó:

—Erika, usted acababa de reincorporarse al servicio tras sufrir las secuelas de una grave intervención quirúrgica; por no hablar del trauma de…

—¡También conseguí atrapar al asesino de cuatro mujeres y le puse a la policía metropolitana en bandeja de plata al jefe de una banda de rumanos que se dedicaba al tráfico de mujeres de Europa del Este para trabajar aquí como prostitutas!

—Erika, nadie está tan dispuesto a apoyarla como yo.

77

Pero debe aprender estrategia. Para progresar en el cuerpo no le basta con ser una gran policía; necesita un poco de sentido político. No vendría mal que trabajara su relación con el subcomisario general Oakley.

—Mi hoja de servicios debería bastar. No tengo tiempo ni ganas de emprender una ofensiva de lameculos con los jefazos.

—No se trata de hacer de lameculos con nadie. No obstante, debe ser un poco más... fácil de tratar.

—Bueno, ¿dónde es ese puesto de comisario?

—Aquí, en la policía metropolitana, en el edificio de Scotland Yard, para trabajar en el Equipo de Investigación Especial.

—Va a proponer mi candidatura... ¿sí? —insistió Erika.

—Sí.

Ella lo miró fijamente.

—Lo digo en serio. Propondré su candidatura —repitió Marsh.

—Gracias. Razón de más para que me mantenga alejada de Gary Wilmslow, ¿no?

—Sí —contestó Marsh dando golpecitos con la cuchara en el vaso vacío—. Aunque, por motivos estrictamente egoístas, lamentaría mucho perderla.

—Seguro que lo superará —dijo ella con una sonrisa irónica.

Sonó el móvil del comisario jefe en el fondo de uno de sus bolsillos. Se secó la boca con la servilleta y lo sacó. Nada más responder, resultó evidente que era su esposa, Marcie.

—Mierda —exclamó al colgar—. No había visto la hora. Hoy es nuestra noche libre. La madre de Marcie se queda a las niñas.

—Claro. Dele recuerdos a su mujer de mi parte. Yo también he quedado —mintió Erika.

—Hablaremos mañana —dijo Marsh levantándose.

Ella contempló cómo salía y paraba un taxi. En cuanto se subió y arrancaron, se colgó otra vez del teléfono.

Echó un vistazo alrededor. Por todas partes veía gente disfrutando del sol, paseando en parejas o en grupos de amigos. Tomó una gran cucharada de yogur y se arrellanó en el respaldo del taburete. Se preguntó si Marsh no habría jugado con ella, o si la promesa de un ascenso era auténtica. Pensó en el caso de Gregory Munro, en el hecho de que ahora tendría que partir otra vez de cero.

—¡Mierda! —dijo en voz alta.

Un par de chicas jóvenes, sentadas a su lado junto al ventanal, se miraron entre sí, cogieron sus yogures helados y cambiaron de mesa.

14

NIGHT OWL: Eh, Duke.

DUKE: Joder. ¿Dónde andabas? Estaba preocupado.

NIGHT OWL: ¿Preocupado?

DUKE: Sí. No había sabido nada de ti. Pensé que te habían...

NIGHT OWL: ¿Que me habían, qué?

DUKE: Ya me entiendes. No quiero escribirlo.

NIGHT OWL: ¿Detenido?

DUKE: ¡Mierda! Vete con ojo.

NIGHT OWL: Estamos encriptados. No hay ningún problema.

DUKE: Nunca se sabe quién está mirando.

NIGHT OWL: Eres un paranoico.

DUKE: Se pueden ser cosas peores.

NIGHT OWL: ¿Eso qué significa?

DUKE: Nada. Significa que voy con cuidado. Como deberías hacer tú.

NIGHT OWL: He estado mirando los periódicos, las noticias. No saben nada.

DUKE: Esperemos que sigan así.

NIGHT OWL: Necesito otra.

DUKE: ¿Ya?

NIGHT OWL: Sí. El tiempo pasa deprisa. Estoy vigilando al siguiente de la lista. Quiero hacerlo pronto.

DUKE: ¿Seguro?

NIGHT OWL: Afirmativo. ¿Te encargarás del material?

Hubo una pausa. Apareció una burbuja de texto que decía: «DUKE está escribiendo…». Y desapareció.

NIGHT OWL: ¿Sigues ahí?

DUKE: Sí. Yo me encargo.

NIGHT OWL: Bien. Estaré esperando. Este no sabrá de dónde le ha venido el golpe.

*O*scurecía cuando Erika salió de la ducha. Se envolvió en una toalla, cruzó descalza la habitación y encendió la luz. Había alquilado un pequeño piso de planta baja en lo que había sido una casa señorial de Forest Hill. Estaba en una calle arbolada, apartado de la calle principal. Llevaba seis meses allí, pero el piso seguía vacío, como si acabara de mudarse. La habitación estaba limpia, pero tenía un aire espartano.

Se acercó a la cómoda y se miró en el espejo de marco dorado que tenía apoyado encima. La cara que le devolvía la mirada no le inspiraba confianza precisamente. El cabello, rubio y corto, lo tenía de punta formando mechones, y se le apreciaban algunas canas. De joven, nunca se había preocupado por su aspecto. Había sido agraciada con un hermoso rostro eslavo: pómulos prominentes, piel tersa, ojos almendrados de color verde. Pero en esos ojos se detectaba ya alguna pata de gallo en las comisuras; la frente estaba surcada por demasiadas arrugas y el rostro cada vez era más flácido.

Miró la foto enmarcada que había junto al espejo. Un hombre apuesto de pelo oscuro —su difunto marido— le sonreía abiertamente. Su muerte era algo que nunca superaría, y ese dolor, unido a la culpabilidad por haber sido la responsable de ella, le perforaba el corazón muchas veces al día. Lo que no había previsto era cómo se sentiría al respecto a medida que envejeciera. Era como si, mentalmente, estuvieran distanciándose aún más. La imagen de él se conservaba estática en su recuerdo, y también en las fotografías. A medida que pasaran los años, ella se transformaría en una mujer mayor; en cambio, Mark sería siempre joven y apuesto.

Hacía unos días, conduciendo hacia el trabajo, había escuchado la canción «Forever Young» del grupo Alphaville, y había tenido que parar el coche para dominarse.

Pasó los dedos sobre la foto, siguiendo la silueta de la recia mandíbula de Mark, la forma de la nariz y de sus cálidos ojos castaños. La cogió, sintiendo el peso del marco. Abrió el primer cajón, miró la ropa interior pulcramente doblada y, levantando el primer montón de prendas, se dispuso a meter la fotografía debajo. Titubeó y retiró la mano. Cerró el cajón. Volvió a dejar la foto sobre la lustrosa superficie de madera.

Dentro de un par de semanas se cumplirían dos años de la muerte de Mark. Se le formó una lágrima, que acabó cayendo sobre la cómoda con un blando chasquido. Todavía no estaba preparada para dejarlo partir. Pero temía la llegada del día en que finalmente lo estuviera.

Se enjugó la cara con el dorso de la mano y salió a la sala de estar. Era como el dormitorio: pulcra y funcional. Un sofá y una mesita de café orientada hacia un pequeño televisor. A la izquierda de las puertas cristaleras, una librería ocupaba toda la pared y proporcionaba espacio para depositar los folletos publicitarios y las guías telefónicas, además de un ejemplar de *Cincuenta sombras de Grey* abandonado por el anterior inquilino. Los expedientes de Gary Wilmslow y Gregory Munro estaban abiertos encima del sofá. La pantalla del portátil arrojaba su resplandor sobre la mesita. Cuanto más leía sobre Gary Wilmslow, más frustrada se sentía. Peterson tenía razón: Gary tenía sólidos motivos para asesinar a Gregory Munro. Y ahora le decían que no debía acercarse a él.

Cogió el paquete de cigarrillos y abrió las puertas cristaleras. La luna relucía en el pequeño jardín comunitario: un impecable recuadro de césped, al fondo del cual se recortaba la silueta oscura de un manzano. Los vecinos eran profesionales ocupados, igual que ella, y mantenían las distancias. Sacó un cigarrillo del paquete y alzó la cabeza para ver si había luces en las ventanas de arriba. La pared de ladrillo alcanzaba la altura de cuatro pisos e irradiaba calor hacia su rostro. Al encender el cigarrillo, vaciló un momento y se quedó mirando la caja blanca adosada al edificio, con el logo de la compañía Homestead Security en letras rojas.

De pronto prendió una chispa en su mente. Se apresuró a volver adentro. Sujetando el cigarrillo entre los dientes, cogió el expediente de Gregory Munro y lo hojeó a toda prisa, pasando de largo las declaraciones de los testigos y las fotos de la escena del crimen. En ese momento sonó el teléfono. Respondió, colocándose el auricular bajo la barbilla para poder seguir pasando las páginas.

—Hola, Erika. Soy yo —saludó Isaac.

—Ah, ¿qué hay? —dijo ella, más concentrada en el expediente que en la llamada—. ¿Tienes más novedades sobre el asesinato de Gregory Munro?

—No, no te llamo por temas de trabajo. Quería disculparme por lo de la otra noche… Debería haberte avisado de que Stephen estaría en la cena. Yo te había invitado y tú pensaste…

—Isaac, lo que hagas con tu vida es cosa tuya —replicó ella, todavía con la mente a medias en la conversación, pues seguía hojeando las fotografías de las habitaciones de la casa del doctor Munro. Primeros planos de los detalles de la cocina, la comida preparada sobre la encimera… Estaba segura de haber visto algo en una foto, pero no sabía qué exactamente.

—Sí, pero quisiera compensarte de algún modo. ¿Te apetece venir a cenar el jueves?

Erika pasó una página y se detuvo en seco, mirando fijamente una fotografía.

—¿Sigues ahí? —preguntó Isaac.

—Sí… Y sí, sería estupendo. Oye, he de dejarte. —Y antes de que él pudiera responder, colgó. Volvió a entrar corriendo en el dormitorio y se vistió.

16

*I*saac había mantenido la conversación con Erika desde el teléfono de la mesilla de noche. Cuando ella cortó la llamada, se apoyó en el cabezal de la cama y miró el auricular un momento.

—Me ha... no sé, casi me ha colgado. Bueno, quizá no ha colgado, pero ha terminado la conversación súbitamente —murmuró.

Stephen estaba tumbado junto a él, trabajando en su portátil.

—Ya te lo dije. Es una antipática —dijo sin dejar de teclear.

Isaac observó un momento cómo desfilaban las palabras en la pantalla.

—Eso no es justo, Stevie. Está trastornada. Aún está sufriendo la pérdida de su marido. Y encima carga con la culpabilidad de su muerte. Además, no trabaja precisamente en un entorno que te ayude a exteriorizar tus sentimientos.

—Qué previsible. Qué tópico. La inspectora trastornada por el dolor y demasiado volcada en su trabajo para prestarle atención a nadie —dijo Stephen todavía tecleando.

—Eso es muy duro, Stevie.

—La vida es dura.

—¿Y qué me dices de los libros que tú escribes? Tu inspector Bartholomew también es un hombre trastornado.

Stephen levantó la vista del portátil y replicó:

—Sí, pero el inspector Bartholomew está lejos de ser un estereotipo. Es mucho más poliédrico que esa... como se llame...

—Erika.

—Él es un antihéroe. Me han elogiado por su originalidad, por su genialidad llena de defectos. ¡Incluso me nominaron para el maldito Dagger Award!

—Vale, no te estaba criticando, Stevie.

—Bueno, no compares mi obra con tu desgraciada amiga policía.

Se produjo un silencio incómodo. Isaac se dedicó a recoger los envoltorios de barritas de chocolate que Stephen había ido dejando esparcidos sobre la funda nórdica.

—Me gustaría que la conocieras mejor —comentó—. No es lo que parece a primera vista. Me gustaría que fuerais amigos. Ya has oído que la he invitado a cenar.

—Isaac, tengo una fecha de entrega que cumplir. Cuando haya acabado, perfecto, supongo que podría tomarme un café con ella —contestó Stephen—. Pero el otro día, cuando vino, no estuvo demasiado amable conmigo. Debería ser ella la que hiciera el esfuerzo, no yo.

Isaac asintió, contemplando el bello rostro de Stephen y su torso desnudo. Su piel era de una suavidad y una perfección increíbles, y relucía bajo el leve resplandor del portátil. En el fondo, sabía que estaba obsesionado con Stephen, y que las obsesiones eran peligrosas y destructivas. Pero no soportaba estar separado de él. No soportaba la idea de despertarse y encontrar el otro lado de la cama vacío.

Linley frunció la frente mientras escribía.

—¿Qué estás haciendo, Stevie?

—Un poquito de investigación. Estoy en un foro de Internet, analizando métodos de suicidio. —Alzó la mirada hacia Isaac—. Quiero documentarme para mi nuevo libro, no te preocupes.

—¿La gente entra en Internet para comentar métodos de suicidio? —preguntó Isaac estrujando los envoltorios de chocolate en una bola y echando un vistazo a la pantalla.

—Sí. Existen foros para todo tipo de rarezas y fetichismos. No es que el suicidio sea un simple fetiche. Esa gente analiza seriamente los mejores métodos para acabar de una vez con todo: las formas más eficaces de hacerlo sin que nadie te moleste. Escucha esto…

—No quiero escucharlo. Ya he visto demasiados casos de suicidio: sobredosis, ahorcamientos, muñecas abiertas, envenenamientos atroces... Los peores son los que se tiran al vacío. La semana pasada tuve que examinar los restos de una adolescente que se había lanzado desde el paso elevado de Hammersmith. Se estrelló con tal fuerza contra el pavimento que la mandíbula se le incrustó en el cerebro.

—Joder —dijo Stephen mirándolo de nuevo—. ¿Puedo usarlo?

—¿El qué?

—Es un detalle buenísimo. Podría utilizarlo en el libro.

—¡No! —exclamó Isaac, herido.

Stephen se puso a teclear de nuevo.

—Ah, y no se te ocurra mirar mi historial de búsquedas en Google. Está plagado de preguntas del tipo: «¿Cuánto tiempo tarda en pudrirse la piel cuando se entierra un cadáver en un ataúd con revestimiento de acero?».

—Eso podría decírtelo yo.

—¡Si acabas de decirme que no quieres hablar de tu trabajo!

—No puedo evitarlo. Y no he dicho que no quiera ayudarte. Simplemente, no quiero hablar de ello ahora.

Stephen suspiró y dejó el portátil en la mesita de noche.

—Voy a fumarme un cigarrillo. —Cogió el paquete y se levantó para salir al balcón.

—Si vas a salir, ponte algo de ropa —le aconsejó Isaac, fijándose en los diminutos calzoncillos negros que llevaba.

—¿Por qué? Es tarde. Está oscuro.

—Porque... estamos en Blackheath. Y mis vecinos son gente respetable. —Eso no era del todo cierto. Acababa de instalarse en la casa contigua un joven muy guapo que Isaac sospechaba que era gay. Le daba terror que Stephen llegara a conocerlo. Al fin y al cabo, ya lo había dejado por otro hombre una vez.

—Quizá sean respetables exteriormente. Pero ¿quién sabe lo que ocurre de puertas adentro? —se burló Stephen.

—Por favor... —pidió Isaac inclinándose hacia el otro lado de la cama para abrazarlo. Stephen se apartó y, haciendo una mueca, cogió una camiseta. Se puso un cigarrillo en los labios y fue hacia la puerta del balcón. Isaac lo contempló cuando salía: su complexión espigada y atlética, el cigarrillo colgado de sus enfurruñados labios, la tela de los calzoncillos adherida a sus musculosas nalgas.

En su vida profesional, Isaac estaba en la cima: era un brillante patólogo forense con una impecable trayectoria. Dominaba todos los aspectos de su profesión, no necesitaba recurrir a nadie. En su vida privada, en cambio, estaba del todo perdido. Stephen Linley ponía todo su mundo patas arriba. Este dominaba la relación, controlaba sus sentimientos. Lo que lo excitaba y lo desconcertaba a la vez.

Extendió el brazo y cogió el portátil de Stephen. Echó un vistazo a la página del foro, donde iban surgiendo bloques de texto. Minimizó la ventana y apareció el texto del libro que su pareja estaba escribiendo. Sus novelas eran oscuras y violentas. Isaac las encontraba más bien desagradables, pero no dejaba de sentir cierta atracción hacia ellas. Le avergonzaba reconocer que le excitaba esa violencia siniestra, y también el hecho de que Stephen fuera capaz de meterse en la mente sádica y brutal de los asesinos en serie.

Se disponía a leer cuando cayó en la cuenta de que había prometido no hacerlo hasta que estuviera terminada. Dejó el portátil en su sitio y salió al balcón, como un perro ansioso que echa de menos a su amo.

17

$\mathcal{L}$aurel Road estaba tranquila y silenciosa cuando Erika introdujo la llave en la cerradura de la casa de Gregory Munro y retiró la cinta policial de la puerta. Giró la llave y abrió de un empujón, con lo que separó los restos de la cinta adherida al marco. Entró en el pasillo. Sonó una serie rápida de pitidos, y vio en la oscuridad el destello del panel de la alarma.

—Mierda —masculló. No había previsto que la policía forense, al terminar su trabajo, pudiera haber dejado activada la alarma. Miró la pantalla del panel, sabiendo que disponía de ùnos segundos antes de que saltara el aviso, en cuyo caso acudirían unos agentes uniformados, se iniciaría todo el jaleo de una serie de trámites y se vería obligada a justificar su presencia allí. Introdujo la combinación 4291 y la alarma se desactivó: era el número a prueba de fallos que se empleaba con frecuencia para reiniciar las alarmas en las escenas criminales. Quizá no era la forma más segura de hacer las cosas, pero ahorraba una fortuna en falsas alarmas.

Hacía un calor sofocante, y todavía flotaba ligeramente en la oscuridad el rancio hedor del cadáver de Gregory Munro. Erika pulsó un interruptor y se iluminó el pasillo. Echó un vistazo a la escalera, cuyo tramo superior seguía sumido en la oscuridad. Se preguntó qué impresión le produciría la casa a alguien que no supiera que era la escena de un crimen. Para ella, seguía albergando un eco de violencia y brutalidad.

Dejó atrás la escalera, entró en la cocina y encendió las

luces. Encontró lo que había visto en la foto: un tablón de corcho junto a la nevera, donde había prendidos varios menús de comida para llevar, una lista de la compra y un folleto de una compañía de seguridad: GUARDHOUSE ALARMS.

Desprendió el folleto del tablón. El diseño parecía profesional, pero estaba impreso en papel ordinario de impresora de tinta. El rótulo «GuardHouse Alarms» aparecía en letras rojas sobre un fondo negro; y la «H» de «House» se fundía por arriba con la imagen de un feroz pastor alemán. Debajo, figuraba un número de teléfono y un correo electrónico. Le dio la vuelta al folleto. En la parte inferior había una anotación con bolígrafo azul: MIKE, 21 DE JUNIO, 18:30.

Sacó el teléfono móvil y marcó el número. Hubo un breve silencio; sonó un pitido estridente y una voz automática le informó de que el número ya no estaba en funcionamiento. Se acercó a las cristaleras deslizantes de la parte trasera de la casa y, tras forcejear un momento con el pomo, se abrieron con un suave traqueteo. Salió a la terraza. En la pared posterior de la casa, por encima de las puertas cristaleras, había una caja blanca de seguridad con el rótulo HOMESTEAD SECURITY estampado en letras rojas, igual que la caja de la alarma que había en la pared exterior de su piso.

Volvió adentro y llamó al número privado de Crane. El sargento tardó unos momentos en responder. Erika oyó de fondo el sonido de un televisor a todo volumen.

—Siento llamar a estas horas, soy la inspectora Foster. ¿Puede hablar? —preguntó.

—Un momento. —Se oyeron unos crujidos precipitados y el fragor de la televisión disminuyó.

—Perdone. ¿Lo llamo en mal momento, Crane?

—No, no pasa nada. Me acaba de rescatar de otro programa de *The Real Housewives of Beverly Hills*. Karen, mi novia, está enloquecida con ese *reality*, pero yo ya tengo violencia y agresividad de sobra en el trabajo todo el día. No disfruto viendo las locuras de un ama de casa agresiva cuando llego a casa. En fin, ¿en qué puedo ayudarla, jefa?

—Gregory Munro. He revisado el registro de su teléfono y dice que hizo una llamada a una empresa de seguridad, GuardHouse Alarms Limited, el diecinueve de junio.

—Un momento, voy a abrir el portátil. Sí. GuardHouse Alarms. Es uno de los números que he comprobado esta mañana.

—¿Y qué?

—He dejado un mensaje en el buzón de voz; más tarde me ha llamado un tipo para confirmar que un tal Mike había realizado una visita a domicilio. Hizo una revisión de las instalaciones y, al parecer, todos los sistemas de alarma y las luces de seguridad funcionaban correctamente.

—¿Cómo sonaba el tipo?

—No lo sé, normal. Si eso significa algo hoy en día. Tenía un cierto acento, como de tipo elegante y sabelotodo. ¿Por qué?

—Acabo de llamar al número y ya no existe. Ha sido desconectado.

—¿Qué?

Hubo una pausa. Oyó a Crane tecleando, y al cabo de un momento, un leve pitido de ordenador.

—Acabo de mandar un correo electrónico a la dirección del folleto y me ha llegado rebotado en el acto. Error del subsistema de envío, el mensaje no ha podido entregarse —dijo Crane.

Erika volvió a salir a la oscuridad del jardín y alzó la vista hacia la caja de Homestead Security adosada a la pared.

—¡Por Dios, jefa! ¿Usted cree que era el asesino?

—Sí. El folleto debieron de entregarlo en mano, y, seguramente, Gregory Munro llamó y concertó la visita de ese tal Mike...

—Y Mike pudo entrar sin problemas, estudiar el terreno y tener acceso a la distribución de la casa, a los sistemas de alarma, a las luces de seguridad y demás —concluyó Crane.

—Y es probable que haya hablado usted esta mañana con Mike. Él le ha devuelto la llamada desde el número de GuardHouse Alarms.

—Mierda. ¿Qué quiere que haga, jefa?

—Hemos de rastrear cuanto antes el número y el correo electrónico.

—Apuesto a que se trataba de un teléfono de prepago; pero puedo hacer un intento para rastrearlo.

—Tendremos que volver a entrevistar a los residentes de Laurel Road para preguntarles por todos los repartidores de correo comercial que hayan pasado por aquí, y, especialmente, para saber si vieron llegar a ese Mike el veintiuno de junio.

—De acuerdo, jefa. Puedo hacer algunas averiguaciones ahora mismo con el portátil. La mantendré informada.

—Gracias.

Sonó un clic en la línea cuando Crane colgó. Erika se dirigió a la valla de la parte trasera. La hierba reseca crujía bajo sus pies. Todo estaba inmóvil y silencioso. No se oía más que el canto de los grillos y el rumor lejano de un coche. Dio un respingo cuando el tren quebró bruscamente el silencio y pasó traqueteando por las vías que discurrían más allá del jardín.

Se agazapó bajo el árbol y examinó la parte de la valla que había sido recortada con toda pulcritud. Apartó el recuadro de malla metálica, se deslizó por el hueco a rastras y, atravesando unas hierbas altas, fue a dar a un sendero. Se incorporó y aguardó un momento en medio de aquella noche tan calurosa, esperando a que se le adaptara la vista a la oscuridad. Cruzó el estrecho sendero de tierra, se coló por un hueco entre los árboles y salió a la vía del tren, que se extendía en la penumbra hasta perderse a lo lejos. Volvió al sendero, sacó el móvil y, activando la aplicación de la linterna, enfocó la luz a uno y otro lado. El sendero se iluminó unos pasos; un poco más adelante se desvanecía entre las sombras y el follaje. Se agazapó otra vez bajo el árbol del final del jardín y contempló la casa. Parecía como si le estuviera devolviendo la mirada: las dos ventanas oscuras del piso superior eran como dos ojos negros.

—¿Espiaste desde este rincón? —susurró, abstraída—. ¿Cuánto tiempo pasaste aquí? ¿Qué llegaste a ver? No vas a salirte con la tuya. Voy a por ti.

18

No era siquiera media mañana, pero el sol ya caía despiadadamente. El césped delantero de las casas adosadas de ladrillo estaba abrasado y ofrecía distintos matices de un amarillo pajizo. La hora punta ya había pasado y, aparte del zumbido de un avión que cruzaba el nítido cielo azul, la calle se hallaba en silencio.

Simone había pasado un momento por el súper, en el trayecto de vuelta desde el hospital, una vez cumplido el turno de noche, de manera que caminaba por la acera cargada con varias bolsas. Las asas de plástico se le clavaban en las palmas de un modo casi insoportable. Sudaba a mares bajo la gruesa chaqueta, y el sudor, sumado al roce del uniforme, le había irritado la piel de la cicatriz que le cruzaba el estómago, y le escocía. Llegó a la casa desvencijada que quedaba en el extremo de la hilera y empujó la verja. La base se trabó en el sendero de hormigón. Volvió a empujar, irritada, apoyando todo su peso. Al segundo intento, la verja cedió de forma inesperada, y ella se fue hacia delante y a punto estuvo de perder el equilibrio.

Se apresuró a llegar a la puerta principal, maldiciendo entre dientes, y soltó las bolsas, que cayeron sobre el escalón con un golpe sordo. Alzó las manos, surcadas de profundas estrías rojas. Una vecina salió de la casa contigua. Era una mujer mayor que llevaba un elegante vestido. Cuando cerró la puerta, observó a Simone, que estaba buscando las llaves en los bolsillos de la chaqueta. La mujer echó un vistazo rápido a la valla medio desmoronada que separaba sus jardines y al césped reseco de Simone, donde había una vieja lavadora, varios botes de pintura vacíos y un montón de zarzas podridas, y volvió a escrutarla. Simone le devolvió la mirada.

—Ah, buenos días, señora Matthews —dijo la vecina. Simone no respondió; seguía clavándole sus fríos ojos azules, y la mujer descubrió que esos ojos la ponían nerviosa: unos ojos demasiado separados, que parecían como muertos, desprovistos de emoción—. Un día precioso…

Simone siguió taladrándola con la mirada hasta que la vecina se escabulló apresuradamente.

—Bruja entrometida —masculló metiendo la llave en la cerradura. El pasillo estaba sucio y lleno de montones de periódicos viejos. Arrastró hacia dentro las bolsas de la compra y arrojó las llaves sobre la deteriorada mesita de madera del vestíbulo. Cerró la puerta. Había sido preciosa en su día, esa puerta, con sus vidrios de colores en forma de rombo. En los días soleados, creaban un mosaico de suaves colores sobre la moqueta del vestíbulo. Actualmente, la mayor parte de la vidriera estaba tapiada y, por encima del tablón de madera atornillado sobre la puerta, asomaban varios rombos azules en la parte superior.

Dio media vuelta, después de cerrar con llave, y sintió que se le hacía un nudo en la garganta. Había un hombre en mitad del pasillo. Tenía la boca abierta y los ojos en blanco. Estaba desnudo, y su lívida piel chorreaba gotas de agua.

La mujer retrocedió, tambaleante, y notó que se le clavaba en la espalda el pomo de la puerta. Cerró los ojos y los abrió de nuevo. El hombre seguía ahí. El agua se deslizaba en riachuelos por el peludo y abultado vientre y por el pálido apéndice de sus genitales. En la moqueta iba formándose un círculo oscuro a medida que el agua caía más deprisa del cuerpo. Simone cerró otra vez los ojos, apretando mucho los párpados, y volvió a abrirlos. El hombre se acercaba dando tumbos hacia ella; las largas y amarillentas uñas de los pies se le enganchaban en la moqueta. Ya percibía el olor de su aliento. Un olor a cebolla rancia y cerveza revenida.

—¡No! —gritó Simone cerrando los ojos y aporreándose el rostro con los puños—. ¡NO PUEDES HACERME DAÑO, STAN! ¡ESTÁS MUERTO!

Abrió los ojos.

El pasillo volvía a estar como siempre: mugriento y sombrío, pero vacío. Se oyó otro avión en el cielo; cuando el ruido se fue amortiguando, oyó su propia respiración jadeante.

Se había ido.

Por ahora.

19

*U*na tarde de calor húmedo y pegajoso, cuando ya había pasado una semana de la aparición del cadáver de Gregory Munro, convocaron a Erika a una reunión en Lewisham Row para analizar los progresos del caso. La investigación había quedado estancada en un punto muerto, y la fe que sentía en su propia capacidad había sufrido un revés; por ello, acudió a la convocatoria con muy escasa seguridad en sí misma.

La reunión se celebraba en la lujosa sala de conferencias de la última planta y contaba con la asistencia del comisario jefe Marsh, de la corpulenta encargada de prensa de la policía metropolitana, Colleen Scanlan, de un joven psicólogo criminal llamado Tim Aitken y del subcomisario general Oakley, que se hallaba sentado, con pose autoritaria, a la cabecera de la larga mesa. Oakley nunca disimulaba la antipatía que le inspiraba Erika. Tenía los rasgos afilados y solía llevar el canoso cabello impecablemente acicalado. A Erika le recordaba a un zorro astuto y lustroso. Esta vez, sin embargo, el calor le había restado una parte de su lustre habitual. El sudor le empapaba el pelo; se había visto obligado a quitarse la chaqueta de uniforme, en cuyas hombreras lucía los galones de su rango, y se había arremangado la camisa hasta los codos.

La inspectora jefe Foster abrió la reunión explicando los progresos de la investigación hasta el momento:

—A raíz del descubrimiento de que el asesino orquestó una visita previa a la casa de Gregory Munro, mis agentes no han parado de revisar innumerables horas de imágenes de videovigilancia de las cámaras instaladas en la estación Honor Oak Park y en sus inmediaciones. Hemos vuelto a entrevistar a los residentes de Laurel Road, pero nadie recuerda haber visto al representante de GuardHouse Alarms. La empresa como tal no existe. La dirección de correo electrónico del folleto era falsa y el número telefónico correspondía a un teléfono de prepago imposible de rastrear.

Cuando recorrió con la vista la mesa de conferencias, Erika tomó conciencia de que la reunión era una oportunidad decisiva para poder conservar el elevado número de agentes que le habían asignado. Por si no bastara con esa presión, el aire acondicionado de la sala se había estropeado y el ambiente estaba desagradablemente cargado y pegajoso.

—Estoy investigando con la máxima energía cada aspecto de la vida personal de Gregory Munro —prosiguió—. Creo que él conocía o había tenido algún contacto previo con su atacante, y que su vida privada podría desvelar la identidad de este. Pero en un caso de semejante complejidad, necesitaré más tiempo.

—El cuñado de la víctima, Gary Wilmslow, está sometido a investigación por otros delitos no relacionados con el caso, que forman parte de la Operación Hemslow —la interrumpió Oakley—. Espero que las dos investigaciones se mantengan separadas y que se tomen medidas para que los agentes del caso Munro no intervengan en la Operación Hemslow.

—Sí, señor. Está todo bajo control —intervino Marsh lanzándole una mirada a Erika. Hubo un silencio; todos los ojos estaban fijos en ella. Marsh cambió de tema—. ¿Qué me dice de la presencia de pornografía gay en la escena del crimen? Si no me equivoco, Gregory Munro se había descargado en el teléfono móvil una aplicación de citas gais.

Marsh ya había analizado la cuestión con Erika. Ella se dio cuenta de que formulaba la pregunta para informar a Oakley.

—Sí, señor. Había unas revistas pornográficas gais en la habitación, y la víctima se había descargado la aplicación Grindr de citas gais, pero no llegó a activarla. No había contactos ni mensajes —respondió Erika.

—¿La víctima estaba adoptando conductas potencialmente homosexuales y concertando citas anónimas? —preguntó Oakley.

—No existen pruebas, aparte de unas revistas gais de cariz porno bastante sobadas, que demuestren que el doctor Munro estuviera llevando a la práctica esos impulsos homosexuales —dijo la inspectora jefe.

—¿Por qué no ha considerado la posibilidad de investigar las zonas de ligue gais en Londres, los lavabos públicos, los parques...? —la presionó Oakley.

—Sí lo he considerado, señor. Conocemos muchas zonas de ese tipo, pero no están cubiertas con cámaras de vigilancia. Mis agentes ya están al límite analizando las pruebas de las que realmente disponemos, sin andarse por las ramas o entre los arbustos de los parques...

—Era un hombre casado con impulsos homosexuales. No entiendo por qué eso no ha constituido su principal línea de investigación, inspectora Foster.

—Como he dicho, señor, seguimos varias líneas de investigación. Necesitaría más agentes si hubiera de dedicarme a...

—Ya dispone de un numeroso equipo, inspectora. Quizá debiéramos analizar cómo está aprovechando los recursos que tiene antes de que pida más, ¿no cree?

—Puedo asegurarle, señor, que estoy explotando al máximo las aptitudes de cada uno de mis agentes.

Oakley cogió una de las fotos de Gregory Munro tomadas en la escena del crimen y la estudió con atención.

—La violencia en la comunidad gay suele estar vinculada intrínsecamente con el deseo sexual. ¿Acaso los hombres de ese tipo no buscan encuentros clandestinos? ¿Acaso no llevan a su casa a tipos peligrosos?

—Obviamente, conocemos a hombres gais muy diferentes, señor —replicó Erika.

Se hizo un silencio en torno a la mesa.

—Es el calor. Nos está afectando a todos, señor —dijo Marsh, y le lanzó una mirada fulminante a Erika.

Oakley frunció el entrecejo, sacó del bolsillo un pañuelo pulcramente doblado y se lo pasó por la cara para secarse el sudor, especialmente junto al nacimiento del pelo. Por su cuidadosa forma de alzarse el flequillo, Erika se preguntó bruscamente si no llevaría peluca. Un peluquín. Le vino de golpe a la mente la expresión «ni hablar del peluquín». Mark —recordó— le enseñaba ese tipo de expresiones ridículas cuando ella acababa de llegar a Inglaterra, y conseguía que se mondara de risa.

—¿Lo encuentra gracioso, inspectora Foster? —preguntó Oakley, y se guardó el pañuelo en el bolsillo.

—No, señor —dijo Erika dominándose.

—Bien, porque, dejando aparte el problema de los recursos humanos empleados, resulta que la prensa ha aprovechado su incapacidad para encontrar un sospechoso y darle un buen rapapolvo al cuerpo de policía. Primero los periódicos locales y ahora también los de ámbito nacional. —Señaló los periódicos desplegados en el centro de la mesa de conferencias, que decían en grandes titulares: «DISTINGUIDO MÉDICO ASESINADO EN LA CAMA» y «LA POLICÍA SIGUE BUSCANDO AL ASESINO DEL MÉDICO»—. Está usted muy callada, Colleen. ¿Qué puede decirnos al respecto?

—Estoy trabajando con… —dijo Colleen, pero se calló.

«Iba a decir "con ahínco"», pensó Erika.

—Estoy trabajando con la máxima energía para asegurarme de que mi equipo orienta a los medios en la dirección correcta. Claro que hay muy pocas pruebas que ofrecerles —añadió, tratando de echarle la culpa a Erika.

—Nuestra misión no es dárselo todo hecho a los periodistas. Me parece que era un poco prematuro facilitarles información tan pronto —replicó la inspectora jefe—. Antes que nada, deberíamos haber ido dos pasos por delante y haber contado con más información. Ahora ellos han hecho justamente lo que yo suponía que harían y han adoptado su propio enfoque, relacionando el caso con los recortes presupuestarios del Gobierno.

—Sí, en efecto, ¿de dónde han sacado este comentario, inspectora Foster? —preguntó Oakley cogiendo uno de los periódicos—: «En toda la ciudad de Londres, hay catorce mil cámaras de vigilancia que ya no funcionan. La policía no dispone del personal suficiente para velar con eficacia por la seguridad de los residentes de la capital.» Usted ha estado más bien locuaz sobre la reducción de cámaras de vigilancia, ¿no es así?

—¿Insinúa que me he dedicado a informar a la prensa sobre el caso, señor?

—No, no, el subcomisario general no insinuaba tal cosa —intervino Marsh.

—Puedo hablar por mí mismo, Paul —le espetó Oakley—. Lo que estoy diciendo es que no sirve de nada sembrar temores, inspectora Foster. Usted ejerce el mando y tiene influencia sobre un gran número de agentes. Se le ha asignado un equipo con una elevada cantidad de efectivos para llevar a cabo esta investigación criminal. La verdad, no creo que sea bueno para la moral de la gente que vaya insistiendo machaconamente en los recursos que no tenemos. ¿Cuántos agentes más cree usted que necesitaría?

—Señor, yo no me quejo ni adopto una actitud negativa —se defendió Erika.

—¿Cuántos?

—Cinco. Le he preparado un documento precisando con detalle cómo emplearemos…

—Ha transcurrido una semana desde el asesinato de Gregory Munro, y tengo que asegurarme de que todos los efectivos se utilizan adecuadamente —la interrumpió Oakley.

—Sí, señor, pero…

—Le recomiendo enérgicamente, inspectora Foster, que revise el enfoque de la investigación y trabaje con la hipótesis de que el doctor Munro invitó a un hombre a su casa con la intención de mantener relaciones sexuales y que ese hombre aprovechó la ocasión para matarlo. Un crimen pasional.

—¿Un asesinato entre gais? —planteó Erika.

—No me gusta decirlo así, inspectora Foster.

—Pero a la prensa le encanta. Y la comunidad gay sufrirá sin duda una reacción en contra de la opinión pública si decidimos darle a la investigación ese enfoque. Además, hemos encontrado indicios de que alguien forzó la entrada a través de la ventana de la cocina; y la valla de la parte trasera del jardín estaba cortada. No da la impresión de que

Gregory Munro hubiera invitado al asesino a entrar en su casa. El folleto de la falsa empresa de seguridad es nuestra pista más sólida. Estamos en plenas vacaciones de verano, y todavía no hemos hablado con todos los residentes de Laurel Road, porque algunos siguen fuera, en sus lugares de vacaciones. También estamos revisando la lista de reclamaciones de los pacientes del doctor Munro. Lo cual, una vez más, lleva su tiempo.

—¿Alguna de esas reclamaciones ha demostrado ser un indicio valioso hasta ahora? —preguntó Oakley.

—Aún no, pero…

—Me gustaría oír la opinión de nuestro especialista en perfiles criminales —dijo Oakley, interrumpiéndola otra vez—. ¿Qué nos dice Tim?

Tim Aitken, el psicólogo criminal, había permanecido en silencio hasta ese momento. Tenía una mata de pelo corta y tupida, lucía una barba de tres días y, pese a que iba con chaqueta y corbata, llevaba en la muñeca un montón de pulseras multicolores entrelazadas. Levantó la vista de su cuaderno, en el que había estado garabateando una serie de cubos, y razonó:

—Creo que el hombre que estamos buscando es un individuo que lo controla todo extremadamente. Planea cada movimiento con sumo cuidado. Físicamente, es fuerte. Gregory Munro era alto y fornido y, sin embargo, apenas había signos de lucha.

—El doctor Munro fue drogado; tenía en su cuerpo una enorme dosis de flunitrazepam, que se emplea para cometer violaciones en una cita. El atacante se tomó el tiempo necesario para drogarlo y para esperar a que la droga surtiera efecto —añadió Erika.

—Sí. También está muy extendido en la comunidad gay el uso de ese fármaco para conseguir un subidón sexual, por puro placer —respondió Tim.

—Dudo que las personas a quienes se lo han vertido en la bebida en un bar lo hayan disfrutado —adujo Erika.

Tim prosiguió:

—El asesino podría ser una persona especialmente intuitiva y haber empleado el cebo del folleto de la empresa de se-

101

guridad para incitar a la víctima a llamarlo. Si agregamos el uso del sedante, no deberíamos descartar la posibilidad de un elemento homosexual.

—Gregory Munro no fue atacado sexualmente —puntualizó la inspectora jefe.

—Cierto, pero tal vez nuestro asesino haya sufrido problemas de masculinidad y malas experiencias previas con tipos de estilo agresivo o machos alfa. Tal vez quiere eliminar a individuos especialmente masculinos.

—Maldita sea, ¿cuánto nos cuesta ese tipo? —preguntó Erika al cabo de cuarenta pegajosos e incómodos minutos, ya concluida la reunión, cuando bajó con Marsh por la escalera.

—¿Usted no da crédito a la psicología forense?

—Creo que puede ser útil a veces. Pero con demasiada frecuencia se recurre a estos especialistas como si fueran capaces de hacer milagros. Y la verdad es que los psicólogos forenses no atrapan a los criminales. Los atrapamos nosotros.

—No se queje. Recuerde que trabaja para usted. Le ha quitado de la cabeza a Oakley la idea de recortarle el presupuesto.

—Sí, deslumbrándolo con términos científicos.

—No parece muy satisfecha.

—Lo estaré cuando pillemos al culpable. Tim no nos ha dicho nada que no supiéramos. Aunque toda esa teoría sobre machos alfa no deja ser interesante. Pero ¿cómo vamos a sacarle provecho? Es una idea demasiado general. No vamos a someter a vigilancia a cada macho dominante y agresivo. El mundo está plagado de tipos así.

Marsh le recomendó:

—Debería hacerse un favor a sí misma y tratar de establecer puentes con Oakley.

—Bueno, no le he reprochado su actitud homófoba. Ya es algo. Además, ¿para qué? Yo nunca le caeré bien, señor. Nunca entraré en su lista de felicitaciones navideñas.

Ya habían llegado al rellano de la oficina de Marsh.

—Manténgame informado, ¿de acuerdo? —dijo él dirigiéndose hacia las puertas de dos hojas de la planta.

—Antes de que se marche, señor, ¿hay más noticias sobre la plaza vacante de comisaria?

Marsh se detuvo, se giró y se le encaró:

—Ya le he dicho que presentaré su candidatura, Erika.

—¿Ha informado a Oakley de que piensa proponerme a mí?

—Sí.

—¿Y qué ha dicho?

—No puedo entrar en detalles sobre el proceso de selección, usted ya lo sabe. Y ahora debo dejarla. —Se dio la vuelta hacia las puertas.

—Una cosa más, señor. ¿Vamos a permitir que Peter Munro siga viviendo bajo el mismo techo que Gary Wilmslow mucho tiempo? Me preocupa su bienestar.

Marsh se detuvo y se giró de nuevo.

—Durante la última semana, Peter solamente ha salido con su madre para ir al colegio. Tenemos micrófonos en varias habitaciones de la casa. Según nuestras informaciones, el niño está bien. Y Gary Wilmslow es un tipo de clase obrera chapado a la antigua. No para de hablar de la familia, del honor y demás. No permitiría que nadie tocara a uno de los suyos.

—Ha visto demasiados capítulos de *Eastenders*, señor. Esperemos que tenga razón.

—Seguro que la tengo —dijo Marsh con tono gélido, y cruzó las puertas de dos hojas hacia su despacho.

—Está visto que le caigo bien a todo el mundo… Lo único que pretendo es hacer mi trabajo, maldita sea —masculló Erika, y siguió bajando por la escalera.

En el centro de coordinación, los ventiladores del techo no paraban de funcionar, pero parecía que lo único que hacían era remover el aire caliente y el denso tufo a café y sudoración.

—Jefa, acabo de hablar con la división de agentes uniformados. Los vecinos de enfrente de Gregory Munro han vuelto de sus vacaciones —dijo Peterson colgando el teléfono.

Moss, que estaba sentada frente a él, con la cara enrojecida de calor, también terminó en ese momento una llamada, e informó:

103

—Era Estelle Munro. Dice que el diploma de Gregory Munro del Colegio de Médicos ha desaparecido de Laurel Road.

—¿Cuándo le devolvimos la casa a la familia? —preguntó Erika.

—Ayer. He repasado el registro forense y todo lo que nos llevamos. Y no figura el diploma del Colegio de Médicos.

—Lo cual significa que el asesino podría habérselo llevado. Mierda. ¿Cómo se nos ha podido escapar una cosa así?

20

Cuando Erika, Moss y Peterson llegaron, la calle estaba fresca y silenciosa. El sol había descendido lo suficiente como para dejar en la sombra el lado de Laurel Road donde se hallaba la casa de Gregory Munro.

Un grupo de hombres y mujeres con ropa de oficina subía desde el fondo de la calle con la cara sofocada; los hombres llevaban la camisa arremangada y la chaqueta bajo el brazo. Acababan de dar las cinco y media. Erika dedujo que esa era la primera oleada de trabajadores que regresaba del centro de Londres.

Llamó al timbre del número catorce. Estelle Munro tardó muy poco en abrir la puerta. Se había puesto unos pantalones de color beis, una elegante blusa blanca con un estampado de rosas y unos guantes de cocina amarillos.

—Hola, señora Munro. Venimos por lo del diploma —dijo Erika.

—Sí —se limitó a decir la mujer.

Se hizo a un lado y entraron los tres. Erika captó el intenso olor a limón de los productos de limpieza, mezclado con la penetrante fragancia sintética de un perfume floral. El ambiente, no obstante, estaba fresco. Las ventanas permanecían cerradas y el aire acondicionado zumbaba por todas partes.

—Estaba en el despacho de Gregory —dijo Estelle cerrando la puerta con llave. Erika observó que había hecho cambiar la cerradura: una reluciente Yale y dos cerrojos nuevos.

La siguieron por la escalera, avanzando poco a poco detrás de ella, que respiraba entrecortadamente.

—¿Cómo van las cosas? —preguntó la inspectora.

—Todavía estoy limpiando el estropicio que dejaron todos ustedes —le espetó Estelle.

—Procuramos tratar la escena de un crimen con el máximo respeto, pero son muchas las personas implicadas en la investigación, y todas se presentan al mismo tiempo —explicó Moss.

—Y todas esas personas... ¿han avanzado para encontrar al que mató a mi hijo?

—Estamos siguiendo varias pistas —informó Erika.

Llegaron a lo alto de la escalera. Estelle se detuvo para recobrar el aliento, apoyando las manos —aún con guantes de cocina— en las caderas. Habían quitado las pesadas cortinas que cubrían la ventana del pasillo, por lo que el rellano estaba mucho mejor iluminado.

—¿Y cuándo dejarán de retener el cuerpo de mi hijo, inspectora Fosset? —preguntó Estelle.

—Es inspectora Foster...

—Porque tengo que organizar el funeral —dijo la mujer quitándose los guantes, dedo a dedo.

—Antes tendremos que aclarar quién es el primer allegado de la familia con el que debemos contactar, me temo —intervino Moss.

A Estelle se le ensombreció el rostro.

—Gregory era mi hijo. Lo llevé en mis entrañas nueve meses. Primero tienen que llamarme a mí, ¿entiende? Penny estuvo casada con él cuatro años. Yo fui su madre cuarenta y seis años... —Inspiró hondo para dominarse—. Figúrese que me llamó el otro día... Penny... preguntando cuándo iban a entregar el cuerpo. ¡«El cuerpo»! No dijo «Gregory» o «Greg», aunque él no soportaba que lo llamaran Greg. Penny quiere contratar el salón del club de fútbol de Shirley para el velatorio. ¡De un club de fútbol! Seguro que Gary y esos *hooligans* amigos suyos sacarán una buena tajada.

—Lo lamento, señora Munro.

Estelle entró en el baño y puso las manos bajo el grifo. Salió enseguida secándoselas con una toallita.

—Gary me ha estado amenazando hoy mismo por teléfono.

—¿Amenazándola? —se alarmó Erika.

—Gregory cambió su testamento cuando se separó de Penny. Acabamos de saber que me dejó a mí la casa y legó a Peter en fideicomiso las propiedades alquiladas.

—¿Y respecto a Penny?

Estelle le lanzó una mirada a Erika y le espetó:

—¿Respecto a Penny, qué? Ella se quedará la casa de cuatro habitaciones de Shirley. Vale un montón de dinero. Gary ha estado insultante al teléfono. Me ha dicho que esta casa le correspondía a su hermana y que yo debo cedérsela, o si no...

—O si no... ¿qué?

—Ah, use su imaginación, inspectora Fosset. O si no, se encargará de mí... Me enviará a los chicos. O tal vez me atropelle un coche cuando vuelva de hacer la compra. Supongo que habrá leído el historial delictivo de Gary, ¿no?

Erika y sus dos ayudantes se miraron entre sí.

Estelle prosiguió:

—He cambiado las cerraduras, pero aún estoy preocupada.

—Puedo asegurarle que Gary Wilmslow no le causará ningún daño —dijo Erika.

A la señora Munro se le llenaron los ojos de lágrimas. Buscó a tientas un pañuelo. Peterson reaccionó oportunamente una vez más y sacó un paquete de su bolsillo.

—Gracias —dijo la mujer con gratitud.

Erika le hizo una seña a Moss. Ambas siguieron por el pasillo, dejando que Peterson se encargara de tranquilizar a Estelle, y entraron en la exigua habitación que Gregory Munro utilizaba como despacho.

Había un macizo escritorio de madera oscura encajonado bajo la ventana y, enfrente, unas estanterías del mismo tipo de madera llenas de libros de medicina y de novelas en rústica. Erika observó que Gregory Munro tenía tres novelas criminales del inspector Bartholomew, escritas por Stephen Linley.

—¡Mierda! —exclamó.

107

—¿Qué ocurre, jefa?

—Nada, nada... —Recordó la conversación que había mantenido la semana anterior con Isaac, y cayó en la cuenta de que había quedado en cenar con él esa noche. Consultó el reloj y vio que no faltaba mucho para las seis.

Estelle entró en el despacho arrastrando los pies, seguida por Peterson.

—Estaba ahí —dijo señalando la pared de detrás del escritorio, en la que había colgados dos marcos dorados. Uno estaba lleno de fotografías: Gregory y Penny cortando el pastel nupcial; Penny colocándole unas gafas de sol al gato, que se mantenía indiferente; Penny en la cama de un hospital, sujetando un bulto que debía de ser Peter recién nacido, junto con Gary, Estelle y la madre de Penny, a los que se los veía tensos a uno y otro lado de la cama.

El otro marco estaba vacío.

—Le he preguntado a Penny si lo tenía ella, y me parece que por una vez dice la verdad al negarlo —dijo Estelle enseñándoles el marco vacío—. Si fuera el televisor o el DVD seguro que se los habría llevado. Pero eso no.

Erika se acercó al marco, poniéndose unos guantes de látex. Lo descolgó con cuidado de la pared y descubrió que era muy ligero y de plástico.

—¿Usted lo ha tocado, señora Munro?

—No, no lo he tocado.

Erika le dio la vuelta al marco, pero no vio nada.

—Deberíamos llamar a un técnico forense para buscar huellas dactilares. Dudo que resulte, pero...

—De acuerdo, jefa —dijo Moss. Sacó la radio e hizo una llamada; una voz respondió que no había nadie disponible.

Erika cogió la radio.

—Aquí la inspectora Foster. Necesito que venga alguien lo antes posible. Se trata de una prueba nueva que hemos encontrado en la escena del crimen del número catorce de Laurel Road, SE 23.

Hubo un silencio y un par de pitidos.

—Tenemos a una técnica forense que está terminando ahora en un robo con allanamiento en Telegraph Hill. La llamaré por radio para que acuda ahí en cuanto haya acabado.

Pero ¿puede usted autorizar horas extras? —respondió la voz metálica a través de la radio.

—Sí. Las autorizo —replicó Erika.

—De acuerdo —respondió la voz.

La inspectora volvió a colgar el marco en la pared y se quitó los guantes.

—Bueno, tenemos que esperar un poco. Moss, venga conmigo. Vamos a hablar con ese vecino que ha vuelto de vacaciones. Señora Munro, ¿le parece bien que el inspector Peterson se quede esperando con usted?

—Sí. ¿Quiere una taza de té, querido? —preguntó Estelle.

Peterson asintió.

Los vecinos resultaron ser una pareja de treinta y pico largos: una mujer blanca llamada Marie y un hombre negro llamado Claude. Su casa, situada frente al número catorce, era elegante, y la pareja tenían un aire urbano y moderno. El pasillo aún estaba lleno de maletas de brillantes colores. Hicieron pasar a las dos policías a la cocina. Marie cogió unos vasos y los llenó de agua con hielo en el dispensador de la puerta de un enorme frigorífico de acero inoxidable. Le ofreció un vaso a cada una. Erika dio un largo trago, saboreando su frescura.

—Nos quedamos consternados al saber lo del doctor Munro —dijo la mujer, una vez que se hubieron sentado a la mesa de la cocina—. Ya sé que esta no es la mejor zona de la ciudad, pero... ¡un asesinato! —Cogió la mano de Claude, que estaba sentado a su lado, y él se la apretó tranquilizadoramente.

—Comprendo lo espeluznante que debe de ser. Aunque nosotros siempre subrayamos que, estadísticamente, los casos de asesinato son extremadamente raros —comentó Erika.

—Bueno, incluso estadísticamente, un tipo asesinado en su propia cama a unos pasos de tu casa... ¡ya es mucho más de la cuenta! —dijo Claude.

—Desde luego —aceptó Erika.

109

—Tenemos que preguntarles si repararon en alguna persona inusual merodeando por la zona —dijo Moss—. Cualquier detalle, por insignificante que sea... En especial, el veintiuno de junio entre las cinco y las siete de la tarde.

—No vivimos en ese tipo de calle, querida —dijo Marie—. Aquí estamos todos demasiado ocupados para andar espiando por la ventana a nuestros vecinos.

—¿Ustedes estuvieron en casa ese día, entre las cinco y las siete de la tarde? —preguntó Erika.

—Eso fue hace unas cuatro semanas... —calculó Marie.

—Sí, era un martes —respondió Moss.

—Yo todavía debía de estar en el trabajo. Soy contable en la City —dijo la mujer.

—Yo termino más pronto; trabajo en la zona para el ayuntamiento —informó Claude—. Si era martes, debía de estar en el gimnasio: Fitness First, al final de la calle, en Sydenham. Ellos pueden atestiguarlo, tenemos que pasar una tarjeta para entrar.

—No hace falta. Ustedes no son sospechosos —dijo Erika—. ¿Conocían bien a Gregory Munro?

Ellos negaron con la cabeza.

—Siempre era agradable y educado, de todos modos —añadió Claude—. Era nuestro médico de cabecera, pero nunca tuvimos que visitarnos. Creo que lo vimos una vez, hace unos cuantos años, cuando nos empadronamos en la zona.

Erika y Moss se miraron, desanimadas.

—Hay una cosa —comentó Claude. Dio un sorbo a su vaso y se paseó el agua helada por la boca con aire pensativo. Las gotas formadas por condensación resbalaban por el vaso de cristal sobre la mesa de madera.

—Cualquier detalle. Por insignificante que sea —dijo Moss.

—Ah, sí —asintió Marie—. Yo también los vi.

—¿A quién? —preguntó Erika.

—En las últimas semanas, había visto a algunos jóvenes atractivos entrando y saliendo de la casa del doctor Munro —explicó Claude.

Erika miró a Moss e inquirió:

—¿Puede ser más concreto?

—Tipos musculosos, ya sabe —dijo Marie—. Yo creí que el primero era un operario macizo que estaba haciendo algún trabajo para el doctor Munro. Pero al día siguiente, otro joven llamó a la puerta y entró en la casa. Era increíblemente atractivo. De elevada categoría social, para que me entienda.

—¿Como un prostituto?

—Sí. Y se quedaban dentro una hora o poco más —añadió Claude.

—¿A qué hora solía ser?

—Los dos primeros aparecieron en día laborable. No recuerdo qué días. Yo volvía del trabajo, así que sería hacia las siete y media... —dedujo Marie—. El doctor Munro hizo entrar precipitadamente al primero al verme pasar; me dijo un «hola» rápido. Aproximadamente una hora más tarde, acabábamos de cenar, y yo estaba en la sala de estar, y lo vi salir.

—¿Y los otros? —preguntó Erika.

—Uno vino un sábado por la mañana, me parece. ¿No lo viste salir tú a primera hora, Claude?

111

—Sí, la ventana del baño de arriba da a la calle; yo estaba haciendo pis y vi a ese tipo joven saliendo de la casa a primera hora, hacia las siete de la mañana del sábado.

—¿Y no le pareció extraño? —preguntó Moss.

—¿Extraño? Esto es Londres, y, además, fue antes de que nos enterásemos de que él había roto con su esposa... Habría podido ser un amigo, un colega, un estudiante de medicina. Incluso un canguro para el niño —dijo Claude.

—¿Ustedes piensan que uno de esos hombres... o sea, podría haberlo matado? —preguntó Marie.

—Voy a serle totalmente sincera: no lo sabemos. Esta es una entre varias pistas.

La respuesta quedó flotando un momento en el aire. Marie limpió las gotas de condensación de su vaso. Claude la rodeó con el brazo con aire protector.

—¿Estarían dispuestos a hacer un retrato robot? Saber el aspecto de esos jóvenes sería muy valioso para nosotros —dijo Erika—. Podemos enviar a un agente esta misma noche para que lo hagan aquí con toda tranquilidad.

—Sí, por supuesto —afirmó Claude—. Si sirve para que atrapen al culpable, lo haremos encantados.

Moss y Erika salieron a la asfixiante calle y se apresuraron a pasar al lado de la sombra.

—Esto es lo que yo llamo un éxito —dijo Moss.

—Y con un poco de suerte, tendremos un retrato robot esta misma noche —asintió Erika. Sacó el móvil y llamó a Peterson para ver cómo iba la cosa.

—Todavía nada, jefa —le dijo él—. La técnica forense aún no ha terminado en Telegraph Hill. Estelle Munro ha ido a comprar leche… Y yo no tengo la llave de la casa, de modo que no puedo moverme de aquí.

—De acuerdo, ya vamos —dijo Erika. Colgó, volvió a meter el móvil en el bolso y consultó el reloj. Pasaban de las siete.

—¿Tiene que ir a alguna parte? —preguntó Moss.

—Se supone que voy a cenar con Isaac Strong.

—Yo me puedo quedar aquí con Peterson, si quiere marcharse. Me da la impresión de que esto va a ser una larga y aburrida espera. Dudo mucho que saquemos alguna huella del marco, pero la avisaré en cuanto sepa algo, y la mantendré informada sobre el retrato robot.

—¿Usted no quiere volver a casa, Moss?

—No importa. Celia va a llevarse a Jacob a clase de natación madre-hijo, así que estoy libre. Y sé que usted no sale… —Se interrumpió bruscamente.

—¿Sabe que no salgo mucho?

—Bueno, no quería decirlo así, jefa —dijo Moss, poniéndose más roja de lo que ya estaba.

—Lo sé. No se preocupe. —Erika se mordió el labio inferior y miró a su ayudante con los ojos entornados.

—De veras, jefa. No tardaré ni un milisegundo en avisarla si encontramos una huella. Y el retrato robot puede llevarnos varias horas. ¿Qué va a cocinar Isaac?

—No lo sé.

—Sea lo que sea, cuando usted haya acabado de comérselo, yo tendré algunas respuestas.

—De acuerdo. Gracias, Moss. Le debo una. Usted llámeme en cuanto haya alguna novedad, por ínfima que sea, ¿vale?

—Se lo prometo, jefa. —Observó cómo Erika volvía a su coche, arrancaba y se alejaba calle abajo, y confió en que encontraran algo que valiera la pena.

Daba la impresión de que la inspectora Foster necesitaba urgentemente un avance importante en la investigación.

21

—*L*a semana que viene tendremos el día más largo del año; luego empezarán a acortarse —dijo Simone. Estaba de pie junto a la ventanita de la habitación de Mary en el hospital. Una ventanita desde la que se dominaba un patio en el que había contenedores industriales de basura y el incinerador. Las paredes de ladrillo de los edificios circundantes se alzaban a gran altura en torno al patio, cercándolo casi por completo, aunque había un hueco por el que se divisaba el reluciente horizonte de rascacielos de Londres. La amarillenta esfera del sol parecía estar a punto de ser ensartada en la aguja de la torre del reloj que coronaba la estación King's Cross.

Simone se acercó a la cama en la que yacía Mary con los ojos cerrados. Dada la débil respiración de la mujer, la manta que la cubría hasta la barbilla apenas se movía. Debajo de ella, el bulto que formaba su cuerpo parecía reducido prácticamente a la nada. El turno de la enfermera había terminado hacía una hora, pero había decidido quedarse. Mary se estaba apagando muy deprisa. Ya no quedaba mucho.

Cogió de la taquilla la fotografía en blanco y negro de Mary y George, y la apoyó en la jarra de agua.

—Bueno, aquí estamos todos juntos. Yo, tú y George —dijo Simone cogiéndole la mano a la anciana por debajo del barrote de seguridad—. Se te ve tan feliz en la foto, Mary. Ojalá pudieras hablarme de él. Parece todo un hombre… Yo nunca tuve una amiga íntima con quien hablar. Mi madre nunca hablaba de sexo, o solo para decirme que era sucio. Sé que estaba equivocada. No es sucio. Cuando va unido al amor debe de ser perfecto… ¿Fue perfecto con George?

Simone se volvió hacia la foto. Contempló el bello rostro de George, que entornaba los ojos bajo el sol y sujetaba a Mary por la esbelta cintura con un brazo vigoroso.

—¿Salíais por la noche? ¿Te llevaba a bailar? ¿Te acompañaba a casa en la oscuridad?

Sacó el cepillo y se lo pasó a Mary por el cabello con suaves pasadas.

—A mí la oscuridad nocturna me da miedo, Mary. Es el momento en que me siento más sola.

El rumor del cepillo al deslizarse por el fino cabello plateado de Mary se parecía al rumor de una leve brisa y resultaba relajante: *¡sss, sss, sss!* La piel de la enferma estaba pálida, casi translúcida en algunos trechos. Una delgada vena azul le cruzaba la sien sinuosamente hasta el nacimiento del cabello. Simone le alzó la cabeza para poder pasarle el cepillo por detrás.

¡Sss, sss, sss!

—El mío no es un matrimonio feliz. Las cosas nunca han ido bien, pero hace unos años empeoraron. Así que me trasladé a la habitación de invitados…

¡Sss, sss, sss!

—Lo cual no lo ha detenido. Igualmente viene de noche a por mí. He intentado bloquear la puerta, pero él la abre a la fuerza…

¡Sss, sss, sss!

—Y entra en mí a la fuerza.

¡Sss!

—Me duele. Me hace daño…

¡Sss. Sss!

Él disfruta haciéndome daño y no para nunca. No para nunca. Hasta quedarse satisfecho.

Sonaba un golpe sordo y rítmico. Simone tardó un momento en advertir que el cepillo se había enganchado en un nudo y que la cabeza de Mary iba golpeando el barrote metálico a cada uno de los furiosos tirones que ella le daba al cepillo.

Al darse cuenta, lo soltó bruscamente y retrocedió un

115

paso. Le rugía la sangre en la cabeza, le temblaban las manos. La mujer yacía de lado como borracha, con un párpado entreabierto pegado al barrote metálico de seguridad.

—¡Oh, Mary! —Simone se inclinó y separó el cepillo del nudo que la anciana tenía en el pelo por la parte de detrás. Volvió a colocarle la cabeza sobre la cama y la arropó con la manta. En la delicada piel de la sien, se le estaba formando un morado.

—Lo siento. ¡Oh, Mary, lo siento! —dijo Simone pasándole los dedos suavemente por el morado—. Perdóname, por favor... —Le arregló un poco más la manta. El sol se había ocultado por detrás de los edificios del hospital y la habitación ahora estaba fría y oscura—. Haría cualquier cosa por ti. Y para demostrarte lo mucho que significas para mí, quiero enseñarte una cosa...

Simone fue a la puerta, la abrió y echó un vistazo al pasillo para comprobar que no había nadie. Cerrando la puerta, rodeó la cama. Se agachó, cogió el dobladillo de su uniforme de enfermera y se lo alzó lentamente por encima de las rodillas; dejó a la vista unas medias gruesas y oscuras. La piel blanca y turgente de los muslos relucía por debajo. Siguió subiéndose la falda superando el elástico de las medias, por encima de las bragas, que se hundían en la pálida piel del abdomen. Se echó un poco hacia atrás, alzándose el uniforme hasta que toda la tela le quedó hecha un gurruño sobre los pechos. Un amasijo de rosado tejido cicatricial arrancaba de lo que había sido su ombligo y se le extendía bajo la caja torácica, frunciendo y moteando la piel, hasta desaparecer bajo la tela gris del sujetador. Simone se acercó a la anciana, le cogió una flácida mano y, apretándola sobre un tramo correoso de la cicatriz, la desplazó lentamente como si se lo acariciara.

—¿Lo notas, Mary? Me lo hizo él. Me quemó... Ya lo ves, yo te necesito tanto como tú a mí.

Simone permaneció en esa posición un momento, sintiendo sobre su piel arruinada el frescor del aire y el cálido contacto de la mano de Mary. Al fin la dejó caer con cuidado y se bajó la falda, alisando la tela. Cogió su bolso, que había dejado en el suelo, junto a la cama, y sacó un sobre.

—Ya casi se me olvidaba. ¡Te he traído una tarjeta! ¿La abro? —Metió un dedo en la solapa y la desgarró; sacó la tarjeta—. Mira… Es una acuarela, una morera… Supuse que el árbol bajo el que estáis sentados tú y George es una morera. ¿Quieres escuchar lo que he escrito? «A mi mejor amiga, Mary. Ponte bien pronto. Con todo el cariño de la enfermera Simone Matthews.»

Colocó la tarjeta en la taquilla, junto a la foto y la jarra de agua, y encendió la lámpara que había sobre la cama. Volvió a sentarse y cogió la mano de Mary entre las suyas.

—Ya sé que no te pondrás bien. Estoy casi segura. Pero es la intención lo que cuenta, ¿no? —Le dio una palmadita—. Bueno, ya estamos tan ricamente otra vez. Me quedaré un ratito más contigo, si te parece. No quiero irme a casa. Al menos hasta estar segura de que él ha salido y no regresará en toda la noche.

22

*I*saac abrió la puerta en pantalón corto y camiseta sin mangas. Del interior salía un delicioso olor a comida.

—¡Vaya! ¿Quién es esta preciosa y elegante mujer que ven mis ojos? —dijo examinando el largo vestido veraniego de Erika, su arreglado cabello y los pendientes de plata que lucía.

—Tal como lo dices, parece como si fuera siempre hecha un adefesio —replicó ella.

—En absoluto, pero te arreglas de maravilla —dijo él sonriendo. Se dieron un abrazo. Erika entró y le tendió una botella de vino blanco cubierta de gotitas de condensación. Al entrar en la cocina, vio complacida que era la única invitada a la cena.

—Stephen está escribiendo. Te manda recuerdos y disculpas. Ha de cumplir el plazo de entrega de su nuevo libro —dijo Isaac. El tapón de la botella salió con un agradable chasquido—. ¿Qué te parece si tomamos la primera copa fumando fuera?

Salieron al balcón con las copas de vino y encendieron unos cigarrillos. El sol ya estaba bajo y arrojaba largas sombras sobre la ciudad que se extendía frente a ellos.

—Es preciosa la vista —comentó Erika, y dio un sorbo de vino.

—Antes de que se me olvide, Stephen me ha pedido que te dé una cosa. —Isaac cruzó las puertas del balcón y volvió con un libro—. Es el último. Bueno, el último publicado…

—*De mis frías manos muertas* —dijo Erika, leyendo el

título. En la portada aparecía una mano lívida de mujer empujando hacia arriba la tapa de un ataúd. La mano sujetaba a la vez una carta de la que caían gotas de sangre.

—Es la cuarta novela de la serie del inspector Bartholomew, pero son historias independientes, no hace falta que leas las demás. Te ha escrito una dedicatoria. —Isaac le cogió la copa de vino para que pudiera abrir el libro.

—«De mis cálidas manos vivas, para ti, Erica. Te deseo todo lo mejor, Stephen» —leyó ella en voz alta. Stephen había escrito su nombre con «c», no con «k». Alzó la mirada hacia Isaac para decir unas palabras de cumplido y advirtió que él deseaba con ansiedad que aceptara el regalo, y que ella y Stephen llegaran a hacerse amigos—. Es fantástico. Le daré las gracias la próxima vez que nos veamos.

Guardó el libro en el bolso y cogió otra vez la copa.

—Bueno, ¿volvemos a ser amigos? —preguntó Isaac—. La semana pasada la cagué con esa cena y…

—Ya te has disculpado tres veces. Está todo bien.

Iba a añadir algo más cuando sonó su teléfono móvil.

—Un segundo, perdona —se disculpó y, hurgando en el bolso, sacó el móvil. Vio que era Marsh—. Lo siento, he de contestar.

—Te dejo sola —dijo Isaac, y cruzó otra vez las puertas del balcón.

—Diga, señor —respondió Erika.

—¿Quién ha dado permiso al maldito Peterson para detener a Gary Wilmslow? —gritó Marsh.

—¿Cómo?

—¡Peterson lo ha detenido hace una hora y lo ha metido en el calabozo! ¡Woolf ya le ha abierto la ficha, y ahora está en una jodida celda esperando a su abogado!

—¿Dónde lo ha detenido? —preguntó Erika, completamente helada.

—En Laurel Road…

—Pero si yo estaba allí hace un rato…

—Pues debería haberse quedado, joder. Por lo visto, Wilmslow ha irrumpido en la casa, diciendo que iba a recoger algo. Y ha acabado conduciendo a Peterson a un alijo de cigarrillos…

—¿De cigarrillos?

—Sí, de contrabando. Un alijo de poca monta.

—Mierda.

—Erika, si el tipo acaba en la cárcel por unos cuantos cigarrillos de contrabando, perderemos nuestro eslabón más directo en la Operación Hemslow... ¡Meses de trabajo, joder!

—Sí, señor. Lo sé.

—¡No, no creo que lo sepa! De entrada, ¿por qué demonios lo ha detenido Peterson? Ya oyó a Oakley en la reunión. Su investigación se centra en el asesinato de Gregory Munro, ¡y Gary Wilmslow no tiene nada que ver con ese crimen! Yo estoy volviendo de una conferencia en Mánchester. Vaya allí ahora mismo y controle a sus malditos agentes. ¡Concédale a Wilmslow la libertad bajo fianza, o mejor, encuentre la forma de reducirlo todo a una amonestación y déjelo en libertad!

Marsh colgó sin más.

—¿Problemas? —preguntó Isaac, reapareciendo en el balcón con un plato de cerámica bellamente decorado lleno de quesos y aceitunas. Erika lo miró melancólicamente.

—Era Marsh. Peterson ha perdido la chaveta. Debo ir al calabozo de la comisaría y arreglar el desaguisado. —Dio un último sorbo de vino y le entregó la copa.

—¿Ahora?

—Sí. Son los alicientes de mi trabajo. Lo siento. No sé cuánto tiempo me llevará. Te llamaré —dijo, y corrió a buscar su coche.

Isaac se quedó en el balcón contemplando la ciudad y pensando que, probablemente, tardaría en tener noticias suyas. A menos que apareciese otro cadáver.

23

Cuando Erika llegó a Lewisham Row, la zona de recepción se hallaba desierta. Woolf, que estaba de guardia, masticaba detrás del mostrador un plato de comida china preparada.

—¿Se ha emperifollado así por Gary Wilmslow? —bromeó, fijándose en el holgado vestido veraniego de finos tirantes.

—¿Dónde está ahora? —replicó ella.

—Sala de interrogatorio número tres.

—Ábrame.

Woolf pulsó el botón de la puerta de comunicación y observó cómo ella se dirigía a toda prisa hacia la parte principal del edificio, no sin darse cuenta por primera vez de que la inspectora tenía curvas y que sus piernas lucían de maravilla al llevar vestido.

Erika cruzó la recia puerta de acero que separaba el bloque de celdas del resto de la comisaría y entró en la sala de control, donde se hallaban el agente Warren y un agente uniformado frente a una batería de pantallas. Una de ellas mostraba el interior de la sala de interrogatorio número tres desde un ángulo elevado, por encima de una mesa y dos sillas. Peterson estaba sentado frente a Gary Wilmslow, quien tenía los brazos cruzados y una expresión petulante en la cara. Otra agente, una mujer joven que Erika no conocía, se hallaba en el rincón, detrás de Peterson, sentada en una silla.

—¿Esa quién es? —preguntó.

—La agente Ryan —dijo Warren.

—Vamos, Gary. ¿De dónde sacó los cigarrillos? —preguntó Peterson en la sala de interrogatorio. Su voz adquiría un tono metálico en los altavoces del centro del control.

—No son míos. —Gary se encogió de hombros. La cabeza, pálida y rapada, le relucía bajo la cruda luz de los fluorescentes.

—Usted sabía que estaban ahí, Gary.

—No son míos.

—Gregory Munro ganaba más de doscientos mil al año. Eso además de los ingresos de las propiedades alquiladas...

—No son míos —repitió Wilmslow con hastío.

—Él no habría arriesgado su carrera por una caja de cigarrillos de contrabando...

—No-son-MÍOS —insistió Gary mostrando los dientes.

—¿Por eso se ha presentado en la casa? ¿Porque se ha enterado de que ahora está a nombre de Estelle Munro?

Wilmslow permaneció de brazos cruzados mirando al frente.

—Vamos, Gary. Se está volviendo descuidado. Le hemos oído desde el piso de arriba amenazando a Estelle. ¿Ese es su estilo?, ¿amenazar a señoras mayores? —dijo Peterson.

—No la estaba amenazando —replicó Gary, ceñudo—. La estaba protegiendo.

—Protegiéndola... ¿de qué?

El detenido se rio, echándose hacia delante.

—De las criaturas de la selva como usted. Conozco a los de su pelaje. Son como perros en celo cuando se trata de mujeres blancas. Incluso de viejitas flácidas y arrugadas como Estelle.

Se arrellanó otra vez en la silla sonriendo. Peterson parecía a punto de perder los estribos.

—¿De dónde sacó los cigarrillos, Gary? —gritó.

—No sé de qué me habla.

—Se le ha oído claramente decir que había ido a recoger sus cigarrillos. Y entonces vamos y encontramos veinte mil Marlboro Lights españoles en el desván. Envueltos en plástico.

—Sí, he tenido la suerte de disfrutar varias vacaciones en España —soltó Gary con una sonrisita enloquecedora—. No lo digo porque tenga nada que ver con los cigarrillos. Es para darle conversación.

Peterson se inclinó hacia delante, muy cerca de Wilmslow, casi rozándole con la nariz, y lo miró fijamente a los ojos.

—Apártese, déjeme en paz...

Peterson no se movió y siguió mirándolo fijamente.

—¡Déjeme en paz de una puta vez! —Gary se echó hacia atrás, cogió impulso y le dio un cabezazo a Peterson.

—¡Por Dios! —gritó Erika.

Salió corriendo del centro de control y se tropezó con Moss en el pasillo.

—Pero ¿qué demonios hace aquí? ¿Por qué no está dentro?

—Estoy tratando de localizar al abogado de Gary Wilmslow... —tartamudeó Moss.

Erika la apartó y abrió de un tirón la puerta de la sala de interrogatorio número tres. Peterson y Wilmslow estaban en el suelo. El detenido se le había subido encima y le asestó un puñetazo en la cara. Peterson consiguió zafarse de él y lo estampó violentamente contra la pared. Gary, recuperándose de inmediato, volvió a echársele encima. Al ver entrar a Erika, la agente Ryan acudió a echar una mano.

—Necesitamos refuerzos aquí. ¡Rápido! —urgió Erika mirando a la cámara. Entre ella, Moss y Ryan apartaron a Gary Wilmslow de Peterson y consiguieron esposarlo. Tenía el labio partido y escupía la sangre en el suelo. Bruscamente, aparecieron tres agentes uniformados en la puerta.

—Ahora se despiertan, ¿no? ¡Vamos! Métanlo de una vez en una celda —ordenó Erika.

—Cuando quieras continuamos, niño de la jungla —le dijo Gary a Peterson con una sonrisa maníaca y ensangrentada, mientras se lo llevaban a rastras. El inspector se levantó lentamente del mugriento suelo. Se le habían saltado dos botones de la camisa y le sangraba la nariz.

—¿Qué demonios estaba haciendo? —preguntó Erika.

—Jefa...

123

—Cierre el pico y vaya a lavarse. Ya hablaremos.

El inspector se limpió la boca con el dorso de la mano y salió de la sala de interrogatorio.

—Jefa, el tipo tenía miles de cigarrillos... —informó Moss. Erika alzó la mano para silenciarla.

—Sé lo que ha ocurrido. Lo que no entiendo es por qué dos de mis mejores agentes no están siguiendo las normas.

—Yo estaba tratando de localizar a su abogado.

—Vamos afuera —dijo Erika, recordando que la cámara seguía grabando la conversación.

Erika prosiguió en cuanto salieron al pasillo:

—Usted sabe que Peterson le guarda rencor a Wilmslow. Ese tipo es escoria, pero tiene una coartada para el asesinato de Gregory Munro. Ustedes deben investigar ese asesinato, esa es su misión. Pero no han de ponerse a detener gente por el primer motivo que se les antoje.

—No ha sido un antojo, es que...

—Váyase a casa, Moss. Yo resolveré este lío.

—Pero...

—Váyase. ¡Ahora mismo!

—Sí, jefa. —Se secó el sudor de la frente y se alejó sin decir una palabra más, dejando sola a Erika en el pasillo, bajo la desabrida luz de los fluorescentes.

Una hora más tarde, la inspectora jefe localizó a Peterson en el vestuario de hombres del sótano de la comisaría, que apestaba a transpiración y a cera para el suelo. Se hallaba sentado en un banco, con la espalda apoyada en las taquillas y un pañuelo ensangrentado estrujado en la mano. Una de las puertas metálicas de enfrente estaba abollada.

—Estaba pidiendo que lo detuvieran, jefa —dijo Peterson al verla—. Ha irrumpido en la casa, ha tirado al suelo a Estelle. Nos ha mandado a la mierda.

—Es pura escoria, Peterson, ya lo sabemos. Pero si yo hubiera detenido a todos los que me han mandado a la mierda, el sistema carcelario se habría colapsado del todo.

No había ventanas allí abajo, y todas las luces estaban apagadas, salvo las de la hilera de lavamanos del fondo, de manera que el vestuario se hallaba en una densa penumbra. Erika se sentía expuesta con su ligero vestido de verano; los largos pendientes plateados le oscilaban sobre las mejillas. Cruzó los brazos sobre el pecho e inquirió:

—¿Por qué lo ha detenido exactamente, Peterson?

—¡Tenía cigarrillos de contrabando preparados para venderlos!

—¿Y qué pruebas tenemos de que iba a venderlos?

—Vamos, jefa. ¡Había miles!

—Y aunque pensara hacerlo, ¿qué tiene eso que ver con nuestra investigación por asesinato?

—Jefa, Wilmslow está en libertad condicional. Ese alijo debe de valer un montón de pasta. Y aún no sabemos si fue responsable de la muerte de Gregory Munro. Esto nos permitirá indagar más a fondo.

—¡Él no fue el responsable de la muerte de Gregory Munro! —le espetó Erika.

—Eso no lo sabemos, jefa. La coartada se la proporcionaron su hermana y su madre…

Erika fue a un lavamanos, abrió el agua fría, se refrescó la cara y, recogiendo un poco con las manos, bebió un largo trago. Cerró el grifo y se secó con una toalla de papel.

—Peterson…

—¿Qué?

—Gary Wilmslow está sometido a investigación por producción y distribución de pornografía infantil. Es, posiblemente, una pieza clave de una red enorme de pedofilia. Lo tienen bajo vigilancia policial encubierta. Y por eso saben con certeza que él no mató a Gregory Munro. Su coartada está confirmada.

Peterson la miró, consternado.

—¿Habla en serio?

—Completamente. Y yo no debería contarle esto, maldita sea.

Peterson se inclinó y se agarró la cabeza con las manos.

—Usted no puede permitir que un idiota como Wilmslow le saque de sus casillas. Ya conoce a la gente de su ralea. Él sabe cómo provocar; lo lleva haciendo toda la vida. Le creía más inteligente. Las venganzas personales nublan el juicio.

—¿Hasta qué punto tienen avanzada la investigación para detenerlo? —graznó Peterson, casi al borde de las lágrimas.

—No lo sé. Marsh me informó hace un par de días, cuando yo quería ponerme a investigar a Wilmslow. Lo llaman Operación Hemslow. Creen que están produciendo los DVD en serie, que hay cientos de horas de grabaciones y que también las están subiendo a la red.

Sus palabras quedaron flotando en el aire. Peterson se echó hacia atrás, con las manos sobre los ojos.

—No, no, no… —masculló. Erika se quedó impresionada por su forma de tomárselo, sin eludir la culpa ni defenderse. Al fin, se retiró las manos de la cara—. ¿Y ahora qué va a pasar?

—La ignorancia no es una excusa. Ha sido un estúpido, Peterson… Pero usted no sabía lo de Wilmslow. Y estaba haciendo su trabajo, aunque haya sido de un modo chapucero. Tiene suerte de que ese individuo haya comenzado la pelea en la sala de interrogatorio. Le diré a Marsh que le he echado una bronca monumental.

El inspector levantó la vista, sorprendido por su tono.

—Lo que quería decir es qué va a pasar ahora con la Operación Hemslow?

—No lo sé.

—¿No me va a pedir la placa? —preguntó en voz baja.

—No, Peterson. No da la impresión de que se haya tomado este asunto a la ligera.

—No, en absoluto.

—Bueno, ahora váyase a casa. Quiero verlo aquí mañana con la cabeza bien puesta en su sitio. Recibirá una amonestación formal. Por suerte, es la primera que recibe.

Él se levantó, recogió la chaqueta y se fue sin decir nada más. Erika se quedó mirando con preocupación la puerta por la que había salido. Pasó otra hora en comisaría arreglando las cosas para que Gary Wilmslow fuese amonestado formalmente por lenguaje insultante y racista contra un agente de policía.

Estaba fumándose un cigarrillo en los escalones de la entrada cuando Gary salió de la comisaría con su abogado, que debía de ser de los caros, a juzgar por su aspecto y su traje gris de raya diplomática. Cuando el abogado ya no podía oírlo, Gary se acercó y le dijo a Erika:

—Gracias por dejarme salir de esa celda de mierda. Y hablando de salir, ¿a dónde va? Tiene una pinta muy apetitosa.

La inspectora se giró y lo miró; él estaba examinándole el vestido con aire lascivo desde dos escalones más arriba.

Ella se levantó y subió los escalones para ponerse a su altura.

—Intento de violación es lo máximo que logrará conmigo, como seguro que debe de sucederle con la mayoría de las mujeres —dijo encarándosele.

El abogado ya andaba por la mitad del aparcamiento cuando se dio cuenta de que Gary no lo seguía. Se detuvo y lo llamó:

—Señor Wilmslow.

—Hija de puta —musitó Gary.

—Cree el ladrón que todos son de su condición —contestó ella sosteniéndole la mirada. Él se dio medio vuelta, bajó deprisa la escalera y fue al encuentro de su abogado.

El coche de Marsh se detuvo en ese momento al pie de la escalera. El comisario jefe se bajó con expresión ceñuda.

—Tenemos que hablar. En mi despacho. Ahora mismo —dijo al pasar junto a ella.

Erika vio cómo salían Gary y su abogado del aparcamiento con un BMW negro. Tenía la horrible sensación de haber soltado a un elemento peligroso, dejándolo a sus anchas.

24

—*D*ebe controlar a sus malditos agentes, Erika. ¿Por qué motivo los ha dejado en la escena del crimen? —preguntó Marsh, paseándose por su oficina. Ella permaneció de pie.

—No había ninguna escena del crimen cuando yo me he ido, señor. Peterson y Moss estaban esperando con Estelle Munro a que llegara un forense... Wilmslow ha irrumpido en la casa después.

—Bueno, yo acabo de recibir una reprimenda de Oakley en el Departamento de Operaciones y Crímenes Especiales.

—En ese departamento saben que tienen un conflicto potencial con nuestro caso.

—Ya, y gracias a Peterson ahora los dos casos han chocado de frente.

—A Wilmslow y a su abogado no se les ha dicho nada sobre la Operación Hemslow, señor. Ninguno de mis agentes está informado al respecto. O sea que Peterson ha sido...

—Rematadamente idiota, eso es lo que ha sido.

—He soltado a Wilmslow con una amonestación.

—¿Y no le parece que lo encontrará sospechoso? Nosotros hemos adoptado enérgicas medidas contra el mercado negro de tabaco y contra la evasión de aranceles. Lo pillamos con veinte mil cigarrillos y, por si fuera poco, el tipo le da un cabezazo a un agente de policía. ¿No le va a parecer sospechoso que lo mandemos a casa con un simple tirón de orejas?

—Yo no puedo decirle lo que él estará pensando, pero es un criminal profesional. Y esos tipos se pasan la vida dando bandazos entre la paranoia y la euforia.

—Erika, Wilmslow es el único miembro de esa banda de abusos a menores al que hemos logrado acercarnos. Han invertido millones en la Operación Hemslow, y si ahora lo perdieran...

—No lo perderán, señor.

—¿Ahora está dirigiendo usted la Operación Hemslow, Erika?

—No, señor. Todavía estoy esperando noticias sobre mi ascenso...

Marsh siguió deambulando de aquí para allá. Ella se mordió el labio. «¿Por qué no podré cerrar el pico a veces?», pensó.

—¿Qué progresos ha hecho en el caso de Gregory Munro? —preguntó Marsh finalmente.

—Estoy esperando a ver si encontramos alguna huella en un marco de su casa. Al parecer, su diploma del Colegio de Médicos desapareció durante el allanamiento. Pero nos informaron de ello cuando le devolvimos la casa a Estelle Munro, una vez realizadas las tareas forenses. Además, los vecinos de enfrente acaban de volver de vacaciones. En las dos semanas previas al asesinato, vieron a varios jóvenes entrando en la casa de Munro. Jóvenes con aspecto de prostitutos. Mañana por la mañana debería tener unos retratos robot.

Marsh se detuvo y, mirándola fijamente, le dijo:

—Quiero que prepare toda la información del caso para poder traspasárselo a los equipos de Investigación Criminal especializados en asesinatos de motivación sexual.

—¿Qué?

—Hemos encontrado pornografía gay en la escena del crimen y una aplicación de citas gais en el móvil de la víctima, y ahora unos vecinos que han visto entrar y salir a varios prostitutos...

—Las identidades de esos jóvenes aún no están confirmadas —se defendió Erika, arrepintiéndose de haber dicho que los jóvenes parecían profesionales—. Si lo traspasamos, el caso quedará perdido entre otras mil investigaciones. Ya estoy cerca...

—¿De hacer saltar por los aires una operación encubierta de millones de libras?

—Eso no es justo, señor.

129

Marsh dejó de pasearse y se sentó ante su escritorio.

—Mire, Erika. Le estoy recomendando con toda energía que abandone el caso y lo transfiera ahora. Yo me ocuparé de que nadie lo considere un fracaso por su parte.

—Por favor, señor, yo...

—No voy a discutir más. Tenga lista toda la información sobre el caso Gregory Munro para mañana a la hora del almuerzo.

—Sí, señor. —Iba a decir algo más, pero se lo pensó mejor. Se echó el bolso al hombro y salió del despacho, haciendo un esfuerzo para no dar un portazo.

Al llegar al aparcamiento junto a su casa, apagó el motor. La idea de subir al piso todavía la deprimía más. Bajó la ventanilla, encendió un cigarrillo y se lo fumó pensativamente, escuchando el zumbido del tráfico de London Road y el canto de los grillos en los arbustos circundantes.

Había algo que se le escapaba en esta investigación. ¿Era Gary Wilmslow? ¿Era uno de los prostitutos que habían visitado a Gregory Munro? ¿Acaso Gregory sabía algo sobre Gary, y este acabó librándose de él? Le daba la sensación de que tenía la respuesta casi al alcance de la mano. Era algo sencillo, estaba segura. Siempre se trataba de un indicio casi insignificante, como una puntada suelta en una manta de lana. Pero debía encontrar ese hilo y tirar de él, y toda la historia se desenmarañaría por sí sola.

No soportaba la idea de que no fuera ella quien atrapara al asesino de Gregory Munro. En cambio, tenía que presentarse por la mañana ante su equipo y anunciar que el caso iba a ser transferido: precisamente cuando la cosa se ponía interesante.

DUKE: ¿Ha llegado?

NIGHT OWL: Sí. Acaba de llegar. Se me ha escapado el cartero. He tenido que recogerlo en la oficina de correos... Si supieran lo que había dentro.

DUKE: ¿Estaba sellado?

NIGHT OWL: Sí.

DUKE: ¿SEGURO?

NIGHT OWL: Estaba sellado herméticamente. He tenido que cortar el sobre acolchado con un cuchillo.

DUKE: De acuerdo.

NIGHT OWL: Estás muy nervioso.

DUKE: Sí. ¿Tú crees que abren los paquetes?

NIGH OWL: ¿Quiénes?

DUKE: Los empleados de correos.

NIGHT OWL: No. Es ilegal. A menos que seas terrorista.

DUKE: Está bien.

NIGHT OWL: ¿Acaso yo soy terrorista?

DUKE: Claro que no.

NIGHT OWL: Exacto. Lo que hago es por el bien de la sociedad.

DUKE: Lo sé. Y la gente estará agradecida. Yo estoy agradecido.

DUKE: Pero ¿podrían haberlo abierto y sellado de nuevo?

NIGHT OWL: Soy yo quien está haciendo esto. NO TÚ.

DUKE: Aun así. Para mí también es un riesgo. Mi nombre está en el volante del envío.

NIGHT OWL: Joder, Duke. No seas gallina.

DUKE: ¡No soy gallina!
NIGHT OWL: Entones cierra el pico.

Hubo una pausa. El texto se detuvo en la pantalla un momento.

NIGHT OWL: ¿Sigues ahí?
DUKE: Sí. No te confíes. Mantente en guardia.
NIGHT OWL: El tipo se lo ha ganado.
DUKE: Ya lo creo.
NIGHT OWL: Mi odio se ha intensificado hasta un extremo que inspira pavor.
DUKE: Para mí eres una inspiración.
NIGHT OWL: Él me mostrará su pavor.
DUKE: ¿Me avisarás, después?
NIGHT OWL: Serás el primero en saberlo.

26

Las calles se hallaban desiertas cuando Night Owl recorría en bicicleta Lordship Lane, una zona adinerada del sur de Londres. Dejó atrás una hilera de tiendas sumidas en la oscuridad. No se oía nada, salvo el zumbido de las ruedas de la bici y el rumor lejano de la ciudad.

Era cerca de medianoche, pero el asfalto todavía desprendía calor; Night Owl sudaba bajo el chándal negro. Habría sido más rápido ir en coche, pero había cámaras de vigilancia en cada esquina, que sacaban fotos de las personas y de las matrículas. Demasiado arriesgado.

La dirección del hombre había sido fácil de encontrar: una simple búsqueda en Internet. Era una persona muy conocida y le gustaba airear su vida en las redes sociales. Night Owl sonrió mostrando una hilera de dientes pequeños y torcidos.

«Se ha exhibido en exceso demasiadas veces.»

Como su siguiente víctima era una figura pública, y a menudo polémica, Night Owl había temido que la casa estuviera protegida férreamente con todo tipo de alarmas, pero con una sola visita en un día soleado y caluroso de la semana anterior había bastado: una falsa visita a puerta fría para enseñar un folleto ficticio de BELL SAFE SECURITY. Había sido todo un estrés verle la cara de cerca. Le había costado disimular su odio y mantener una actitud relajada e informal.

Giró, abandonando Lordship Lane, y se detuvo junto a un muro muy alto. Los frenos de la bicicleta emitieron un ligero chirrido, que pareció resonar en la silenciosa calle.

El muro delimitaba el lateral de una larga hilera de jardines traseros. Las casas que se alineaban en ese tramo eran elegantes y refinadas. Night Owl metió la bicicleta detrás de un buzón que estaba pegado al muro y la usó para encaramarse y escalarlo. Cuatro de las casas de esa hilera disponían de alarma. Otro muro alto y negro recorría por detrás los seis jardines y daba, por el otro lado, a una parada de autobús.

El primer jardín era fácil. Solamente vivía una anciana en esa casa enorme, y el jardín estaba muy descuidado; no se veía luz en ninguna ventana. Night Owl avanzó causando apenas un leve murmullo y trepó por la cerca que daba al segundo jardín.

Tampoco aquí se activó ninguna luz. El dueño, sin embargo, había ampliado el edificio principal hacia el jardín, de manera que este quedaba reducido a una franja de hierba junto al muro negro. La primera ventana de la planta baja estaba a oscuras, pero la segunda se hallaba entornada unos centímetros y dejaba escapar un leve resplandor de colores. Era una habitación infantil casi sin muebles, aparte de una gran cuna de madera situada cerca de la ventana.

134

Un bebé, de ojos enormes y pelillo oscuro y alborotado, se hallaba de pie en la cuna, agarrando la barandilla con sus rechonchas manitas. Podía ver el jardín gracias a la suave luz de la lamparilla que giraba sobre sí misma lentamente. Night Owl pasó junto a la ventana y susurró: «Hola».

El bebé se desplazó un poco, sujetándose al borde de la cuna. Era una niña. Llevaba un pelele de color rosa y una chaquetita de punto del mismo tono. El aire era sofocante y la pared de ladrillo desprendía calor.

—¿Tienes calor, nena? —susurró Night Owl con una sonrisa. La criatura sonrió, dio unos saltitos y se tironeó la chaqueta de punto, dejando escapar un leve gemido.

Aún quedaban tres jardines que cruzar, pero Night Owl se apiadó de aquella niñita inocente que estaba asándose en una habitación demasiado calurosa. La ventana se abrió con facilidad; Night Owl pasó una pierna y se coló dentro. La cría lo miró con unos ojos redondos y enormes, sin saber bien quién era esa persona que se había colado en su habitación.

—Tranquila… No pasa nada. Tú eres inocente. Todavía puedes causar estragos en el mundo.

Actuando con celeridad, cogió en brazos y sostuvo en alto a la niña, que soltó una risita. Volvió a ponerla en la cuna, manipuló los diminutos botones de la chaqueta de punto, agarrándola de manera que la criatura no perdiera el equilibrio, y le liberó cada brazo hasta quitarle la prenda del todo.

—Bueno. Así está mejor, ¿no?

La niñita dejó que la acostara sobre el pequeño colchón, cuya tela tenía un estampado de elefantitos grises. Alzó los brazos cuando vio que aquella persona le daba cuerda lentamente al móvil que colgaba encima de la cuna.

Al sonar la suave melodía de «Twinkle Twinkle Little Star», Night Owl desapareció del campo visual de la cría.

El tercer jardín tenía una luz de seguridad montada sobre el muro trasero y no era nada fácil cruzarlo. Había que mantenerse a la distancia suficiente de su campo de acción.

El cuarto jardín ofrecía un aspecto un poco salvaje, poblado de altas hierbas y parterres rebosantes. Night Owl dejó atrás un columpio de plástico y un arenero a ras del suelo, y se agazapó junto a la puerta del lavadero.

Se cubrió con la capucha, de forma que no se le atisbaran en el rostro más que dos ojos relucientes, y pegó el oído a la puerta; sacó un alambre largo y delgado y lo introdujo en la cerradura.

135

$\mathcal{A}$l salir del bar exclusivo para socios de Charlotte Street, en el centro de Londres, Jack Hart, el famoso presentador de televisión, se detuvo un momento para saborear la cálida noche veraniega. A pesar de lo tarde que era, había un nutrido grupo de fotógrafos aguardando en la acera, y los *flashes* de sus cámaras destellaron en una ráfaga frenética cuando él descendió por el corto tramo de escalones.

Jack era un hombre delgado y atractivo, de pelo rubio platino rapado por detrás y por los lados, como dictaba la moda, y con un impecable copete en lo alto. Tenía los dientes tan blancos como el pelo, y llevaba un ceñido traje a medida que realzaba su espigada complexión. Le complació comprobar que, además de la horda habitual de los diarios sensacionalistas, le esperaban periodistas de la BBC, la ITV y Sky News, algunos de los cuales eran antiguos colegas. No permitió que esa satisfacción se trasluciera en su bello rostro, sin embargo, y procuró adoptar una expresión pensativa.

—¿Se siente responsable de la muerte de Megan Fairchild? —gritó un reportero de uno de los periódicos más serios.

—¿Cree que dejarán de emitir su programa? —gritó otro.

—Vamos, Jack. Usted la mató, ¿no? —susurró uno de los *paparazzi* acercándose y disparando un *flash* deslumbrante.

Jack hizo oídos sordos y, abriéndose paso entre ellos, subió al taxi que esperaba junto al bordillo y cerró de un portazo. El coche arrancó lentamente. Los fotógrafos se mantuvieron a su altura, sin embargo, pegando los objetivos de las cámaras a la ventanilla e inundando el interior del vehículo con un relampagueo de *flashes*. Una vez que doblaron la esquina de Charlotte Street, pudieron acelerar.

—A la parienta le encanta su programa, amigo —dijo el taxista echándole un vistazo por el retrovisor—. Pero es todo un montaje, ¿verdad?

—Es en directo, y puede pasar cualquier cosa —contestó Jack, repitiendo el eslogan que usaba al dar comienzo cada emisión.

—He oído decir que la chica que salía en su programa, esa tal Megan que se suicidó, tenía un montón de problemas mentales. Seguro que lo hubiera hecho igualmente —aseguró el taxista mirándolo otra vez a los ojos por el retrovisor.

—No se preocupe. Iba a darle una buena propina de todos modos —dijo el periodista. Se arrellanó en el asiento y cerró los ojos. El suave balanceo del vehículo, que iba avanzando por el centro de Londres, le resultaba relajante.

—Como quiera, amigo.

The Jack Hart Show se emitía en directo todos los días laborables por la mañana y había ascendido en los índices de audiencia a lo largo del último año. Pero aún tenía que subir mucho más para superar a su gran rival, *The Jeremy Kyle Show*.

Jack Hart se sentía orgulloso de que su programa se emitiera en directo. Eso le otorgaba ventaja y lo mantenía en el candelero. Según la costumbre, en *The Jerry Springer Show*, los invitados se disputaban diariamente sus quince minutos de gloria a base de airear sus trapos sucios ante las cámaras, cosa que a la gente le encantaba.

Hart había empezado como periodista en Fleet Street, en el mundo de la prensa escrita, y había aprendido su turbio oficio trabajando de reportero de investigación, es decir, desvelando las aventuras sexuales de los famosos y los manejos de los políticos corruptos, y escribiendo reportajes de «interés humano». Él mismo describía a menudo *The Jack Hart Show* como un periódico de cotilleo pasado por el filtro de las cámaras.

137

Megan Fairchild había constituido en ese sentido un ejemplo ilustrativo. El padre de su hijo se había estado acostando con el padre de la propia Megan, pero lo que los investigadores del programa no habían conseguido descubrir era que el padre de la chica, además, había abusado sexualmente de ella a lo largo de su infancia. Al día siguiente de esa polémica emisión, Megan se había quitado la vida —y la de su hijo todavía no nacido— bebiéndose un litro de herbicida.

De cara al público, Jack se había mostrado arrepentido; y de hecho, no era tan insensible como para no sentirse apenado por la muerte de ambos. Pero, entre bambalinas, él y sus productores habían promovido activamente la repercusión mediática del caso, con la esperanza de que el escándalo disparase sus índices de audiencia.

Hart abrió los ojos, sacó el móvil y entró en Twitter para examinar su cuenta. Se tranquilizó al ver que la gente seguía hablando de la muerte de Megan. Había algunos tuits más de pésame escritos por famosillos de poca monta. Los retuiteó y entró en la página de *Go Fund Me* que habían abierto para recaudar dinero en honor de Megan. Ya se habían alcanzado las cien mil libras en donaciones. Retuiteó también esta información con un mensaje de agradecimiento, y se arrellanó en el asiento del coche, tarareando «And the Money Kept Rolling In» de *Evita*, su musical preferido.

Tres cuartos de hora más tarde, el taxi se detuvo frente a la enorme y preciosa casa de Jack en Dulwich. Le dio las gracias al taxista y observó por la ventanilla, en parte aliviado, en parte decepcionado, que había pocos periodistas esperando fuera. Veía a cinco. «Ya deben de haber sacado lo que querían antes, a la salida del bar, sin necesidad de tener que cruzar el río», pensó. Bajó y pagó al taxista a través de la ventanilla. Los fotógrafos comenzaron a disparar sus cámaras y el repetido destello de los *flashes* se reflejó en la carrocería negra del taxi y en las paredes de las casas circundantes.

Caminó entre el reducido grupo de reporteros y abrió la verja que daba acceso a la puerta principal, pensando que las imágenes de esa extraña escena en un rincón tranquilo del barrio de Dulwich, en el sur de Londres, tal vez inundaran muy pronto todos los medios de comunicación del país.

—¿Tiene algún mensaje para la madre de Megan Fairchild? —le preguntó uno de los fotógrafos.

Jack se detuvo frente a la puerta, se dio la vuelta y dijo:

—¿Por qué no cuidó usted de su hija? —Permaneció un instante mirando con pena a las cámaras. Dicho esto, giró en redondo, metió la llave y desapareció dentro, cerrando la puerta acribillada por los *flashes*.

La alarma emitió sus pitidos de advertencia. Jack introdujo el código de cuatro dígitos e, inmediatamente, se encendió la luz verde en la pantalla y la alarma enmudeció. Colgó su liviana chaqueta, sacó la cartera y las llaves, y las dejó sobre la mesita del vestíbulo. Entró en la diáfana sala de estar que daba al oscuro jardín. Cuando encendió las luces, el enorme espacio vacío pareció devolverle la mirada. Fue a la nevera y se detuvo un momento a contemplar los dibujos pegados en la puerta, obra de sus hijos pequeños, un niño y una niña. Sacó de la nevera una botella de cerveza Bud. Al abrirla, no emitió el silbido acostumbrado; el tapón salió sin ruido y rodó sobre la encimera con un tintineo.

Dio un sorbo. Estaba fresca, pero un poco desbravada. Volvió a abrir la nevera y vio que esa era la última botella. Sin embargo, estaba seguro de que aún quedaban tres… Se quedó un momento pensativo, pero apagó las luces y subió.

Reinó una calma completa en la sala de estar durante unos instantes. Se oyeron algunos ruidos procedentes del baño del piso de arriba y el rumor de la ducha. Lentamente, una figura baja y fornida entró con sigilo por la puerta del lavadero, que estaba completamente a oscuras. Una vez dentro, cruzó la cocina y subió por la escalera, asentando bien los pies en cada peldaño para evitar crujidos.

El rellano estaba sumido en la oscuridad. Una franja de luz procedente del cuarto de baño cruzaba la moqueta. Night Owl se acercó a la puerta: un par de ojos relucientes atisbando por la abertura de la capucha.

Jack era un hombre de fuerte complexión y cuerpo ágil y vigoroso. Night Owl observó cómo se enjabonaba en la ducha; tenía el pelo cubierto de espuma. Un chorro de agua burbujeante le descendía por el musculoso cuerpo y se le deslizaba entre las nalgas. Se puso a tararear desafinadamente una melodía.

—Me das asco —susurró Night Owl.

El periodista dejó de tararear y, agachando la cabeza bajo la ducha, dejó que el agua cayera por el cabello, ahora tan lustroso como el pelaje de una foca.

Resultaba embriagador estar ahí observando, sin que nadie lo supiera. Y pensar que todo el mundo a lo largo y ancho del país estaba hablando de ese hombre... de ese hijo de puta arrogante y egoísta. El grifo se cerró con un chirrido metálico. Night Owl retrocedió rápidamente y se agazapó entre las sombras.

Jack salió de la ducha y pasó junto a los dormitorios vacíos de sus hijos. Mantenía esas puertas siempre cerradas. Así podía pasar junto a ellas todas las noches sin sentir una punzada de culpabilidad y de nostalgia. Cruzó descalzo el elegante dormitorio principal. Sostenía la botella de Bud con una mano, y con la otra se pasaba la toalla por la cabeza. Se sentó desnudo en el borde de la cama y tiró la toalla al suelo. La cerveza estaba cada vez más tibia y desbravada; la apuró de un largo trago y dejó la botella en la mesilla de noche del lado que ahora no ocupaba nadie.

Pensó en el cuerpo cálido y agradable de su esposa. Recordó cómo se quedaba sentada en la cama, fingiendo que leía un libro, cuando él llegaba tarde a casa. El libro era siempre un elemento decorativo, un pretexto para mantenerse despierta y poder expresar su descontento.

Iba a levantarse para bajar a buscar otra bebida, pero de repente sintió que le pesaba la cabeza. También le pesaban los miembros, como si estuviera exhausto. Se dejó caer boca arriba y se fue desplazando sobre la cama hasta apoyar la cabeza en la almohada. Extendió el brazo, cogió el mando de la mesita y encendió la televisión. En Sky News aparecían unas imágenes de él abandonando el club de Charlotte Street hacía una hora; bajo el rótulo rojo de «Últimas noticias», que se deslizaba por la parte inferior de la pantalla, se leía: «Ofcom[2] INVESTIGA LA POLÉMICA SOBRE JACK HART».

Echó un vistazo en torno a la habitación. Una lluvia de colores parecía proyectarse desde la televisión en múltiples franjas. Levantó la cabeza y todo le dio vueltas. Volvió a apoyarla sobre la almohada. Ahora estaba temblando, además, aunque hacía bochorno. Consiguió apartar la colcha de debajo de su cuerpo y se envolvió en ella para entrar en calor.

—Espera, espera —murmuró, aún medio consciente de las palabras que iban desfilando por el rótulo de la pantalla. El sonido de la televisión se abatió sobre él como una ola; la habitación le dio vueltas de nuevo. Giró la cabeza al percibir un bulto negro moviéndose junto a la cama. Una sombra cruzó la puerta y desapareció. Con un resto de lucidez, se dio cuenta de que algo iba mal. Quizá había pillado una especie de gripe. «Espera, un momento. Debería llamar a alguien si OFCOM me está investigando», pensó.

Nigh Owl actuó con celeridad. Bajó la escalera y cerró la puerta principal con cerrojo; sacó unas pequeñas podaderas y cortó los cables de Internet y de la línea fija de teléfono. Las luces del módem parpadearon y se apagaron. Fue al vestíbulo, donde Jack había dejado colgada la chaqueta, sacó del bolsillo la Blackberry, retiró con destreza la tarjeta SIM y, arrojando el móvil al suelo, lo pisoteó con el tacón. La pantalla se combó y acabó resquebrajándose.

Finalmente, fue a desconectar la corriente. El panel de la alarma emitió un pitido. Introdujo el código y se hizo el silencio. Le llegó de arriba un débil gemido. Night Owl apoyó una mano en la barandilla y volvió a subir lentamente la escalera.

Jack seguía tendido en la cama; todo le daba vueltas de una forma brutal. Tardó unos momentos en darse cuenta de que la

2. OFCOM (The Office of Communications) es el organismo regulador de los medios audiovisuales en Gran Bretaña.

televisión estaba apagada y la habitación a oscuras. El pánico, para él, era una emoción remota y borrosa. Pensó de nuevo en su esposa. Extendió el brazo para tocar su lado de la cama en la oscuridad y se quedó confuso. ¿Dónde estaba Marie?

Notó que el colchón se ladeaba junto a él. Alguien se había subido a la cama. Buscó otra vez con el brazo y tropezó con un cuerpo cálido.

—¿Marie? —graznó en medio del silencio. Tanteó con la mano y sintió el tacto blando de la carne bajo una tela delgada—. ¿Marie? ¿Cuándo has llegado? —A pesar de las drogas que tenía en la sangre, recordó que ella se había marchado. Que lo había dejado. Que se había mudado con los niños. Se puso tenso y trató de apartarse.

—¡Chist...! Relájese —dijo alguien. No era la voz de Marie. Era una voz áspera, con un extraño tono agudo.

Intentó alejarse. La cama se bamboleaba bajo su cuerpo. Sus miembros habían perdido la fuerza y la coordinación. Cogió torpemente el teléfono fijo de la mesita y acabó tirándolo al suelo. Se percató de que la sombra se montaba sobre él y lo colocaba boca abajo. Quiso resistirse, pero los brazos no le respondían. Notó también que unas manos fuertes le ataban las muñecas juntas y que le daban la vuelta otra vez.

Quiso gritar, pero tenía la boca distendida y le salió un débil balbuceo de borracho:

—¿Jién esss usssstez?

—Simplemente, alguien que quiere sus quince minutos de fama —dijo la voz riendo.

Jack oyó el ruido de una cremallera y un crujido, y percibió a continuación que la sombra le deslizaba una bolsa de plástico sobre la cabeza. Aquellas manos actuaron con agilidad, tirando de algo parecido a un cordón: un cordón, advirtió Jack bruscamente, que se iba estrechando en torno a su cuello. Inspiró más deprisa; el plástico crujió y se le cerró alrededor de la cabeza y se le fue tensando sobre la piel. Se le cerró un ojo, pero el otro quedó abierto bajo la presión del plástico. Y ya no tenía más aire para respirar.

Night Owl sujetó firmemente la bolsa de plástico, disfrutando de cada sonido: los estertores jadeantes, las angustiosas arcadas. Jack siguió revolviéndose y forcejando. El deseo de vi-

142

vir le infundía fuerzas. Lanzó la cabeza hacia arriba violentamente y le dio en toda la cara a Night Owl, que experimentó una explosión de dolor y aumentó todavía más la presión. Al mismo tiempo que tensaba el cordón en torno al cuello de Jack, alzó la otra mano y descargó un puñetazo sobre la cara retorcida y aplastada bajo la bolsa de plástico.

Uno de los últimos pensamientos de la víctima fue que tal vez los fotógrafos todavía estaban fuera y que aquello iba a ser una noticia espectacular.

Finalmente, con un estremecimiento y un débil gemido, se quedó inmóvil. Night Owl aguantó varios minutos sobre el cuerpo del periodista, observando todavía, respirando agitadamente, temblando de excitación y euforia.

Al fin se levantó sigilosamente y se escabulló de la casa como una sombra.

28

*A*la mañana siguiente, ya a primera hora, el calor se había intensificado y parecía atravesar las paredes de la comisaría de Lewisham Row. Pese a que los ventiladores trabajaban a toda potencia, el centro de coordinación era un horno. Moss estaba frente a las pizarras, dirigiéndose a Erika y al equipo.

—No había huellas en ese marco del despacho de Gregory Munro, pero sí hemos identificado a uno de los jóvenes que fueron vistos por los vecinos que viven enfrente —dijo—. Marie y Claude Morris consiguieron hacernos anoche un retrato robot.

Erika y los demás agentes contemplaron el retrato que ahora figuraba junto a las fotos de Gregory Munro y Gary Wilmslow: un hombre joven, de cabello oscuro peinado hacia atrás, frente despejada y cara delgada y atractiva.

Moss prosiguió:

—El agente Warren ha decidido ampliar sus horizontes y se ha pasado la mayor parte de la noche cotejando fotos en páginas de chicos de alquiler…

Sonaron algunos silbidos. Warren puso los ojos en blanco y se sonrojó un poco.

—Y ahora tenemos esto…

Moss fijó en la pizarra una foto sacada de una página llamada RentBoiz que presentaba un extraordinario parecido con la imagen del retrato robot. El guapo joven que miraba a la cámara tenía, además, ojos verdes y una barbita incipiente. La inspectora hizo una pausa, se secó la frente con la manga enrollada y le dio paso a Warren con una seña.

El agente, todavía con cierta timidez, se puso de pie y dijo:

—Humm, bueno… El nombre que figura en su ficha es JordiLevi y, según la página web, tiene dieciocho años y vive en Londres. Cobra doscientas cincuenta libras la hora y, por lo visto, está dispuesto a casi todo si se le paga lo suficiente. Por supuesto, no facilita su nombre real ni su dirección. Me he puesto en contacto con el administrador de la página; me ha dicho que los jóvenes pueden registrarse anónimamente, así que no ha habido suerte por ese lado. Pero voy a seguir indagando.

Moss le hizo un guiño y él se sentó.

—Bueno, creo que todos estaremos de acuerdo en que se trata del mismo tipo. —Señaló el retrato robot y la foto de JordiLevi—. Creo que esto podría constituir un avance decisivo.

Sonó una salva de aplausos en la sala. Erika se levantó de la mesa a la que se había encaramado, junto a las impresoras. Tenía un aire apesadumbrado.

—Un gran trabajo, Moss y Warren, gracias. Debo comunicarles, sin embargo, que, habiendo realizado un detenido análisis con el comisario jefe Marsh y con el subcomisario general, se ha decidido que este caso debe llevarlo uno de los equipos de Investigación Criminal especializados en asesinatos de motivación sexual —explicó Erika—. Necesito que todos preparen los expedientes y los datos reunidos hasta ahora para poder transferir el caso a mediodía.

—Pero jefa… ¿no se da cuenta de lo importante que es esto? Ese JordiLevi, si conseguimos localizarlo, podría constituir un vínculo directo con el asesinato de Gregory Munro. ¡Es posible que él haya visto algo! —protestó Moss.

—Necesitamos tiempo, jefa —añadió Crane—, y tampoco mucho. Vamos a crear el perfil de un falso cliente en RentBoiz y a concertar una cita con el tal JordiLevi. Él quizá pueda hacernos un retrato robot de la persona que se presentó en la casa del doctor Munro. Y ya tendríamos a nuestro sospechoso.

—Lo lamento, la decisión está tomada —afirmó Erika.

Moss volvió a sentarse en la silla, cruzando los brazos con

frustración—. A mí me disgusta tanto como a todos ustedes. Tengan, por favor, preparados sus informes y todos los datos relacionados con el caso para este mediodía.

Salió del centro de coordinación entre un murmullo de protestas. Cruzó el pasillo hasta la máquina expendedora, metió unas monedas y pulsó el botón con el rótulo medio borrado de «capuchino», pero no sucedió absolutamente nada. Le dio un golpe con el puño, y otro y otro más, desahogando su rabia con la estúpida máquina. No oyó acercarse a Moss.

—¿Todo bien, jefa? ¿Un ataque de rabia cafeínico?

Ella se dio la vuelta y asintió en silencio.

—Apártese, ya verá.

Erika obedeció. Moss alzó el pie y le asestó una patada a la máquina justo por debajo de la imagen de una taza humeante de la parte delantera. Sonó un pitido y, acto seguido, cayó un vaso en el dispensador y empezó a llenarse.

—Hay que apuntar a la taza —indicó Moss.

—Un brillante trabajo, inspectora —reconoció Erika—. ¿Su talento no tiene límites?

—Debo añadir que también funciona con el té, y a veces incluso con el botón de sopa.

—¿Hay un botón de sopa?

—Sí, claro, sopa de rabo de buey. Aunque yo no me arriesgaría a probarla.

Erika apenas sonrió y sacó el vaso del dispensador.

—¿Puedo hacerle una pregunta, jefa? ¿Realmente cree que la investigación funcionará mejor con otro equipo?

Erika sopló sobre el vaso humeante.

—Sí, lo creo. —Le reventaba no poder hablar con Moss abiertamente. Ella siempre había actuado con lealtad y había sido una sabia interlocutora.

—Me han dicho que hay una plaza vacante de comisario —dijo Moss—. Eso no tendrá nada que ver con la decisión de librarse de un caso complicado, ¿verdad?

—Creía que me conocía mejor, Moss. Ese no es mi estilo.

—Bien. Entonces, ¿por qué? Yo la conozco. Usted no es de las que se dan por vencidas fácilmente. Siempre tiene una actitud a lo Charlton Heston.

—¿Cómo?

—«Tendrán que arrebatármelo de mis frías manos muertas» —recitó Moss, imitando torpemente el acento americano. Se quedaron en silencio un momento—. Vamos, jefa, nosotras ya somos casi íntimas después de todo el tiempo que llevamos dando cabezazos contra la pared.

—Moss, ya he dicho todo lo que tenía que decir al respecto. Mi decisión es irrevocable.

—Vale, vale. No puede hablar del asunto. ¿Qué tal si parpadea una vez para decir «sí» y dos para decir «no»?

—Moss... —murmuró Erika negando con la cabeza.

—Si usted no puede decirme lo que ocurre, ¿al menos puedo decirle yo lo que creo que ocurre?

—¿Acaso puedo elegir?

—Creo que usted está abrumada de trabajo y que Marsh necesita urgentemente maquillar sus cifras. Este caso se está complicando y convirtiendo en una patata caliente. Y él se la está quitando de encima.

—Moss...

—Yo creo que averiguaremos el motivo cuando aparezca una pauta definida. Y para que aparezca una pauta definida, tiene que aparecer otro cadáver.

—Eso es lógico.

—Y ya sé lo que pasará cuando este caso salga de nuestras manos. Si aparece otro cadáver, lo catalogarán como un asesinato entre homosexuales y se desatará una campaña de temor y un debate interminable sobre la comunidad gay. Hay un número diez veces superior de asesinatos cometidos por heterosexuales. Cuando los hombres violan y matan a las mujeres, la gente no piensa que todos los hombres son malvados. En cambio, cuando una persona gay hace lo mismo, ¡se considera que ese acto es inherente a su sexualidad! ¡O a su estilo de vida en conjunto!

Erika había observado en silencio cómo se acaloraba Moss a medida que iba hablando.

—Perdone, jefa. Es que ya estoy harta. Y ahora que empezábamos a desentrañar el caso... Si tan saturados estamos de trabajo, la situación no será muy distinta en uno de los equipos de Investigación Criminal, ¿no? Y yo pensaba que,

147

con usted, el caso estaba en buenas manos. Ya estoy viendo los titulares: «Asesinato gay en barrio residencial», «¡Terror gay en el cinturón residencial de Londres!».

—No sabía que se lo tomaba de un modo tan personal.

—Bueno, no directamente… En el colegio de Jacob, estuvieron la semana pasada dibujando unas tarjetas de felicitación para el Día del Padre, y a la idiota de su maestra, que, además, está casada con el vicario, no le cabía en la cabeza que el niño tenga dos madres. Le hizo dibujar una tarjeta para su papá, que debe «andar en alguna parte». Celia tuvo que pararme los pies para que no fuera al colegio a abofetearla.

—Lo lamento.

—Estas estupideces suceden. Pero yo tenía la esperanza de poder llevar este caso hasta el final. De que usted lo llevara hasta el final. Usted no acepta esas ideas absurdas y siempre sabe hacer lo correcto. Bueno, hasta…

Erika notó que se había interrumpido antes de decir «hasta ahora». Se quedaron un momento calladas.

—¿Sabe dónde se ha metido Peterson? —preguntó Erika.

—Ha llamado para decir que estaba enfermo, jefa.

—¿Ha dicho qué le pasaba?

Moss hizo una pausa lo bastante prolongada como para que Erika dedujera que sabía algo. Pero respondió:

—No, jefa, no lo ha dicho. Me encargaré de que todo el mundo tenga preparados sus informes a mediodía.

—Gracias. —La inspectora contempló cómo regresaba Moss al centro de coordinación, consciente de que ambas deseaban decir ciertas cosas, pero no podían hacerlo.

29

*E*l resto de la mañana transcurrió en el centro de coordinación en un ambiente depresivo y sofocante. A Erika la idea de desmantelar una investigación la sacaba de quicio.

No paraba de darle vueltas a lo que Moss le había dicho: «Habrán de arrebatármelo de mis frías manos muertas...». Y sin embargo, ahora que tenía una pista increíble para resolver el asesinato de Gregory Munro y un equipo dispuesto a dejarse la piel trabajando, ¡estaba a punto de darse por vencida y renunciar al caso!

Poco antes de la una, mientras estaba todavía trabajando en su mesa, ante la pantalla de su ordenador, se le acercó Moss de nuevo.

—Jefa...

—¿Sí?

—¿Ya ha transferido los informes del caso?

—No. ¿Por qué?

—Acabamos de recibir una llamada de la división de uniformados: hombre de raza blanca encontrado desnudo y asfixiado en la cama en una casa de Dulwich. No hay signos de lucha ni de que hayan forzado la entrada. Según la identificación preliminar, se trata de Jack Hart.

—¿De qué me suena ese nombre?

—Es el presentador de *The Jack Hart Show*, un programa matinal sensacionalista para desempleados y padres que se quedan en casa. Celia suele verlo.

—¿Y en la división de uniformados creen que ha sido el mismo tipo que asesinó a Gregory Munro?

—Están esperando a alguien del departamento criminal, pero da la impresión de que podría tratarse del mismo asesino. ¿Sigue siendo nuestro el caso?

—Sí. Oficialmente, la investigación aún está en nuestras manos. Vamos allá —dijo Erika.

30

La casa de Jack Hart se hallaba en una zona sofisticada de Dulwich, en el sur de Londres. La calle ascendía por una pendiente pronunciada y luego descendía bruscamente. Había un cordón policial cortando el paso y, más allá, vieron cinco coches de policía, una ambulancia y dos furgonetas de apoyo. Erika aparcó cerca del punto donde tres agentes uniformados custodiaban el cordón policial. En la acera estaba congregándose una multitud armada con cámaras y móviles en alto.

—Por Dios, qué deprisa corre la voz —le dijo la inspectora jefe a Moss al bajar del coche. Se abrieron paso entre la multitud, compuesta por un numeroso grupo de adolescentes, un corrillo de damas de edad y una mujer que llevaba en brazos a un diminuto bebé de pelo oscuro.

—¿Es Jack Hart? —gritó un chico pelirrojo.

—Esa es su casa. Yo lo he visto por el barrio —dijo una chica que llevaba un *piercing* en el labio.

—Esto es una escena criminal, apaguen las cámaras de los móviles —ordenó Erika.

—No es ilegal filmar en público —protestó una chica bajita, despeinada, que llevaba un mullido bolso de color rosa al hombro. Y para subrayar su afirmación, le puso a Erika el móvil en la cara—. Sonría. Está en YouTube.

—¿Y qué tal si mostramos un poco de respeto? Esto es la escena de un crimen —repitió Moss sin alterarse.

Las damas de más edad permanecían en silencio; solo miraban.

—Jack Hart era un hijo de puta integral. Prácticamente mató a Megan Fairchild. Se dedicaba a explotar a la gente, así que... ¿por qué no debería explotarlo yo? —preguntó un chico de cabeza rapada. Envalentonados por sus palabras, los demás adolescentes enarbolaron sus móviles.

—Hagan retroceder a toda esta gente —le dijo Erika a uno de los agentes uniformados.

—Pero si esto es el cordón policial... —respondió el agente.

—Pues utilice el sentido común y desplace el cordón hasta más lejos —le espetó Erika.

Justo en ese momento llegó una furgoneta de Sky News con una gran antena parabólica montada en el techo, y estacionó al otro lado de la calle.

—Si necesita agentes de refuerzo, no hay ningún inconveniente. Haga lo que le digo —ordenó Erika.

—Sí, señora.

Erika y Moss firmaron en el registro, se agacharon para cruzar la cinta y caminaron hacia la casa.

Un agente uniformado las recibió en la entrada y las llevó adentro. El vestíbulo, donde la temperatura era algo más fresca, estaba decorado con gusto. Había un espejo de marco dorado en la pared y una moqueta de color crema que conducía a una escalera, cuya barandilla era de lustrosa madera oscura. Siguieron al agente por la escalera y llegaron a un amplio rellano donde reaparecía la moqueta crema. La casa estaba sumida en un extraño silencio. Erika dedujo que debía de estar muy bien insonorizada para poder mantener a raya el alboroto de la calle. El dormitorio principal quedaba al fondo del rellano; por la puerta abierta salía la luz del sol a raudales, que formaba una franja donde flotaban lentamente las partículas de polvo.

—¡Por Dios! —exclamó Moss al cruzar el umbral. El cuerpo desnudo de la víctima yacía despatarrado sobre el colchón. Un cuerpo que parecía de elevada estatura, de piel blanca y delicada, casi desprovista de pelo. Estaba tendido boca arriba, con una bolsa de plástico ceñida a la cabeza y firmemente atada alrededor del cuello. Tenía abierta la boca y también un ojo; el párpado se veía aplastado bajo el plástico. El otro ojo estaba muy amoratado y cerrado por la hinchazón. Los labios habían quedado separados, como si hubiera querido mostrar los dientes.

—¿Quién ha encontrado el cuerpo? —preguntó Erika.

—Una productora de su programa —explicó el agente—. Ha trepado y roto esta ventana de detrás para entrar.

Se giraron y miraron el ventanal, que daba al jardín. Había un agujero en el cristal, rodeado de una telaraña de grietas. Al pie del ventanal, la moqueta estaba sembrada de cristales.

—¿Ella ha confirmado que es Jack Hart? —quiso saber Erika.

—Sí —asintió el agente.

—Creía que su programa se emitía en directo todos los días laborables, ¿no? Hoy es viernes —observó Moss.

Reflexionaron los tres un momento.

—Bueno. Necesitamos que vengan los forenses enseguida —dijo Erika sacando su móvil.

153

Isaac Strong y los miembros de la policía científica llegaron rápidamente y se dispusieron a trabajar recubiertos con sus monos azules. Al cabo de un par de horas, Erika y Moss volvieron a subir al dormitorio, también revestidas con el mono forense. Alrededor de la cama, había una serie de cajas de acero por las que se desplazaban los agentes para no contaminar las pruebas.

—Bueno, Isaac, ¿crees que se trata del mismo asesino que mató a Gregory Munro? Tiene una bolsa de plástico en la cabeza, está desnudo, es un hombre que vive solo... —comentó Erika.

—Dejemos en suspenso por ahora esa suposición —dijo Isaac, levantando la vista hacia ellas desde el otro lado de la cama de matrimonio. Un fotógrafo forense se interpuso un momento para tomar una foto del cadáver—. Lleva muerto menos de veinticuatro horas. Aún podemos apreciar el *rigor mortis* en las manos crispadas, así como en la boca y en los ojos. La casa está orientada hacia el este, y esta habitación en particular tiene sombra todo el día, de manera que la temperatura ha facilitado una descomposición de manual. Además, lo fotografiaron anoche al llegar a casa, así que podemos sacar conclusiones por simple sentido común y sin recurrir a la ciencia forense. La bolsa de plástico se la ataron por debajo de la barbilla… —Señaló la zona donde el cordón se clavaba en la piel—. Es posible que haya habido lucha, porque el ojo izquierdo está tremendamente amoratado por un golpe con un objeto romo, quizá una mano o un puño. Había una botella vacía de cerveza en la mesita de noche, que hemos enviado para efectuar análisis toxicológicos. Por lo demás, tampoco en este caso se aprecian signos de lucha alrededor de la cama ni en la habitación. Todo estaba pulcro y ordenado. La víctima podría haber quedado incapacitada… o anulada por el autor del crimen. No hay indicios de agresión sexual. Como digo siempre, sabré más cuando practique la autopsia.

—¿Qué es eso de ahí? —preguntó Erika señalando un residuo de un tono gris blanquecino que había al lado del cuerpo, sobre la sábana de color azul oscuro.

Se agachó y miró debajo de la cama. Vio un par de calcetines sucios y una gruesa capa de polvo claramente removida.

—Es polvo —dijo, respondiendo a su propia pregunta—. El polvo de debajo está removido y una parte ha acabado encima de la sábana.

—Santo Dios, o sea que había alguien debajo de la cama —dijo Moss. El fotógrafo forense se inclinó para tomar un primer plano del cuerpo de la víctima y el *flash* destelló varias veces. De pronto se produjo otro brillante destello por detrás de ellos. Erika se giró y vio a un hombre agazapado sobre el alero plano del tejado que quedaba junto a la ventana: un tipo flaco, de pelo rapado por los lados y una cresta mohawk de color azul eléctrico. Sin inmutarse, metió el objetivo de la cámara por el agujero del cristal y sacó un par de fotos más.

—¡Eh! —gritó Erika quitándose la máscara forense y corriendo hacia la ventana. El tipo, que iba con vaqueros cortos y una camiseta de AC/DC, se agachó, enfocó entre las piernas de la inspectora y tomó otras dos fotos. Enseguida, entre un tintineo de cristales rotos, se escabulló hasta el borde del alero y se descolgó aprovechando la espesa glicinia que rodeaba un canalón de desagüe.

—Mierda. ¿Quién era ese? —exclamó Erika.

—Parecía un *paparazzi* —dijo Moss.

Se asomaron a la ventana cuando el hombre ya alcanzaba el césped. No había agentes apostados en el jardín trasero. Erika miró a Moss, y ambas salieron disparadas de la habitación.

155

31

Corrieron hasta la escalera, esquivando por muy poco a un técnico forense que llevaba una bandeja con pruebas guardadas en bolsas; bajaron a toda velocidad y entraron en la diáfana sala de estar. Llegaron a la luna de cristal que daba al jardín trasero, y Erika intentó abrirla. El fotógrafo de la cresta azul se dirigía hacia la cerca de la derecha del jardín.

—¡Necesito que me abran aquí! —gritó ella. Varios técnicos levantaron la vista, pero con los monos azules y las mascarillas puestos no podía reconocerlos; lo único que se les veía era los ojos.

—¡Por aquí, jefa! —urgió Moss, asomando por una puerta situada junto al enorme frigorífico de estilo americano. Erika la siguió. La puerta daba a un lavadero cuyo exiguo espacio quedaba ocupado por una lavadora y una secadora de gran tamaño. Una ventana apaisada daba al jardín primorosamente diseñado, aunque no se percibía ni rastro del fotógrafo. Moss probó a ver si podía girar el pomo de una recia puerta de madera.

—¡Está cerrada! ¡Y no hay llave, maldita sea! —exclamó.

Miraron otra vez por la ventana y vieron que el fotógrafo estaba a punto de saltar la cerca. Por encima de la lavadora y la secadora, había unos estantes con productos de limpieza. Erika atisbó la llave en el estante inferior. La cogió y se apresuró a probarla en la cerradura. La puerta se abrió, y ambas policías salieron en tromba al jardín. Erika esprintó hacia la derecha, seguida por Moss, se agarró del borde de la cerca de madera y, encaramándose, saltó. Aterrizó en el reseco césped y, corriendo por el jardín vecino, sacó la radio.

—Saldrá a Dunham Road —gritó Moss a su espalda.

—Hay un sospechoso saliendo de un jardín que da a Dunham Road, Dulwich. Necesito refuerzos allí de inmediato.

—Llegó al extremo opuesto del segundo jardín, se izó sobre la tapia y aterrizó en el jardín de al lado. El fotógrafo seguía llevándole ventaja, porque vio cómo desaparecía su cresta mohawk azul por detrás de la siguiente cerca. «No puedo permitir que este tipo se escabulla con fotos de la escena del crimen. Podrían subirlas a la red en cuestión de minutos», pensó.

Atravesó a toda velocidad el jardín, esquivando un columpio de plástico, saltó la cerca y fue a hundirse hasta las rodillas en un estanque; se produjo un gran chapoteo.

—¡Eh, está prohibida la entrada! ¡Ahí dentro hay carpas koi! —gritó una mujer joven que apareció en la terraza luciendo un vestido corto de verano y gafas de sol.

—¡Soy agente de policía! —gritó Erika, que manoteó hasta salir del estanque y saltó al siguiente jardín. Vio que le había ganado terreno al fotógrafo: el tipo acababa de alcanzar la valla del otro extremo y estaba pasando la pierna por encima—. ¡Detengan a ese hombre! —Aunque no dejaba de ser una frase adecuada, sonaba ridículo. Se giró y vio que Moss saltaba la cerca anterior y se iba al estanque de cabeza con un chapuzón monumental. La mujer de la terraza gritaba ahora con todas sus fuerzas.

El sol caía a plomo, y Erika estaba exhausta y tremendamente acalorada a causa de sus ropas y del mono forense que llevaba encima. Moss salió a la superficie con hierbas del estanque en el pelo.

—Estoy bien, jefa. ¡SIGA! —exclamó. Erika corrió de nuevo, trepó la valla siguiente y saltó, notando que se le clavaban a través de la ropa varias astillas en la parte posterior de las piernas. Se percató de que el fotógrafo había llegado al final del último jardín, que estaba cerrado con un alto muro de ladrillo claro.

—¡Alto ahí! —gritó.

El tipo, sofocado y sobresaliéndole del cráneo la cresta mohawk como una aleta azul, se giró para mirarla. Se echó la cámara al hombro, le hizo un gesto obsceno con el dedo y, dando un gran salto, se agarró del borde del muro y trepó.

Erika atravesó la tierra pelada y polvorienta del último jardín, pasando entre un grupo de bebederos para pájaros que estaban resquebrajados y cubiertos de liquen. El fotógrafo resbaló un poco al tratar de encaramarse a lo alto del muro; la inspectora consiguió agarrarlo de una pierna. Él pateó y la alcanzó en la cara. Aunque el tipo llevaba zapatillas deportivas, ella sintió un penetrante dolor en la mejilla. Aun así, se le aferró a la pierna y consiguió quitarle la zapatilla, pero él se zafó del agarrón, terminó de trepar y desapareció por el borde curvado del muro.

Erika oyó un golpe seco y un grito. Trepó con facilidad por el muro, gracias a su elevada estatura, y al sentarse a horcajadas en lo alto, vio que el suelo era más bajo en ese lado. El tipo, que solo llevaba puesta una zapatilla deportiva, había caído sobre el pie descalzo y se había lastimado. La inspectora se dio cuenta de que estaba manipulando la cámara y que trataba de alejarse dando tumbos, de modo que saltó sin vacilar y aterrizó en la acera fácilmente. Ella iba más deprisa que él y enseguida lo atrapó. El fotógrafo todavía forcejeó, intentando zafarse.

—No... no va a... escapar —farfulló Erika, jadeante. Moss apareció en lo alto del muro, se descolgó hasta la acera y corrió hacia ellos. Mientras Erika mantenía sujeto al fotógrafo, ella logró ponerle las manos detrás y esposarlo.

—Zorras de mierda —gritó el tipo.

—Tiene que calmarse —le espetó Erika.

—¿Por qué? ¿Me están arrestando?

—Lo estamos reteniendo —dijo Moss.

—¿Por qué motivo?

—Porque no se ha detenido y ha huido cuando lo único que nosotras queríamos era hablar con usted. Y además, le ha dado una patada en la cara a mi colega.

—¡No es ilegal sacar fotografías! —exclamó él todavía tratando de zafarse.

—Pero eso era una escena criminal —sentenció Erika.

—¡Bueno, tampoco es ilegal fotografiar una escena criminal!

—Sí, pero yo voy a incautarle la cámara como prueba, porque podría contener información útil para el caso —dijo Erika, intentando recuperar el aliento. Miró a Moss. Nunca la había visto tan furiosa. Tenía el cabello y el mono empapados y chorreaba de sudor. Erika cogió la cámara, que seguía colgada del hombro del fotógrafo, abrió la solapa lateral y miró dentro.

—¿Dónde está la tarjeta de memoria? —preguntó.

—No sé. —El tipo la miró desafiante con sus ojillos oscuros.

—¿Dónde está la tarjeta? —insistió Moss—. ¿La ha tirado? Porque podemos hacer que registren estos jardines.

Él sonrió con desdén y se encogió de hombros.

—No la encontrarán.

—¿Cómo se llama?

Él volvió a encogerse de hombros.

Erika hurgó entre las manos esposadas del hombre y le sacó la cartera que llevaba en el bolsillo trasero. La abrió, cogió su permiso de conducir y leyó en voz alta:

—Mark Rooney, treinta y nueve años. ¿Para quién trabaja?

—Soy *freelance*.

—¿Por qué estaba sacando fotos?

—Esa pregunta es idiota. Se trata de Jack Hart. Yo no sabía que estaba muerto, ¿vale?

—¿Cómo sabemos que usted no ha sido el responsable de su muerte? La noticia no se ha hecho pública. No ha habido aún una identificación formal.

—Ya se lo he dicho. No sabía que estaba muerto. Anoche se encontraba perfectamente.

—¿Usted estaba aquí anoche? ¿Por qué? —preguntó Erika.

—Está en todos los medios desde que esa chica se suicidó.

—¿Qué fotografió anoche?

—Lo fotografié saliendo del coche y le saqué algunas fotos más en su habitación.

—¿A qué hora exactamente? —preguntó Moss.

—No lo sé. ¿Las doce y media?, ¿la una?

—¿Y se quedó toda la noche?

—No.

159

—¿Por qué no?

—Recibí un soplo. Una de las Kardashian está en Londres, y me enteré de que seguía de juerga de madrugada. Las fotos de las Kardashian valen mucho más que las de Jack Hart...

—De acuerdo. Ha sido una charla muy interesante. Ahora tiene que darme esa tarjeta de memoria —exigió Erika.

—Ya se lo he dicho, ¡no la tengo!

—La tenía hace cinco minutos.

Él sonrió, burlón.

—¡Ah! Se me habrá olvidado ponerla en la cámara. Sucede a veces. Las tarjetas de memoria son cositas escurridizas. Ahora que lo pienso, sí, se me pasó. Se me ha olvidado ponerla.

—Sabe qué, ya me he cansado —masculló Moss. Soltó las manos esposadas del fotógrafo, se bajó la cremallera del mono y se sacó del bolsillo del pantalón un guante de látex. Se arremangó el mono y se lo calzó en la mano derecha. Con la otra mano, agarró la cresta mohawk de Mark y le echó la cabeza atrás.

—Eh, pero ¿qué hace? ¡Ay! —se quejó. Moss le metió dos dedos enguantados en la boca y se los hundió hasta el fondo de la garganta. Él se dobló de golpe hacia delante y vomitó sobre la acera. Las dos policías lograron apartarse a tiempo.

—Las cosas que hay que hacer —dijo Moss. Entretanto el tipo tosía, escupía y daba arcadas. Erika le dio la vuelta y lo colocó de cara a la pared—. Tal como me imaginaba. Se la había tragado, descarado hijo de puta. —Moss sacó una pequeña y chorreante tarjeta de memoria negra del charco de vómito de la acera, y la metió con cuidado en una bolsa transparente de pruebas—. Mejor fuera que dentro, como solía decir mi madre.

—¡Maldita zorra! La demandaré por brutalidad policial —gritó Mark, apoyado contra la pared y todavía tosiendo.

—No sea infantil, he utilizado un guante limpio —le ladró Moss que, quitándoselo, lo tiró a un cubo de basura. Un coche de policía dobló la esquina con la sirena en marcha y paró junto a ellos.

—Ya era hora, maldita sea —protestó Erika cuando se bajaron los dos mismos agentes uniformados del cordón policial.

—Lo siento, jefa. La calles son de dirección única y eso no lo teníamos previsto —se disculpó uno de ellos.

—¡Me han atacado! ¡Quiero acusarlas de brutalidad policial! —chilló Mark.

—Llévenselo a la estación de tren más cercana y déjenlo allí —ordenó Erika.

Los agentes lo metieron en el coche y se alejaron rápidamente. Moss y Erika se quedaron en la calle, todavía jadeando.

—Buen trabajo —dijo Erika y, cogiendo la bolsa de pruebas con la emporcada tarjeta de memoria, la sostuvo a la luz.

—¿Me he pasado de la raya al meterle los dedos en el gaznate? —preguntó Moss.

—No sé de qué me habla —contestó Erika—. Bueno, vamos. Regresemos a la casa.

32

*L*a multitud había aumentado considerablemente al fondo de la calle cuando Erika y Moss volvieron a la escena del crimen. Observaron que los equipos de noticias de la BBC y la ITN se habían unido a la furgoneta de Sky News. El supervisor de la científica, Nils Åkerman, las recibió en la entrada y les dio unos monos azules limpios.

—Las líneas telefónicas han sido cortadas, igual que en Laurel Road —les explicó mientras se cambiaban.

—Es el mismo asesino. Tiene que serlo —afirmó Moss subiéndose la cremallera del mono y poniéndose la capucha. Erika acabó de cambiarse en silencio. Ambas entregaron los monos mojados y embarrados a un técnico, quien los guardó en una bolsa grande de pruebas.

—Mire a ver qué puede sacar de aquí —indicó Erika dándole a Nils la bolsita de plástico que contenía la tarjeta de memoria—. El tipo se la había tragado, pero por poco tiempo.

—No debería haber ningún inconveniente —dijo él cogiendo la bolsa—. Pero antes quiero que vean una cosa.

Entraron otra vez en la casa, atravesaron el pasillo enmoquetado, transitado todavía por agentes de la científica con mono azul, cruzaron la sala de estar y llegaron al lavadero que daba al jardín. La puerta seguía abierta. Salieron de nuevo al sol. A lo lejos sonaba el zumbido de una máquina cortacésped.

—Hemos revisado todas las ventanas de la casa. Están fabricadas con una mezcla de uPVC plástico y provistas de triple cristal: como no sea rompiéndolas, resulta muy difícil acceder a través de ellas. Todas estaban cerradas por dentro, dejando aparte la ventana del dormitorio, cuyo cristal rompió la productora de Jack Hart al descubrir el cuerpo —explicó Nils. Erika y Moss siguieron su mirada y observaron la ventana rota en la parte trasera de la casa—. No hay huellas ni ningún indicio de que la entrada haya sido forzada.

—¿Y la puerta principal? —preguntó Erika.

—Cerrada por dentro con una cerradura Yale y con un cerrojo de seguridad —dijo el supervisor—. Lo cual nos deja esta posibilidad, la puerta del lavadero, que yo creo que fue el punto de entrada.

La puerta era de madera recia y estaba pintada de color azul oscuro. El picaporte era de hierro. La gruesa llave que Erika había encontrado en el estante del lavadero seguía metida en la cerradura por dentro.

—Esta puerta estaba cerrada con llave. He tenido que abrirla cuando hemos salido tras el fotógrafo —explicó ella.

—Enseguida llegaré a esa parte —dijo Nils cerrando la puerta desde el jardín—. Si miran con atención desde aquí fuera, verán que hay una pequeña franja con una capa de pintura más antigua en la parte inferior. —Se agazaparon sobre la hierba y observaron el centímetro de color verde claro que discurría a lo largo de la base de la puerta.

»Por aquí habían pegado un burlete con adhesivo cuando la puerta era verde. Hace poco retiraron el burlete: lo hemos encontrado detrás de la lavadora. —Y Nils, abriendo la puerta, entró de nuevo en el lavadero para recoger una tira larga y delgada de goma. La colocó sobre la franja verde de la base de la puerta y volvió a sacarla—. ¿Lo ven? Por aquí es por donde arrancaron el burlete. Ahora bien, al quitarlo, queda un hueco de medio centímetro por debajo de la puerta.

Erika miró a Moss.

—Eso no explica cómo entró el asesino. A menos que sea el Flaco Stanley —opinó Moss.

—Se lo voy a demostrar —dijo Nils. Llamó a uno de los técnicos forenses, que se acercó desde la cocina con un largo trozo de alambre y una hoja de periódico y se los entregó; luego cerró por dentro con llave, y dejó a los otros tres en el jardín. El supervisor se arrodilló, desplegó la hoja del perió-

163

dico y la deslizó por el hueco de medio centímetro de debajo de la puerta. A continuación, cogió el alambre, lo introdujo en la cerradura, lo empujó y lo retorció. Erika y Moss observaron a través de la ventana y vieron que la llave se movía, saltaba de la cerradura y aterrizaba con un chasquido sobre el periódico. Entonces Nils sacó con cuidado el periódico por debajo de la puerta, con la llave encima. La cogió, la introdujo en la cerradura y abrió.

—*Voilà!* —dijo con una sonrisa triunfal.

Las dos mujeres se lo quedaron mirando en silencio. Un desagüe junto a la puerta emitió un gorgoteo.

—Usted está desaprovechado en el departamento forense. Tendría que tener su propio espectáculo de magia —opinó Moss.

—Es impresionante, pero ¿cómo sabe que fue así como entró el asesino? —preguntó Erika.

—Hemos encontrado un trozo roto de alambre en la cerradura, y también un pedacito de periódico enganchado debajo de la puerta —informó Nils sacándose del bolsillo con gesto triunfal una bolsa de pruebas que contenía un fragmento de alambre plateado y un trocito de periódico.

A Erika le vino una imagen a la cabeza: un baño lleno de vapor, y Mark, con una toalla alrededor de la cintura, secándose un corte, que se había hecho al afeitarse, con un trocito de papel higiénico de tamaño similar, manchado con un poco de sangre.

Sonó otra vez el zumbido de la máquina cortacésped, y la inspectora jefe volvió a la realidad dando un respingo.

—¿Había alguna huella en la tira del burlete? —estaba preguntando Moss. Nils negó con la cabeza—. Si el asesino entró usando este truco del periódico debajo de la puerta, ¿cómo volvió a salir, cerrando la puerta y dejando la llave en el estante?

—No lo hizo así —dijo el supervisor—. Lo mismo que en la casa de Gregory Munro, podría haber hecho una visita previa. Aprovechó la ocasión para coger la llave, sacar una copia y volver a dejarla en su sitio.

—Parece lógico —asintió Erika—. Es un poco rebuscado, pero tiene sentido. ¿Se sostendría ante un tribunal, sin embargo?

—Sí, si añadimos a eso la huella que hemos sacado en la parte exterior de la puerta. Por aquí, en la mitad inferior —dijo señalando la reluciente superficie de color azul oscuro.

—¿Han sacado una huella? —preguntó Erika.

Nils llamó al técnico forense de nuevo y les explicó:

—No es una huella dactilar. —Les mostró un trozo de cartón blanco que representaba la silueta perfecta de una oreja—. El asesino pegó el oído a la puerta para escuchar.

La huella de la oreja era pequeña, casi infantil. Aunque hacía un calor sofocante en el jardín, Erika sintió un escalofrío.

165

33

*E*rika y la inspectora Moss habían entrado en una de las grandes furgonetas de la policía aparcadas ante la casa. Sentada frente a ellas, al otro lado de la mesita de plástico, estaba Danuta McBride, la mujer que había encontrado el cuerpo de Jack Hart. Un agente uniformado se acercó con tres vasos de agua y los dejó sobre la mesa. Las tres se apresuraron a dar un sorbo.

La inspectora jefe calculó que Danuta debía de andar por los cuarenta largos. Estaba pálida y conmocionada. Lucía una larga y lustrosa melena oscura y flequillo recto. Era de complexión robusta y llevaba un ajustado vestido de estampado floral, con un grueso cinturón, y unas zapatillas deportivas de color rosa. Colgado del cuello con una cinta, portaba un voluminoso Smartphone.

—¿De qué conocía a Jack? —preguntó Erika.

—Humm. Soy su productora ejecutiva. Ambos somos socios en HartBride Media, la empresa que produce el programa.

—¿Lo conocía desde hace mucho?

—Sí, fuimos juntos a la universidad. Ambos estudiamos periodismo. —Danuta las miró con ansiedad—. ¿Pueden darme un cigarrillo? Hace dos horas que se lo estoy pidiendo a sus compañeros. —Señaló a los dos jóvenes uniformados que estaban junto a la puerta de la furgoneta.

—Claro. A mí tampoco me vendría mal uno —dijo Erika sacando su paquete y el encendedor.

—Lo siento, no pueden fumar aquí. Normas de salud y

seguridad —dijo uno de los agentes, un joven de pelo oscuro.

—Bueno, usted salga y respire fuera. Nosotras nos cuidaremos de no quemar los muebles —indicó Erika y, poniéndose un cigarrillo en la comisura de la boca, le ofreció a Danuta el paquete. Ella cogió uno, agradecida. Erika encendió los cigarrillos de ambas. El agente uniformado estuvo a punto de decir algo más, pero, finalmente, desistió.

—¿Se le ocurre alguna persona que pudiera querer matar a Jack? —preguntó Erika dejando el paquete sobre la mesa. Los ventiladores del techo funcionaban a toda potencia, pero a pesar de todo hacía calor en el interior de la furgoneta.

—Escoja usted misma —dijo Danuta, exhalando el humo, con la mirada fija en la mesita de plástico.

—Tiene que ser más concreta —indicó Moss.

—Él era el malo de la película. Amado y odiado en igual medida por millones de personas. Había trabajado muchos años en *The Sun* como periodista de investigación, y, posteriormente, en *The Mirror* y *The Express*, y en *News of the World*. Era rematadamente bueno. Siempre conseguía el reportaje, costara lo que costara. Y se había separado de su esposa hace pocos meses, porque ella lo sorprendió follando con una de nuestras investigadoras. Así que se había creado un montón de enemigos en su camino a la cima. ¿Y quién no, por otra parte? Pero no se me ocurre nadie capaz de hacer... algo así... —Por un momento se le llenaron los ojos de lágrimas. Se las enjugó con el dorso de la mano—. Desde que Megan Fairchild se suicidó, ha recibido montones de mensajes insultantes. La mayor parte de energúmenos de Internet.

—Cómo se sintió Jack ante la muerte de Megan?

—¿Usted qué cree? —le espetó Danuta—. Los dos estábamos destrozados. Lo más demencial es que fue Megan quien nos escribió a nosotros. Vino a Londres a los *castings*. Dos veces. Nosotros explicamos a todo el mundo cómo es el programa. Les advertimos del interés de los medios, del acoso y las intrusiones que pueden sufrir, pero aun así quieren sus quince minutos de fama. Aunque apenas consiguen cinco; quince, ni hablar. Jack solía decir que le habría gustado que Andy Warhol siguiera vivo para que pudiera ver lo que esos locos están dispuestos a hacer para salir en televisión.

167

—¿A qué hora llegó a la casa de Jack?

—No sé. Hacia las once. Se suponía que él debía asistir a un comité de crisis con los productores y la cadena de televisión sobre el asunto Megan.

—Yo creía que el programa se emitía en directo todas las mañanas desde las nueve, ¿no? Y hoy es viernes —planteó Erika.

—Se emite de lunes a miércoles. Grabamos otros dos programas, como si fueran en vivo, el mismo miércoles, después de la emisión matinal. Así se ahorra dinero en horas de plató.

—¿No ha visto a nadie al llegar?

—No, solo he visto el dormitorio y me ha entrado pánico. He bajado otra vez al jardín de detrás y he llamado a emergencias.

—¿Conoce a la esposa de Jack?

—Sí. Claire. Dejó a Jack hace un par de meses. Y se llevó a los niños.

—¿De qué edad son sus hijos?

—Nueve y siete años.

—He leído que a ella le diagnosticaron un cáncer, ¿es cierto? —inquirió Moss.

—Se lo diagnosticaron al cabo de un mes de que dejara a Jack. Él le pidió que volviera, intentó arreglar las cosas, pero Claire se negó. La prensa no ha explicado ese detalle; prefieren pintarlo como un completo malvado y decir que la engañó cuando ella estaba enferma. Claire ha estado viviendo con su madre en la costa, en Whitstable.

—¿Usted ha mantenido alguna vez una relación sentimental con Jack? —preguntó Erika.

—Follamos un par de veces cuando éramos estudiantes. Ahora estoy casada, y Jack es como un hermano para mí.

—El cigarrillo se le había consumido del todo. Erika colocó un vaso de plástico en el centro de la mesa como cenicero.

—¿Cómo ha entrado en la casa? ¿Dice que ha subido trepando? —preguntó Moss.

—Sí. He trepado por detrás hasta la ventana del dormitorio.

—¿Suele hacer eso normalmente?

—No. Bueno, una única vez, cuando Jack se quedó dormido en un día de emisión en directo. Y para ser justos, eso fue al día siguiente de presentar un programa especial de beneficencia de veinticuatro horas. Estaba muerto de cansancio… Quiero decir, estaba completamente dormido. Así que trepé y aporreé la ventana hasta que se despertó.

—Y hoy ha roto el cristal, ¿no?

—Sí.

—¿Por qué? ¿Creía que aún estaba vivo?

—No… Sí… No lo sé. Tenía una bolsa en la cabeza. He pensado que quizá podría salvarlo. Hay un pequeño cenicero de piedra en el tejado. Jack solía salir ahí a fumar. Lo he usado para romper el cristal. Cuando he entrado y he visto que ya no había nada que hacer…

—¿Usted ha pensado que estaba intentando suicidarse?

—No.

—¿Qué ha pensado?

—No lo sé.

—¿Jack era heterosexual? —intervino Moss.

—¡Claro que era heterosexual, maldita sea! Y no era homófobo. Tenemos a varios gais trabajando en el programa, y él se lleva bien con ellos. Se llevaba.

—¿Bebía en exceso?, ¿tomaba drogas?

Danuta miró por la ventanilla de la furgoneta hacia la casa, donde los agentes de la científica seguían entrando y saliendo.

—Se lo preguntamos de forma confidencial. Nos resultaría útil saberlo para la investigación —aclaró Erika.

—Le gustaba fumarse algún porro…

—¿Marihuana?

La mujer asintió y continuó diciendo:

—Y tomó éxtasis una vez, hace años, cuando filmamos un documental en el festival alternativo Burning Man… Pero todos hicimos lo mismo. Le gustaba salir de copas, pero yo no diría que tuviera un problema con la bebida, o con las drogas.

—De acuerdo.

—¿La casa es de su propiedad? —terció Moss.

—Sí.

169

—¿Se le ocurre algo más?

—Actúen con tacto cuando se lo expliquen a su esposa, ¿vale? Ella ha sufrido mucho.

Erika asintió. Vieron por la ventanilla cómo sacaban de la casa una camilla, en la que había una bolsa negra para transportar cadáveres, y la llevaban hasta la ambulancia. La multitud agolpada al fondo de la calle había crecido todavía más y los *flashes* de las cámaras destellaban como diminutos puntos de luz.

Llamaron a la puerta abierta de la furgoneta. Crane asomó la cabeza y dijo:

—Jefa, ¿tiene un minuto?

—Gracias, Danuta. Vamos a pedir un coche para llevarla a casa —dijo Erika. La mujer asintió débilmente.

Erika y Moss se excusaron y se bajaron de la furgoneta.

—Una vecina quiere hablar con usted. Dice que alguien entró anoche en su casa y robó unas ropas de bebé —notificó Crane.

—¿Cómo puede estar tan segura? —preguntó Erika.

—Porque se las robaron a su bebé.

170

34

—¿*Y* no se llevaron nada más? —preguntó Erika acercándose a las ventanas de la habitación del bebé. La habitación estaba en la planta baja y daba a un jardín de césped amarillento y parterres rebosantes de hierbas. El sol entraba por ambas ventanas, dibujando dos recuadros luminosos sobre una moqueta de color beis nueva. Las paredes estaban recién pintadas de blanco, con un zócalo de elefantes multicolores en procesión.

—No. Nada… —dijo la vecina, una mujer joven que vivía a dos puertas de la casa de Jack Hart. Se la veía pálida y exhausta, y abrazaba a su hijita estrechamente contra el pecho. Ambas tenían el pelo oscuro y grandes ojos castaños.

Moss se apartó de la cuna de madera situada en el centro de la habitación, y se acercó a una cómoda alta que había junto a la pared de la izquierda. Encima había un cambiador, una botella grande de loción y un intercomunicador.

—¿El intercomunicador estaba encendido? —preguntó Moss.

—Sí.

—¿Estuvo encendido toda la noche, señora Murphy? —inquirió a su vez Erika.

—Llámeme Cath, por favor. Sí. Estuvo encendido toda la noche. Nuestra habitación está ahí al lado. Y yo vengo a echarle un vistazo a Samantha con frecuencia.

—¿Con qué frecuencia exactamente?

—Cada tres horas. Me pongo el despertador.

—¿Sabe a qué hora desapareció esa prenda de la niña?

—No lo sé. No me he dado cuenta hasta esta mañana.

—¿No oyó nada fuera de lo normal a través del intercomunicador? ¿Nada que, retrospectivamente, resulte extraño? —preguntó Moss aproximándose y extendiendo un dedo. La cría lo agarró con la manita y soltó una risita.

—No. Samantha es un bebé muy tranquilo. No he atado cabos hasta que he oído el alboroto de ahí fuera. ¿Es cierto que ha aparecido Jack Hart estrangulado? ¿Igual que ese médico hace un par de semanas?

—No podemos hacer comentarios sobre el caso —se excusó Erika.

—¡Esta es mi casa! ¡Tengo derecho a saberlo!

—Consideramos sospechosa su muerte. Es lo único que podemos decir por ahora.

—Era un hombre amable, Jack Hart. Una de las pocas personas de esta calle que siempre saludaba. Incluso vino a preguntar por Samantha. Y nos dejó en la puerta una tarjeta de felicitación. Nada que ver con el hombre que salía en la tele.

172

—En las dos últimas semanas, ¿ha pasado alguien de puerta en puerta, ofreciendo alarmas de seguridad? —preguntó Moss.

—No, que yo sepa. Se lo puedo preguntar a mi marido cuando vuelva.

—¿Cuándo vuelve?

—Esta noche, tarde. Trabaja en la City.

—Bien. ¿Alguna de estas ventanas estaba abierta anoche? No hay signos de que haya sido forzada.

La mujer respondió con aire culpable:

—Sí, la dejé un poquito entornada. Esta zona suele ser muy segura, y nosotros estamos encajonados aquí, entre las demás casas. Anoche hacía mucho calor. Yo no sabía qué hacer. Quería mantener abrigada a la niña, pero que tampoco se acalorara. Es que oyes tantas cosas contradictorias sobre los bebés… —Se echó a llorar y estrechó con más fuerza a la pequeña.

—Samantha, ¿es su primer hijo? —preguntó Moss. La criatura seguía agarrándole el dedo.

Cath asintió.

—Es duro ser madre —dijo la inspectora—. Todo el mundo tiene hijos, pero nadie quiere reconocer lo duro que es. Y estoy hablando como agente de policía.

Cath se relajó un poco y sonrió. Erika recorrió con la vista la habitación recién pintada, escuchando a medias lo que decían Moss y la vecina sobre los bebés. Dejó aparcados sus instintos maternales, se asomó a la ventana y echó un vistazo a la hierba del jardín.

—¿Y está segura de que su marido o la niñera no se han llevado la chaqueta para ponerla a lavar?

—Nosotros no tenemos niñera. He buscado por toda la casa y en el lavadero. Yo soy la única que se levanta por la noche, y la niña es demasiado pequeña para desabrocharse todos esos botones diminutos... —La voz de Cath bajó de volumen. Estrechó a la pequeña Samantha con fuerza—. ¿Por qué iban a hacer una cosa así? Es morboso. Es una forma de sembrar el miedo deliberadamente. Voy a dejar cerradas todas las ventanas. ¡No volveré a abrirlas!

173

Erika y Moss salieron de la casa unos minutos más tarde.

—Quiero que revisen la habitación del bebé de arriba abajo para buscar huellas. Y que examinen cada uno de estos jardines con un peine de púas finas —indicó Erika—. El culpable cometerá pronto un desliz. Ya ha matado a dos personas.

—¿O sea que ahora estamos hablando de un asesino en serie? —planteó Moss.

—No lo sé. Pero ¿por qué llevarse la chaqueta de la niña y dejarla ilesa? No encaja. Además, el asesino ha visitado la casa de ambas víctimas con antelación, a plena luz del día, y sin embargo, aún no disponemos de nada.

—Tenemos la huella de una oreja.

Erika volvió a pensar en esa oreja, en su silueta oscura sobre el papel para imprimir huellas dactilares, y sintió otra vez un escalofrío.

35

*E*ra tarde cuando Erika regresó a casa. Al abrir la puerta, el calor y la oscuridad le resultaron abrumadores. Pulsó el interruptor del vestíbulo, pero la luz no se encendió. Permaneció indecisa en el umbral. Se apagó también la lámpara del pasillo comunitario, que funcionaba con temporizador, y quedó envuelta en tinieblas.

Le vino la imagen de la cara de Jack Hart: su ojo atrapado bajo la bolsa de plástico. Un grito silencioso.

Inspiró hondo varias veces, retrocedió hasta la entrada del edificio y pulsó el interruptor. Se encendieron otra vez las luces y sonó el tictac del temporizador. Volvió al umbral de su piso, sacó el móvil y activó la linterna. Iluminada con el brillante haz de luz, avanzó con cautela por el oscuro pasillo y entró en su habitación. Tanteó por la pared y pulsó el interruptor, pero no ocurrió nada. Desplazó el móvil de izquierda a derecha, iluminando todos los rincones. Se agachó y enfocó debajo de la cama. Abrió las puertas del armario.

Nada.

Le vinieron más imágenes a la cabeza: Gregory Munro, Jack Hart. Tendidos boca arriba, totalmente desnudos, con la cabeza deforme bajo la tensa bolsa de plástico transparente.

Sonó el clic de la puerta del piso al cerrarse.

—Mierda —musitó. El corazón le martilleó en el pecho. Todavía percibía en su piel sudorosa el hedor repugnante del agua del estanque. Rápidamente, salió del dormitorio, y sin apartar la vista de la puerta de entrada, metió el brazo en el baño y buscó el cordón de la luz. Tampoco sucedió nada cuando lo encontró y tiró de él. Entró del todo en el baño y lo iluminó con el móvil. Estaba vacío: el váter, la pila, la bañera. Apartó de un tirón la cortina de la ducha. Nada. El reflejo de la linterna en el espejo la deslumbró unos momentos. Tratando de sacudirse esa sensación desagradable, y todavía con un punto destellante en su campo visual, salió apresuradamente del baño, pasó junto a la puerta principal y entró en la sala.

Accionó el interruptor, pero tampoco ocurrió nada. Todo estaba tal como lo había dejado al salir, es decir, desordenado. Un par de moscas zumbaban alrededor de las tazas de café que quedaron sobre la encimera. Se relajó un poco. El piso estaba vacío. Volvió a la puerta y puso la cadena. Cruzó la sala de nuevo, se acercó a las cristaleras que daban al patio y tiró del cordón de las persianas, que se abrieron con un traqueteo.

Justo frente a la cristalera, se perfiló la silueta de un hombre alto. Erika dio un grito. Retrocedió, tambaleante, y tropezó con la mesita de café, derribando con estrépito varias tazas.

El teléfono se le escurrió de la mano y todo quedó sumido en la oscuridad.

175

36

Erika yacía en el suelo. La alta silueta permaneció inmóvil unos instantes; luego osciló ligeramente y, a través de la cristalera, dijo:

—¿Jefa? ¿Está ahí? Soy yo, Peterson. —Ahuecó las manos sobre el cristal y trató de atisbar hacia el interior—. ¿Jefa?

—¿Qué demonios hace presentándose así en mi piso? —exclamó ella, que, habiéndose levantado, fue a abrir la puerta de cristal. Peterson se hallaba inmerso en un resplandor anaranjado, consecuencia de la contaminación lumínica.

—Perdone, no encontraba la puerta principal. No sabía que estaba en la parte lateral del edificio.

—Un comentario digno de un auténtico detective. Espere un segundo.

Rescató el móvil de debajo de la mesita de café, volvió a encender la linterna y se subió a una silla para llegar a la caja de fusibles, que estaba en lo alto de la pared, más arriba del televisor. La abrió y pulsó el interruptor del diferencial. Todas las luces de la casa, salvo la del vestíbulo, se encendieron de golpe.

Ahora vio bien a Peterson, que seguía en el umbral del patio. Llevaba vaqueros y una vieja camiseta Adidas y lucía una barba de dos días. Se restregó los ojos enrojecidos.

—Se ha fundido una bombilla —se justificó Erika, más para tranquilizarse que por dar una explicación. Se bajó de la silla y se alisó el pelo, consciente de que debía de tener un aspecto un poco desgreñado—. ¿Dónde se había metido hoy? —añadió mirando a Peterson de arriba abajo. Notaba tufo a alcohol.

—¿Puedo entrar un momento para charlar? —preguntó él.

—Es tarde.

—Por favor, jefa.

—De acuerdo.

Peterson entró en la sala y echó un vistazo alrededor. Una ligera brisa se coló desde el patio.

—Es… bonito, el piso —dijo.

—No, qué va —replicó Erika yendo hacia la cocina—. ¿Quiere beber algo?

—¿Qué tiene?

—No voy a darle nada con alcohol. Por el olor, me parece que ya ha tomado bastante.

Revisó los armarios más bien desabastecidos. Tenía una estupenda botella de Glenmorangie, aún por abrir. En la nevera había una botella de hacía tiempo de vino blanco, del que apenas quedaban dos dedos. La jarra de café estaba casi vacía.

—Tiene que ser agua del grifo o… zumo Um Bongo —dijo secamente al encontrar dos envases pequeños de zumo tropical en el cajón de la verdura, debajo de una lechuga mohosa.

—El zumo, gracias.

Erika cerró la nevera y le pasó los dos envases. Ella sacó del bolso los cigarrillos y ambos salieron por las puertas cristaleras al pequeño patio pavimentado. No había sillas, así que se acuclillaron sobre el murete que bordeaba el césped.

—No sabía que aún podía comprarse Um Bongo —comentó Peterson retirando el plástico de la pajita e introduciéndola por el orificio sellado con papel de aluminio.

—Mi hermana vino con los niños hace unos meses —dijo Erika, a modo de explicación, y encendió un cigarrillo.

—Tampoco sabía que tenía una hermana.

El cigarrillo no se le había encendido bien y ella le dio varias caladas para que la brasa prendiera del todo. Dejó escapar el humo y asintió.

—¿Cuántos niños tiene?

—Dos. Y uno más en camino.

—¿Chicos o chicas?

—Un niño, una niña y del bebé… todavía no sabe el sexo.

—¿Y el niño y la niña son pequeños?

—¿Qué hora es? Mierda, quería ver las últimas noticias —dijo Erika. Se levantó y entró de nuevo en el piso. Peterson la siguió lentamente y la encontró buscando en el sofá, por debajo de los almohadones.

—Aquí está —dijo él sacando el mando de debajo de una caja de comida preparada que estaba sobre la mesita de café. Erika lo cogió y encendió la televisión.

En las noticias de la ITV mostraban el símbolo giratorio de Scotland Yard y el último fragmento de una entrevista con Marsh, que tenía aspecto cansado.

—… nuestro Departamento de Homicidios y Crímenes Graves ha convertido este caso en su máxima prioridad —estaba diciendo—. Seguimos varias líneas de investigación.

El programa pasó a continuación un vídeo de *The Jack Hart Show*. La cámara recorría la bulliciosa audiencia del estudio, que, puesta en pie, abucheaba, gritaba y silbaba. Luego la imagen pasaba a una chica joven sentada en el plató junto a un tipo que iba con chándal y gorra de béisbol. Un rótulo decía debajo: Aborté mis trillizos *in vitro* para poder pagarme las tetas.

—Es mi vida. Puedo hacer lo que quiera —decía la chica sin ningún arrepentimiento.

La cámara ofrecía acto seguido un primer plano de Jack Hart, sentado junto a la joven pareja, con el entrecejo debidamente fruncido. Estaba impecable y atractivo con su traje azul.

—Pero no se trata solamente de tu vida —murmuraba—. ¿Qué me dices de esos niños que no llegaron a nacer?

Una voz en *off* decía: «Jack Hart, un personaje polémico, idolatrado y odiado en la misma medida, ha aparecido hoy muerto en su casa de Dulwich, en el sur de Londres. La policía no ha dado a conocer más datos, pero ha confirmado que considera sospechosa su muerte».

—Por Dios… ¿lo han asesinado? —se extrañó Peterson.

—¿Dónde ha estado todo el día? —preguntó Erika. Él permaneció callado—. Lo han matado de la misma forma que a Gregory Munro… Bueno, aún estamos esperando el resultado de los análisis toxicológicos.

En la pantalla, la audiencia del estudio coreaba:

—¡Asesina! ¡Asesina! ¡Asesina!

El joven de la gorra de béisbol se levantaba y amenazaba a los de primera fila.

—¿De cuánto tiempo cree que disponemos antes de que la prensa se entere de que su asesinato está relacionado con el de Gregory Munro? —preguntó Peterson.

—No sé. Veinticuatro horas quizá. Espero que un poco más.

—¿Ha hablado con Marsh?

—Sí, le he informado hace un par de horas.

El reportaje de la tele mostraba ahora una secuencia filmada por la mañana: la gente agolpándose en torno al cordón policial, frente al domicilio de Jack Hart, y una imagen borrosa, obtenida con teleobjetivo, de la bolsa para transportar cadáveres que sacaban de la casa en una camilla.

—Isaac Strong está practicando la autopsia esta noche. Tendremos los resultados a primera hora.

El boletín de las últimas noticias concluyó y dio paso a la información del tiempo. Erika bajó el volumen y se volvió hacia Peterson, que seguía mirando la televisión y sorbiendo con la pajita el zumo que quedaba.

—A ver, Peterson. Se ha presentado usted en mi casa y estaba espiando desde el patio. Dígame qué pasa. ¿Dónde ha estado todo el día?

Él tragó saliva y respondió:

—Tenía que pensar.

—Tenía que pensar. Vale. ¿Y debía hacerlo a costa del contribuyente? Para eso están los fines de semana.

—Lo siento, jefa. Toda esta historia con Gary Wilmslow me ha dejado jodido…

Erika encendió otro cigarrillo. Lo de Gary Wilmslow parecía muy lejos. Habían sucedido muchas cosas en los últimos días.

Peterson prosiguió. La voz se le quebraba ligeramente debido a la emoción:

—La mera idea de que he puesto en peligro una investigación de pedofilia a gran escala… ¿Y si lo he asustado? ¿Y si recogen sus bártulos y desaparecen, y siguen abusando de niños y filmando esas películas repugnantes? Eso me convierte directamente en responsable de lo que les pase a esos niños, de todos esos abusos espantosos. —Se tapó los ojos con las manos; el labio inferior le temblaba.

—Eh, eh, eh. Peterson... —Erika lo rodeó con un brazo, frotándole los hombros—. Ya basta. ¿Me oye?

Él inspiró hondo varias veces y se engujó los ojos con el canto de la mano.

—Wilmslow sigue bajo vigilancia. La operación encubierta no ha quedado expuesta. Mañana intentaré averiguar un poco más. —Erika lo observó un momento fijamente. Tenía los ojos vidriosos—. A ver, Peterson, ¿qué ocurre?

Él tragó saliva otra vez, inspiró hondo y expuso:

—Mi hermana sufrió abusos cuando éramos pequeños. Bueno, ella era pequeña; yo era mayor que ella, pero no lo bastante... para ser sospechoso.

—¿Quién fue?

—El tipo que dirigía la escuela dominical de catequesis, el señor Simmonds. Un tipo viejo y blanco. Mi hermana no nos lo contó hasta el año pasado. Intentó suicidarse. Tomó un montón de pastillas. Mi madre la encontró a tiempo.

—¿Lo atraparon?

Peterson negó con la cabeza.

—No, ya ha muerto. Ella estaba demasiado asustada para explicárselo a nadie. Y él le dijo que si lo contaba, la mataría. Le aseguró también que encontraría la forma de llegar a su habitación para cortarle el cuello. Durante años, mi hermana mojó la cama. Yo me burlaba de ella. Si lo hubiese sabido... Cuando murió el señor Simmonds, mis padres asistieron a un impresionante funeral organizado en la iglesia del barrio, en Peckham, para conmemorar sus extraordinarios servicios a la comunidad.

—Lo siento, Peterson.

—Mi hermana tiene casi cuarenta años. Nunca ha podido escapar de lo que ese hombre le hizo. ¿Y qué puedo hacer yo?

—Usted puede volver al trabajo. Y esforzarse todo lo posible para ser un buen policía... Hay muchos otros hijos de puta sueltos que atrapar.

—A mí me encantaría atrapar al hijo de puta de Gary

Wilmslow —dijo Peterson apretando los dientes—. Si pudiera pasar con él una hora en una habitación...

—Usted sabe que eso es imposible, ¿no? Y que si lo intenta... Bueno, Peterson, no le conviene seguir ese camino. Créame.

—¡Es que estoy tan lleno de ira, joder! —exclamó dando un golpe en la mesita. Ella no se inmutó. Se mantuvieron un momento callados, escuchando el canto de los grillos entre las sombras del patio. Ella se levantó, fue al armario de la cocina y sacó dos vasos y la botella de Glenmorangie. Sirvió en ambos una generosa medida, volvió a la sala y le ofreció uno a Peterson. Nuevamente se sentó a su lado.

—La ira es una de las emociones menos saludables —dijo Erika y, dejando el vaso en la mesita, encendió otro cigarrillo—. A mí el nombre de Jerome Goodman aún me provoca que me hierva la sangre. Me he pasado horas concibiendo complicadas y dolorosas formas de matarlo. La ira que siento es casi infinita.

—¿Él es...?

—El hombre que mató a mi marido y a cuatro compañeros. El hombre que destruyó mi vida. Bueno, mi antigua vida. El hombre que casi me destruyó a mí. Pero no lo ha conseguido. No se lo permitiré.

Peterson se quedó callado.

—Lo que quiero decir es que hay gente mala por todas partes. El mundo está lleno de buenas personas, pero igualmente abarrotado de malas personas, de gente que hace cosas horrorosas y malvadas. Pero uno debe concentrarse en lo que es capaz de hacer, en lo que entra en su campo de influencia, en aquellos a los que puede atrapar. Ya sé que suena muy simple, pero tardé mucho tiempo en comprender esta idea, y me dio un poco de paz.

—¿Dónde está Jerome Goodman?

—Después del tiroteo, desapareció de la faz de la Tierra... No sé si contaba con algún informador o si tuvo suerte. Pero no ha sido localizado. Todavía.

Hizo una pausa y continuó:

—Yo creo en el destino. Estoy segura de que un día volveré a encontrarme con ese hombre y que lo atraparé. Y que

181

pasará el resto de su vida encerrado en la cárcel. —Subrayó esto último apretando el puño.

—¿Y si no…?

—Si no, ¿qué?

—Si no lo atrapa.

Ella lo miró con los ojos muy abiertos, sin parpadear.

—Lo único que me impedirá atraparlo es la muerte. La suya, o la mía. —Apartó la mirada y dio un largo trago de whisky.

—Lo siento. Siento que haya tenido que pasarle todo esto, jefa… Erika…

—Yo siento lo de su hermana.

Erika se giró de nuevo hacia él y, durante un instante, se miraron a los ojos. Peterson se inclinó para besarla. Ella le puso una mano sobre los labios.

—No.

Peterson se apartó.

—Mierda. Lo siento.

—No, no lo sienta, por favor —dijo Erika y, levantándose, salió de la sala. Reapareció con una manta y una almohada.

—Duerma en el sofá. No debería conducir.

—Jefa, lo siento mucho.

—Peterson, por favor. Usted me conoce. Está todo bien, ¿de acuerdo? —Él asintió—. Y gracias por contarme lo de su hermana. Lo siento mucho. Pero me ha servido para comprender algunas cosas. Y ahora duerma un poco.

182

Estuvo despierta mucho tiempo, sola en la cama, mirando la oscuridad. Pensando en Mark, haciendo un esfuerzo para evocar su rostro, para mantenerlo vivo en su memoria. Había estado a punto de devolverle el beso a Peterson, pero Mark la había frenado. Una parte de ella deseaba tener un hombre a su lado en la cama, un cuerpo cálido que la abrazase, pero eso era un paso excesivo de momento.

Un paso que la alejaba de su vida con Mark.

37

*E*rika se despertó antes de las seis de la mañana. La luz del sol ya se colaba por las ventanas. Al entrar en la sala, vio que Peterson se había marchado, dejando un *Post-it* en la puerta de la nevera.

GRACIAS, JEFA. PERDONE SI HICE EL IDIOTA.
GRACIAS x DEJARME ATERRIZAR EN EL SOFÁ.
NOS VEMOS EN EL CURRO. JAMES (PETERSON)

Le complació ver que no añadía un beso al final, y confió en que no hubiera tensión entre ellos en el trabajo. Bastante había ya, sin necesidad de mezclar su vida personal.

El ambiente estaba fresco y silencioso en el largo corredor que llevaba hasta la puerta de la morgue. Pulsó el botón del interfono y miró hacia la pequeña cámara montada en lo alto. Sonó un pitido. La enorme puerta de acero inoxidable se abrió automáticamente con un leve silbido. Una oleada de aire frío salió del interior y arrastró algunos hilillos de vapor.

—Buenos días —dijo Isaac, recibiéndola en la puerta. Aún llevaba puesto el traje quirúrgico azul, salpicado con varias manchas de sangre.

Entraron en la espaciosa sala de autopsias. Las baldosas del suelo formaban un dibujo geométrico victoriano de rombos blancos y negros. El techo era alto y las paredes —sin ninguna ventana— estaban cubiertas de azulejos blancos. En un lado había una hilera de puertas metálicas y en el centro, cuatro mesas de acero inoxidable. Tres de ellas relucían, vacías, bajo la intensa luz de los fluorescentes. En la más cercana a la puerta, yacía el cuerpo de Jack Hart.

Una de las ayudantes de Isaac, una china joven y bajita, estaba cerrando la larga incisión en forma de «Y» que llegaba hasta debajo del ombligo. Ya estaba a medio camino, a la altura del torso, y poco le faltaba para llegar al punto donde la incisión se abría en dos ramas hacia los hombros. Suturaba la piel cuidadosamente, dando unas puntadas impecables, aunque grandes y abultadas.

—Como en el caso de Gregory Munro, tenía altos niveles de flunitrazepam en la sangre —explicó Isaac—. Lo ingirió en forma líquida. Lo cual concuerda con la botella de cerveza Bud encontrada en la mesita de noche, cuyos residuos contenían una gran cantidad de dicho fármaco.

—¿O sea que lo drogaron? —preguntó Erika.

—Los niveles en sangre eran más elevados que en el caso de Munro. No sé si hay que atribuirlo a un accidente o a un propósito deliberado. Jack Hart era más joven que el doctor y estaba en perfecta forma física, sin apenas grasa corporal y con unos músculos bien desarrollados.

—Quizá el asesino pensó que necesitaba una dosis más alta para anularlo.

Observaron cómo la ayudante cosía el pecho, tirando de los recios músculos pectorales para juntarlos de nuevo.

—¿Crees que se trata del mismo asesino?

—Yo no he dicho eso. Las semejanzas son llamativas, pero la conclusión debes sacarla tú.

—De acuerdo. ¿Causa de la muerte? —preguntó Erika.

—Asfixia causada por la bolsa que tenía en la cabeza.

—La cara tiene un aspecto distinto del que tenía la de Munro. Está cubierta de marcas rojas; y con un tono peculiar en la piel.

—Gregory Munro se asfixió rápidamente; no tardó más de uno o dos minutos. En el caso de Jack Hart, el vigor de sus pulmones le habría permitido retener oxígeno bajo una situación de estrés, y la asfixia habría resultado más prolongada; de ahí que los signos sean severos. Estos puntitos rojos de la cara son hemorragias petequiales. Y el tono azulado se debe a la cianosis: la piel queda decolorada por la mala circulación. Los órganos internos también están afectados por pequeñas hemorragias.

—Así pues, ¿cuánto tiempo crees que tardó en morir?

—Cuatro, cinco... quizá seis minutos. Tenía las manos atadas a la espalda, pero es posible que se revolcara y se resistiera violentamente, lo que indujo al asesino a golpearlo. El moretón del ojo izquierdo encaja con un puñetazo y hay magulladuras en los labios y en las encías que indican una fuerte presión aplicada a la cara. Deberías ver esto también. —Isaac se acercó a la mesa. La ayudante se hizo a un lado y él abrió la boca del cadáver.

—¡Por Dios! —musitó Erika.

—Se mordió la lengua casi hasta cortársela. Fue una muerte extremadamente prolongada y dolorosa.

—¿Algún signo de agresión sexual?

—No.

El forense le hizo un gesto a la ayudante y ella continuó suturando la incisión. El flácido cuerpo tembló un poco mientras la joven pasaba el hilo por la piel y lo tensaba. Erika pensó que los colgajos abiertos a uno y otro lado parecían de plástico pintado, en lugar de carne humana.

—Si me acompañas a mi despacho, quiero enseñarte otra cosa —dijo Strong.

En comparación con la morgue, el despacho era más cálido. El sol entraba por una ventana situada a bastante altura. Las paredes estaban cubiertas de estanterías atestadas de manuales médicos. Había un iPod conectado a un sistema de sonido Bose y, sobre la mesa, pulcramente ordenada, un portátil abierto, con un salvapantallas de un cubo de colores rebotando de lado a lado.

—Las bolsas utilizadas para asfixiar a Gregory Munro y a Jack Hart eran del mismo tipo —informó Isaac cogiendo una bolsa de pruebas de la mesa. Contenía la bolsa de plástico arrugada, con salpicaduras de sangre seca y un residuo lechoso; el cordón blanco también estaba cubierto de sangre reseca.

—¿Qué quieres decir? ¿Del mismo supermercado? —preguntó Erika examinándolo todo.

—No. Estas bolsas las fabrican para ayudar a la gente a suicidarse. Se conocen como «bolsas de suicidio» o «bolsas *exit*». Debería haber reparado en este detalle cuando examiné a Gregory Munro. Pero no he caído en la cuenta hasta ver que han empleado el mismo sistema con Jack Hart.

—¿En qué sentido ayuda esta bolsa a suicidarse? ¿Por qué no utilizar una de plástico ordinaria?

—Es muy difícil taparse la cabeza y esperar a que se produzca la asfixia. Estamos dotados de un instinto específico para no ahogarnos nosotros mismos. Se conoce como reacción de alarma hipercápnica. Cuando la persona queda privada de oxígeno, es presa del pánico y se arranca la bolsa de la cabeza. Para evitarlo, a alguien se le ocurrió la idea de este tipo de bolsa de suicidio. Como puedes ver, es bastante larga: no encaja perfectamente en la cabeza; todavía queda espacio por arriba. La idea es que tú te la colocas en la cabeza e introduces un tubo de plástico por debajo del cordón antes de tensártelo alrededor del cuello: no muy tenso tampoco, porque a través de ese tubo te administras un gas inerte como el helio o el nitrógeno. Hay gente que ha comprado esos botes de helio que se usan para inflar globos. Y el gas que respiras suprime el pánico, la sensación de asfixia y el impulso de resistirte cuando vas perdiendo el conocimiento.

—¿El autor del crimen tendría que haber comprado esta bolsa? —preguntó Erika.

—Sí.

—¿Dónde?

—Se puede comprar en línea, en páginas especializadas.

—¿O sea que podríamos conseguir una lista de la gente que ha comprado una de ellas?

—Eso ya es cosa tuya.

Al terminar, Isaac la acompañó a la entrada de la morgue.

—Deberías dormir un poco. Pareces molido.

—Sí, pienso hacerlo. —Pulsó el botón y la puerta metálica se abrió—. Humm, sé que la semana que viene es el segundo aniversario de Mark...

Ella se detuvo y, sosteniéndole la mirada, especificó:

—De la muerte de Mark.

—Sí, de la muerte de Mark. Si quieres hacer algo, estoy disponible. Si no, tampoco pasa nada. Podríamos salir, o quedarnos en casa. Lo que no quiero es que pases el día sola.

Ella sonrió.

—Confío en que estaré trabajando en el caso. Me servirá para quitármelo de la cabeza.

—Claro. Pero recuerda que estoy aquí

—Gracias. ¿Cómo van las cosas con Stephen?

Isaac miró al suelo con expresión culpable.

—Bien. Se está mudando a mi casa.

Erika asintió.

—No me juzgues —añadió él.

—Soy la última con derecho a juzgar —dijo Erika alzando las manos—. Nos veremos pronto.

Le sonrió y se alejó por el largo corredor.

38

*E*rika había convocado a su equipo a primera hora de la mañana para celebrar una sesión informativa. Se plantó frente a las pizarras blancas, donde estaban las fotos de la escena del crimen de Gregory Munro y también las de Jack Hart. La gente se estaba acomodando cuando apareció Peterson.

—¡Vaya! Peterson ha vuelto y trae café decente —dijo Moss al ver que venía con una bandeja grande de cafés de Starbucks.

—Tenga, jefa —dijo Peterson ofreciéndole la bandeja a Erika.

—¿Qué le pasó ayer? —preguntó ella cogiendo un vaso.

—Una especialidad china chunga —contestó Peterson sin titubear.

—Vale, está bien. Me alegro de que haya venido —le dijo sonriéndole

—Gracias, jefa —respondió él, aliviado, y deambuló por la sala, ofreciendo café a los demás agentes.

—Y a esa china chunga… ¿dónde la conoció? —preguntó Moss con una sonrisa maliciosa al tiempo que cogía un vaso de la bandeja, que iba vaciándose rápidamente.

—Era pollo Kung Pao —especificó Peterson.

—¡Pero si sabe su nombre y todo! Suena elegante: un nombre compuesto.

—Váyase al cuerno, Moss —dijo él riendo.

—Bueno, vamos a concentrarnos —advirtió Erika. Todos se acomodaron para escuchar—. Aquí estamos de nuevo. Ahora con dos asesinatos entre los que median un par de semanas. Ambas víctimas vivían en un radio de veinticinco kilómetros. Ya puedo confirmar que los dos fueron asesinados exactamente de la misma forma: drogados y asfixiados con una bolsa de plástico.

Hizo una pausa. Un murmullo recorrió la sala.

—Uno era un médico de cabecera normal. El otro era una de las caras más conocidas de la televisión británica. Como siempre digo, empecemos por el principio. Y no hagan ninguna pregunta estúpida.

—Ambos son hombres —observó el agente Warren.

—Sí, eso se aprecia en las fotografías —replicó la inspectora jefe señalando a los dos hombres desnudos sobre sus respectivas camas—. ¿Qué más?

—A los dos los inmovilizaron en su casa administrándoles en la bebida una droga para cometer violaciones, con lo cual debió de resultar más fácil asfixiarlos con la bolsa de plástico —concretó Singh.

—Sí, y se empleó el mismo tipo de bolsa en ambos asesinatos. Una «bolsa de suicidio» que puede comprarse en Internet en páginas especializadas. Hemos de averiguar qué páginas las venden y conseguir un historial de las ventas: una lista de transacciones con tarjeta de crédito y de direcciones de envío.

—Ambos son de estatura similar —aportó Moss—. Gregory Munro era mayor, sin embargo, y no estaba en tan buena forma física como Jack Hart.

—El asesino ajustó la dosis a la complexión de las víctimas. A Jack Hart le adjudicó una dosis más elevada que a Gregory Munro; cabe la posibilidad de que hubiera estudiado a los dos hombres desde hace tiempo —dijo Erika.

—A ambos los acecharon de noche —añadió Peterson.

—¿Por qué emplea la palabra «acechar»?

—Es posible que el asesino ya estuviera dentro de la vivienda cuando ellos llegaron... Probablemente, los acechó por la casa, los estuvo observando. Y quizá no por primera vez —explicó Peterson.

—Sí, lo tenía planeado. Había explorado el terreno de antemano. Diseñó el folleto de una falsa empresa de seguridad en el caso de Gregory Munro, y sabía cómo entrar en la casa de Jack Hart —añadió Moss.

189

—¿Quizá se trata de un exmilitar? No dejó prácticamente ningún resto de ADN —dijo Singh.

—O bien trabaja en un hospital o en una farmacia. Consiguió el flunitrazepam líquido y una jeringa... Encontramos el envoltorio de una jeringa debajo de la cama de Jack Hart. Aunque estas cosas hoy en día pueden conseguirse fácilmente en Internet —observó el agente Warren.

—Eso podría relacionarlo con Gregory Munro —dijo Peterson.

—Pero ¿cómo lo relacionaría con Jack Hart? —cuestionó Erika.

—¿No hay constancia de alguna relación gay o de un pasado gay en el caso de Jack Hart? —preguntó Peterson.

—No, al menos que nosotros sepamos —replicó Erika—. La esposa de Hart irá a identificar hoy el cadáver. Pero, obviamente, debemos actuar con tacto cuando la interroguemos. Gregory Munro tenía un hijo; Jack Hart, dos niños pequeños. Ambos estaban separados de sus esposas. ¿Algún comentario al respecto?

Hubo un silencio.

—¡Tiene que haber alguna razón para que el asesino haya escogido como objetivo a esos dos hombres! —exclamó Erika trazando un amplio círculo en torno a las fotos de ambos.

—Pero ¿qué demonios tienen en común un médico de cabecera normal y un presentador de televisión sensacionalista? —preguntó Moss.

—Bueno, hemos de averiguarlo, y deprisa —respondió la inspectora jefe—. El vínculo entre ambos nos llevará al asesino. Ese tipo, sea quien sea, escogió a las víctimas. Las estuvo observando en los días previos a los asesinatos. No hemos encontrado huellas dactilares en ninguno de los casos, ni tampoco en la casa de esa vecina, en la habitación de cuyo bebé entró alguien furtivamente. Pero sí hemos encontrado la huella de una oreja en el exterior de la puerta trasera de Jack Hart. Crane, ¿ya hemos recibido respuesta de ese...? ¿Cómo ha dicho que se llamaba?

—El Centro Nacional de Entrenamiento para el Apoyo Científico a la Investigación Criminal —dijo Crane—. Están a punto de cotejar esa huella con una base de datos de dos mil huellas de orejas humanas. Nos llamarán en cualquier momento.

—No tengo muchas esperanzas, pero bueno, dos mil orejas... Las probabilidades son más altas de lo que creía —murmuró Erika.

—Acabo de recibir las fotografías de la tarjeta de memoria que le confiscamos al periodista —dijo Moss consultando su ordenador.

—¿Cómo es que han tardado tanto? —preguntó Erika.

—Los contactos metálicos estaban torcidos. Lo más seguro es que el periodista los torció al arrancar precipitadamente la tarjeta de la cámara para tragársela —dedujo Moss.

—Muy bien. Vamos a ponerlas en el proyector —dijo Erika. El agente Warren fue a buscar el proyector multimedia a un estante del fondo de la sala, lo llevó hasta el escritorio de Moss y lo conectó al PC. Tras un par de minutos colocándolo adecuadamente, lo tuvieron enfocado en la pizarra.

Erika apagó las luces; el centro de coordinación se sumió en la oscuridad, y apareció la imagen de una calle transitada y de un coche rodeado de gente.

191

—Bueno, jefa, estas voy a pasarlas deprisa —dijo Moss, haciendo clic una y otra vez con el ratón. Fueron desfilando otras fotos similares, así como unas imágenes de un famoso no identificado saliendo del restaurante Ivy y alejándose en un coche de ventanillas ahumadas.

—Vale. Aquí estamos. Estas son de la casa de Jack Hart.

La primera fotografía era del periodista al llegar a su casa, la noche del asesinato. Moss fue pasando las imágenes tomadas en sucesión rápida, lo que producía casi la impresión de una película de dibujos animados: Jack se bajaba del taxi, caminaba hacia la verja, la abría y se giraba un momento para decir algo; luego se dirigía a la puerta principal, se metía la mano en el bolsillo, sacaba la llave, abría y entraba en la casa.

—Bien. Así que los *paparazzi* apostados fuera lo sorprendieron cuando entraba en casa —dijo Moss—. El indicador de la hora de la última foto es de... la una menos tres minutos de la madrugada.

Siguió pasando las fotografías, y la imagen se desplazó al jardín trasero. Se detuvo en una foto tomada desde abajo, enfocando la ventana iluminada del dormitorio.

—¡Por Dios! Ese maldito fotógrafo estaba en el jardín trasero antes de que Jack Hart fuera asesinado —exclamó Erika.

Hubo un salto en la secuencia y aparecieron las fotografías tomadas desde el alero del tejado que quedaba junto a la ventana del dormitorio. Las cortinas estaban abiertas y la cama se veía desde un lado. De nuevo en sucesión rápida como en una película de animación, se veía la figura desnuda de Jack Hart entrando en la habitación. Llevaba una toalla en una mano y una botella de cerveza en la otra. Se acercaba a la mesilla de noche situada junto a la ventana opuesta, la que daba a la fachada, dejaba la botella y se sentaba en el borde de la cama.

—¡Alto! ¿Qué es eso? —gritó Erika—. Retroceda dos fotos.

—¡Joder! ¡Miren ahí!, ¡debajo de la cama! —alertó Peterson.

Jack estaba sentado de espaldas a la cámara. Y agazapada bajo la cama, se distinguía claramente una silueta.

—Espere. Voy a ampliarla —dijo Moss haciendo clic rápidamente y moviendo el ratón por la almohadilla. La fotografía se amplió de tal modo que la pizarra quedó inundada con la imagen oscura y granulosa de una figura agazapada debajo de la cama. Se distinguían dos manos cuyos dedos estaban extendidos sobre la moqueta. La luz, además, había iluminado débilmente la mitad inferior de la cara, mostrando la punta de la nariz y la boca.

La boca fue lo que más impresionó a Erika. Sonreía ampliamente, dejando los dientes a la vista.

—¡Santo Dios! Estaba dentro de la casa esperándolo —dijo.

El timbre de un teléfono quebró el silencio que se produjo en el centro de coordinación. Crane lo cogió y habló en voz baja.

—¿Puede ampliarla más, Moss? —preguntó Erika. La figura de debajo de la cama apareció ampliada al máximo, pero la imagen resultaba demasiado difusa y granulosa.

—Se la pasaré a los de delitos informáticos, a ver si pueden mejorar la definición —determinó Moss.

—Jefa, seguro que esto le va a interesar —exclamó Crane con excitación colgando el teléfono.

—Dígame que ha surgido algo nuevo, por favor… ¿Es algún indicio sobre el tipo que andamos buscando? —preguntó Erika.

—Es un indicio. Pero no es un tipo.

—¿Cómo?

—Nils Åkerman ha analizado la pequeña cantidad de ADN que recogió de esa huella de oreja hallada en la puerta trasera de Jack Hart, y también unas muestras de células cutáneas encontradas en la parte exterior de la bolsa de suicidio empleada para matarlo. Es una mujer.

—¿Cómo?

—Las muestras son de una mujer blanca. Nils ha cotejado el ADN con la base de datos criminal de todo el país y no ha encontrado ninguna coincidencia. No tiene antecedentes, pero el ADN es femenino. Se trata de una mujer.

Un murmullo recorrió el centro de coordinación.

—¿Cómo afecta esto a la relación que hemos establecido entre los dos asesinatos? —preguntó Peterson.

—Los hemos relacionado con razón —dijo Erika—. ¿O es que la relación entre los asesinatos va a quedar en duda porque se trate de una mujer?

—Mierda. Sea quien sea, nos lleva mucha delantera. Nosotros estábamos buscando a un tipo —observó Moss.

Todos se quedaron un momento en silencio, asimilando la idea. Erika volvió a la pizarra y observó la figura agazapada bajo la cama: la mitad inferior de la cara emergía de entre las sombras y sonreía, enseñando todos los dientes.

—Bueno. Tenemos que volver a comenzar por el principio. Revisemos cada una de las pruebas. Repasemos las entrevistas con los residentes de la zona. Y traigan a ese maldito fotógrafo para interrogarlo otra vez. Estamos buscando a una mujer. A una asesina en serie.

39

Simone llegó a casa tras un largo turno en el trabajo. Cerró la puerta de entrada y, durante unos instantes, absorbió el silencio del pasillo sumido en la penumbra. Se quitó la chaqueta y se sentó frente al ordenador, que estaba metido bajo la escalera. Lo encendió, accedió al chat y se puso a teclear.

NIGHT OWL: Eh, Duke, ¿estás ahí?

Transcurrieron unos momentos, y Duke escribió:

DUKE: Hola, Night Owl. ¿Cómo va?
NIGHT OWL: He vuelto a verlo. A Stan, a mi marido.
DUKE: ¿Sí? ¿Estás bien?
NIGHT OWL: No, la verdad. Yo sabía que no era real. Pero él estaba ahí y parecía tan real como todo lo demás.
DUKE: ¿Has empezado a tomar las nuevas medicinas?
NIGHT OWL: Sí.
DUKE: ¿Cuál?
NIGHT OWL: Halcion.
DUKE: ¿Qué dosis? Supongo que solo 0,125 miligramos, ¿no?
NIGHT OWL: Sí.
DUKE: Los trastornos visuales son uno de los efectos secundarios.
NIGHT OWL: ¡A mí me lo vas a contar!

DUKE: Ya he pasado por esa experiencia. Llegaron a darme hasta 0,5 miligramos y seguía sin hacerme efecto: noches enteras de insomnio... Bueno, ¿qué andas planeando?

Simone miró atentamente la pantalla. La veía algo borrosa; se frotó los ojos, cansados e irritados. Había padecido insomnio durante años. Todo procedía de la época del centro de menores, de cuando temía cerrar los ojos al acostarse por la noche.

A lo largo de más de veinte años ya, había aprendido a sobrellevar el insomnio, a soportar esa sensación de cansancio y entumecimiento, de estar pudriéndose por dentro. Había aprendido a funcionar como un ser humano normal.

Ansiaba dormir —no dejaba de pensar en ello—, pero al llegar la «hora de acostarse», una expresión que por sí sola le parecía un chiste malo, le entraba una gélida sensación de pánico: pánico porque sabía de antemano que el sueño quedaría fuera de su alcance, que se pasaría las horas interminables tendida en la cama, mirando el resplandor rojo del reloj digital, y que sus pensamientos darían vueltas y vueltas sin control.

El miedo, Simone lo sabía, prevalecía especialmente por la noche. Cuando todos los demás parecen haber abandonado el mundo, los insomnes se quedan solos, varados en la penumbra. El insomnio la había llevado a un embarazo imprevisto y a una relación presidida por los maltratos. Había perdido el bebé poco después de casarse con Stan de penalti. Era algo corriente, había dicho el médico, extremadamente normal, perder el bebé la primera vez que quedabas embarazada. Pero para Simone no había sido normal. La había dejado destrozada. Había creído que al fin se estaban arreglando las cosas, y aguardaba con gran excitación el momento de conocer y cuidar de esa pequeña vida que germinaba en su interior.

De recién casada, había pensado que compartir cama quizá la ayudara a superar el insomnio. Pero una vez más se encontró por las noches contemplando la oscuridad. Observaba cómo recorría Stan las distintas fases del sueño: el leve ascenso y descenso de su amplio pecho, las contracciones de sus párpados cuando desplazaba deprisa la vista por debajo de ellos.

A veces, sin previo aviso, el ritmo de la pesada respiración de su marido se interrumpía, y él abría bruscamente los ojos con expresión hambrienta. Y entonces, a esas horas de la noche en las que Simone se sentía más vulnerable, más exhausta y menos atractiva, Stan se montaba encima de ella sin decir palabra y le separaba las piernas con el dorso de la mano, casi desdeñosamente, como si sus piernas fueran un engorroso obstáculo para lo que él deseaba.

Al principio de su matrimonio, lo había soportado. El sexo era brutal con frecuencia, muchas veces la dejaba dolorida, pero creía que lo que le hacía perder a Stan el control era el deseo que sentía por ella. Y además, pensaba que debía soportarlo como una buena esposa, que debía emitir los gemidos adecuados y simular que disfrutaba.

Y ansiaba verse recompensada de nuevo con un bebé; tener otra oportunidad de convertirse en madre.

Una noche, mientras la embestía violentamente, Stan le había dado un mordisco en un pecho. Simone se quedó consternada. La conmoción casi había superado al dolor. Él había alzado la cabeza, brillándole la sangre en los dientes, y había seguido.

Al día siguiente se había deshecho en disculpas. Había llorado y prometido que nunca más volvería a hacerlo, y durante un tiempo el sexo de madrugada se interrumpió.

Pero, poco a poco, había vuelto a las andadas. Eso había coincidido con una temporada en la que Simone no lograba dormir nada en absoluto, ni siquiera dar una cabezada de unos minutos. Estaba débil y desesperada, y le dejaba hacer. A medida que pasaron los meses, e incluso los años, abandonó toda resistencia, lo cual, al parecer, no hacía más que alimentar los oscuros deseos de su marido. Ella se preguntaba cómo era posible que su vida hubiera acabado así. ¿Dónde estaban todos sus sueños? ¿Acaso no había cosas que habría deseado hacer en su vida: cosas como viajar, o escapar, o convertirse en una persona distinta?

Un bebé sería su salvación, estaba segura. Pero el bebé no llegaba, y los análisis pusieron de manifiesto finalmente que no concebiría más a causa de las complicaciones de su primer embarazo. Ese tremendo golpe agudizó los problemas de su matrimonio llevándolos a un punto álgido. Su marido la violaba regularmente y la dejaba en la oscuridad, dolorida e insomne. Él, por su parte, volvía sin problemas al reino de los sueños.

Simone pensaba a veces que, si pudiera dormir, sería capaz de soportar la violencia y los abusos. La falta de sueño era una tortura peor. Una tortura malévola e indescifrable. Los componentes químicos de su cerebro conspiraban para mantenerla en el mundo, insomne. Por el contrario, los demás se apresuraban a abandonarlo y a desvanecerse en sus sueños.

Cuando tenía treinta y cinco años, su marido bebía mucho y, además, habían contraído deudas. En esa misma época les pusieron la conexión de Internet, y ella, durante sus noches de insomnio, descubrió una brizna de luz: los foros de conversación en línea. Al principio se decantó por los grupos de apoyo y charlaba con otras esposas maltratadas y víctimas de abusos, cuya única forma de desahogarse y aliviar sus temores era comentar sus experiencias. Pero veía reflejada su propia situación en los relatos de esas mujeres. Y ellas mismas, vistas desde fuera, le parecían patéticas.

Entonces conoció a Duke.

Igual que ella, Duke sufría insomnio. Él la escuchaba sin juzgarla. También hablaban de cosas normales: los programas de la tele que les gustaban, las cosas divertidas que les habían sucedido. Coqueteaban.

Duke se describía como un tipo alto y moreno (Simone dudaba que fuera cierto), y ella se describía como una mujer alta y rubia (lo que también era falso). Solían abandonar el foro y mantener un chat en privado, en acogedores espacios virtuales, y a veces se excitaban y se soltaban el pelo. Él le explicaba lo que deseaba hacerle en la cama; y ella le respondía a su vez. Duke lograba que se sintiera amada y deseada.

Simone se sinceró con él acerca de su situación. Le habló de su violento marido, aunque sin citar su nombre. Se lo contó todo: sus más recónditos secretos, sus deseos, sus fantasías. Él hizo lo mismo por su parte. Lo único que ambos se reservaban era dónde vivían y cómo se llamaban de verdad. Él era DUKE y ella, NIGHT OWL.

197

Simone no recordaba con exactitud cuándo habían tomado sus charlas un giro más oscuro. Había sido sin duda una noche tras ser violada. Ella se había referido a la relación matrimonial con ese término, o sea, describiéndola como una violación, no como un acto sexual. También se había quejado de que el médico le hubiera recetado otro montón de pastillas que no le mitigaban en absoluto el insomnio. Duke escribió:

> DUKE: ¡Quizá esas pastillas funcionarían mejor con tu marido!

Ella se había quedado largo rato mirando la pantalla. Después continuó la conversación.

Necesitó dos noches para armarse de valor. Le preparó a Stan unos espaguetis a la boloñesa y, cuando la salsa de tomate borboteaba en el fogón, abrió una de las cápsulas de Zopiclona, el último somnífero que le habían recetado. Todavía recordaba cómo había separado cuidadosamente la cápsula, sujetando las dos mitades sobre la sartén humeante... Acto seguido, había removido el polvo blanco en la salsa.

Mientras Stan se zampaba un plato enorme, lo observó con nerviosismo. Y también, cuando él terminó de comer y se repantigó en el sofá con una cerveza. En cuestión de minutos, se quedó completamente frito.

La euforia que sintió al comprobar que la estratagema había funcionado se vio reemplazada enseguida por el temor y por la sensación de haber sido una idiota. Ella había pensado en dejarlo fuera de combate, pero no había querido ir más allá. ¿Y si se quedaba toda la noche en el sofá? ¿Y si se despertaba aún allí a la mañana siguiente? Le entrarían sospechas.

Le había hecho falta un esfuerzo sobrehumano para levantar a Stan y llevarlo arriba, sosteniéndolo como a un borracho. Estaba convencida de haberla pifiado, y se pasó la noche observándolo, muerta de angustia. Le venían a la cabeza ideas demenciales: la idea de escapar, de huir de una vez, o de quitarse la vida. Pero había salido el sol, y él se había despertado. Malhumorado, desagradable, desde luego, pero nada más. Se había ido al trabajo diciendo que por la noche debía de haber estado muy cansado.

«¿Es así de fácil?», había pensado Simone.

Transcurrió un mes; los abusos se intensificaron. Una noche espeluznante, estaban ambos viendo la televisión, y Stan explotó sin motivo aparente: se puso a decirle que la odiaba, que le había arruinado la vida y la emprendió a golpes con ella. Simone logró escapar y encerrarse en el baño.

Sentada allí, encogida de miedo, lo había escuchado vociferar y armar alboroto en la cocina. Al cabo de un rato, él arremetió contra la puerta del baño y acabó entrando con una cacerola humeante. Le arrancó toda la ropa, la metió en la bañera y le echó el agua hirviendo sobre la piel desnuda.

Simone había sufrido graves quemaduras en el pecho y en el abdomen. Como las heridas se le infectaron y padecía unos dolores tremendos, su marido no tuvo más remedio que llevarla al médico. Ella vislumbró una oportunidad para hablarle a alguien de los maltratos que estaba sufriendo. Pero el doctor Gregory Munro había supuesto que todo era un síntoma de la paranoia y la psicosis vinculadas a su insomnio. ¡Creyó que mentía! Stan había interpretado bien su papel, actuando como un marido preocupado.

Sí, cierto, ella había perdido el sentido de la realidad en el pasado, había sufrido alucinaciones y a veces le había hablado al doctor Munro de las cosas que veía y oía. Sin embargo, al presentarse allí con sus quemaduras y sus lágrimas, el doctor no la había creído. Simone confiaba en él, pero el médico había rechazado esa confianza groseramente. Se había puesto del lado de Stan, casi compadeciéndolo por tener una esposa tan loca, y la había ingresado en el hospital.

Le dieron el alta una semana más tarde. Durante cierto tiempo, la violencia amainó. Pero Simone aún tenía demasiado miedo para abandonar a su marido y terminó desesperándose, convencida de que no tenía salida.

Volvió a drogarlo, esta vez echando dos pastillas en la cerveza que se bebía en la cama. En unos minutos, Stan se quedó tieso. Tan tieso que Simone intentó despertarlo dándole empujones y sacudiéndolo. Todo en vano. Él se despertó

199

horas más tarde sin entender qué había sucedido, quejándose más que nunca de una sensación de aturdimiento.

En torno a esa época, Duke había dejado de dormir por completo y comentaba cómo quería acabar con su vida, entrando en detalles sobre el método que emplearía.

DUKE: Usaría una bolsa de suicidio.

NIGHT OWL: ¿Qué es una bolsa de suicidio?

DUKE: También la llaman «bolsa *exit*»...

NIGHT OWL: ???

DUKE: Es una bolsa grande de plástico con un cordón para tensarla. Puedes usarla para suicidarte.

NIGHT OWL: Suena muy doloroso.

DUKE: No lo es si la usas con un gas como el helio o el nitrógeno. El helio es más accesible. Puedes comprar uno de esos botes de helio para inflar globos en las fiestas infantiles de cumpleaños. Te pones la bolsa en la cabeza y la vas llenando de gas... Eso impide que te entre pánico. Simplemente te quedas dormido. Un sueño eterno. Qué maravilla.

NIGHT OWL: ¿Así de fácil?

DUKE: Sí, con esas bolsas, sí. He estado visitando un foro en línea sobre el suicidio. ¿Sabías que si se quita la bolsa, siempre que no haya habido lucha, es difícil determinar cómo se ha asfixiado esa persona, e incluso cómo ha muerto?

NIGHT OWL: Por favor, no lo hagas.

DUKE: ¿Por qué?

NIGTH OWL: Te necesito.

DUKE: ¿De veras?

NIGHT OWL: Sí... Estaba leyendo sobre mitología oriental...

DUKE: ¡Sí! ¡Sigue hablando! ¡Al fin me está entrando sueño!

NIGHT OWL: Ja, ja. Hablo en serio. He estado leyendo sobre el Yin y el Yang. Dos opuestos que encajan a la perfección. ¿Y si estuviéramos los dos en la cama?

DUKE: Te escucho. ¿Estaríamos desnudos?

NIGHT OWL: Quizá... Pero ahora hablo de dormir. ¿Y si pudiéramos irnos lejos y dormir en la misma cama?

DUKE: ¿A dónde?

NIGHT OWL: No sé. A alguna parte, muy lejos. Nos abrazaríamos y nos quedaríamos dormidos.
DUKE: Me encantaría. Imagínatelo, despertar completamente frescos.

Había sido en ese momento cuando Simone tuvo una repentina revelación. Comprendió que ella no quería morir. Lo que quería era no seguir siendo una víctima. Continuó hablando con Duke sobre la bolsa de suicidio y, al acabar, limpió el historial de su ordenador. Él encargó en línea una bolsa para ella y se la hizo enviar al hospital donde trabajaba.

La bolsa no era para ella, claro. Era para Stan. Simone se había dado cuenta de que no necesitaba el gas helio, porque disponía de una provisión inagotable de somníferos.

La última vez que Stan la violó resultó especialmente violenta. Como si, de algún modo, intuyera que iba a ser la última. A ella le sirvió para reafirmarse en su decisión.

A la mañana siguiente, él estaba en la ducha y Simone decidió que lo haría esa noche, cuando Stan volviera de trabajar. Estaba abajo preparando el té y mirando de reojo la caja de somníferos que tenía encima del microondas, cuando sonó un golpe sordo arriba. Subió corriendo y encontró a su marido derrumbado en la ducha, bajo el chorro de agua. Estaba blanco.

Llamó a una ambulancia, casi por puro reflejo. Lo declararon muerto nada más llegar al hospital. Había sufrido un ataque al corazón a los treinta y siete años.

La vida de Simone cambió radicalmente. Ahora era la afligida viuda; y su marido se había convertido al morirse en una especie de héroe trágico. Nunca pagó por lo que le había hecho. Ella debería haber sentido alivio, pero lo único que sentía a medida que pasaban las semanas era rabia: un nudo creciente de rabia al pensar en todos los años que él le había arrebatado. Esta idea la obsesionó. Dejó de dormir por completo. Había perdido toda la energía. Le gustaba fingir que Stan seguía vivo. Así no inspiraba compasión.

Levantó la cabeza de golpe. Se dio cuenta de que se había dormido frente al ordenador. La pantalla, primero borrosa, volvió a perfilarse nítidamente ante sus ojos. Duke había escrito una y otra vez, preguntando a dónde había ido.

> DUKE: ¿Night Owl?
> DUKE: ¿¿¿Estás ahí???
> DUKE: ??????
> NIGHT OWL: Perdona, Duke. Estaba soñando despierta.
> DUKE: Bueno, ¿y ahora qué? ¿Voy a poder conocerte al fin? ¿Voy tumbarme contigo en la cama? ¿En algún lugar lejano?
> NIGHT OWL: Pronto. Muy pronto. Ahora tengo que ocuparme del siguiente nombre de la lista.

Simone pensó en la lista. No existía en ninguna parte, como no fuera en su cabeza. Pero era totalmente real. Cuando había matado al doctor Gregory Munro —el médico que había optado por creer a Stan, y no a ella—, había tachado mentalmente su nombre con un grueso trazo negro.

Lo mismo había hecho con Jack Hart. Ese había sido más difícil de rastrear. En la época en la que había escrito sobre la madre cruel y negligente que había abandonado a una niña de diez años, Hart era un periodista ambicioso. Su historia, la historia de Simone, había constituido para él una pieza jugosa para practicar el periodismo sensacionalista. Lo había ayudado a ascender en su carrera profesional… Pero ella había acabado en un centro de menores, sola, y había tenido que afrontar allí una nueva serie de horrores. Jack Hart le había arrebatado a su madre.

Simone pensó en su nueva víctima y sonrió. Iba a ser la mejor de todas.

$\mathcal{A}$l día siguiente, Erika llegó a Lewisham Row a las siete y media de la mañana. La habían convocado a otra sesión estratégica: una reunión organizada precipitadamente el día anterior cuando le explicó a Marsh que seguía trabajando en el caso y que ahora se enfrentaban a una asesina en serie.

Aparcó, se bajó del coche y se sumergió en el calor matutino. Las grúas rechinaban en torno a los rascacielos medio terminados. Se notaba un ambiente denso y húmedo, y se estaba formando una nube que iba adquiriendo un brillo acerado bajo la luz del sol. Cerró el coche con llave y se dirigió a la entrada principal. Se preparaba una tormenta, tanto en el exterior como en su vida profesional.

—Buenos días, jefa —saludó Woolf cuando entró en la recepción. El sargento se encorvaba sobre el periódico matinal, con un pastel de hojaldre medio deshecho en la mano izquierda. El artículo sobre Jack Hart del *Daily Star* estaba sembrado de trocitos de hojaldre. El titular decía: «ALARMA POR EL ASESINO EN SERIE EN EL CRIMEN DE JACK HART».

—Mierda —exclamó Erika apoyándose en el escritorio para echar un vistazo al artículo.

—Mire, incluso han sacado un suplemento —dijo Woolf enseñándole una revista, en papel negro satinado, que mostraba una foto gigantesca de Jack Hart mirando a la cámara. Sobre su cabeza, en mayúsculas, decía: «RIP»—. Hay que ver, no puede uno tocar estas páginas sin mancharse las manos —gimió el sargento, y le mostró las marcas negras que le había dejado la tinta del tabloide.

—Quizá no solo sea metafóricamente —murmuró Erika,
y pasó su tarjeta por el lector de la puerta.

—¿Realmente cree que lo mató una mujer? —preguntó
Woolf.

—Sí —respondió Erika y, abriendo la puerta, entró en la
zona principal de la comisaría.

Ya habían arreglado el aire acondicionado de la sala de
conferencias, lo que no hacía más que aumentar el ambiente
gélido de la reunión. En torno a la larga mesa se hallaban
sentados Erika, el comisario jefe Marsh, Colleen Scanlan, el
psicólogo criminal, Tim Aitken, y el subcomisario general
Oakley.

Este último fue directo al grano:

—Inspectora Foster, me preocupa seriamente que haya
llegado a la conclusión de que estos asesinatos han sido cometidos por una mujer.

—Señor, las asesinas en serie existen —respondió Erika.

—¡Eso ya lo sé! Pero en este caso las pruebas son muy
endebles. Lo que tenemos es una muestra de ADN extraída
de la huella de una oreja en la puerta trasera de Jack Hart...

—Señor, también hemos logrado recoger células cutáneas de la bolsa que le pusieron a Hart en la cabeza. Al parecer tardó unos minutos en asfixiarse, y creemos que forcejeó
y golpeó a la asesina en la cara.

Oakley hizo un gesto de duda, sin decir nada. Erika ya conocía esa técnica suya de quedarse callado. Con frecuencia,
inducía a la persona a la que estaba interrogando a farfullar,
o a soltar irreflexivamente algo que él utilizaba posteriormente para reforzar su argumentación. Ella también permaneció callada.

—Me gustaría saber qué puede aportar Tim al debate
—dijo Oakley mirando al psicólogo. El aludido levantó la
vista del cuaderno en que tomaba notas. Llevaba barba de varios días y su mata de pelo le sobresalía de la cabeza como un
penacho. Se expresó así:

—Las únicas pruebas convincentes de que se trata de
una mujer proceden de dos fuentes: la huella de una oreja,

plasmada en la puerta trasera, y la bolsa de plástico. Ambas pueden explicarse de muchas maneras. La puerta había sido repintada recientemente, seis semanas antes del asesinato, así que la huella podría haberla dejado una empleada de la empresa. Hace unos años, se utilizó ese mismo tipo de huella en el juicio de un caso de robo con allanamiento que terminó en el asesinato de un matrimonio, y se empleó para procesar a un hombre que, según se descubrió más tarde, había estado trabajando en la casa de forma totalmente legal como fontanero.

—¿Y cómo explica lo de la bolsa de plástico? —inquirió Erika.

—Jack Hart guardaba las herramientas y los accesorios de jardinería en el lavadero. Además, según el informe acerca de la escena del crimen, había dos cajones que contenían bolsas de basura, bolsas para congelar alimentos y periódicos viejos. Es factible que la misma pintora-decoradora hubiera abierto esos cajones y contaminado la bolsa de plástico con su ADN.

—El arma asesina no era una bolsa ordinaria de plástico. Era una bolsa de suicidio o «bolsa *exit*». Un objeto especial que se encarga por Internet.

—Sí, pero esa bolsa de suicidio es muy parecida a las de tipo industrial y a las provistas de cierre que se usan en el hogar y también en bricolaje. Dejando aparte las pruebas físicas de momento, el perfil del asesino corresponde más bien a un varón. No deberíamos olvidar que en el asesinato de la primera víctima había un elemento homosexual... Y ambos aparecieron desnudos en la cama. No quiero incurrir en estereotipos, pero las asesinas en serie son extremadamente raras, y necesitamos pruebas más concretas antes de abandonar la hipótesis de que se trata de un hombre.

—¿Está diciendo que deberíamos hacer caso omiso de las pruebas forenses y concentrarnos en las estadísticas? —preguntó Erika.

—La repercusión en los medios ha sido enorme —la interrumpió Colleen, que tenía delante un montón de periódicos del día—. Debemos hacer una declaración. Pero tengamos presente que, para la prensa, cuando no pasa gran cosa, aparte

205

de la ola de calor, estamos en la época de las «serpientes de verano». La historia de un asesino en serie va a hacer furor.

—Yo creo que el autor de estos asesinatos es una mujer —afirmó Erika—. Si el ADN de la huella de la oreja hallada en el exterior de la puerta trasera fuese la única prueba, propondría que actuáramos con cautela. Pero el ADN femenino está también en la bolsa empleada para matar a Jack Hart. Y pronto contaremos con información directa del proveedor de esa bolsa: una página web que ha accedido a facilitarnos los datos de los compradores. Tenemos más probabilidades de atrapar al asesino si centramos nuestras pesquisas en una mujer. Propongo que hagamos una reconstrucción. Me gustaría que Colleen contactara con el programa de la BBC *Crimewatch*, que emitirá su espacio mensual dentro de unos días. Podemos reconstruir los últimos movimientos de Gregory Munro y Jack Hart en los días previos a sus respectivos asesinatos.

Se produjo un silencio. Colleen miró a Marsh y a Oakley.

—Ha estado muy callado, Paul —le dijo Oakley al comisario jefe.

—Apoyo la postura de la inspectora jefe Foster —dijo Marsh—. Me da la impresión de que este es un caso único y, teniendo en cuenta las pruebas de ADN, creo que sería prudente concentrarse en la búsqueda de una mujer. Como medida de precaución, yo le propondría a Erika que sigamos también una línea de investigación basada en la hipótesis de que esa mujer haya podido actuar en tándem con un hombre. Deberíamos pedir a la población que tenga esa posibilidad en cuenta.

—Pero, prácticamente, no existen precedentes de una cosa así —opinó Oakley—. En todos mis años de trabajo policial, jamás hemos puesto en marcha una operación de búsqueda de una asesina en serie.

—Quizá debería prescindir un poco más de las estadísticas, señor —dijo Erika.

Marsh le lanzó una mirada fulminante.

—Muy bien, Foster, la decisión es suya. Aunque estaré supervisando la investigación muy de cerca —sentenció Oakley.

Υ

Erika salió de la reunión y bajó la escalera hacia el centro de coordinación, animada por su victoria. Oyó que se abría la puerta en el piso de arriba. Al alzar la vista y ver que era Marsh, aguardó a que le diera alcance. Se detuvieron en el rellano, desde cuyo ventanal se dominaba la inmensa extensión del Gran Londres. En el horizonte se estaba formando un frente de nubes oscuras.

—Gracias por su apoyo, señor. Habremos de trabajar en la reconstrucción de *Crimewatch*.

—Una reconstrucción en la tele es una gran oportunidad. No la vaya a pifiar.

—No, señor.

—Erika, estoy convencido al cincuenta por ciento de que se trata de una mujer. Pero usted decide.

—Tengo un buen historial, señor. Y usted sabe que raramente me equivoco en estas cosas. Siempre doy en el clavo.

—Lo sé.

—Y hablando de mi historial, ¿alguna noticia sobre mi ascenso?

—Atrape a esa loca hija de puta, y ya hablaremos de ascensos. Ahora debo irme. Manténgame informado.

Ella se quedó en el rellano, contemplando la ciudad a través del enorme ventanal.

«Es curioso lo mucho que tenemos en común, la asesina y yo —pensó—. Ambas nos vemos cuestionadas en nuestras capacidades por ser mujeres.»

41

*U*nos días más tarde, Erika y Moss volvieron a la casa de Laurel Road para ver cómo filmaban la reconstrucción televisiva para el programa *Crimewatch*. La ola de calor había desembocado en una tormenta y la lluvia caía torrencialmente, acribillando con un tremendo fragor el techo de las dos furgonetas de la BBC aparcadas en lo alto de la calle.

Ambas policías, refugiadas bajo un paraguas gigante frente a una de las furgonetas, observaron cómo ensayaba el actor escogido para interpretar a Gregory Munro: recorría la calle y entraba en el número catorce: un operador, envuelto en un gran poncho impermeable transparente, lo seguía con una cámara adosada al cuerpo mediante un arnés metálico negro. Los demás miembros del equipo de la televisión se apretujaban bajo sus paraguas junto al muro de enfrente. Los vecinos que no estaban en el trabajo observaban la escena con curiosidad, guarecidos bajo sus porches.

Al pie de la calle, tras unas vallas metálicas, se agolpaba un montón de periodistas y de gente corriente que seguía los acontecimientos sin perder detalle.

Los responsables del programa habían explicado a Erika y a Moss que resulta difícil que la lluvia aparezca en una filmación, pero, mientras ellas observaban el ensayo, se veía cómo el agua de la lluvia bajaba a raudales por la calle, rebalsando por encima del bordillo y acumulándose entre gorgoteos en los desagües.

—Me temo que este aguacero no va a servir para estimular los recuerdos de la gente de una calurosa noche de verano

—dijo Erika, y dio una calada a su cigarrillo. Un joven asistente, equipado también con un poncho impermeable transparente, se les acercó; llevaba en la mano una tablilla sujetapapeles. Lo acompañaba una chica bajita y morena, vestida con pantalones de chándal y jersey negros. Ambos se guarecían bajo un paraguas enorme.

—Hola, ¿quién de ustedes es la inspectora jefe Foster? —preguntó el joven.

—Soy yo. —Y añadió—: Esta es la inspectora Moss.

Todos se estrecharon las manos.

—Yo me llamo Tom, y esta es Lottie Marie Harper, que ha sido escogida para el papel de la asesina.

La chica era baja, de complexión fuerte y cabello oscuro. Tenía la boca pequeña y, al sonreír, mostraba los dientes inferiores.

—Esto es bastante extraño —dijo Lottie con un refinado acento. Alzó una mano y comprobó que el moño se le mantenía todavía en su sitio—. Nunca he interpretado a una asesina. ¿Qué más pueden contarme? Mi agente no me ha dado muchos detalles…

Erika interrogó con la mirada al asistente.

—No se preocupe —dijo el joven—. Le hemos hecho firmar el acuerdo de confidencialidad.

La inspectora asintió y le explicó a la chica:

—Es muy metódica. Creemos que se prepara a conciencia y estudia por anticipado las casas de las víctimas. En ambos casos, entró furtivamente y estuvo al acecho, esperando a que las víctimas llegaran y bebieran o comieran algo donde ella había echado previamente un sedante.

—¡Me toma el pelo! —exclamó Lottie llevándose a la boca una manita, de impecable manicura.

—Me temo que no —dijo Moss.

—No quiero ni imaginarme a alguien entrando a hurtadillas en mi apartamento, y menos todavía haciéndolo varias veces para informarse sobre mí…

Moss abrió la carpeta de plástico que llevaba bajo el brazo y buscó la fotografía de la asesina bajo la cama de Jack Hart. La habían ampliado digitalmente para aproximarse lo máximo posible a un primer plano de esa figura agazapada.

Realmente daba escalofríos mirarla. La parte inferior de la cara resultaba visible, pero la parte restante —de la nariz para arriba— se desvanecía en las sombras. La boca era pequeña y casi idéntica a la de la joven actriz.

—Esta mitad de la cara coincide a la perfección —observó Erika sosteniendo la fotografía junto al rostro de Lottie—. Me imagino que hará algunos primeros planos, ¿no?

—El director lo tiene previsto, sí —aseguró el asistente.

Lottie cogió la foto y la miró unos instantes en silencio; el repiqueteo de la lluvia resonaba sobre los paraguas.

—Y todo esto ha ocurrido realmente en esa casa —musitó echando un vistazo al número catorce.

—Sí. Y vamos a atraparla con la ayuda que usted va a prestarnos hoy —dijo Moss—. ¿Seguro que está dispuesta? Parece demasiado dulce y amable para ser una asesina.

—He estudiado en la Royal Academy of Dramatic Art —le replicó la chica con un tonillo de suficiencia, y le devolvió la foto. Hubo un silencio incómodo que se interrumpió cuando se acercó el director, un hombre alto, de cara rubicunda y aspecto entusiasta.

—Bien, ya estamos listos para empezar —dijo—. Disponemos de tres horas. Cuando acabemos, nos trasladaremos a la unidad de Dulwich para filmar la secuencia del segundo asesinato.

Se alejaron los tres, dejando solas a Erika y a Moss bajo el paraguas. El ruido de la lluvia sobre la furgoneta que tenían detrás se recrudeció.

—¿Le inquieta que hayamos adoptado esta hipótesis: la idea de que una mujer bajita como esta sea la asesina? —preguntó Moss—. Ya ha visto lo que está diciendo la prensa.

—Lo que me parece extraño es que si investigamos una violación o un asesinato cometido por un hombre, todo el mundo lo acepta sin más. Los hombres violan a las mujeres, y las asesinan también, pero nadie parece creer que necesiten un «motivo» para hacerlo… En cambio, si una mujer hace lo mismo, la sociedad entera se lanza a emitir opiniones y análisis interminables sobre las razones y los motivos…

Moss asintió y completó la teoría:

—Y este caso encaja con el perfil de una asesina en serie.

Las mujeres suelen matar de una forma mucho más premeditada y bien planeada. Y el envenenamiento es con mucha frecuencia el método empleado por una asesina múltiple.

—Aunque esta combina el envenenamiento con la violencia; y acecha a las víctimas de noche —añadió Erika.

—La «Cazadora Nocturna»... Así la llamaba hoy *The Sun*.

—Ya lo he visto.

—Suena bien. Ojalá se me hubiera ocurrido a mí —dijo Moss con una sonrisa.

—Sí, bueno. Ya se lo recordaré en el futuro, cuando suframos las consecuencias.

Miraron calle abajo, donde Lottie ensayaba con el director y el operador. Un trueno retumbó a lo lejos. En el otro extremo de la calle, detrás de las vallas, los grupos de fotógrafos disparaban sus cámaras y los curiosos observaban boquiabiertos con los móviles en ristre. Entre esa audiencia, los actores escogidos por su parecido con los protagonistas y el equipo entero de filmación, toda la escena parecía una farsa, una enorme pantomima.

—¿No le preocupa que nos hayamos equivocado? —preguntó Moss.

—Sí —afirmó Erika—. Pero me preocupan más cosas. Yo debo escuchar a mi instinto. Y mi instinto me dice que la asesina es una mujer; y que el hecho de verse a sí misma en la pantalla quizá la empuje a hacer una estupidez, a cometer un desliz.

En ese preciso momento sonó su teléfono. Lo sacó del bolso y respondió.

—Jefa, soy Crane... ¿Tiene un instante?

—¿Qué sucede?

—¿Se acuerda del prostituto que estuvo en casa de Gregory Munro, ese tal JordiLevi?

—Sí.

—Bueno, continué investigando y contacté con uno de nuestros investigadores encubiertos de Internet, que creó un perfil falso en Rentboiz y ha intercambiado con él varios mensajes, haciéndose pasar por un cliente. Han quedado. Hoy.

—¿Dónde?

—En el *pub* The Railway, en Forest Hill. Esta tarde a las cuatro.

—Magnífico trabajo, Crane. Nos vemos allí a las cuatro menos cuarto.

Cortó la llamada y le transmitió la información a Moss.

—Yo me quedo aquí para supervisar a nuestra asesina en serie —decidió Moss, mirando a Lottie, que siempre bajo un paraguas esperaba a que una mujer acabara de maquillarla.

—Sí, no me cabe duda —dijo Erika sonriendo.

42

*T*he Railway, en Forest Hill, quedaba muy cerca de donde vivía Estelle, la madre de Gregory Munro, un detalle irónico que no se le escapó a Erika al aparcar el coche.

El *pub* era un local anticuado, decorado por fuera con baldosas de porcelana y faroles de latón sobre los ventanales; sobre el aparcamiento, habían montado un gran rótulo oscilante.

Había una terraza de verano que se prolongaba hasta el interior del aparcamiento, y Erika vio en una de las mesas a Crane. Estaba solo, procurando no llamar la atención entre el numeroso público que disfrutaba de una copa bajo el sol vespertino.

—Acaba de entrar hace un par de minutos —dijo levantándose, cuando ella se acercó.

—Bien. ¿Qué foto han utilizado en el perfil? O sea, ¿con quién cree que va a reunirse? —preguntó Erika, caminando entre las mesas hacia la entrada.

—La foto del agente Warren… Pensé que convenía alguien un poco más guapo que yo.

—No se subestime. Como decía mi marido, cada olla tiene su tapa.

—Me lo tomaré como un cumplido. —Crane sonrió.

El interior del *pub* contaba con todos los equipamientos originales, aunque habían pintado las paredes de blanco y añadido luces amortiguadas. Sobre la barra, además, había una carta con pretensiones y precios elevados. No había mucha clientela, y Erika identificó sin más al joven. Estaba sentado en un reservado del rincón, con media pinta de cerveza y un chupito entre las manos.

—Bueno, ¿cómo lo hacemos? —murmuró Crane.

—Con tacto y delicadeza —respondió Erika—. Suerte que ha escogido un reservado.

Se acercaron a donde estaba el joven, y cada uno se situó a un lado del asiento curvado para evitar que saliera corriendo. Iba con un reluciente chándal de color rojo y negro y llevaba el pelo hasta los hombros, peinado con raya en medio.

Ambos sacaron la placa.

—¿JordiLevi? —preguntó Erika—. Soy la inspectora jefe Foster y este es el sargento Crane.

—¿Qué? Estoy tomando una copa. No es nada ilegal...

—Y está esperando a este tipo, con el que ha concertado una cita —le espetó Crane sacando la foto de Warren.

—Eso usted no lo sabe.

—Lo sé, porque yo he concertado la cita.

—Bueno, no tiene nada de ilegal quedar con alguien en un *pub* —dijo él dejando el vaso del chupito con un golpe.

—Es verdad —aceptó Erika—. Pero nosotros queremos hablar con usted. ¿Qué quiere tomar?

—Vodka doble. Y unas patatas fritas.

Ella asintió y tomó asiento. Crane fue a la barra.

—JordiLevi, ¿sabe por qué queremos hablar con usted?

—Puedo arriesgar una conjetura —contestó él, que apuró su cerveza y dejó el vaso sobre la mesa.

—No somos de la Brigada contra el Vicio. No nos interesa lo que hace para ganarse la vida —aclaró ella.

—¡Lo que hago para ganarme la vida! Ni que fuera higienista dental, joder...

—Estoy investigando el asesinato de Gregory Munro, un médico de cabecera de la zona. Lo mataron hace diez días. —Sacó una foto del bolso—. Es este hombre.

—Bueno, yo no lo hice —dijo el chico sin mirar apenas la foto.

—Nosotros no creemos que lo hiciera usted. Pero un vecino lo vio salir de su casa unos días antes de su muerte. ¿Puede confirmar que estuvo allí?

El joven se arrellanó en el asiento, encogiéndose de hombros, y replicó:

—No llevo un calendario. Los días se me confunden.

—Solo queremos saber qué ocurrió y si vio algo. Nos será de gran ayuda para nuestra investigación. Usted no es sospechoso. Vuelva a mirar la foto, por favor. ¿Lo reconoce?

JordiLevi bajó la vista hacia la foto y asintió.

—Sí, lo reconozco.

Crane reapareció con las bebidas en una bandeja. Le pasó al chico el vodka doble y las patatas, y le dio a Erika uno de los dos vasos de Coca que llevaba; entonces se situó en el asiento por el lado opuesto. JordiLevi se remetió el pelo por detrás de las orejas y abrió la bolsa de patatas. Despedía cierto tufo a sudoración y tenía las uñas mugrientas.

—De acuerdo. Tenemos que confirmar si estuvo en la casa de Gregory Munro algún día entre el lunes veinte de junio y el lunes vieintisiete de junio. ¿Es así? —preguntó Erika.

Él se encogió otra vez de hombros.

—Creo que sí.

Erika dio un sorbo a su Coca.

—En su opinión, ¿Gregory Munro era gay?

—Él no me dijo su nombre real; y sí, era gay —replicó JordiLevi, con la boca llena de patatas.

—¿Está completamente seguro?

—Bueno, si no lo era, no sé qué hacía mi polla en su culo.

Crane alzó las cejas de golpe.

Erika prosiguió:

—¿Cómo quedó con él?

—Puse un anuncio en Craigslist.

—¿Qué clase de anuncio?

—Un anuncio que sirve para que yo quede con tipos y para que ellos me hagan un donativo. Hacer donativos no es ilegal.

—¿Y Gregory Munro le hizo un donativo?

—Sí.

—¿De cuánto?

—Cien libras.

—¿Y usted se quedó toda la noche?

—Sí.

215

—¿De qué hablaron?

—No hablamos mucho. Durante gran parte del tiempo yo tenía la boca llena... —Sonrió con suficiencia.

Erika sacó una de las fotos de la escena del crimen y la puso sobre la lustrosa superficie de madera, delante del joven.

—¿Lo encuentra divertido? Mire. Aquí tiene a Munro tendido en la cama, con las manos sujetas y una bolsa de plástico atada sobre la cabeza.

JordiLevi tragó saliva al ver la fotografía. El poco color que tenía en la cara desapareció en el acto.

—A ver, por favor. Esto es muy importante. Dígame todo lo que sepa de Gregory Munro —pidió Erika.

El chico dio un trago de vodka.

—Era igual que todos los hombres casados cargados de culpabilidad. Se mueren de ganas de echar un buen polvo, pero después se sienten tremendamente culpables y se les saltan las lágrimas. La segunda vez que fui a su casa, estaba nerviosísimo. No paraba de preguntarme si yo me había llevado su llave.

—¿Qué llave?

—La de la puerta de su casa.

—¿Por qué?

—Creía que yo era un puto ladrón... Muchos creen que vas a robarles. Me preguntó también si había entrado en su casa mientras él estaba fuera.

Erika echó una ojeada a Crane.

—¿Usted había hecho eso?

Él negó con la cabeza y añadió:

—Me dijo que habían cambiado cosas de sitio.

—¿Qué cosas?

—Había ropa interior esparcida sobre la cama... Se le veía realmente asustado con toda esa historia.

—Gregory Munro estaba divorciándose —explicó Erika con excitación—. ¿Cree que podría haber sido su esposa?

—Él dijo que no podía ser ella. Acababa de cambiar las cerraduras. Nadie más tenía la llave. Llamó a una mujer de una empresa de seguridad para que lo revisara todo.

Erika y Crane volvieron a cruzar una mirada.

216

—¿Usted vio a esa mujer?

—No.

—¿Él le dijo qué aspecto tenía?

—No.

—De acuerdo. ¿Recuerda si mencionó cuándo había ido esa mujer a la casa?

El chico frunció los labios, tratando de recordar.

—No sé. Espere; fue la segunda vez que fui. Ella acababa de estar allí. Y él parecía muy aliviado porque se lo había revisado todo de arriba abajo.

—¿Recuerda si era un lunes? En ese caso, se trataría del lunes veinte de junio.

JordiLevi hizo otra mueca ante la foto, mordiéndose el labio.

—Humm, sí... Sí, estoy casi seguro de que era un lunes.

Erika buscó en su bolso, sacó tres billetes de veinte y se los ofreció a JordiLevi.

—¿Qué es esto? —preguntó él mirando el dinero.

—Un donativo.

—Yo había acordado cien libras.

—No está en posición de negociar.

Él retiró el dinero, recogió una pequeña mochila de debajo de la mesa y salió del reservado, rozando a la inspectora.

—Estamos rematadamente cerca —opinó Crane cuando ya llevaban unos minutos solos—. ¿Cree que ella misma fingió un robo y volvió el lunes veinte de junio, haciéndose pasar por empleada de GuardHouse Alarms?

—Sí. ¡Maldita sea! Ojalá la hubiera visto ese chico. Habríamos podido aportar un retrato robot a la reconstrucción de *Crimewatch* —dijo Erika.

En ese momento la puerta del bar se abrió, y ella se irguió bruscamente en el asiento. Gary Wilmslow acababa de entrar con un hombre alto de pelo oscuro, que iba con vaqueros y una camiseta del club de fútbol Millwall. Los acompañaba un niño que Erika identificó en el acto: era Peter, el hijo de Gregory Munro.

—¡Santo Dios! Lo que nos faltaba —exclamó Crane.

Los tres se dirigieron a la barra. Gary reparó en ellos; le dijo algo al hombre de pelo oscuro y se acercó con Peter.

—Buenas tardes, polis —dijo con desdén.

—Hola —contestó Erika—. ¿Qué tal, Peter?, ¿cómo estás?

El niño alzó la vista hacia ella; estaba pálido y ojeroso.

—Mi padre se ha muerto... Ayer cavaron un hoyo en la tierra y lo metieron dentro —dijo con voz monocorde.

—Lo siento —musitó Erika.

—¿Este es su novio? —inquirió Gary señalando con la cabeza a Crane.

—No; soy el sargento Crane —dijo él mostrando su placa.

—¡Vaya! ¿A qué viene la placa? —se mofó Gary.

—Usted ha preguntado quién era —replicó Erika.

La situación se puso tensa. Gary los miró alternativamente.

—Bueno, ¿y qué hacen dos polis aquí? ¿Tomando una copa en mi *pub*?

—Hay un montón de *pubs* por aquí, Gary —dijo Crane.

—¿Quién es su amigo? —preguntó Erika mirando al tipo de la barra, que estaba pagando una ronda.

—Un socio de negocios... Bueno, me voy con él.

—¿Estás bien, Peter? ¿Va todo bien? —preguntó Erika sin poder contenerse, observando el aire lánguido del niño.

—Su padre acaba de morir. Qué pregunta más estúpida —bramó Gary.

—Eh, vaya con cuidado —le advirtió Crane.

—Voy con cuidado. Y ahora me marcho.

Se alejó de la mesa, llevándose a Peter. A Erika le entraron ganas de coger al crío y sacarlo de allí, pero era consciente de que habría sido una locura. ¿Cómo podría justificar ese arranque, sin hacer saltar por los aires una investigación encubierta a gran escala?

Erika y Crane abandonaron el local y salieron al sol. Las mesas de la terraza ahora estaban llenas. La inspectora reconoció a un hombre alto y flacucho que se hallaba sentado junto a una mujer delgada. Ella se encorvaba sobre su móvil, tecleando un mensaje. Iba con una camiseta sin mangas de finos tirantes, tenía la nariz prominente y el rubio cabello recogido en una cola. Él era de tez pálida, cubierta de marcas de acné, y llevaba el pelo largo y grasiento hasta los hombros, peinado hacia atrás, dejando a la vista una amplia frente. Vestía una camiseta y unos pantalones cortos de color beis.

Erika, que caminaba entre las mesas por delante de Crane, los abordó directamente

—¿Inspector Sparks? —dijo deteniéndose junto a su mesa.

—Inspectora Foster —dijo él, sorprendido. La mujer se irguió en la silla y lanzó una mirada hacia la ventana del *pub*.

—¿Día libre? ¿Tomando una copa? —preguntó Erika siguiendo la mirada de la mujer.

—Humm, más o menos —contestó Sparks.

Crane llegó a la altura de la inspectora.

—Hombre, Sparks, cuánto tiempo sin vernos... ¿Dónde trabaja ahora? —preguntó.

—Humm... Dirijo mi propio equipo de Investigación Criminal, en el norte de Londres —dijo él mirándolos a los dos—. Esta es la inspectora Powell —añadió.

Todos intercambiaron saludos.

—Crane, ¿le importa esperarme en el coche? —pidió Erika.

—Vale. —Crane le lanzó una mirada extraña y se alejó.

—Así que están aquí los dos, en día laborable, tomando una copa en el sur de Londres y procurando pasar desapercibidos. ¿No tendrá algo que ver con Gary Wilmslow? —inquirió Erika, una vez que Crane se hubo alejado.

—Disculpe, ¿usted quién es? —preguntó la mujer.

—Inspectora jefe Erika Foster, antigua colega de Sparks —respondió en voz baja—. Ahí dentro, en el *pub*, tienen a un par de tipos gravemente implicados en la producción de vídeos de abusos sexuales infantiles, acompañados de un niño pequeño.

—Lo sabemos... —murmuró la mujer.

Sparks se inclinó sobre la mesa y susurró:

—Tiene usted que dar media vuelta y alejarse, Foster. Esto es una operación de vigilancia encubierta.

—La Operación Hemslow, ¿no? —dijo ella.

Sparks y Powell se miraron.

—Sí, Erika. Nos han reclutado como refuerzo adicional —dijo Sparks espiando las ventanas del *pub*—. Y debe marcharse enseguida, antes de ponernos en evidencia.

—Ya, pues llaman más la atención que un pulpo en un garaje. ¿Se hacen una idea de lo vulnerable que es ese niño ahora mismo? Peter, se llama el crío.

—Ya lo sabemos. Y si no se va de inmediato y acaban descubriéndonos, hablaré con su superior —amenazó Sparks.

Erika les lanzó una larga mirada y se alejó por fin.

—¿Qué era toda esa historia, jefa? —le preguntó Crane cuando subió al coche.

—Nada —respondió Erika, todavía temblando.

—No había visto a Sparks desde que usted hizo que lo apartaran del caso de Andrea Douglas-Brown... No es el mejor poli del mundo, ¿eh? Desde luego no es lo que se llama un hombre concienzudo.

—No, no lo es.

—¿Ella era su novia?

—No creo.

—Ya decía yo. Esa chica está un poquito por encima de sus posibilidades. Bueno, la mayoría de las mujeres lo están. En fin, tenemos otra identificación positiva de una mujer en la casa de Gregory Munro. Todo un éxito, diría yo.

—Sí.

Cuando se alejaban con el coche, ella pensó en el pequeño Peter, ahí dentro con Gary Wilmslow y con su «socio», y se sintió totalmente impotente.

$\mathcal{A}$ la noche siguiente, tras una larga semana de trabajo, Isaac Strong se hallaba tendido en el sofá con Stephen Linley. Acababan de disfrutar de una cena que Isaac había preparado especialmente para celebrar que Stephen había terminado la novela y se la había entregado al editor.

—¿Quieres más *champagne*, Stevie? —preguntó Isaac.

—¿Te refieres a esa botella que está en la cubitera, con una servilleta blanca alrededor? —dijo Stephen, que tenía la cabeza apoyada en el pecho de Isaac.

—¿Qué tiene de malo hacer las cosas como es debido? —murmuró Isaac, plantándole un beso en la frente.

—No conozco a nadie que sirva el *champagne* en casa como si lo estuviera tomando en un restaurante —dijo Stephen riendo. Se desplazó para que Isaac pudiera incorporarse—. ¿Y dónde la conseguiste? —preguntó señalando con su copa la cubitera, que estaba junto al sofá sobre un pie metálico.

—En el catálogo Lakeland —respondió Isaac y, alzando la botella entre un tintineo de hielo, llenó las dos copas.

—¿Y el pie?

—Es de la morgue. Normalmente, pongo encima la sierra para cortar huesos y los escalpelos… He pensado que sería un detalle adecuadamente macabro usarlo para celebrar tu nuevo libro.

—¡El señor Puritano robando material de trabajo para mi celebración! Es un verdadero honor —exclamó Stephen, y dio un sorbo al *champagne* fresco y burbujeante. Isaac volvió a tumbarse en el sofá. Pero sonó en la cocina el timbre de un temporizador y se levantó de nuevo para apagarlo.

—¿No me digas que hay otro plato? —gimió Stephen.

—No. Lo he puesto porque ahora empieza *Crimewatch*.

—¡Jo! ¿Otra vez hemos de hablar de tu horrible amiguita poli, con sus bruscos modales y su insulso corte de pelo?

—Erika no tiene modales bruscos. Ni un corte de pelo insulso.

—Bueno, lleva un cabellera de estilo funcional. ¿Es lesbiana?

Isaac suspiró.

—No; estuvo casada, ya te lo conté… Es viuda.

—El tipo se suicidó, ¿verdad?

—Murió en acto de servicio…

—¡Ah, sí! —dijo Stephen, y dio otro sorbo de *champagne*—. Ahora me acuerdo, la redada de narcotráfico. Ella fue responsable de la muerte de su marido y de la de otros cuatro miembros de su equipo… Sería un buen argumento, ¿sabes?

—Stephen, no seas cruel. No me gusta cuando te pones así.

—Ese es el tipo que has escogido. —Y sonrió—. Soy una bruja brutal… Pero, bueno, le cambiaré el nombre.

—No se te ocurra meter eso en un libro… Y ahora vamos a mirar *Crimewatch*. Es un caso en el que he trabajado. Y tengo un interés profesional, además del personal.

Isaac cogió el mando y encendió la televisión. Aparecieron los rótulos iniciales de *Crimewatch*.

—Por tanto, es un doble crimen, un asesino en serie, ¿no?

—Sí.

—Eso sí que fue un bombazo. Jack Hart, ¿verdad? —dijo Stephen.

—¡Chist! —siseó Isacc.

Miraron en silencio. El presentador exponía los datos básicos del caso:

—La primera víctima fue el doctor Gregory Munro, un médico de cabecera de la zona de Honor Oak Park, en el sur de Londres. Fue visto por última vez cuando volvía a casa del trabajo, alrededor de las siete de la tarde del veintisiete de junio…

El actor que interpretaba a Gregory caminaba hacia la

casa de Laurel Road. Aún era de día. Un grupo de niños pequeños saltaban a la comba en la calle.

—Eso no es realista. ¿Quién deja jugar a sus hijos hoy en día en la calle? —masculló Stephen, y dio otro sorbo de *champagne*—. Están todos encerrados. Los padres los retienen en casa, y los chavales se pasan el rato sentados manejando sus móviles y sus ordenadores… ¿Y cuál es el método principal de los pedófilos para llegar a los menores? Engatusarlos a través de Internet. Es absurdo…

—¡Chist! —repitió Isaac.

En la pantalla, la joven actriz vestida de negro caminaba por un sendero oscuro rodeado de maleza que discurría por la parte trasera de la casa. La cámara pasaba a ofrecer un primer plano de su cara, bruscamente iluminada por un tren que pasaba traqueteando por las vías de detrás.

—Es muy mona —dijo Isaac.

—Bastante delicada —asintió Stephen—. ¿De veras creen que se trata de una mujer? Esta no pasa de ser una chica bajita…

A continuación aparecía una panorámica de la parte trasera de la casa, vista desde el sendero. La chica alzaba la mano y apartaba la rama de un árbol, y entonces se veía al actor que interpretaba a Gregory Munro moviéndose por la cocina. Ella se cubría la cabeza con una capucha ceñida, se agazapaba, cruzaba la valla a rastras y entraba en el jardín.

—¿Cómo saben todo esto? —preguntó Stephen.

—No puedo comentar contigo los detalles del caso —le replicó Isaac—. Ya lo sabes.

—Estamos viendo la BBC un viernes por la noche, junto con varios millones de sádicos más. Yo diría que ya se ha descubierto el pastel —comentó Stephen poniendo los ojos en blanco—. Venga, vamos a poner una peli porno y te dejaré que me folles. Estoy borracho y cachondo…

—Stephen, ¡tengo que ver este programa!

Miraron cómo se deslizaba la mujer por el césped y cómo forzaba una ventana lateral y entraba en la cocina.

—La idea resulta espeluznante —dijo Stephen—. Una persona acechándote, moviéndose con sigilo por tu casa sin que te des cuenta…

44

Simone había tenido un buen día en el trabajo. Había podido pasar un tiempo precioso con Mary. El doctor la había visitado en su habitación y había dicho que mostraba signos de mejora; incluso había sugerido que tal vez podría despertar. Por suerte, no había comentado nada del morado que tenía en la sien. Debía de haber dado por supuesto que se lo había hecho antes de ser ingresada en el hospital. En conjunto, todo eran buenas noticias. Mary se iba a recuperar y Simone estaría a su lado cuando le dieran el alta. Ella tenía en casa dos habitaciones libres; las pintaría con unos preciosos tonos pastel, y Mary podría escoger entre las dos. Aunque la enfermera confiaba en que la mujer no se recuperase tan deprisa. Aún le quedaba un nombre en la lista, y debía hacer preparativos.

Antes de salir, decidió preparar su comida favorita: macarrones con queso en lata, espolvoreados con pan rallado y con parmesano. Llevó el cuenco humeante en una bandeja a la sala de estar, que estaba desordenada y llena de periódicos y revistas apilados en grandes montones en torno a los desvencijados muebles. Se sentó en el sofá, encendió la televisión e hizo un zapeo hasta encontrar el canal para mirar *Coronation Street*. Se detuvo de golpe, con la vista fija en la pantalla. Durante unos momentos, pensó que volvía a sufrir alucinaciones.

Pero esto era diferente.

Las alucinaciones estaban produciéndose en la televisión. Con morbosa fascinación, vio cómo se desplazaba por la casa de Jack Hart una mujer que guardaba cierto parecido con ella.

Ladeó la cabeza, desconcertada.

La de la pantalla era una chica menuda, de rasgos delicados y atractivos. Simone, en cambio, era achaparrada y fornida. Su amplia frente estaba siempre fruncida, incluso cuando se relajaba, y sus ojos azules eran insulsos, en lugar de chispeantes como los de aquella chica.

En la pantalla, la chica estaba espiando a un hombre parecido a Jack Hart: lo observaba, mientras se duchaba, por la rendija de la puerta del baño, y después entraba en el dormitorio. Simone reparó en la cintura de la actriz: estrecha y bien definida; ella, por el contrario, era recta de arriba abajo, con una leve curvatura en la columna.

Sonó la sintonía de *Crimewatch*, y la imagen volvió al plató de televisión. El presentador comentó:

—Como he dicho antes, hemos obviado los detalles más perturbadores de la reconstrucción. Contamos esta noche en el estudio con la presencia de la inspectora jefe Erika Foster. Buenas noches...

Simone se echó hacia delante y observó por primera vez a la agente de policía que dirigía la investigación. Era una mujer, una mujer pálida y delgada, de cabello rubio y corto y de suaves ojos verdes; y por un momento pensó que eso era positivo, porque una mujer tal vez la entendería y la compadecería por lo que había sufrido. Pero a medida que escuchaba a la inspectora Foster, se fue llenando de rabia por dentro. La sangre le rugió en los oídos.

—Queremos pedir información a todo el mundo. Si han visto a esta mujer, o se encontraban en la zona las noches en que se produjeron los asesinatos, pónganse por favor en contacto con nosotros. Creemos que se trata de una mujer de baja estatura. Pero debemos advertirles que no se acerquen a ella: es una persona peligrosa y profundamente perturbada.

Simone notó una sensación de dolor; bajó la vista y vio que sus manos se retorcían incontroladamente dentro del cuenco humeante de macarrones. La salsa de queso le rezumaba entre los dedos. Volvió a alzar la mirada y vio a aquella zorra en la pantalla, la oyó repetir que buscaban a una mujer trastornada que quizá había sufrido problemas psi-

225

quiátricos. Barrió la bandeja de un mandoble y el cuenco se estrelló contra la pared.

—¡Yo soy la víctima! —le gritó a la pantalla levantándose—. ¡La víctima, puta asquerosa! ¡Tú no sabes NADA de los años de maltratos! ¡No sabes lo que él me hizo! —Apuntó con el dedo hacia arriba, hacia el dormitorio conyugal—. ¡Tú no sabes NADA! —gritó. Una salpicadura de la sintética salsa de queso se estampó justo sobre la cara de la inspectora Foster.

—Así pues, si saben cualquier cosa, llamen o envíen un mensaje, por favor. Su información será tratada con toda confidencialidad. El número de teléfono y el correo electrónico los tienen en la base de la pantalla —concluyó el presentador.

Simone, aún temblando, fue al ordenador que tenía bajo el hueco de la escalera. Se sentó y se acercó el teclado, sin darse cuenta de que sus manos eran un amasijo de salsa de queso y de piel roja y escaldada.

Tecleó en Google: «INSPECTORA ERIKA FOSTER», y se dedicó a examinar los resultados. Su respiración se fue serenando a medida que se perfilaba un plan en su mente.

45

*Y*a era tarde cuando el coche del estudio de televisión dejó a Erika en su casa, en Forest Hill. Al entrar en el piso, la visión de la sala de estar le resultó deprimente. Había ido otras veces a la televisión y realizado varios llamamientos públicos, pero esta vez había sido distinto: la sesión había tenido lugar en un plató propiamente dicho, y se había sentido más bien nerviosa. Moss le había sugerido que se imaginara que estaba hablándole a una familia y que la visualizara sentada en su sala de estar.

Pero a la única persona que Erika había conseguido visualizar era a Mark. Había recordado la forma que tenía de repantigarse en el sofá, arrebujándose ella bajo su brazo. Eso era lo único que había imaginado durante la emisión en directo. Y ahora que estaba en casa, se dio cuenta de que acababa de descubrir una manera más de echarlo de menos. Echaba de menos la sensación de volver a casa y encontrarlo tirado en el sofá, viendo la tele. Echaba de menos la tranquilidad de tener a alguien con quien hablar, alguien que le permitiera distraerse de sus obsesiones. En su casa actual no disponía más que de cuatro paredes desnudas. Unas paredes que parecían venírsele encima.

Sonó su teléfono móvil y buscó en el bolso para contestar. Era el padre de Mark.

—No me habías dicho que ibas a salir en la tele —dijo Edward.

Habían pasado unas cuantas semanas desde la última vez que hablaron. Erika sintió que la emoción le atenazaba la garganta durante una fracción de segundo. La voz de Edward sonaba casi igual que la de Mark.

—Ha sido todo muy precipitado... Ni siquiera he visto la grabación aún. No habré quedado como una maestrita, ¿no?

Edward se rio entre dientes.

—No, cielo, lo has hecho muy bien. Aunque da la impresión de que te las ves otra vez con una persona totalmente chiflada. Espero que vayas con cuidado.

—Esta prefiere a los hombres. Bueno, no quiero ser frívola. Pero hasta ahora sus víctimas han sido hombres.

—Sí, he visto el programa. ¿Realmente crees que una mujer tiene las agallas para hacer todo eso?

—Te quedarías horrorizado de cómo funciona la psique humana si vinieras a trabajar un par de días conmigo...

—Estoy seguro. Pero como siempre te digo, cariño: sé valiente, pero no idiota.

—Lo intentaré.

—Hacía días que quería llamarte, pero al verte en la tele me he decidido. Quería pedirte la dirección de tu hermana Lenka.

—Espera, la tengo por aquí —dijo Erika sujetando el teléfono bajo la barbilla. Se acercó a las estanterías, revolvió entre los folletos de comida para llevar y encontró su mínima agenda.

—¿Cómo es que necesitas la dirección de Lenka? —preguntó pasando las páginas.

—¿No está a punto de tener el bebé?

—¡Ah, sí! Casi se me olvida. Sale de cuentas dentro de unas semanas.

—El tiempo pasa volando cuando andas persiguiendo fugitivos, ¿eh? —comentó Edward.

—¡Muy gracioso! —dijo ella riendo.

—Son encantadores los niños de tu hermana. No comprendía una palabra de lo que decían esos mocosos o su madre... ¡pero nos entendimos muy bien!

Durante la temporada en que Lenka había estado en casa de Erika, Edward se había trasladado en tren desde Mánchester para pasar el día con ellos, y habían ido todos a visitar la Torre de Londres. Había sido un día agotador. Lenka no hablaba una palabra de inglés, y Erika se había visto convertida en traductora particular para ella y los niños, Karolina y Jakub.

—¿Crees que les gustó la Torre de Londres? —preguntó Edward.

—No. Me parece que Lenka se aburrió un poco. Lo único que ella quería era abastecerse de ropa nueva en Primark —dijo Erika secamente.

—¿A ti no te pareció cara la visita a la Torre, de todos modos? Me gustaría saber qué porcentaje se lleva la reina.

Ella sonrió. Echaba en falta a Edward y le habría gustado que viviese más cerca.

—Ah, aquí está —dijo, y le dictó la dirección.

—Gracias, cariño. Voy a mandarle unos euros para el bebé. Bueno, si consigo llegar a la central de correos de Wakefield. ¿Sabes que nos han cerrado la sección de giros postales en la oficina de correos?

—Es la era de la austeridad.

Se hizo un silencio. Edward carraspeó y prosiguió:

—Ya ha pasado otro año, ¿eh? —dijo en voz baja. Se refería al aniversario de la muerte de Mark.

—Sí, así es. Dos años.

—¿Quieres que vaya a verte? Puedo quedarme contigo unos días. Tu sofá es bastante cómodo.

—No. Gracias. Tengo mucho trabajo. Esperemos hasta que termine este caso y luego hacemos algo como es debido. Me encantaría pasar unos días en el norte... ¿Tú qué vas a hacer?

—Me han pedido que me ocupe del equipo de bolos. Supongo que saben que necesito distraerme.

—Pues debes hacerlo —lo animó Erika—. Cuídate.

—Tú también, cielo —respondió él.

Cuando Edward hubo colgado, Erika encendió la televisión justo a tiempo para ver el resumen de la reconstrucción de *Crimewatch*. Se quedó horrorizada al verse a sí misma en alta definición. Se veía todo: cada surco, cada pliegue y cada arruga. En el preciso momento en que salían al final el número de teléfono y el correo electrónico, volvió a sonar su móvil. Respondió de inmediato.

229

—¿Inspectora jefe Foster? —dijo una voz aguda y amortiguada.

—Sí.

—La he visto hablando sobre mí en la tele... Usted no sabe nada de mí —dijo la voz con calma.

Erika se puso tensa. Su mente zumbó a toda velocidad. Se levantó, apagó las luces y se acercó a la cristalera del patio. El jardín estaba oscuro; las ramas del manzano se mecían bajo la brisa.

—No se alarme. No estoy cerca —dijo la voz.

—De acuerdo. ¿Dónde está? —preguntó Erika con el corazón acelerado.

—En un sitio donde no me encontrará. —Hubo otra pausa. Erika trató de pensar qué podía hacer. Miró su móvil, pero no tenía ni idea de cómo grabar llamadas.

—Todavía no se ha terminado —añadió la voz.

—¿Qué quiere decir?

—Vamos, inspectora Foster. Acabo de mirar su historial. Usted era una estrella ascendente en el cuerpo. Tiene un título de psicología criminal. Tiene una mención de honor. Y por último, tiene algo en común conmigo.

—¿A qué se refiere?

—Mi marido también murió. Aunque a diferencia de usted, lamentablemente, yo no fui responsable de su muerte.

Erika cerró los ojos y sujetó el teléfono con fuerza.

—Usted fue la responsable, ¿no?

—Sí, en efecto.

—Gracias por su sinceridad. Mi marido era un cerdo sádico y brutal. Disfrutaba torturándome. Todavía tengo las cicatrices para demostrarlo.

—¿Qué le sucedió a su marido?

—Tenía planeado matarlo. Y si hubiera podido hacerlo, nada de todo esto habría ocurrido. Pero se murió de modo fulminante. Por pura casualidad. Y yo me convertí en la alegre viuda.

—¿A qué se refería cuando ha dicho que esto aún no se ha terminado?

—Quiero decir que morirán más hombres.

—Todo esto no acabará bien, se lo aseguro. Usted cometerá un desliz. Tenemos testigos que la han visto. Estamos a punto de averiguar qué aspecto tiene…

—Bueno, ya basta por ahora, Erika. Lo único que le pido es que me deje en paz.

Sonó un clic y la llamada se cortó.

La inspectora marcó rápidamente el 1471, pero una voz grabada le dijo que el número no estaba disponible. Revisó las puertas cristaleras deslizantes para ver si las había cerrado, sacó la llave y se la guardó en el bolsillo. Fue a la puerta principal y comprobó que estuviera puesto el cerrojo. Recorrió el piso, cerrando todas las demás ventanas.

El ambiente, con todo cerrado, se recalentó enseguida. Ya había roto a sudar cuando marcó el número de Lewisham Row.

Respondió Woolf:

—Ah, la nueva cara de la policía metropolitana. Lo ha hecho muy bien en la tele —dijo el sargento.

—Woolf, ¿ha habido alguna llamada para mí? —preguntó ella.

—Sí, nos han llamado de *Playboy*; quieren que haga el póster central. Yo les he dicho que aceptaría si hacen un buen trabajo. No quiero que sus partes íntimas queden escondidas en el doblez de la revista…

—¡Woolf, hablo en serio!

—Perdón, jefa. Bromeaba. Espere…

Erika oyó que revisaba el registro de llamadas.

—Sí, ha telefoneado esa productora, la de *Crimewatch*. ¿Ya le ha enviado su bolso?

—Mi bolso está aquí —dijo Erika echando un vistazo a la mesita de café.

—Esa mujer ha llamado diciendo que se lo había olvidado en el plató, y me ha preguntado si podía darle su número… ¿Usted no se ha dejado el bolso?

—No, no me lo he dejado. Y ahora me dirá que la llamada era desde un número no identificado.

—Humm, sí, en efecto… —farfulló Woolf—. Pero si no era la productora, ¿quién era?

—Acabo de recibir una llamada de la Cazadora Nocturna —dijo Erika.

231

46

Cuando volvió a casa después de llamar a Erika Foster, Simone notó de inmediato un olor extraño. Vio que había salsa de queso en el espejo del vestíbulo y también sobre el ordenador, en el hueco bajo la escalera. Entró en la sala de estar. Había salpicaduras de salsa por todas partes: en las paredes, en el televisor...

Al limpiar el estropicio, le estuvo dando vueltas a la situación. ¿Cómo sabía la policía que era ella? ¿Cómo sabían que era una mujer?

Había actuado con astucia y con mucho cuidado.

No había sido más que una sombra.

Estaba restregando la moqueta de la sala de estar cuando percibió un movimiento con el rabillo del ojo. Dejó de restregar. Oyó algo a su espalda, unos pasos amortiguados aproximándose. Sujetó con fuerza el cepillo de madera y se dio la vuelta.

Stan se hallaba desnudo en el umbral de la sala. El agua le resbalaba por la lechosa piel y chorreaba sobre la moqueta limpia. Como tenía la boca abierta, se le apreciaba una ennegrecida dentadura. Simone constató con sorpresa que no sentía temor. Se levantó lentamente; las rodillas le crujieron.

De la boca de Stan salió un sonido:

—Duuh... caaa.

No era propiamente una voz, más bien un suspiro. Una espiración. «Duuh... caaa, Duuh... caaa.» Un brazo le cayó flácidamente sobre el costado; la boca se le dilató de lado a lado al esbozar una sonrisa. Era la sonrisa que ella recordaba:

ávida y amenazadora, aunque mezclada con un rictus de dolor. Stan caminó hacia ella, todavía chorreando agua y empa-
pando la moqueta. Ahora sí que se asustó Simone.

—¡NO! —chilló—. ¡NO! —Le arrojó el pesado cepillo de
madera.

Él se desvaneció en el acto, y el cepillo se estrelló contra
el espejo del vestíbulo, que se hizo añicos con estrépito. Los
cristales tintinearon por el suelo; a partir de ahí, silencio.

Se había ido, la moqueta estaba seca. Y Simone comprendió ahora lo que había dicho.

Duke. Había dicho «Duke».

Echó a correr hacia el ordenador, debajo de la escalera, y
entró en el chat.

NIGHT OWL: ¿Duke?

Duke respondió:

DUKE: ¡Hola! ¿Una noche difícil?
NIGHT OWL: ¿Por qué lo dices?
DUKE: Te conozco. Mejor de lo que tú te conoces.

Las manos de Simone se detuvieron sobre el teclado.

NIGHT OWL: ¿De veras? ¿Realmente me CONOCES?

Esta vez hubo una larga pausa. Simone miró cómo parpa-
deaba el cursor. Se preguntó si Duke estaba ahí, con los dedos
a punto, pensando qué iba a escribir. ¿Habría atado cabos?

Por primera vez se preguntó dónde vivía Duke en realidad. Ella se había acostumbrado a imaginar que vivía ahí, en
su ordenador, bajo la escalera. Durante los últimos años, le
había hablado de sus planes, de sus fantasías, del dolor que
le infligiría al médico, al presentador de televisión, a los
que aún faltaban. Duke siempre había estado ahí para ani-
marla. Y él, por su parte, le había hablado de sus propios temores: de su miedo a la oscuridad, de sus fallidos intentos
de suicidio. Simone aún recordaba el espeluznante relato de
cómo había intentado asfixiarse con una bolsa de suicidio sin

gas. Se la había puesto en la cabeza y se había tensado el cordón en torno al cuello. Al notar que se asfixiaba, le había entrado pánico y, clavando las uñas en la bolsa, había logrado arrancársela de la cabeza. Pero el cordón se le había adherido al ojo izquierdo, y le desgarró el párpado y le rasgó el globo ocular.

Él le había dicho que, sin ella, se moriría. Y Simone le creía.

Parpadeó. El cursor volvía a moverse por la pantalla.

DUKE: Por supuesto que te conozco, Night Owl. Te conozco mejor que nadie en este mundo. Te quiero. Y te prometo que me llevaré tus secretos a la tumba.

47

*E*rika estaba con Crane, en una de las estrechas salas técnicas que daban al centro de coordinación.

—Bueno, este es su nuevo teléfono —dijo Crane—. Lleve el viejo encima y cargue la batería regularmente, pero úselo solo si ella vuelve a llamarla. Ahora el número está monitorizado. Si ella llama, el sistema de rastreo se pondrá en marcha automáticamente. Sin dilación. En todo caso, recuerde una cosa: sé de algunos agentes a los que han pillado haciendo accidentalmente llamadas particulares, que han quedado grabadas.

—No se preocupe, no lo olvidaré. Aunque mi vida privada es muy aburrida —contestó Erika cogiendo los móviles—. Un momento, este tiene pantalla táctil —añadió examinando el teléfono nuevo—. ¿No hay alguno con botones?

—Bueno, técnicamente es mejor que el viejo, jefa.

Llamaron a la puerta, y Moss asomó la cabeza.

—Jefa, ¿tiene un momento?

—Sí.

—Veré si puedo conseguirle un viejo Nokia —dijo Crane.

—Gracias.

Salió al ajetreado centro de coordinación y siguió a Moss hasta el enorme mapa del Gran Londres clavado en la pared. Medía dos metros por dos y mostraba un auténtico laberinto de calles. Las manchas verdes indicaban los numerosos parques que rodeaban la capital; pero lo que más destacaba era el Támesis: una sinuosa línea azul que atravesaba el centro de la ciudad.

235

—Utilizó una cabina telefónica para llamarla —informó Moss—. La hemos rastreado y está en Ritherdon Road, una calle residencial de Balham, a unos seis kilómetros de su piso de Forest Hill. La cabina en cuestión no se utiliza prácticamente. Esa fue la primera llamada realizada desde allí desde hace tres meses. Por este motivo, British Telecom piensa retirarla a final de mes.

—¿Por qué una cabina? ¿Es que suponemos que no tiene un teléfono? —preguntó Peterson clavando un alfiler rojo en Ritherdon Road, en la parte inferior del mapa.

—No; lo que supongo es que es lista —dijo Erika—. Sabe que podemos rastrear un móvil. E incluso si utilizara un teléfono de prepago, podríamos rastrear la llamada hasta la antena más cercana y conseguir su número IMEI y toda la información del aparato. En cambio, telefoneando desde una cabina, puede hablar de forma totalmente anónima. ¿Me atrevo a preguntar si hay cámaras de vigilancia en la zona?

—A ver, aquí está la cabina —dijo Moss señalando el alfiler rojo del mapa—, y las primeras cámaras de vigilancia quedan a unos cuatrocientos metros. —Bajó con el dedo hacia el punto donde Ritherdon Road se cruzaba con Balham High Road—. Hay una sucursal de Tesco Metro en la esquina de Balham High Road, también conocida como carretera A veinticuatro, y hay cámaras de vigilancia situadas a intervalos en ambas direcciones. Tenemos allí al agente Warren, tratando de conseguir la grabación de las cámaras de seguridad del aparcamiento de Tesco, y de las cámaras de vigilancia de la carretera...

—Pero mire dónde está la cabina telefónica. Esa mujer podría haber ido en la dirección contraria y llegado a un montón de sitios a través de esta red de calles residenciales, que no cuentan con cámaras de vigilancia —advirtió Erika—. ¿Hay algo más?

—Bueno, lo de la cabina telefónica era la buena noticia —dijo Moss acercándose a la agente Singh, que estaba junto a las impresoras—. Hemos recibido al fin los datos de tres de las páginas web que venden bolsas de suicidio en el Reino Unido.

—¿Y?

—Pues que, como verá, hay mucho trabajo que hacer. Tres mil nombres —dijo Singh—. Eran muy reacios a darnos estos nombres. Y en bastantes casos, por lo que he visto, pagaron con PayPal, lo que podría hacer más difícil seguir la pista a cada persona.

—Mierda —soltó Erika—. Vale, está bien. Empecemos descartando a la gente de fuera del Gran Londres. Debemos trabajar con la hipótesis de que esa mujer me vio en *Crimewatch*, se puso furiosa, fue a buscar una cabina y me llamó.

—De acuerdo, jefa —asintió Singh.

—¿Qué hemos sacado del llamamiento por televisión?

—No mucho —aportó Peterson—. Estamos analizando las llamadas que nos llegaron, pero creo que el programa asustó a mucha gente. Un hombre del norte de Londres telefoneó durante la emisión para decir que un ladrón estaba intentando entrar en su casa por la ventana de la planta baja; otra mujer de Beckenham cree haber visto una figura menuda cruzando el jardín al acabar el programa… Una mujer mayor que vive cerca de Laurel Road se despertó y ahuyentó a un intruso que había entrado en su dormitorio, trepando por la ventana… Ah, y ahora hay tres vecinos de Laurel Road que creen haber visto a una mujer baja, parecida a la de la reconstrucción, repartiendo cajas de verduras por la zona. Nos va a llevar tiempo analizar todos estos testimonios.

—¿Tenemos una copia del vídeo de *Crimewatch*? —preguntó Erika—. Me gustaría volver a verlo. Quizá fue algo de lo que dije lo que la impulsó a buscar mis datos, averiguar mi número y llamarme. Localice a Tim Aitken. Quién sabe, tal vez tenga algo útil que decir por una vez.

Volvió a mirar el enorme mapa de Londres que se extendía por la pared.

Leyéndole el pensamiento, Moss comentó:

—Muchos rincones donde ocultarse en la oscuridad.

*E*rika, Peterson, Moss, Marsh y Tim Aiken estaban apretujados en torno a un monitor de televisión, en una de las salas de visionado de la comisaría, viendo de nuevo la intervención de Erika en *Crimewatch*.

Ella detestaba verse en la pantalla: su propia voz le parecía más aguda y estridente. Se alegraba, eso sí, de que la policía no hubiera renovado los viejos televisores por otros nuevos de alta definición. Estos pensamientos, no obstante, se le pasaron por la cabeza fugazmente. Lo que le interesaba era averiguar por qué la asesina había reaccionado ante el programa con tanta furia, suponiendo que lo hubiera visto.

Llegaron al final de la entrevista que le habían hecho en directo en el estudio de televisión. «Creemos que se trata de una mujer de baja estatura. Pero debemos advertirles que no se acerquen a ella: es una persona peligrosa y profundamente perturbada», decía la inspectora jefe.

El presentador procedía entonces a leer la dirección de correo electrónico y el número de contacto que aparecían en la base de la pantalla.

—¿Qué me dice? —preguntó Erika mirando a Tim Aiken.

—Hay muchas variables —respondió este restregándose el mentón cubierto de una barba incipiente. Al hacer este movimiento, las entrelazadas pulseras multicolores que lucía se le deslizaron por la muñeca.

—Si ella estaba viendo el programa, ¿cómo habría reaccionado al ver los crímenes recreados en la pantalla?

—Podría haberle resultado gratificante. Los asesinos en serie pueden ser a veces individuos vanidosos, impulsados por su ego —explicó Tim.

—¿Y el hecho de que una chica joven, guapa y sexy interpretara su papel en la reconstrucción podría haber sido halagador para ella? —preguntó Moss.

—Depende de lo que usted entienda por sexy o atractiva —dijo el psicólogo.

—Bueno, yo no la echaría de mi cama, evidentemente. ¿Peterson?, ¿señor? —dijo Moss.

Peterson abrió la boca, pero Marsh lo cortó en seco.

—No voy a entrar en un debate sobre los encantos de la actriz empleada en la reconstrucción —dijo, irritado.

Tim prosiguió:

—O quizá ella no sea una mujer atractiva, y no le haya gustado cómo la retrataban en el programa. Del mismo modo que podría ser una persona mucho más fuerte físicamente, y no estar de acuerdo en que una chica tan menuda como esa haya interpretado su papel... Debemos recordar que toda esta discusión no es sobre ella, sino sobre lo que hace y por qué lo hace. Y ella escoge hombres como objetivo y los mata. Las dos víctimas eran hombres altos y fornidos, de complexión atlética. Es posible que haya sufrido abusos de un hombre, o quizá de más de uno: su marido, su padre...

—¿Puede trazarnos un perfil? —preguntó Marsh.

—Ya presenté un perfil basándome en la hipótesis de que se trate de un depredador de gais...

—Esa posibilidad, obviamente, está descartada —dijo Marsh.

—Es extremadamente raro encontrar a una asesina en serie. Y trazar un perfil resulta muy difícil. Tenemos muy pocos datos.

—Bueno, le pagamos lo suficiente. Inténtelo —exigió Marsh.

—¿Alguna otra idea sobre el vídeo, Tim? —preguntó Erika.

—Es posible que ella se haya evaluado a sí misma, o su grado de autoestima, en relación con usted, inspectora Foster. Al aparecer en el programa, usted se ha presentado como

239

la persona que va a atraparla, sin considerar el equipo con el que está trabajando. Es posible que ella vea la situación como una lucha por la supremacía. Además, usted la describió así: «persona peligrosa y profundamente perturbada».

—Y ella podría haberse sentido como una víctima —concluyó Erika.

—Sí. Y además, usted la desafió por televisión en directo. Lo cual sin duda debió de molestarla. Y podría muy bien haberla impulsado a localizarla.

Cuando hubieron terminado, Marsh y Erika se quedaron rezagados para cambiar impresiones.

—No me gusta nada todo esto —opinó el comisario—. Ya he hablado seriamente con Woolf sobre lo de dar números privados.

—Él no lo sabía.

—Podemos apostar un coche frente a su piso, si quiere. Con discreción. Puedo prescindir de un par de agentes.

—No, señor. Esa mujer tuvo suerte al obtener mi número tan fácilmente. Y no quiero un coche delante de mi casa. Mantendré los ojos bien abiertos.

—Erika… —dijo Marsh con expresión contrariada.

—Gracias, señor, pero no. Ahora debo irme. Lo mantendré informado.

Ella salió de la sala de visionado. Marsh se quedó un momento mirando las pantallas de televisión apagadas, con una sensación de inquietud.

49

Simone había seguido al hombre a distancia casi toda la tarde, partiendo de la puerta de su domicilio, que se encontraba en Bowery Lane Estate, muy cerca de Old Street, en el centro de Londres. Él había salido tras la hora del almuerzo y cruzado el barrio financiero hasta la estación de tren de Liverpool Street. La enfermera se había quedado perpleja al principio; no entendía a dónde iba sin ninguna maleta, vistiendo unos vaqueros cortos de marca y una camiseta sin mangas. Lo había seguido a una distancia de veinte metros. La multitud era muy densa a esa hora en la estación, especialmente frente a la extensa hilera de taquillas, y a punto había estado de arrastrarla, pero él se había alejado en otra dirección, y por un momento lo había perdido de vista.

Había escrutado rápidamente las escaleras mecánicas del fondo, que subían a las tiendas del entresuelo, por encima de las cuales se extendía el enorme techo de cristal. Se había puesto de puntillas para atisbar por encima del gentío, y lo había visto: bajaba por un doble tramo de escaleras que conducían a los lavabos públicos. Se acercó a la librería WH Smith que estaba junto a ellas y se sumó a la gente que husmeaba los montones de revistas, pero sin dejar de vigilar los lavabos.

Esperó un buen rato y examinó con detenimiento los periódicos, muchos de los cuales ofrecían artículos y reportajes sensacionalistas sobre la identidad de la «Cazadora Nocturna». Soltó un gritito de orgullo al ver que un periodista de *The Independent* la describía como «una artista del engaño». La mujer que tenía al lado la observó con suspicacia. Ella la fulminó con la mirada con tanta saña que la mujer dejó la revista en el estante y se alejó apresuradamente con su maleta.

Pasaron diez minutos, veinte... Simone miraba las escaleras mecánicas que bajaban a los lavabos. ¿Acaso se encontraba mal? ¿O se le había escapado en un descuido? Ella no había apartado la vista de esas escaleras en todo el rato... Bueno, salvo cuando aquella estúpida se había dedicado a mirarla. Al reparar en la cantidad de tipos solos que desaparecían por las escaleras, y en el tiempo que pasaban allí abajo, comprendió que su hombre andaba de cacería. Había bajado expresamente a los lavabos en busca de sexo.

A Simone le repugnaban muchas cosas de los hombres: su mal genio, su depravación sexual, su inclinación a la violencia cuando querían controlar la situación o no se salían con la suya. Aquello, pues, no la sorprendió —una cosa más que añadir a la lista—, y la reafirmó en su determinación. Ella siempre se tomaba con mucha calma el proceso de vigilancia. Estaba dispuesta a esperar semanas hasta hacerse una idea precisa de cada objetivo de su lista. Con Gregory y Jack había actuado de la misma forma.

Volvió a bajar la vista al ejemplar de *The Independent* que tenía en las manos y leyó de nuevo la frase: «una artista del engaño». Tenía que comprar ese periódico, pensó. Era la primera cosa agradable que oía en muchos años sobre sí misma.

Estaba a punto de ir a la caja cuando el hombre emergió por la escalera mecánica...

La cara levemente roja, los ojos vidriosos, la actitud relajada. Simone dejó el periódico en su sitio, esperó a que él se situara delante y lo siguió otra vez. El tipo se dirigió a la parte trasera de la estación y entró en Starbucks.

Ella aguardó unos minutos y se situó al final de la cola. Sin dejar de mirarlo de reojo, examinó los pasteles a través del escaparate. Nunca hasta ahora lo había tenido tan cerca; tres personas los separaban.

Sí, era joven, y estaba en forma. Tal vez tuviera fuerza. Aunque estaba delgado. Por simple vanidad.

242

Observó cómo llegaba al mostrador y coqueteaba con el apuesto empleado negro, echándose hacia delante, tocándole el brazo, deletreándole su nombre y comprobando que el otro lo escribía correctamente en la taza.

«Esa boca chupapollas muy pronto soltará su último aliento», pensó. Al llegar su turno, sonrió al empleado y le encargó una porción de tarta de frutas y un capuchino.

—¿Cómo te llamas, encanto? —le preguntó él.

—Mary —dijo Simone—. Debe de sonar un poco aburrido, comparado con todos los nombres exóticos que oyes.

—A mí me gusta Mary —aseguró el camarero.

—Me lo pusieron por mi madre. Ella también se llama Mary. Ahora está en el hospital. Está muy enferma. Yo soy la única persona que tiene.

—Lo lamento. ¿Quieres algo más?

—Voy a llevarme un ejemplar de *The Independent*. Quiero leérselo más tarde. Le encanta enterarse de las cosas que pasan en el mundo.

Simone cogió el periódico, el café y el pastel, y fue a buscar un asiento.

Sin dejar de observar a su futura víctima.

243

50

*E*l descenso de las temperaturas no duró mucho. En los siguientes días, el calor volvió a arreciar implacablemente y la investigación del caso pareció estancarse otra vez.

La reconstrucción de *Crimewatch* se había mantenido en la página web de la BBC una semana y, a medida que la gente la veía en diferido, se producían más llamadas y llegaban más mensajes que se habían de analizar y comprobar.

Los últimos residentes de Laurel Road que todavía estaban de vacaciones se enteraron al volver de que su calle había sido escenario de una reconstrucción criminal emitida por televisión en todo el país. Varios de ellos recordaban haber visto a una joven de pelo oscuro repartiendo folletos de puerta en puerta; otros se acordaban de una mujer que repartía cajas de fruta y verdura, y de una chica de una empresa de fontanería que había aparecido con una furgoneta y había arreglado un desagüe cerca de la casa de Gregory Munro.

Esa oleada de testimonios acaparó totalmente los recursos del equipo de Erika. Llegaron hasta el extremo de localizar a la fontanera, que resultó ser una joven de cara aniñada, y también a la mujer de pelo oscuro que repartía semanalmente cajas de verduras de temporada —«Lo mejor de la naturaleza»— por toda la zona. Ambas se presentaron voluntariamente, respondieron a todas las preguntas y hasta proporcionaron muestras para analizar su ADN. Tras doce horas de angustiosa espera, obtuvieron los resultados: eran negativos. El ADN de ambas no encajaba con las muestras obtenidas en la puerta trasera del domicilio de Jack Hart ni en la bolsa de suicidio.

Dos residentes de Laurel Road y uno de los vecinos de Jack Hart fueron a Lewisham Row y trabajaron con un agente para hacer un retrato robot de la mujer a la que habían visto repartiendo folletos. Erika había depositado grandes esperanzas en este recurso y creía que podía suponer un avance decisivo, pero todas las imágenes obtenidas se parecían a Lottie, la actriz que había aparecido en *Crimewatch*.

Con todo, lo más deprimente había sido localizar a las personas de Londres que habían comprado bolsas de suicidio en las tres páginas web. Muchas de las llamadas las habían respondido los afligidos padres o esposos, quienes habían informado a la policía de que, en efecto, la compra de la bolsa se había producido y el intento de suicidio se había realizado con éxito.

En la tarde del 15 de julio, el ambiente en el centro de coordinación estaba bastante apagado. Seis miembros del equipo habían sido reasignados el día anterior a un caso de tráfico de drogas, y Erika acababa de mantener una conversación con un hombre airado, padre de tres hijos, cuya esposa se había quitado la vida y cuya hija pequeña había encontrado el cadáver con la bolsa de plástico en la cabeza.

Era viernes, y notó que el equipo restante estaba deseando marcharse a casa y disfrutar del fin de semana. No podía culparlos; habían estado trabajando a tope. Poco habían sacado a pesar de tanto esfuerzo, y los periódicos, entretanto, ofrecían un montón de imágenes de la gente que se agolpaba en las playas y en los parques públicos.

Moss y Peterson seguían en sus mesas, igual que Crane y Singh. Erika miró por enésima vez las pizarras, las fotos de Gregory Munro y Jack Hart. Ahora, además, había una imagen, extraída de una de las páginas web, en la que se veía un bronceado maniquí sin cabello tendido en un sórdido dormitorio, equipado con una bolsa de suicidio y un tubo conectado a un bote de gas; tenía los párpados pintados de púrpura y las largas pestañas maquilladas con rímel.

—Jefa, tengo a Marsh al teléfono —dijo Moss tapando el auricular.

—¿No puede decirle que he salido? —respondió Erika. Temía que fueran a reasignar a más miembros de su equipo y no se veía con ánimos para afrontar otra discusión acalorada.

—Quiere verla en su despacho. Dice que es importante.

—A lo mejor va a anunciarle que nos ponen un aire acondicionado decente —dijo Peterson con una sonrisa.

—La esperanza es lo último que se pierde —replicó ella remetiéndose la blusa y poniéndose la chaqueta. Salió del centro de coordinación y subió los cuatro tramos de escalones hasta la planta del comisario jefe.

Llamó con los nudillos, y él le indicó con un grito que pasara. Erika se quedó de piedra al ver que había ordenado el despacho: todo el desbarajuste de carpetas y ropa había desaparecido, así como el perchero roto. Sobre la mesa había una botella de Chivas Regal de dieciocho años.

—¿Le sirvo una copa? —preguntó él.

—Bueno. Ya que es viernes.

Marsh fue a un rincón del despacho y Erika vio que, allí donde antes se amontonaban las chaquetas y los legajos, ahora había una pequeña nevera. El comisario jefe la abrió y sacó una bandeja de hielo del congelador. Ella lo observó en silencio: él ponía cubitos en dos vasos de plástico y servía en ambos una generosa medida de *whisky*.

—¿Lo toma con hielo? —preguntó él.

—Sí, gracias.

Marsh volvió a poner el tapón en la botella, la dejó sobre la mesa y le tendió uno de los vasos.

—Sé que mañana es el segundo aniversario —dijo en voz baja—. Quería tomarme una copa con usted. Decirle que no lo he olvidado. Y brindar por Mark.

Alzó el vaso y Erika lo chocó con el suyo. Ambos dieron un sorbo.

—Siéntese, por favor.

Los dos tomaron asiento. Erika miró el líquido ámbar y los cubitos de hielo, que se iban fundiendo rápidamente. Estaba conmovida, pero decidida a intentar no llorar.

—Era un buen hombre, Erika.

—No puedo creer que hayan pasado dos años —dijo ella—. Durante el primer año, me despertaba la mayoría de las noches; y con frecuencia había olvidado que él no estaba. Pero ahora me he acostumbrado a que no esté, al menos hasta cierto punto, lo cual resulta casi peor.

—Marcie me ha pedido que le dé recuerdos.

—Gracias... —Erika se enjugó los ojos con la manga y cambió de tema—. Ya hemos recibido los retratos robot. Todos nos han hecho una reproducción de la actriz de *Crimewatch*.

Él asintió.

—Sí, ya los he visto.

Ella prosiguió:

—Me temo que únicamente avanzaremos de verdad cuando vuelva a matar. Vamos a seguir investigando, de todos modos. La semana que viene ordenaré que el equipo revise todas las pruebas. Empezaremos de cero. Siempre hay algo que se escapa, aunque sea un detalle insignificante...

Marsh se arrellanó en la silla. Parecía afligido.

—Usted ya sabe cómo son estas cosas, Erika. Podría matar en las próximas semanas, o días... O podría tardar meses. Yo trabajé en la Operación Minstead. En un momento dado, el asesino dejó de actuar durante siete años.

—¿Me está cortando las alas con delicadeza?

—No, estoy dispuesto a darle más tiempo, pero he de recordarle que nuestros recursos no son infinitos.

—Entonces, ¿para qué es el whisky?

—Es un gesto sincero. Nada que ver con el trabajo.

Erika dio otro sorbo y ambos permanecieron en silencio unos momentos. Ella miró por la ventana que Marsh tenía detrás: el cielo azul, los edificios cada vez más escasos a lo lejos, dando paso a trechos verdes en el horizonte...

—¿Qué piensa hacer mañana? ¿Pasará el día con alguien? —preguntó Marsh.

—El padre de Mark se ofreció a venir a Londres, pero yo pensé que con el caso... —susurró.

—Tómese el día libre, Erika. Lleva tres semanas trabajando sin parar.

247

—Sí, señor.

Apurando la bebida, la inspectora dejó el vaso sobre la mesa y comentó:

—Creo que ella está planeando el siguiente asesinato, señor. No piensa hibernar. No creo que pasen siete semanas, ni mucho menos siete años.

51

Simone siguió al hombre en tres ocasiones más. Solía pasar las tardes en una sauna gay en Waterloo, oculta detrás de la estación de tren. En dos ocasiones lo había seguido hasta allí y esperaba discretamente en un cibercafé que quedaba un poco más abajo. Él se había pasado varias horas en la sauna. Otra mañana había tomado el metro en la estación Barbican. Ella se había sentado a cierta distancia, disimulada entre la gente que se dirigía al trabajo, y había fingido leer un tabloide mientras el tren avanzaba entre sacudidas por la línea Circle hasta llegar a la estación Gloucester Road.

Se había sentido incómoda al seguir sus pasos por el oeste de Londres. Era una zona que le resultaba completamente ajena. Olía a dinero, gracias a sus casas georgianas y a la gente exótica que poblaba las terrazas de los cafés. Él había llamado a la puerta de unas elegantes oficinas situadas en una calle residencial y había desaparecido en su interior.

Simone había vuelto atrás entretanto para estudiar el edificio donde tenía su domicilio. El Bowery Lane Estate era un bloque de pisos grande y más bien lúgubre, de seis plantas y con un rectángulo de césped en el centro. Era una de esas moles de hormigón de estilo brutalista, construidas al acabar la Segunda Guerra Mundial, cuando buena parte de Londres estaba arrasada por las bombas, para albergar viviendas de protección oficial. En la actualidad, sesenta años más tarde, el edificio había sido declarado de interés artístico y los pisos se habían vendido por medio millón de libras cada uno. Con lo cual los nuevos y adinerados residentes se sentían incómodos al codearse con los inquilinos iniciales que aún quedaban.

La entrada y la escalera principal habían sido totalmente accesibles en su día desde la calle, pero tras un asalto a mano armada ocurrido a finales de los ochenta, se había instalado una gran puerta de vidrio reforzado que contaba con un sistema de seguridad con vídeo.

Observando desde otro cibercafé situado en la acera de enfrente, Simone había intentado averiguar cómo podía colarse dentro. La manera más obvia era esperar a que algún inquilino entrara o saliera; pero, a juzgar por lo que sucedía con otras personas, difícilmente funcionaba. En dos días distintos, había visto cómo, al abrir la puerta, los residentes de cierta edad les negaban la entrada a los repartidores. También había visto que para entrar utilizaban una llave electrónica de plástico; la colocaban sobre un lector situado bajo el panel de los timbres y el cerrojo se abría automáticamente.

Eso le había preocupado. A ella se le daban bien las cerraduras, pero conseguir una de esas llaves electrónicas le resultaría difícil sin suscitar más preguntas de la cuenta. O bien tendría que dejar a su paso un tremendo estropicio.

A las dos de la tarde, vio salir a un grupo de ancianas por la gran puerta de cristal, cada una de ellas con una toalla enrollada bajo el brazo. Recorrieron renqueando el recuadro de césped y cruzaron una puerta en la parte trasera de la «U» que formaba el edificio. Al cabo de una hora, regresaron con el pelo húmedo. Atravesaron el césped iluminado por el sol, enfrascadas en una animada charla, y pusieron sus llaves electrónicas en el rectángulo del lector para abrir la puerta.

La enfermera había buscado «Bowery Lane Estate» en Google y descubierto que había una pequeña piscina municipal en la planta baja, donde se daban clases de natación para personas de «más de sesenta» cuatro días a la semana.

Con este dato en mente, buscó una ocasión propicia. Siguió al hombre a una de sus sesiones regulares de sauna en Waterloo, y volvió sobre sus pasos hasta Bowery Lane Estate, a tiempo para coincidir en la entrada con las ancianas que se dirigían a su clase de natación.

250

Había descubierto que los trucos sencillos eran los que mejor funcionaban. Así pues, vestida con su uniforme de enfermera y disfrazada con una oscura peluca que había cogido de la taquilla de una enferma de cáncer recientemente fallecida, se acercó a la puerta de cristal en el momento en que las damas salían.

Bastó con una sonrisa y una disculpa por haberse dejado la llave para que las ancianas la dejaran pasar. A veces era una ventaja tener un aspecto anodino y poco agraciado.

El piso del hombre era el número treinta y siete, en la segunda planta. En cada planta había un largo corredor descubierto, a lo largo del cual se sucedían las puertas. Simone avanzó con aplomo, pasando frente a la ventana delantera de cada piso y advirtiendo que esas ventanas daban a las cocinas. En una de ellas, una anciana lavaba los platos ante el fregadero; en otra, atisbó a través de la ventanilla de servicio una sala de estar sobre cuya moqueta jugaban dos niños pequeños.

Llegó a la puerta número treinta y siete, la antepenúltima del corredor; llevaba una llave en la mano. Había confiado en que la puerta tuviera una cerradura de tambor: la más corriente que funcionaba con una llave plana. Duke se lo había explicado todo acerca del método *bumping* para abrir cerraduras. Era posible forzar las de tambor con una llave especial provista de un borde dentado. La única pega de ese procedimiento era que resultaba un poco ruidoso. Una vez metida la llave en la cerradura, había que extraerla ligeramente y golpearla con un martillo o un objeto contundente. El golpe impulsaba hacia arriba los cinco pines que constituían el mecanismo del cierre, simulando el mismo efecto que el de la llave correcta.

Además de las bolsas de suicidio, Duke le había encargado en línea una llave de *bumping*. Simone había practicado en la puerta trasera de su casa, pero ahora, al acercarse a la puerta del hombre, el corazón le latía aceleradamente. Comprobó con satisfacción que tenía, en efecto, una cerradura de tambor e insertó la llave. En la otra mano llevaba una piedra pequeña y pulida. Golpeó la llave con fuerza...

Una, dos veces... y giró el pomo.

La inundó una oleada triunfal al ver que la puerta se abría.

Si hubiera habido una cerradura de seguridad, aquello habría resultado prácticamente imposible, pero la puerta se abrió y ella se coló dentro con sigilo. Investigó si había alguna alarma y comprobó con alivio que no. Por lo visto, el sistema de interfono con videocámara de la entrada había inducido al hombre a creer que no necesitaba más medidas de seguridad.

Se quedó un momento con la espalda apoyada en la puerta, intentando que se le calmara la respiración.

Se desplazó rápidamente por el piso. La primera puerta de la izquierda daba a una cocina diminuta pero moderna. El pasillo desembocaba al fondo en una amplia sala de estar. A través de un gran ventanal vio la torre del edificio Lloyd's, que empequeñecía con sus dimensiones los demás rascacielos. En la sala había una televisión de pantalla plana y un espacioso sofá en «L». En la pared, sobre el sofá, una foto gigante de un hombre desnudo la miró maliciosamente. Había otra pared cubierta de estanterías con libros, aunque el estante inferior estaba exclusivamente dedicado al alcohol: quince botellas, o quizá más.

Eran demasiadas. ¿Tendría que recurrir a una jeringa?

En el rincón del fondo había una escalera metálica de caracol que desaparecía por el techo. Subió lentamente y vio que la planta superior también era pequeña: todo un desafío.

Su corazón palpitó ante la expectativa. Se sentía más excitada esta vez que las anteriores. Comprobó la ubicación de la caja de fusibles y de las líneas telefónicas. Una vez satisfecha, volvió a la entrada. Junto a la puerta había todo un surtido de chaquetas colgadas: cortas, gruesas, ligeras. De una placa atornillada en la pared, pendían varias llaves. Las cogió, una a una, y las probó en la puerta hasta que encontró la que la abría.

«A veces las cosas están como predestinadas», pensó y, saliendo del piso, cerró la puerta con llave.

52

Para el día del aniversario de la muerte de Mark, Moss le había propuesto a Erika montar una barbacoa en su casa, añadiendo que invitaría también a Peterson. Ella le agradeció el interés que se tomaba, pero le había dicho que prefería pasar el día sola.

Lo que le sorprendía era no haber tenido ninguna noticia de Isaac. Llevaba una semana muy callado, y cayó en la cuenta de que la última vez que lo había visto había sido en la autopsia de Jack Hart. Tal vez sus objeciones a Stephen habían contribuido a enfriar la amistad que él le profesaba.

Se levantó temprano, y una de las primeras cosas que hizo fue quitar el reloj de la cocina y el de su dormitorio. Mantuvo apagados el portátil, el móvil y la televisión. Las 4:30 de la tarde estaban grabadas a fuego en su cerebro. Había sido a esa hora, dos años atrás, cuando ella había dado la orden de iniciar la redada en la casa de Jerome Goodman.

Hacía otro día de calor, pero salió a correr de todos modos, esforzándose al límite en aquel ambiente húmedo y sofocante. Trotó por las calles y cruzó el parque Hilly Fields entre la gente que paseaba al perro o jugaba al tenis en las pistas gratuitas, y entre los niños que correteaban y se divertían. Fue la visión de los niños jugando lo que más la agobió. Dio un par de vueltas, pero se detuvo y regresó a casa.

En cuanto llegó, se instaló en el sofá y se ventiló la botella de Glenmorangie que había abierto para Peterson.

El calor inundaba la casa; el zumbido de una máquina cortacéspedes sonaba de fondo. A pesar de todo lo que se había dicho a sí misma, de que debía seguir adelante y pasar página, se sintió arrastrada hacia aquel día bochornoso, en aquella calle desvencijada de Rochdale...

Notaba que los arreos de protección policial se le pegaban a la piel a través de la blusa. Los rígidos bordes del chaleco antibalas de Kevlar le rozaban la barbilla al estar agazapada junto al bajo muro exterior de la casa adosada.

Su equipo estaba formado por cinco agentes, seis contándola a ella, y todos estaban agachados y pegados al muro: tres a cada lado de los pilares de la entrada. Junto a ella, se hallaba el inspector Tom Bradbury, conocido como Brad: un agente con el que llevaba trabajando desde que se había incorporado al cuerpo de policía de Mánchester. Brad mascaba chicle y respiraba despacio. El sudor le resbalaba por la cara. Inquieto, cambió un momento de posición.

Junto a Brad, estaba Jim Black, «Beamer»,[3] cuyo rostro totalmente serio podía transfigurarse en una enorme sonrisa; de ahí el sobrenombre. A Erika siempre le había divertido que pudiera ser tan duro y arisco en su trabajo y que, no obstante, fuera capaz de sonreír de un modo tan deslumbrante. Ella y Mark se habían hecho amigos de Beamer y de su esposa, Michelle, que trabajaba como agente civil de apoyo en la misma comisaría.

Al otro lado de la entrada, estaba Tim James, una estrella ascendente en el cuerpo, que acababa de integrarse en el equipo. Era un agente brillante. Alto, delgado y absolutamente despampanante. De día detenía a tipos de aspecto duro; de noche andaba por los bares ligando con tipos similares. Tim James había recibido el apodo «TJ» al unirse al equipo; pero cuando sus compañeros se enteraron de que le gustaban los tíos, habían comenzado a llamarlo «BJ».[4]

Lo hacían de forma cariñosa, y él tenía la sensatez de tomárselo así.

3. *Beam* significa «sonrisa radiante».
4. Abreviatura de *blowjob* (felación).

Junto a BJ estaba Sal, cuyo nombre completo era Salman Dhumal, un indio británico de aguda inteligencia, y cabello y ojos de color negro azabache. Su familia llevaba cuatro generaciones viviendo en Bradford, pero él aún debía soportar las pullas de «vuelve al lugar de donde viniste» que le lanzaban los tipos de baja estofa cuando patrullaba. Su esposa, Meera, además de cuidar a sus tres hijos, era una de las principales representantes en la zona noroeste de la firma de lencería erótica Ann Summers

Y finalmente, detrás de Sal, estaba Mark. Él era simplemente Mark. Y no es que fuera aburrido o insulso. Al contrario, era amigo de todo el mundo, un hombre de trato fácil y extraordinariamente leal. Se mostraba siempre accesible, y Erika estaba segura de que si ella tenía tantos amigos era gracias a Mark: él suavizaba su lado desabrido; sabía ablandar la dureza de su carácter. Y ella, por su parte, le había enseñado a no tomárselo todo a la ligera, a no permitir que las cosas le resbalaran.

Así que ahí estaban, a las 16:25 de la tarde, del 25 de julio, sudando profusamente los seis frente a la casa del narcotraficante Jerome Goodman. Lo vigilaban desde hacía años. Últimamente había estado implicado en el sangriento asesinato de un destacado traficante en un pub de Moss Side. Aprovechando el vacío de poder creado, había asumido desde hacía dieciocho meses la producción y distribución de meta y éxtasis. Y en este día asfixiante, en una calle venida a menos de Rochdale, estaban esperando para irrumpir en su enorme casa adosada, que era uno de sus baluartes.

Una amplia red de apoyo de la comisaría había respaldado la operación. La casa llevaba semanas sometida a vigilancia, y Erika tenía grabadas a fuego en el cerebro algunas imágenes de la vivienda: la fachada de hormigón desnudo, los cubos rebosantes de basura; los contadores de gas y electricidad de la pared, ambos con la tapa arrancada...

Un agente infiltrado había trazado los planos del interior. Tenían previsto el punto de entrada: directamente por la puerta principal y luego por la escalera. Una puerta a la izquierda del rellano conducía a un cuarto trasero. Ahí era donde creían que se cocinaba la meta.

En los últimos días, los agentes de vigilancia habían visto a una mujer entrando y saliendo con un niño pequeño. Era un riesgo. Debían prever que Jerome podía utilizar al niño como escudo o como moneda de cambio; o en el peor de los casos, amenazar con quitarle la vida al crío. Pero estaban preparados. Erika había repasado una y otra vez la operación con su equipo. Trabajaban bien todos juntos.

Sintió una oleada de temor cuando su reloj marcó las 16:30. Alzó la vista y dio la orden. Observó cómo sus compañeros dejaban atrás los pilares de la entrada y se dirigían en tropel hacia la puerta principal. Ella los siguió con sigilo, cerrando la marcha. Un brillante destello la deslumbró. Advirtió que era el disco del contador eléctrico, que destellaba a intervalos bajo la luz del sol a medida que giraba. Volvió a destellar una vez, y otra, casi al mismo tiempo que sonaban los golpes del ariete. Al tercer intento, la madera se astilló y la puerta cayó hacia dentro con gran estrépito.

Enseguida se hizo evidente que Jerome había recibido un soplo. En unos pocos minutos decisivos, Brad, Beamer y Sal yacían muertos. Erika recibió un disparo en el chaleco, que la derribó hacia atrás; otra bala le atravesó a continuación el cuello, sin dañarle por poco las arterias principales. Mark estaba a su lado cuando ella se llevó la mano al cuello y notó que la sangre le rezumaba entre los dedos.

Él la miró con una expresión de horror al darse cuenta de lo que estaba pasando. Y pareció que se había quedado estático de golpe.

Fue entonces cuando Erika vio que la parte posterior de la cabeza de Mark había volado por los aires.

Ella, en compañía del inspector Tim James, fue evacuada en helicóptero, gravemente herida. Dejando allí a sus agentes —a sus amigos y a su marido— muertos.

En realidad todo había sucedido en cuestión de minutos, pero desde las 16:30 de ese día fatídico, la vida parecía haberse ralentizado para Erika. Desde aquel momento, se sentía como si estuviera recorriendo una pesadilla de la que nunca iba a despertar.

Simone se situó a cierta distancia y examinó a Mary, que yacía en una extraña postura en la cama, medio enfundada en un camisón estampado. La miró, jadeante e irritada.

Había visto ese camisón en un mercadillo de beneficencia de Beckenham y había decidido comprarlo para la anciana. Era una buena zona para descubrir gangas; las personas que hacían donaciones en los mercadillos de ese lugar estaban en una posición mucho más desahogada que la gente de su barrio, de ahí que pudieran encontrarse algunas prendas estupendas.

El camisón le había costado doce libras. Había dudado si gastar tanto, pero el estampado de cerezas sobre fondo blanco le encantaba, y además había pensado que a Mary le sentaría de maravilla.

El problema era que no le entraba. La mujer tenía los hombros demasiado anchos, de manera que Simone se había pasado quince minutos forcejeando para introducir aquel flácido cuerpo en el camisón, y al final únicamente había logrado dejárselo atascado a medio camino. La anciana tenía la prenda pasada por la cabeza y por los hombros, pero estos estaban introducidos a presión, apretujados entre sí, lo cual, a su vez, le mantenía los brazos alzados, extendidos como dos palos rígidos.

Simone deambuló por la reducida habitación. Faltaban muy pocos minutos para la hora del almuerzo, cuando las enfermeras pasaban por las habitaciones y daban de comer a los pacientes. Mary no comía, se alimentaba por vía intravenosa; no obstante, alguien podía abrir la puerta.

—¿Por qué no me habías dicho que tenías una talla más grande que la cuarenta? —exclamó Simone—. ¡Pero si tú no comes! ¡Me he gastado tontamente un montón de dinero!

Agarró el cuello del camisón y tiró con fuerza. La cabeza de Mary cayó hacia delante y luego hacia atrás sin sujeción alguna, pues tenía el torso medio incorporado sobre el colchón. Simone forcejeó hasta que el camisón salió finalmente con un crujido de tela rasgada. Mary cayó de lado y chocó de cabeza contra la barra de seguridad con un golpe sordo.

—Mira lo que has hecho —dijo Simone alzando el camisón desgarrado—. Ahora ni siquiera puedo ir a la tienda a devolverlo. —Sacudió a la anciana, sintiendo que aquel cuerpo flácido, menudo y frágil estaba a su merced. Lo soltó—. ¿Por qué será que la gente siempre me acaba decepcionando?

Le puso de cualquier manera el camisón sin espalda del hospital y la metió bajo las mantas.

—Te voy a dejar de hablar una temporada —anunció Simone y, doblando el camisón, lo guardó en el bolso—. Me has decepcionado. No eres más que una vieja gorda… Y desagradecida, además. He gastado un dinero duramente ganado en una bonita prenda para ti… ¡y tú ni siquiera tienes la decencia de esforzarte para que te entre!

Se echó el bolso al hombro y abrió la puerta. En el pasillo sonaba un eco de gemidos y lamentos.

Se giró hacia Mary y le reprochó:

—No me extraña que George te dejara… Yo voy a hacerle una visita a otra persona.

*E*rika abrió los ojos. La sala de estar se hallaba sumida en una lúgubre penumbra. Afuera, estaba oscuro. Una ligera brisa entraba por la puerta del patio. Se levantó y sintió una punzada de dolor en la cabeza: el principio de la resaca de todo el whisky que se había bebido.

Unas cuantas hojas habían entrado desde el patio y aleteaban sobre la moqueta, impulsadas por la brisa. Se agachó y las recogió. Eran alargadas y cerosas al tacto: hojas de eucalipto. Se las llevó a la nariz y aspiró ese olor a miel y menta, fresco y cálido al mismo tiempo. Sintió una oleada de calidez en el pecho porque le vino un recuerdo de Mark. El eucalipto era su aroma preferido. Ella solía comprarle botellitas de aceite de eucalipto para el baño. Con las hojas pegadas a la nariz, salió por la puerta abierta al jardín. Una ráfaga de aire fresco le alborotó el pelo. Distinguió la negra silueta de un enorme eucalipto en la calle, por detrás de las casas.

Sonó el estruendo de un trueno y le cayó en la pierna una gruesa gota de lluvia. Cayó otra, y otra, y acto seguido, con un fragor repentino, se puso a llover a raudales. Ella permaneció unos instantes allí, alzando la cara hacia la lluvia, disfrutando de la sensación del agua fresca que la iba acribillando. Sonó otro estrépito de truenos y la lluvia se intensificó aún más, cayendo en densas cortinas, y le empapó la piel y se le llevó las lágrimas y el sudor del día.

Y en ese momento se dio cuenta: la puerta cristalera del patio estaba cerrada cuando ella se había sentado en el sofá y se había quedado dormida. Se giró y miró la puerta abierta, totalmente oscura. No veía nada en el interior del piso. Se dirigió hacia el extremo del jardín, cogió una piedra grande del estrecho parterre que discurría junto a la valla y, alzándola con la mano, entró en el piso.

Encendió la luz. La sala de estar estaba desierta. Recorrió el pasillo, esgrimiendo la piedra en alto, a punto para asestar un golpe, y encendió la luz del baño. Nada. Llegó a la puerta del dormitorio. Pulsó el interruptor. También estaba vacío. Se agachó para mirar debajo de la cama y... lo vio.

Encima de la almohada había un grueso sobre de color crema. Un rótulo escrito con tinta azul decía: «INSPECTORA JEFE ERIKA FOSTER».

Lo miró con el corazón palpitante. Blandiendo la piedra por si acaso, fue a la sala. Cerró violentamente la puerta cristalera y echó el cerrojo. Afuera estaba todo completamente a oscuras y la lluvia repiqueteaba en el cristal. Buscó en su bolso y encontró un par de guantes de látex. Tuvo que hacer varios intentos para ponérselos en las temblorosas manos. Regresó al dormitorio, se acercó con cautela al sobre y lo alzó lentamente de la almohada.

Ella había estado allí dentro... en su casa. Era la Cazadora Nocturna, estaba segura. Se llevó el sobre a la cocina y lo dejó en la encimera. La lluvia seguía acribillando los cristales. Desgarró con delicadeza la solapa con un cuchillo y sacó una tarjeta que mostraba la imagen de una puesta de sol sobre el mar. El sol parecía una enorme y sangrienta yema de huevo explotando en el horizonte. Inspiró hondo y desplegó con cuidado la tarjeta. Dentro, escrito con una impecable caligrafía azul, había un poema:

No te quedes en mi tumba a llorar.
Yo no estoy allí; no duermo.
Soy el silbido de un millar de vientos,
soy los destellos de diamante sobre la nieve,
soy el sol en el grano maduro,
soy la suave lluvia de otoño.
Cuando despiertas en la quietud de la mañana,
soy la ráfaga rápida
de los pájaros silenciosos que vuelan en círculo.

Soy el suave brillo de las estrellas por la noche.
No te quedes en mi tumba a llorar.
No estoy allí; no he muerto.

Debajo del poema, decía:

Debes dejar que se vaya, Erika...
De una viuda a otra. LA CAZADORA NOCTURNA

Erika dejó de nuevo la tarjeta sobre la encimera de la cocina y dio un paso atrás, quitándose los guantes de látex de sus trémulas manos. Volvió a recorrer el piso, comprobando que las ventanas y las puertas estuvieran cerradas. La Cazadora Nocturna había estado en su casa; había entrado cuando ella dormía. ¿Cuánto tiempo había pasado allí? ¿Había observado cómo dormía?

Abarcó de un vistazo la sala de estar y se estremeció. No solo había estado en su casa; era como si ahora la tuviera dentro de la cabeza. El poema era precioso. La interpelaba directamente, apelaba a su sentimiento de pérdida y dolor. ¿Cómo era posible que una persona tan enferma y retorcida pudiera conectar con ella de un modo tan profundo?

261

55

Simone corría a toda velocidad por las callejas secundarias, que en el centro de Londres eran escasas. Estaba lloviendo a cántaros y notaba que la sangre le resbalaba por un lado del cuello; tenía la boca entumecida y el labio superior dolorosamente inflamado. La cosa no había salido como había planeado. La había cagado.

Al principio, todo había ido sobre ruedas. Había accedido al edificio Bowery Lane Estate, vestida con su uniforme de enfermera. El corredor de la segunda planta estaba desierto, y ella lo había recorrido con sigilo, pasando junto a las ventanas abiertas de las cocinas. A través de una de ellas, vio a un hombre dormido frente a un parpadeante televisor. Se detuvo un momento y lo observó. Tenía las piernas extendidas delante y un brazo sobre el pecho, que ascendía y descendía bajo la titilante luz...

Se obligó a seguir avanzando entre las sombras hasta llegar al número treinta y siete: la puerta de Stephen Linley. Pegó el oído a la superficie pintada de rojo y no oyó nada. Deslizó la llave en la cerradura y la puerta se abrió con un clic casi inaudible.

Linley llegó a casa una hora más tarde. Ella permanecía al acecho, oculta entre las sombras, y lo oyó trastear por la cocina. A través de la ventanita de servicio de la sala de estar, vio cómo se servía un gran vaso del zumo que ella acababa de mezclar con la droga para cometer violaciones. Se lo bebió rápidamente, se sirvió otro vaso y se dirigió a la escalera de caracol para subir a la planta superior.

Pasó muy cerca de donde Simone aguardaba, parapetada detrás de los pliegues de las cortinas del ventanal: tan cerca que notó cómo se agitaba el aire a su paso; incluso captó su olor, una fragancia dulzona y penetrante a colonia, sudoración y sexo. Eso la ayudó a concentrarse en el odio que le inspiraba.

Cuando lo oyó entrar en el baño, subió lentamente en la oscuridad y caminó sin hacer ruido sobre la suave moqueta. La puerta del baño estaba levemente entornada y percibió el tintineo del cinturón mientras se lo desabrochaba y se disponía a mear.

«Agárratela bien, porque es la última vez que la usas», pensó ella. Siguió adelante hasta el dormitorio, abrió la riñonera que llevaba en la cintura y sacó la bolsa de plástico pulcramente doblada.

Se acercó a la cama, se tumbó sobre la moqueta y se metió debajo del lecho. Esa parte —permanecer al acecho— le gustaba mucho. Remitía a esas pesadillas infantiles del coco escondido bajo la cama, de monstruos agazapados en la oscuridad de un armario. Ella era un monstruo, eso lo sabía, y gozaba siéndolo.

Escuchó los ruidos amortiguados de Stephen en el baño. El sonido del agua al abrir el grifo, el ruido de la cortina al apartarla para entrar en la bañera.

Al fin él emergió del baño. Simone vio cómo aparecían sus pies en la angosta franja que tenía a la vista y los observó cuando rodeó la cama con paso inseguro. En ese momento le sonó el móvil. Stephen soltó un taco y buscó en los bolsillos del pantalón. Sonó un clic cuando canceló la llamada, y el móvil cayó a la moqueta, casi al lado de ella, con la pantalla todavía iluminada. El tipo perdió el equilibrio y se desplomó sobre la cama. Ella se encogió y se acurrucó en las sombras de debajo. El colchón se bamboleó sobre su cabeza.

—Santo Dios, ¿tanto he bebido? —lo oyó murmurar.

Simone aguardó un minuto más antes de reptar hacia el móvil caído en el suelo. Extendió el brazo, se lo acercó y lo apagó. Lentamente, con sigilo, salió de debajo de la cama. Se

263

percató de que el hombre estaba tendido de lado, dándole la espalda; movía la mano temblorosamente sobre el rostro. Ella se puso de pie y lo observó un momento, escuchando sus gemidos; salió sin ruido del dormitorio y bajó por la escalera de caracol. Echó un vistazo a los libros de Stephen que se alineaban en las estanterías: *Descenso a la oscuridad, De mis frías manos muertas, La chica en el sótano*. Era la mente de Stephen Linley lo que ella más odiaba y temía. Su marido disfrutaba leyendo esos libros, disfrutaba del horror y la tortura. Recordó cómo la había sujetado en el baño y le había volcado la olla de agua hirviendo sobre su cuerpo desnudo... Y recordó que esa forma peculiar de tortura la había sacado del libro *De mis frías manos muertas*.

La caja de fusibles estaba en un pequeño armario, justo debajo de la escalera. Lo abrió y apagó la corriente.

Sus ojos se adaptaron a la penumbra. Permaneció un minuto más en medio del silencio, solamente interrumpido por los murmullos de Stephen en su habitación.

—Voy a por ti. Voy a por ti, malvado hijo de puta —susurró al fin. Subió deprisa la escalera y entró en el dormitorio.

La cama rechinó y se bamboleó cuando se subió junto a él. Sonó el leve crujido del plástico al desplegarlo y al deslizarle la bolsa por la cabeza.

Stephen, llevado por el pánico, lanzó un puñetazo a ciegas y le dio en un lado de la cabeza. Simone procuró ignorar el dolor y los destellos que le inundaban la visión; tiró firmemente del cordón y se lo tensó alrededor del cuello. Él forcejeó con más energía y, soltando otro puñetazo, le pegó en la boca. A ella le sorprendió la fuerza del golpe. Pensó que ya debería de estar aturdido y debilitado a estas alturas por la droga que le circulaba por las venas. Dio otro tirón al cordón, que se tensó todavía más y se le clavó en la piel del cuello. Él se revolcó violentamente sobre la cama, tratando de apartarse hacia el otro lado. Simone pensó que pretendía escapar, aunque comprendió lo que estaba haciendo cuando alzó el brazo y la golpeó en la nuca con un objeto duro y pesado. Ya no tenía la fuerza suficiente para asestar un buen golpe, sin embargo, y el objeto le rebotó en la nuca y rodó sobre la cama.

La bolsa estaba ya herméticamente cerrada y el plástico creaba un vacío sobre el rostro y la boca del hombre, que emitía gruñidos desesperados. Ella sujetó la bolsa con una mano y buscó con la otra el objeto que la había golpeado. Localizó y agarró el pesado cenicero de mármol, pero Stephen logró propinarle un doloroso codazo en la sien. Y, entre arcadas y estertores, arañó enloquecidamente el plástico que le cubría el rostro. Asentó los pies sobre el colchón y empujó con las piernas. La mujer sintió que la cabeza de su víctima se le escapaba; alzó el cenicero en el aire y se lo descargó con todas sus fuerzas sobre el rostro. Sonó un chasquido repulsivo al hundírsele la parte delantera del cráneo. Ella volvió a levantar el cenicero y se lo descargó sobre el rostro una vez más, y otra. Al tercer golpe, la bolsa explotó y la sangre y los fragmentos de hueso salpicaron toda la pared.

Simone se sentó sobre la cama, temblando. Lo había hecho. Sí, lo había hecho. Pero la había cagado a lo bestia. Salió corriendo de la habitación. Tropezó y cayó por el último tramo de la escalera, pero siguió corriendo y salió del piso. No dejó de correr hasta que estuvo muy lejos, envuelta en la oscuridad y empapada por la lluvia.

56

*E*rika dio un respingo cuando su teléfono fijo sonó con estrépito superando el fragor de la lluvia. No sabía cuánto tiempo llevaba mirando fijamente la pulcra letra de la tarjeta. Recogió el teléfono, que estaba en el suelo junto a la puerta de la entrada, y descolgó el auricular.

—¡Erika, ayúdame! ¡Está muerto! —dijo una voz que a duras penas reconoció.

—Isaac... ¿eres tú?

—¡Sí! Erika, tienes que ayudarme. Es Stephen... Acabo de llegar a su piso y me lo he encontrado... ¡Oh, Dios! Hay mucha sangre... sangre por todas partes...

—¿Has llamado a la policía?

—No, no sabía a quién llamar... Está en la cama, desnudo...

—Isaac, escucha. Tienes que llamar a emergencias.

—Erika... Está muerto. Y tiene una bolsa de plástico en la cabeza...

La lluvia se había vuelto torrencial cuando Erika llegó a Bowery Lane Estate. Vistas a través del limpiaparabrisas, que se movía a toda velocidad para despejar el cristal, las luces de los coches patrulla apiñados en la entrada parecían formar trazos de color azul junto con el agua. Aparcó detrás de una de las furgonetas de apoyo y salió del coche bajo la lluvia.

—Señora, aparte el coche. ¡No puede aparcar aquí!

—gritó un agente uniformado, corriendo hacia ella. Erika sacó la placa.

—Soy Foster, la inspectora jefe de la investigación. He recibido el aviso —mintió.

—¿Es usted la inspectora jefe del caso? —preguntó el agente protegiéndose los ojos con una mano. La lluvia le repiqueteaba sobre el impermeable por encima del casco.

—Lo sabré cuando haya visto la escena del crimen —dijo ella. El agente le indicó que pasara y Erika caminó hacia el cordón policial. Los coches patrulla estaban subidos a la acera. Una ambulancia había estacionado sobre el césped del patio, y sus luces se sumaban a la sinfonía azul y roja que reverberaba sobre las paredes del edificio.

La inspectora alzó la mirada y advirtió que muchas ventanas se estaban iluminando. Un policía uniformado gritaba a la gente que volviera adentro. Ella se fijó en un grupito de chicas asomadas en pijama y en la madre que las arrancaba de la ventana.

Al llegar al cordón policial, sacó su placa.

—Usted no figura en la lista —le gritó el agente de guardia, intentando que se le oyera a pesar del ruido de la lluvia y de las sirenas.

—Estoy en el equipo de respuesta inmediata. Soy la inspectora jefe Foster —gritó ella, y esgrimió de nuevo su placa de identificación. El agente asintió y, cuando Erika hubo firmado en su tablilla, le levantó la cinta.

Había una gran puerta de cristal apalancada con una cuña. Entró y accedió a una austera escalera, cuyo hormigón se veía grisáceo y moteado de manchas debido a los años. Llegó al piso de Stephen Linley, que estaba lleno de gente, mostró otra vez la placa y le dieron un traje forense, una mascarilla y unos protectores para los zapatos. Se apresuró a ponérselo todo en el corredor. Al entrar, vio que ya estaban sacando fotos y cubriendo hasta el último rincón del piso con polvos para huellas dactilares. Los agentes de la científica trabajaban en silencio y no le prestaron atención cuando subió por la escalera de caracol con el corazón encogido. Le llegaban suaves murmullos de arriba, así como el clic de la cámara del fotógrafo forense.

El panorama del dormitorio era peor de lo que había imaginado: un hombre desnudo yacía en la cama sobre una sábana empapada de sangre. El cuerpo no presentaba apenas ninguna marca, pero la cabeza, tapada con la bolsa de plástico, resultaba irreconocible. La pared de detrás estaba llena de salpicaduras rojas. Había un montón de agentes en la habitación... y uno en particular le llamó la atención por su elevada estatura. Junto a él, un agente gordo y más bajo tenía abierto un cajón del aparador y estaba sacando todo un surtido de consoladores, correas de cuero y capuchas fetichistas. Sostuvo ante sí una de las capuchas negras de PVC.

—Parece un dispositivo fetichista de control de la respiración —dijo.

—Joder, no es de extrañar que le haya acabado saliendo mal —exclamó el agente más alto.

A Erika se le cayó el alma a los pies al reconocer su voz.

—Inspectora Foster, ¿se puede saber qué hace aquí? —dijo el inspector Sparks.

El tipo gordo que lo acompañaba metió la capucha en una bolsa de pruebas con sus manos enguantadas y se giró. Tenía las cejas largas y erizadas y los ojos rodeados de arrugas.

—Humm... he recibido una llamada —dijo Erika.

—¿De quién? La respuesta inmediata correspondía a la policía de la City. Y ellos han avisado a mi equipo —replicó Sparks—. Este es el comisario Nickson.

Sparks y Nickson, cubiertos con mascarilla, la miraron fijamente. La cámara disparó un par de *flashes* cegadores.

—Está muy lejos de su zona, ¿no? —añadió Nickson con un tono arisco y directo.

—Yo... humm... He recibido una llamada del patólogo forense, Isaac Strong —explicó ella con voz temblorosa.

—Yo soy el patólogo forense, Duncan Masters —dijo un hombre menudo, de mirada intensa, que estaba trabajando en el rincón—. Al doctor Strong lo están interrogando los agentes uniformados. Él no está aquí como profesional.

—Hola, doctor Masters —lo saludó Erika—. Yo he estado trabajando en el doble asesinato por asfixia de Jack Hart y Gregory Munro. Y estoy aquí como inspectora jefe. Creo que este asesinato podría haber sido cometido por la misma persona.

—¿Y qué le hace pensar tal cosa? Acaba usted de irrumpir en mi escena del crimen —dijo el doctor Masters.

—Este hombre ha sido golpeado hasta morir con un cenicero de mármol y tiene el culo lleno de semen —intervino Sparks—. Da la impresión de que nos corresponde a nosotros. Así que vamos a hacernos cargo del caso. —Le hizo una seña a un agente—. ¿Puede acompañar a esta mujer a uno de los vehículos de apoyo? Hay que interrogarla sobre el aviso que ha recibido.

—Es inspectora jefe Foster... —murmuró Erika. Sintió que la sujetaban por el brazo—. De acuerdo, de acuerdo. No tienen que zarandearme. Ya sé dónde esta la puerta. Ya me voy.

El agente, vestido con mono forense azul, la acompañó afuera. Ella también llevaba mono azul y mascarilla, y solo se le veían los ojos, pero pese a ello estaba segura de que todos los presentes percibían su profunda humillación.

269

57

*I*gual que cuando un médico de categoría se ve obligado a convertirse en paciente, la inspectora Foster no soportó con demasiada paciencia que unos agentes uniformados la interrogaran en una de las furgonetas de apoyo de la policía. La lluvia seguía cayendo afuera y acribillaba el techo metálico con un ruidoso repiqueteo.

270

Dos agentes varones, los inspectores Wilkinson y Roberts, se hallaban sentados frente a ella, al otro lado de la mesa. Una agente uniformada, de cara juvenil y pelo castaño recogido detrás muy prieto, los observaba desde la puerta abierta.

—¿Por qué la ha llamado Isaac Strong antes de hacer siquiera una llamada a emergencias? —preguntó el inspector Wilkinson, de rostro flaco, ratonil, y dientes a juego.

—Estaba asustado. Conmocionado —respondió Erika.

—¿Son íntimos? ¿Mantiene usted una relación con Isaac Strong? —preguntó el inspector Roberts, un tipo rubio y guapo en comparación con su compañero.

—No; solo es un amigo.

—¿Solo son buenos amigos? —se extrañó el inspector Roberts—. ¿Nada más?

—¿A esto se reducen su capacidades detectivescas: a averiguar quién folla con quién?

—Responda a la pregunta, señora Foster —exigió el inspector Wilkinson.

—Ya se lo he dicho dos veces, es inspectora jefe Foster —dijo Erika sacando su placa y plantificándola frente a ellos sobre la mesa—. He estado investigando un doble asesinato en el que un intruso irrumpió en la casa de las víctimas y las asfixió poniéndoles una bolsa de plástico en la cabeza. Ambas víctimas eran hombres. Seguramente han oído hablar de ello. Se trata del doctor Gregory Munro y de Jack Hart. Yo soy la inspectora jefe encargada del caso y el doctor Isaac Strong es el patólogo forense del mismo caso. Además, tengo relación con el doctor Strong fuera del trabajo. Nos vemos a veces, como amigos. Y me consta que es gay. Ahora, al parecer, nuestra vida personal y profesional se ven entrelazadas, porque el compañero de Isaac, Stephen Linley, es el hombre que está ahí arriba con el cráneo hundido. El doctor Strong, lógicamente, estaba muy trastornado cuando se lo ha encontrado y me ha llamado de inmediato. Cuando ustedes escuchen la transcripción de esa llamada, oirán que yo le he dicho con toda claridad que debía llamar a emergencias. En cuanto he colgado, he venido. Puedo asegurarles que la bolsa empleada en los anteriores asesinatos es de un tipo especial, y creo que se ha utilizado una bolsa idéntica para matar a Stephen Linley. Y ahora será mejor que escuchen lo que digo y que sean más respetuosos, porque dentro de unas horas, si aún siguen en el caso, será bajo mis órdenes.

271

Se arrellanó en la silla y escrutó a ambos agentes con aire desafiante. Ellos se miraron con aire incómodo.

—Muy bien, inspectora jefe —dijo Wilkinson, que parecía avergonzado.

—Bueno, ¿tienen más preguntas que hacerme?

—Creo que con esto basta por ahora —dijo Roberts.

—Gracias. Me gustaría hablar con el doctor Strong, por favor. ¿Dónde está ahora? —preguntó Erika.

La agente apostada en la puerta, que estaba hablando por radio, levantó la vista e informó:

—Acabo de hablar con el centro de control. Me han dicho que el inspector jefe Sparks ha dejado en la escena del crimen al comisario Nickson y se ha llevado al doctor Isaac Strong a la comisaría de Charing Cross.

—¿Que se lo ha llevado? —exclamó Erika—. ¿Lo han detenido?, ¿o ha ido por voluntad propia?

La agente repitió la pregunta al poco por radio; hubo una pausa, varios pitidos y crujidos, y a poco reapareció una voz para confirmar que Isaac había sido detenido como sospechoso del asesinato de Stephen Linley.

58

*E*rika dudó un momento antes de levantar el brazo y llamar con la gran aldaba de latón. Hecho esto, retrocedió y observó la casa sumida en la oscuridad. La lluvia había dado paso a un viento fresco, y aunque seguía empapada, ese frío era de agradecer después de la ola de calor. Se arrebujó en su chaqueta. Ya iba a llamar de nuevo cuando se encendió una luz en una ventanita junto a la puerta.

—¿Quién es? —preguntó Marsh con brusquedad.

—Señor, soy Erika, la inspectora Foster.

—Pero ¿qué demonios? —oyó que mascullaba. Sonaron varios cerrojos y las llaves de dos cerraduras. Finalmente, abrió la puerta. No llevaba más que unos calzones.

—Tengo una poderosa razón para molestarlo —dijo ella alzando las manos para aplacarlo.

Veinte minutos más tarde, la chaqueta de Erika se secaba sobre la cocina Aga despidiendo vapor, y ella y Marsh analizaban la situación ante la larga mesa de roble de la cocina. Él se había puesto encima un chándal y su esposa, Marcie, con la oscura melena suelta y sin maquillaje, estaba echando cucharadas de té en la tetera y calentaba el agua.

—¡Por Dios! —dijo Marsh cuando Erika terminó de explicarle lo de Stephen Linley.

—Perdonen los dos que haya venido aquí a molestar, pero me preocupaba llamarlo con mi teléfono móvil —se disculpó ella.

—¿Es que no tiene un móvil particular? —preguntó Marsh.

—No.

—¿Y cómo se las arregla cuando quiere hacer una llamada privada?

—No es que haga muchas... —La frase quedó flotando en el aire un instante. El agua del calentador hervía ya, y Marcie la sirvió en la tetera—. Lo que ocurre es que mi conversación por teléfono con Isaac constituirá una prueba en nuestro caso, porque él ahora es un sospechoso. Pero señor, él no ha cometido ese asesinato. He visto la escena. Ha sido la Cazadora Nocturna, estoy segura.

—¿Dice que han golpeado a Stephen Linley en la cabeza con un cenicero?

—Eso es. La bolsa de plástico era del mismo tipo, una bolsa de suicidio; y estaba desnudo sobre la cama. Es posible que algo haya salido mal y que la asesina se haya dejado llevar por el pánico. Lo más probable es que él se haya defendido.

—¿De veras creéis que se trata de una mujer? —preguntó Marcie con incredulidad.

—Sí, eso creemos —afirmó Erika. Marcie les puso las tazas de té delante. El teléfono de Marsh sonó en ese momento.

—Es el comisario Nickson —dijo mirando la pantalla antes de responder.

—Estaba en la escena del crimen con el inspector jefe Sparks —explicó la inspectora Foster.

—¿Hola? John, aquí Paul Marsh... —Salió de la cocina, y cerró la puerta. Erika oyó cómo se alejaba su voz por el pasillo. Marcie se acercó y se sentó frente a ella.

—¿Quieres una galleta? —preguntó abriendo una lata y colocándola entre ambas—. Pareces un poco pálida.

—Gracias. —Cogieron una galleta cada una y masticaron en silencio.

—Sé qué día es hoy. El aniversario —dijo Marcie—. Y lo siento. Ya sabes que lo siento. No debe de ser fácil.

—Gracias —repitió Erika, y cogió otra galleta—. Pero creo que es como si esta noche hubiera logrado aceptarlo.

¿Entiendes lo que quiero decir? Todavía pienso en él continuamente. Pero es como si hubiera aceptado que nunca va a volver.

Marcie asintió. Erika pensó en lo guapa que estaba sin todo el maquillaje que solía llevar. Su belleza natural adquiría así un tono más suave.

—¿Piensas quedarte a vivir en el sur del país? —preguntó Marcie cogiendo otra galleta y mojándola con delicadeza en el té.

—No sé. Los dos últimos han sido como los años iniciales de una nueva vida. Primero había transcurrido un día desde la muerte de Mark; luego una semana, un mes, un año...

—Es imposible hacer planes así —concluyó Marcie.

—Exacto.

—¿Aún tienes la casa en el norte, en Ruskin Road?

—Sí.

—Una casa preciosa, muy acogedora.

—No he vuelto desde entonces. Mandé a un equipo de mudanzas para que lo recogieran todo y lo guardaran en un almacén. Ahora la casa está alquilada. —Dio otro mordisco a la galleta con aire melancólico.

—Deberías venderla, Erika. ¿Te acuerdas de nuestra casa de Mountview Terrace? ¡He visto en Internet que acaba de venderse otra vez por quinientas mil libras! Sabía que los precios habían subido en Mánchester, pero eso es una locura. Nosotros la vendimos por trescientas mil libras hace seis años, cuando nos trasladamos aquí. Podrías comprarte algo en Londres. Hay unas casas preciosas alrededor de Hilly Fields... Y vi una para reformar impresionante en Forest Hill...

Erika se esforzó para escuchar lo que Marsh estaba diciendo en el pasillo.

—Mira, lo siento pero no he venido a hablar del precio de las casas —dijo.

Marcie se puso tensa visiblemente.

—Pero has venido a aporrear nuestra puerta a las tres de la madrugada. Lo menos que puedes hacer es comportarte con educación.

—Ha sido un largo y espantoso día, Marcie.

—¿Cada día es para ti un largo día, Erika? —Marcie se levantó y tiró al fregadero el resto de su té, que salpicó en los azulejos.

—Perdona.

—No hay nadie más en el departamento de Paul que se crea con derecho a venir aquí a hacer visitas intempestivas en plena noche...

—Esto no es...

—¿Qué tienes tú de especial?

—Nada. Sencillamente que nos conocemos desde hace mucho y que no quería contarle esto por teléfono.

Marsh volvió a entrar en la cocina y observó el cuadro que tenía delante: Marcie de pie ante Erika señalándola con el dedo y a punto de decir algo.

—Marcie, ¿nos disculpas un momento?

—Claro. Todo lo que haga falta para uno de tus agentes. Nos vemos por la mañana —le espetó ella.

Una sombra cruzó el rostro de Marsh. «¿Dormirán en habitaciones separadas?», pensó Erika.

276

Marsh cerró la puerta y recobró enseguida la compostura.

—Van a retener a Isaac esta noche. Están esperando los resultados de ADN.

—¿De qué?

—Según parece, Stephen Linley era bastante... promiscuo. Tenía un montón de correas de cuero y artículos de *bondage*. Y han encontrado pornografía bastante extrema en su piso.

—¿De qué tipo?

—Nada ilegal. Prácticas fetichistas, algunas relacionadas con la asfixia... Además, han escuchado los mensajes de su teléfono y parece que Isaac y él estaban pasando un bache. Isaac dejó varios mensajes diciendo que quería, y cito, «matarlo de una puta vez».

—Yo también he dejado mensajes así, señor.

—Erika...

—No, usted sabe cómo son estas cosas. Si investigas a fondo, la correspondencia privada de cualquiera se vuelve incriminatoria. No ha sido Isaac.

—¿Y qué quiere que diga yo? «¿Vale, suspendamos la investigación porque usted cree que es inocente?»

—Ambos sabemos cómo llaman la atención este tipo de cosas. ¿Dispone Isaac de un abogado?

—Eso creo, sí.

—¿Puede conseguirme acceso al caso? Si alguien tiene que interrogarlo, preferiría ser yo.

—Ambos sabemos que eso no es posible...

Ella rebuscó en el bolso y sacó la tarjeta, desplegada dentro de una bolsa de pruebas.

—Tiene que ver esto —dijo deslizándola hacia el otro lado de la mesa. Marsh fue a coger sus gafas de lectura de la encimera de la cocina, volvió a la mesa y examinó la tarjeta un buen rato. Le dio la vuelta y leyó lo que estaba escrito dentro.

—¿Dónde la encontró?

—Me he quedado dormida a media tarde. Al despertarme, la puerta del patio estaba abierta y he encontrado esta tarjeta sobre la almohada.

—¡Sobre su almohada! ¿Cómo es que no me lo ha contado?

—¡Se lo estoy contando ahora! Me he despertado y he encontrado la tarjeta: no la he tocado, me he puesto unos guantes de látex para cogerla; al poco rato he recibido la llamada de Isaac y me he ido al piso de Stephen Linley. Y he venido aquí.

—Esto se nos está yendo de las manos —opinó Marsh—. Convoque una reunión informativa a primera hora con su equipo. Voy a hacer una llamada; los forenses tienen que revisar su piso.

—De acuerdo.

—¿Quiere dormir en el sofá?

—No, señor. Ya casi son las cuatro. Buscaré un hotel y dormiré unas horas

—De acuerdo. Nos vemos en comisaría a las nueve en punto.

277

59

*L*lovía a cántaros de nuevo. Erika se bajó del coche y corrió hasta la entrada de la comisaría Lewisham Row. Woolf estaba de guardia, y en la zona de recepción había un grupo de mujeres jóvenes sentadas con expresión huraña en una hilera de sillas de plástico. Dos de ellas mecían las sillitas de paseo de unos bebés que lloraban sin parar. Había otros tres críos de pie en las sillas del extremo, dos niños y una niña: los tres pateaban el plástico verde entre risotadas y dibujaban siluetas en el ventanal empañado. En la parte superior del cristal, fuera de su alcance, alguien había escrito con un dedo grasiento: «**TODOS LOS POLIS DEBERÍAN MORIR**». Los críos iban desaliñados y armaban alboroto, pero a Erika le conmovió la imagen de sus tres pares de chancletas, alineadas pulcramente en el suelo.

—Buenos días —dijo Woolf alzando la vista—. Marsh ha pedido que se reúna todo el mundo en el centro de coordinación.

—¿Ha dicho por qué? Se supone que yo voy a informar a todos a las nueve.

El sargento se inclinó sobre el mostrador y dijo en voz baja:

—Tiene que ver con la detención del doctor Strong por asesinar a su novio con un cenicero... Yo no sabía que fumara, ¡y menos aún que se dedicara a dar por el culo!

—¿No tiene nada mejor que hacer que cotillear, sargento? ¿Y usted no está nunca fuera de servicio? —le dijo Erika mirándolo con dureza. Pasó la tarjeta por el lector de la puerta, entró y cerró de un portazo.

Woolf observó por el circuito cerrado de televisión cómo cruzaba el corredor.

—¡Uf! ¿Cuánto tiempo más voy a tener que esperar? —gritó una de las mujeres.

—Enseguida se podrá reunir con el amor de su vida —replicó Woolf—. Y las demás, también. Están tomándoles las huellas y redactando la acusación por graves daños corporales.

Las mujeres lo miraron hoscamente y continuaron conversando entre ellas.

—¡Vaya! Por lo visto, todo el mundo ha perdido el sentido del humor esta mañana —masculló el sargento, que abrió el periódico y le dio un mordisco a su pastel de hojaldre.

Cuando Erika entró en el centro de coordinación, vio que estaba todo el mundo sentado en silencio. Marsh aguardaba delante tomando una taza de café.

—¡Ah, Erika! Tome asiento, por favor.

—Creía que yo iba a encargarme de informar esta mañana al equipo, señor…

—Yo también lo creía. Pero la situación ha cambiado. Siéntese, por favor.

La inspectora se encaramó en un extremo de una de las mesas del fondo, donde las impresoras estaban insólitamente silenciosas.

Marsh tomó la palabra:

—Anoche el doctor Isaac Strong, que ha trabajado con nosotros en esta y en otras muchas investigaciones, en calidad de patólogo forense, fue acusado del asesinato de su compañero, el escritor Stephen Linley.

Guardó silencio. Los agentes trataron de asimilar la noticia.

—Este hecho nos ha colocado en una posición un tanto complicada. Muchas de las pruebas de nuestra investigación sobre las muertes de Gregory Munro y Jack Hart han sido procesadas por el doctor Strong; y en los dos casos, sus hallazgos nos han ayudado a trazar el perfil del asesino.

Stephen Linley fue asesinado de un modo que coincide en muchos aspectos con los asesinatos de los dos hombres citados, y tenía elevados niveles de flunitrazepam en la sangre. Fue asfixiado con el mismo tipo de bolsa de suicidio, aunque parece que él luchó con su atacante. La autopsia y los análisis toxicológicos muestran que el escritor era un consumidor habitual de drogas por placer, como las benzodiazepinas y el Rohypnol, nombre comercial del flunitrazepam, y que tenía una elevada tolerancia a tales sustancias. El único resto de ADN en la escena corresponde a un varón.

Guardó silencio de nuevo para que todos los presentes digirieran la información. Al poco prosiguió:

—Stephen tenía, al parecer, muchos compañeros sexuales y había estado ayer en una sauna gay. Las cámaras de videovigilancia muestran que estuvo en Chariots, un local situado en Waterloo, desde las seis de la tarde hasta las diez de la noche. Además de todo lo dicho, su asesinato se produjo en el edificio Bowery Lane Estate, del distrito EC1, lo cual corresponde a la jurisdicción de la policía de la City. Así que no solo no está en nuestra zona, sino que queda fuera de la jurisdicción de la policía metropolitana.

—Señor, usted no creerá que Isaac Strong sea el asesino en serie, ¿no? —objetó Erika.

—¿Puedo terminar, por favor?

—Habría agradecido que me informara a mí antes, señor. Yo soy la inspectora jefe al mando del caso y estoy aquí escuchando toda esta información por primera vez.

Los agentes que se hallaban en el centro de coordinación se desplazaron, incómodos, en sus asientos.

—Erika, a mí me ha informado de todo esto el subcomisario general hace veinte minutos —dijo Marsh—. ¿Puedo continuar, por favor?

—Sí, señor.

—El doctor Strong se encontraba en la escena del crimen. Se le retuvo en un principio para someterlo a un interrogatorio de rutina. Él asegura que encontró el cadáver de Linley al entrar en el piso. Sin embargo, han ido llegando los resultados de la investigación en el lugar del crimen.

Había numerosas fotografías en el portátil de Stephen Linley, y se ha realizado una identificación positiva de un tal JordiLevi.

—Es el prostituto al que interrogamos. Estuvo en la casa de Gregory Munro unos días antes del asesinato —informó Crane.

—Sí. Muchas de las fotos del portátil mostraban a JordiLevi con Stephen Linley e Isaac Strong: eran fotos de los tres practicando el sexo. La policía registró la casa del doctor Strong y halló una pequeña cantidad de éxtasis, marihuana y flunitrazepam, la droga empleada en los tres asesinatos. También encontró varios artículos de prácticas fetichistas, como capuchas, bolsas y demás, que se usan en la asfixia erótica y en los juegos de control de la respiración, es decir, el ahogo parcial de uno mismo o del compañero para intensificar el placer sexual...

A Erika, sentada al fondo de la sala, se le heló la sangre en las venas. Su mente se puso a trabajar aceleradamente, repasando todas las veces que había estado en casa de Isaac. ¿Sería posible que todo aquello fuera cierto?

—Ahora bien, como siempre —prosiguió Marsh—, una persona es inocente hasta que no se demuestra lo contrario. Y a ello se añade, en este caso, el hecho de que el doctor Strong es uno de los nuestros, un excelente patólogo forense con un historial intachable. Las pruebas contra él, sin embargo, se amontonan de forma alarmante, de manera que la policía de la City no ha tenido otro remedio que detenerlo por el asesinato de Stephen Linley. Y también va a ser investigado ahora como sospechoso de los asesinatos de Gregory Munro y Jack Hart.

—¿Y en que posición quedamos nosotros, todo el equipo? —preguntó Erika.

Marsh hizo una pausa y continuó:

—Como todos saben, debemos mantener una absoluta transparencia. Ustedes han realizado un excelente trabajo en este caso, y les doy las gracias a todos y a cada uno. Inspectora jefe Foster, usted ha estado trabajando también junto con el doctor Strong, y ahora es necesario analizar los informes forenses que él proporcionó para comprobar si ha po-

281

dido influir en la investigación. Además, el doctor Strong la llamó por teléfono desde la escena del crimen, antes de avisar a la policía...

Todos los ojos se volvieron hacia ella.

—Yo tengo relación con Isaac... con el doctor Strong, fuera del trabajo —dijo Erika—. Él simplemente entró allí y descubrió que su novio había sido asesinado.

—No la estoy acusando de nada, Erika. Pero Strong traspasó el límite al telefonearla. No podemos permitirnos que la inspectora jefe al mando del caso reciba una llamada telefónica del sospechoso del asesinato desde la misma escena del crimen. Uno de nuestros antiguos colegas, el inspector Sparks, se hizo cargo anoche de la situación y, teniendo en cuenta además que ahora dirige un experimentado equipo de Investigación Criminal, será él quien asuma este caso como inspector jefe.

Varios de los agentes se volvieron a mirar a Erika. Ella trató de mantener la compostura.

Marsh continuó hablando:

—He venido a darles las gracias a todos por su duro trabajo, pero necesito que se pongan manos a la obra para transferir el caso esta misma mañana con la mayor rapidez posible. El inspector jefe Sparks quizá decida retener a algunos de ustedes y los incorpore a su equipo.

Erika se levantó y pidió:

—Señor, ¿puedo hablar con usted, por favor?

—Erika...

—Me gustaría hablar con usted en su despacho, señor. Ahora mismo.

60

—*E*rika, lo siento —dijo Marsh.

Estaban de pie, el uno frente al otro, en el despacho de la última planta.

—No puedo creer que me haya informado de todo esto delante de mi equipo, sin ponerme antes sobre aviso.

—Como le he dicho, acababa de recibir una llamada de Oakley. Ya estaba todo decidido. A mí se me ha comunicado la decisión sin más.

—Oakley. Así todo encaja…

—No ha sido nada personal. Ya me acaba de oír abajo, en el centro de coordinación.

—¿Usted cree que Isaac lo hizo? —cuestionó Erika tomando asiento frente al escritorio.

Marsh se acercó a su silla y se sentó también.

—A mí no me lo pregunte. Apenas lo conozco. Es un excelente patólogo forense. Usted ha intimado con él. ¿Qué impresión tiene?

—No he «intimado» con él. He cenado con él algunas veces. —Ella se dio cuenta de que estaba minimizando su amistad con Isaac, y esa constatación la hizo detenerse en seco. «¿Tan despiadada y tan hija de puta soy? —pensó—. Isaac es uno de mis mejores amigos.» Pero debía reconocerlo: las pruebas que acababa de escuchar contra él la habían dejado anonadada.

—¿Y qué me dice del novio? ¿Qué impresión sacó cuando los vio juntos? —preguntó Marsh.

—Yo ya sabía que Isaac mantenía una relación inestable con Stephen. Aunque él no entró en detalles, me constaba

que Linley lo había engañado y que habían roto. Inesperadamente, fui una noche a cenar a su casa, y Stephen estaba
otra vez allí. No creo que yo le cayera bien. Claro que, por otro
lado, últimamente no le caigo bien a nadie, al menos de entrada.

—¿Últimamente? —dijo Marsh sonriendo.

A pesar de la situación, Erika le devolvió la sonrisa.

—¿Usted ha leído alguna de las novelas de Stephen Linley? —le preguntó Marsh.

—No.

—Mi esposa se bajó una, *Descenso a la oscuridad*, para
leerla durante las últimas vacaciones... Pero no pudo pasar
de los cuatro primeros capítulos.

—¿Por qué?

—Porque parece disfrutar torturando a mujeres.

—Son novelas negras, señor.

—Eso le dije yo y que debería ceñirse a las comedias ro-
mánticas... En fin... Me he visto obligado a poner en marcha el proceso para que todo el material relacionado con los
asesinatos de Gregory Munro y Jack Hart sea transferido al
equipo del inspector Sparks. Ellos se encargarán de que otro
patólogo forense revise todos los análisis.

Erika se levantó, se acercó a la ventana y contempló la
zona de Lewisham, cubierta por una oscura masa nubosa.

—¿Cómo ha conseguido quitarme el caso el hijo de puta
de Sparks? ¡Eso me sienta como una patada en el estómago!

—Ahí está el problema de crearse enemigos, Erika. Ellos
se dedican a maquinar. Y a veces prosperan en la sombra. A
Sparks le va muy bien.

—Bien... ¿hasta qué punto? Porque es evidente que se ha
esforzado a tope... Está dirigiendo su propio equipo, lo han
reclutado para echar una mano en la vigilancia encubierta de
la Operación Hemslow...

Marsh guardó silencio.

—¿No me diga, señor... que también se ha presentado
para la plaza de comisario?

—Hay muchos otros agentes que han presentado su candidatura. No se trata únicamente de ustedes dos.

—Ya. ¿Y en qué posición quedo yo ahora?

—Usted está fuera del caso. Y el único motivo de que haya quedado fuera, a mi modo de ver, es que tiene un conflicto de intereses. Se ha relacionado con el patólogo forense que ahora es sospechoso de los asesinatos.

—Si estoy fuera del caso, póngame en otra investigación. Me encantaría trabajar en la Operación Hemslow. Sparks ya no seguirá allí ahora. No les vendrá mal otro inspector jefe.

—Anoche el comisario Nickson no se llevó una gran impresión sobre usted ante su forma de irrumpir en la escena del crimen... Ni con el modo que tuvo de tratar a sus agentes. —Marsh la miró a los ojos—. Sí, ha llegado a mis oídos. Y a los de Oakley.

—Señor, lo lamento, pero debe creerme: lo único que hago es tratar de ser una buena agente de policía. No me propongo cabrear a nadie, aunque...

—Aunque no cae bien, al menos de entrada —dijo Marsh terminando la frase—. Escuche. Le quedan tres semanas de vacaciones que aún no se ha tomado. Le sugiero que vaya a tomar el sol. A veces va bien esfumarse una temporada.

—Señor, yo no soy de las que van a broncearse a la playa.

—Bueno, inténtelo. Compre una crema de factor cincuenta y lárguese a un lugar bonito. Se ha salvado por los pelos en este asunto de la Cazadora Nocturna, se lo aseguro.

—Sí, señor.

—Ah, y una cosa más, Erika. Como me entere de que anda metiendo la nariz en el caso, su sueño de obtener ese ascenso como comisaria se irá a pique de inmediato.

—No es un sueño...

—Bueno, llámelo como quiera. Tómese unas vacaciones.

—Muy bien, señor. —Asintió y salió del despacho.

El centro de coordinación estaba vacío, aunque habían dejado encendidos los fluorescentes. Erika permaneció un momento en silencio, mirando las pizarras donde estaban desplegadas todas las pruebas reunidas en las últimas tres semanas. Gracias al concienzudo trabajo de su equipo.

Una mujer llamó a la puerta y asomó la cabeza. Era una de las agentes de apoyo. No sabía su nombre.

—Disculpe, inspectora, ¿podemos iniciar el proceso de transferencia de pruebas? —preguntó la mujer echando un vistazo a las mesas vacías.

Erika asintió y salió del centro de coordinación. Se encontró a Woolf, que venía por el pasillo hacia ella.

—Perdone por lo de antes, jefa... ¿Conocía usted bien al doctor Strong?

—Sí. Pero ahora creo que no tanto...

—Ya, bueno. Al final todo tiene arreglo —dijo él sonriendo.

—¿Qué significa ese dicho exactamente?

—Que me cuelguen si lo sé. Mi madre lo repetía siempre, que Dios la tenga en su gloria. La pobre vieja. Mire, por fin he conseguido encontrarle esto —dijo tendiéndole un viejo móvil Nokia—. Todavía funciona. Sin problemas.

—Ah, se ha acordado —dijo ella, y lo cogió.

—Fue lo primero que me dijo cuando llegó a Lewisham Row. «¡Consígame uno con botones, gordo hijo de puta!»

—Jamás le dije «gordo hijo de puta» —sonrió Erika.

—Ya. Eso me lo he inventado —dijo Woolf, y ambos miraron a través del cristal cómo retiraban los agentes de apoyo las fotografías de las pizarras.

—¿A dónde han ido todos? —preguntó Erika.

—La mayoría de ellos, a casa. Les han dicho que se fueran y que esperen a ver si los destinan a otro caso. Además, es domingo. Supongo que querían aprovechar este día libre inesperado, antes de que empiece otra semana llena de trabajo.

La inspectora se sintió decepcionada; y algo abandonada también. Procuró sacudirse esos sentimientos, dándose cuenta de que su actitud era estúpida. Esto era un trabajo; y punto.

—¿Y ahora qué piensa hacer, jefa?

—Estoy de vacaciones las tres próximas semanas.

—Ah, genial. Yo mataría ahora mismo por tres semanas de vacaciones. ¡Que se divierta! —Woolf le dio una palmada en el hombro y se alejó hacia recepción.

Divertirse... No recordaba la última vez que se había divertido. Miró de nuevo las pizarras a través del cristal; ya casi estaban vacías. Se echó el bolso al hombro y salió de la comisaría, sin saber bien qué iba a hacer a continuación.

61

*E*rika estuvo el resto de la mañana vagando sin rumbo con el coche, llena de impotencia y frustración. Pasó frente a la casa de Isaac, en Blackheath, y vio que la estaban registrando. Había un agente apostado junto a la puerta y una cinta policial sobre la entrada. Resultaba extraño ver aquella casa tan elegante, incluidas las plantas de yuca frente a la lustrosa puerta negra y las ventanas de guillotina reluciendo al sol, y saber al mismo tiempo que él estaba detenido.

Se dirigió a la zona de Shirley y pasó frente a la casa de Penny Munro. La calle parecía tranquila y silenciosa. En muchas ventanas estaban echadas las cortinas para evitar el calor. La casa de Penny destacaba especialmente por su césped verde y exuberante. Daba la impresión de que Gary seguía incumpliendo las restricciones de riego. Le entraron ganas de saber qué más estaría haciendo, y ya se disponía a reducir la marcha y parar el coche cuando recuperó la sensatez. Dio media vuelta y se alejó hacia Forest Hill.

Cuando llegó a casa, se puso a llover otra vez. Lo revolvió todo, buscando algo que beber, pero la nevera estaba vacía, así como la mayoría de los armarios.

Deambuló enfurecida por el piso, sintiéndose como una fiera enjaulada. Encendió el portátil, lo dejó sobre la encimera de la cocina y se sirvió lo que quedaba de la botella de whisky. Echó un vistazo alrededor, odiando su vida, odiando su carrera, odiándolo todo. Ahora llovía con más fuerza. Abrió la puerta cristalera y, resguardada en el umbral, encendió un cigarrillo. A su espalda sonó un blandengue chasquido: la ventana de Skype acababa de abrirse en su portátil y sonó el timbre de una llamada. Entró precipitadamente, pensando que tal vez fuera la Cazadora Nocturna.

No: era su hermana, llamando desde Eslovaquia.

—Me estoy volviendo loca —masculló entre dientes al darse cuenta de que se sentía decepcionada—. Prefiero recibir una llamada de una asesina en serie que de mi propia hermana.

Inspiró profundamente y respondió.

—*Ahoj zlatko!* —gorjeó Lenka. Estaba sentada en su salón, en un gran sofá de cuero cubierto con una piel de oveja. En la pared de detrás, de un llamativo tono anaranjado, había numerosas fotografías de sus hijos, Karolina y Jakub. Se había recogido la larga melena rubia en lo alto de la cabeza, y, pese a la enorme barriga que se le había puesto a esas alturas del embarazo, llevaba una sencilla camiseta rosa de tirantes.

—Hola, Lenka —la saludó Erika con una sonrisa, hablando en eslovaco—. ¡Pareces a punto de explotar!

—Sí. Ya falta menos —dijo su hermana—. Tenía que llamarte. Me han dado los resultados de la última ecografía y hay noticias. ¡Es otro niño!

—Fantástico. Enhorabuena.

—Marek está entusiasmado. Acaba de llevarme a la joyería del pueblo (seguro que la recuerdas, esa elegante de la calle principal), y me ha comprado una pulsera tobillera.

Marek era el marido de Lenka, y lo habían encarcelado recientemente por posesión de objetos robados.

—¿Cómo ha podido permitírselo?

—Está trabajando otra vez.

—¿Trabajando? Pero ¿no estaba en la cárcel?

—Salió hace un mes con la condicional.

—¿Cómo ha conseguido la condicional tan deprisa? Lo condenaron a cuatro años.

—¡Ay, Erika! Ya sabía que te pondrías así... Marek recordó algo que a la policía le resultó útil, y lo soltaron... También te llamaba para decirte que ya no tienes que mandarme más dinero. Gracias por todo.

—Lenka…

—No, estoy bien, Erika. Ahora que Marek ha vuelto, las cosas se han arreglado.

—¿Por qué no abres otra cuenta bancaria? Yo te sigo mandando el dinero y tú lo reservas aparte, te lo guardas para ti.

—No tienes que cuidar de mí, hermana.

—Claro que sí. Ya sabes que la gente que trabaja para la mafia siempre acaba asesinada o encerrada de por vida. ¿Quieres ser una madre soltera con dos críos? Bueno, tres, porque vas a tener otro con él.

—Marek se ha esforzado mucho para mostrar buen comportamiento y ha conseguido la condicional —dijo Lenka alzando las manos airadamente, como si, por ese hecho, él fuese mejor que otros padres—. La vida aquí es muy distinta, Erika.

—Lo cual no significa que esté bien.

—Tú no lo comprendes. ¿No puedes alegrarte por lo menos? Marek cuida de nosotros. Los niños van con ropa bonita, tienen iPhones. A este bebé no le faltará de nada. Podremos llevarlos a buenos colegios…

—¡Cómo van a soportar todas esas aburridas horas de estudio, cuando Marek puede presentarse en el colegio y amenazar con partirle las piernas al profesor!

—Erika, no quiero seguir hablando de esto. No te he llamado para pelearme contigo —dijo Lenka arreglándose el recogido del pelo con una expresión terminante—. En fin. ¿Tú estás bien? He estado tratando de localizarte por Skype. Te llamé cuatro veces el día del aniversario de Mark.

—Estoy bien.

—Deberías colgar unos cuadros —sugirió Lenka atisbando a través de la cámara—. El piso parece una celda.

—Lo mantengo así para cuando vengáis a verme tú y Marek. Para que él se sienta como en casa.

A pesar de la pulla, ambas se echaron a reír a carcajadas.

—Los niños te envían recuerdos —dijo Lenka cuando se calmaron—. Se han ido a la piscina con sus amigos.

—Dales un beso de mi parte. Y avísame cuando te pongas de parto, ¿vale?

289

—De acuerdo... Te avisaré. Te quiero. —Se puso los dedos en los labios y le mandó un beso. Erika se lo devolvió y la ventana quedó en negro.

Tras la charla por Skype, el silencio del piso resultaba ensordecedor. Erika recorrió con la vista las paredes desnudas de la sala de estar y se detuvo en la librería, llena de folletos y correo comercial. Al lado de *Cincuenta sombras de Grey*, estaba la novela que Stephen le había regalado. Se levantó, cogió el ejemplar de *De mis frías manos muertas* y empezó a leer.

62

$\mathcal{M}$oss había aprovechado ese domingo inesperadamente libre y se alegraba de estar en casa por una vez en la vida a la hora de bañar y acostar a Jacob. Al acabar de leerle un cuento y comprobar que se había dormido, le estampó un beso en la frente y le dio cuerda a la lamparilla para que siguiera girando y emitiendo su alegre nana un rato más.

A salir al rellano, se topó con su esposa, Celia, que sostenía el teléfono en la mano.

—Es Erika Foster —le dijo. Moss cogió el teléfono, cruzó el pasillo y se metió en el cuartito que utilizaban como despacho. Cerró la puerta.

—Perdone que la llame a casa, Moss.

—No se preocupe, jefa. ¿Qué ocurre?

—Todo el mundo se ha escabullido esta mañana.

Moss, incómoda, permaneció un momento callada.

—Cierto, nos hemos largado. Lo lamento. Yo pensaba que usted tenía mucho que hablar con Marsh.

—Sí, es verdad. ¿Ha aprovechado el día libre?

—¡Uy, sí! Hemos ido a Saint James's Park. Ha sido delicioso.

—¿Puede hablar ahora?

—Sí. Acabo de leerle *La oruga hambrienta* a Jacob y me muero por una ensalada. Lo cual es una novedad.

—He estado leyendo una de las novelas del inspector Bartholomew, la serie que escribe Stephen Linley... que escribía...

—¿Y quiere montar un club de lectura?

—Muy graciosa. No. Estoy leyendo *De mis frías manos muertas* y la encuentro realmente turbadora...

—¿En qué sentido?

—A mí la sangre me da igual, pero esto es distinto: es oscuro y morboso. Hay una asesina en serie que secuestra a mujeres por la noche, las encierra en el sótano y las tortura.

—¿Como en *El silencio de los corderos*?

—No. *El silencio de los corderos* describe la violencia con elegancia y moderación. Esto es tortura porno. Me he forzado a leer páginas y páginas de una serie de larguísimas y gráficas violaciones. Y en los intermedios, por si fuera poco, la asesina arroja agua hirviendo sobre el cuerpo desnudo de las víctimas.

—Qué espanto.

—Casi parece como si el autor se excitara al escribir todo esto... Quizá sea una posibilidad remota, pero... ¿y si la Cazadora Nocturna mató a Stephen por su actitud hacia las mujeres?

292

—Yo creía que la nueva línea de investigación era que Isaac Strong mató a Linley. Y que usted estaba fuera del caso.

—¿Usted cree que Isaac habría sido capaz de hacerlo, Moss?

—No. Aunque, por otro lado, no lo conocía muy bien.

—Yo estuve en la escena del crimen, Moss. Todo indica que fue el mismo asesino. Acabo de buscar en Google a Stephen Linley, y por lo visto vendía un montón de libros, pero también se había metido en muchas polémicas en los eventos literarios. Bastantes personas lo habían interpelado por su manera de tratar la violencia hacia las mujeres. Hay voces que piden un boicot a sus novelas. ¿Y si fue ese el motivo? ¿Y si sus libros constituyeron la inspiración para que alguien tratara violentamente a la Cazadora Nocturna? En la conversación que mantuvimos por teléfono, ella me dijo que su marido la había torturado, pero que antes de que pudiera matarlo, él se había muerto de repente.

—Es una buena teoría, jefa. ¿O piensa seguir analizando cada una de las novelas?

—Me parece que no hemos investigado a fondo los motivos. En el caso de Gregory Munro, perdimos el tiempo pensando que se trataba de un amante gay despechado. Y en el caso de Jack Hart, el hecho de tratarse de una figura pública en el ojo del huracán desvió las pesquisas hacia otro lado.

—Pero hay un pequeño problema, jefa: que estamos fuera del caso. A mí me han destinado provisionalmente a un grupo de control de las cámaras de videovigilancia.

—¿Y Peterson?

—No lo sé. He oído que también le han asignado otra misión, pero no se cuál.

—Bueno, yo estoy de vacaciones —dijo Erika irónicamente.

—Pues ya sabe lo que hace la gente cuando está de vacaciones, ¿verdad? Se va a ver a sus amigos… Quizá debería ir a ver a Isaac. Si no puede actuar como policía, actúe como amiga.

293

63

*E*rika se había puesto en la cola del centro de visitantes de la prisión Belmarsh y estaba esperando para pasar por el control de seguridad. El centro era un sombrío edificio de hormigón, largo y achaparrado, y apenas contaba con espacio para las cuarenta personas que aguardaban para pasar por los detectores de metal. Afuera llovía, y las ventanas, altas y apaisadas, estaban todas empañadas. Los olores a ropa húmeda, transpiración y perfume barato se mezclaban con un hedor a producto industrial de limpieza. Había varios hombres y mujeres solos. Algunos parecían claramente consternados por tener que visitar por vez primera a un amigo o a un allegado en la cárcel. Un aguerrido grupo de esposas de presos, acompañado de varios críos escandalosos, mostraba sus pertenencias junto a los detectores de metal. Una mujer se resistió cuando un guardia le pidió que le enseñara lo que había dentro del pañal de su bebé.

Una vez pasado el control, hubo todavía otro rato de espera en una sala antes de que los hicieran pasar a una especie de gimnasio enorme, con hileras de mesas y sillas de plástico. Los presos ya estaban sentados cuando Erika entró. Llevaban monos amarillos para que no pudieran mezclarse con la gente y escabullirse una vez finalizada la visita.

Encontró a Isaac en una mesa del extremo de la tercera hilera. Se quedó estupefacta al ver su aspecto: los ojos enrojecidos, con cercos oscuros alrededor; el pelo, siempre impecable, lo llevaba desgreñado, y en la cara se le veían varios cortes de afeitado.

—Me alegro mucho de verte —dijo Isaac.

—Siento muchísimo lo de Stephen —le respondió Erika. Él la miró inquisitivamente a los ojos.

—Gracias. ¿Por qué has venido?

—Estoy aquí como amiga —le dijo ella cogiéndole una mano. La tenía fría y húmeda, y estaba temblando—. Lo siento. Debería haber venido antes.

—Este lugar es como una pesadilla. La suciedad, los gritos, la amenaza constante de la violencia —murmuró Isaac—. Yo no lo hice. Créeme, por favor. No lo hice... Me crees, ¿verdad?

Ella titubeó, pero afirmó:

—Sí, te creo.

—Descubrí que él estaba yendo a una sauna gay en Waterloo. Estaba follando con tipos a pelo, ya me entiendes, sin protección. Yo lo sospechaba y se lo planteé abiertamente. Me dijo que iba al gimnasio, simplemente. Pero el muy idiota se llevó mi iPod y lo dejó en la taquilla de la sauna, y ellos se pusieron en contacto conmigo... Supongo que te habrán contado lo de esa llamada, cuando dije que iba a matarlo de una puta vez.

—Sí.

—Pero no lo hice. No lo maté. Fui a su piso para discutir con él. Abrí con mi llave y... —Isaac tragó saliva. Se le humedecieron los ojos, y las lágrimas cayeron sobre la mesa con un blando golpeteo. Él se apresuró a secarlas con la manga.

—Un momento. ¿Entraste con tu propia llave?

—Sí, ya habíamos llegado a ese punto. Él se había comprometido conmigo y me había dado la llave. Yo le demostré una gratitud patética.

—Su piso está en la segunda planta... y no hay balcón, ¿verdad?

Isaac asintió.

—Pero, si estaba cerrado cuando llegaste, no forzaron la entrada. O él le abrió la puerta al asesino, o el asesino tenía su propia llave.

—¿Para eso has venido? ¿Para investigar?

Erika le explicó en pocas palabras que la habían apartado del caso.

—¿Estás investigando tú sola?, ¿crees que podrías ayudarme?

—No sé si podré hacer nada, Isaac.

—Por favor. No soporto… todo esto.

Ella se dio cuenta de que ya había gastado diez minutos de la media hora preciosa de la que disponían.

—Isaac, debo preguntártelo: ¿por qué Stephen? Tú llevas una vida muy ordenada. Tienes un puesto profesional respetado, una casa propia, amigos. ¿Qué te atrajo de él? Era un consumidor habitual de drogas, contrataba a prostitutos…

—Me excitaba, Erika. Era un chico malo. Yo era el niño bueno que creció con gafas y aparatos en la boca, el tipo de chaval enclenque y sin coordinación en la clase de Educación Física. Fui virgen hasta que me gradué en la Facultad de Medicina, a los veintitrés años. Siempre he hecho lo correcto y he trabajado mucho. Stephen, en cambio, era sexy y peligroso, imprevisible. Tenía esa especie de humor corrosivo… —Se encogió de hombros—. En la cama era increíble. Yo sabía que no era la persona adecuada, que no encajaba en mi vida… Pero dejé que volviera a entrar en ella y te aparté de mi lado… Lo siento, Erika. Tú me necesitabas, ¿verdad? Incluso me olvidé de Mark, del aniversario. Lo siento mucho.

Ella se le aproximó y volvió a cogerle la mano.

—Tranquilo, Isaac. Tranquilo. Estoy aquí y soy tu amiga.

Él levantó la vista y sonrió débilmente.

—Escucha, tengo que preguntarte algo más. He leído dos novelas de Stephen: *De mis frías manos muertas* y *La chica en el sótano*…

—Sí, ya lo sé —dijo Isaac, adivinándole el pensamiento—. Escribía cosas espeluznantes.

—Hay un montón de torturas a mujeres. Y ese inspector Bartholomew… ¿Se supone que es el héroe de la serie y resulta… que maltrata a su mujer?

—Es un antihéroe. Stephen solía decir que su trabajo, escribir novelas criminales, le sacaba todos los malos instintos de dentro. Piensa en la cantidad de autores de terror que hay por ahí. Ellos no llevan a cabo todas las cosas que escriben. Y piensa en lo que hacemos nosotros. ¿Qué hago yo, por ejemplo? Abrir en canal a la gente para ganarme la vida. Diseccionar sus cuerpos. Hurgar en sus cerebros. Es igual de agresivo.

—Pero lo que tú haces es distinto, Isaac. Tú ayudas a atrapar a los malvados. Stephen los creaba, aunque fuese en la ficción.

—Para sus admiradores, sus personajes eran tan reales como tú y como yo.

—¿Stephen tenía algún admirador chiflado? ¿Sabes si había recibido alguna carta inquietante de un fan?

Isaac se secó la nariz con la manga, y contestó:

—No lo sé. No recibía cartas exactamente. Sí me consta que muchos de sus admiradores le escribían a través de Facebook.

—¿Crees que su agente podría haber recibido cartas de sus fans?

—Sí. Seguramente. La agencia está en el oeste de Londres... Yo tenía toda una vida montada, Erika... ¿Crees que podré recuperarla? Ya sé cómo funciona el sistema. Ahora estoy mancillado. Ocupo un puesto de confianza; y esa confianza ha quedado en entredicho. —Se echó a llorar.

—Isaac, para. No llores aquí —le pidió Erika, advirtiendo que otros presos lo miraban—. Voy a hacer todo lo que pueda para sacarte de la cárcel. Te lo prometo.

—Gracias. Si alguien puede lograrlo eres tú.

297

64

La cabina de teléfono estaba en las afueras de Londres, en Barnes Common. Simone lo había recordado. Ese detalle formaba parte de un recuerdo remoto y feliz: del día en que su madre la había llevado a Kew Gardens. Ella había tenido que esconderse bajo el abrigo materno hasta que dejaron atrás la taquilla; pero una vez dentro, le había encantado todo: las flores, los árboles... Su progenitora se moría de ganas de entrar en el jardín tropical. Era como un invernadero gigantesco, un sitio muy caluroso lleno de plantas de todo el mundo. «Flora y fauna exóticas», recordaba Simone que decía un rótulo.

Por supuesto, su madre había ido a Kew Gardens a reunirse con el tipo que le vendía las drogas. Ambos se habían internado entre unos arbustos para hacer cosas de mayores. Pero la pequeña Simone había disfrutado de un par de horas para deambular a su aire, consciente de que si su madre estaba contenta, ella también lo estaría.

En el trayecto de vuelta en autobús, había pegado la cara a la ventanilla y visto la reluciente cabina roja recortándose sobre la extensión verde de Barnes Common. Ahora, habiendo transcurrido tantos años, aquel lugar tenía un aspecto muy similar. La sequía había dejado amarillenta la hierba, y la pintura roja de la cabina se estaba desconchando, pero no había ni un alma a la vista.

Erika Foster respondió después de muchos timbrazos.

—¿Recibió mi tarjeta, inspectora Foster?

Hubo un silencio.

—Sí. Gracias. Aunque la mayoría de la gente habría usado el buzón.

—Yo no soy como la mayoría de la gente, inspectora Foster —contestó Simone sujetando con fuerza el auricular y mirando el campo desierto a través del mugriento cristal.

—¿Se cree muy especial? —le preguntó Erika—. ¿Cree que ha sido enviada a este mundo con un noble propósito?

—No, en absoluto. Yo soy vulgar y corriente. No soy guapa ni inteligente. Pero estoy llena de rabia y de pena... La pena, sobre todo, te da mucha energía, ¿verdad?

—Sí, así es.

—Yo decidí emplear esa energía para vengarme... He estado leyendo sobre su historia. Usted intentó hacer su trabajo, quiso atrapar a un traficante y todo salió rematadamente mal. No solo perdió a sus amigos y a su marido, sino que la gente a la que servía se volvió contra usted. Le echaron toda la culpa.

—¿Y si le dijera que usted podría obtener ayuda si lo dejara? —la interrumpió Erika.

—¿Y si yo le dijera que usted también podría salir ganando si lo dejara? —replicó Simone.

—¿Qué quiere decir?

—He visto dónde vive. El piso es patético. Sus bienes materiales, prácticamente carentes de valor. ¿Qué ha conseguido con dedicar su vida al cuerpo de policía? ¿No le resultaría más fácil vivir si dejara de intentar salvar al mundo?

Hubo otra pausa. Erika respondió con voz trémula:

—Voy a encontrarla. Y cuando la encuentre, la miraré a los ojos para ver lo lista que se ha creído que es.

—Atrápeme si puede. Yo aún no he terminado.

Sonó un clic y a continuación el tono de marcar.

Simone hizo una mueca: no de miedo sino de dolor. Sonreír dolía lo suyo cuando te habían golpeado con un cenicero.

299

65

Moss alzó la mano libre y llamó. Con la otra mano sujetaba una caja de *pizza*. Al cabo de un momento, se abrió la puerta. Erika apareció en el umbral con el pelo revuelto y erizado.

—He pensado que quizá le apetecería un trozo de *pizza* —dijo Moss mostrándosela—. *¿Pepperoni?*

—Gracias, adelante —respondió Erika, y se hizo a un lado para que pasara. El cielo se había despejado y, a través de la cristalera del patio, se veía un precioso crepúsculo a medida que el sol se hundía entre una gama de tonos azules y anaranjados.

—Celia y Jacob se han ido a nadar a Ladywell. Acabo de dejarlos allí y se me ha ocurrido pasarme para ver cómo disfruta de sus vacaciones...

—Busque un sitio para dejar la caja —indicó Erika sacando platos del armario.

Moss echó un vistazo alrededor y vio que todo el espacio disponible, y también parte del suelo, estaba cubierto de documentos del caso de la Cazadora Nocturna.

—¿Le han dejado llevarse todo esto?

—No. Me lo he descargado en mi portátil.

—Bueno, ¿y cómo van las vacaciones? —quiso saber Moss que, apartando un par de carpetas grises, colocó la caja de la *pizza* en un extremo de la mesita de café.

—He recibido otra llamada.

—¿De la Cazadora Nocturna?

—Sí.

—¿Qué le ha dicho?

—Me ha llamado para burlarse de mí. Ha dicho que todavía no ha terminado.

—¿Han podido rastrear la llamada?

—Sí, me ha telefoneado Crane. Lo han vuelto a destinar al caso a petición de Sparks. Han localizado el origen de la llamada en una cabina del oeste de Londres. Una vez más, no había cámaras de vigilancia... Crane no me ha podido explicar mucho más... ¿Cómo es posible que esa mujer no haya cometido todavía un desliz? He impreso todos los documentos del caso (ayuda mucho tenerlo en papel), y lo he estado revisando todo.

Le pasó a Moss un plato y una servilleta. Al abrir la caja, se expandió una oleada de calor de la fina y crujiente *pizza*, que estaba en su punto justo de cocción. Mientras comían, Erika le explicó los detalles de su visita a Isaac y también cómo había revisado todas las pruebas después de la llamada de la Cazadora Nocturna.

—Tengo la sensación de que nunca hemos logrado hacernos una idea clara de esa mujer. La tarjeta que me envió, por ejemplo. —Erika le pasó una copia escaneada—. ¿Por qué escogió este poema?

—Es una asesina en serie cruel y despiadada ¿Por qué habría de ser más imaginativa que los demás? —observó Moss—. Ese poema, «No te quedes en mi tumba a llorar», no es difícil de encontrar. Es un recurso infalible en los funerales. Ocurre igual con los libros: todos echamos un vistazo a la lista de *best sellers*, miramos qué novelas nos recomiendan los críticos y las compramos para creernos inteligentes. Yo estuve entre los millones de personas que se leyeron la mitad de *El jilguero*.

—Es lo que me ha dicho por teléfono la Cazadora Nocturna.

—¿Que se había leído la mitad de *El jilguero*?

Erika le lanzó una mirada colérica.

—Perdón, jefa. Únicamente trataba de aligerar el ambiente...

—Me ha dicho que ella no era inteligente.

—Pero sí lo es. O tiene una suerte rematada. Tres cadáveres hasta ahora y, prácticamente, ni una prueba. Entra y sale sin ser vista —respondió Moss, y dio un mordisco a la *pizza*.

—¿Por qué tomarse la molestia de localizar mi piso y entrar a hurtadillas para dejar una tarjeta? Y encima, la firmó como «La Cazadora Nocturna».

—A lo mejor cree que ha encontrado en usted a una nueva amiga, o a una aliada.

—Pero si está tan segura, ¿por qué no firmarla con su auténtico nombre? Los asesinos en serie detestan los nombres que les pone la prensa. Creen que así se distorsiona la forma que tiene la gente de verlos. Consideran que lo que hacen es algo muy serio: una noble hazaña, o una serie de hazañas. Un servicio a la sociedad, vamos.

—Quizá lo que pretende es engañarla y confundirla.

—También he vuelto a analizar los perfiles de las víctimas, para ver si tenían algo en común. Pero son personas totalmente distintas. Lo único que tienen en común es que son hombres. Y que los mataron exactamente de la misma forma; bueno, exceptuando a Stephen, al que además le machacaron la cabeza. He revisado también los nombres de las personas que compraron en Internet esas bolsas de suicidio.

—Yo también he repasado esa lista. Muchas de las mujeres afincadas en Londres que las compraron ahora están muertas.

—Isaac me ha contado una cosa curiosa esta mañana. Él abrió con la llave cuando entró en el piso de Stephen y encontró su cadáver. La puerta estaba cerrada. Con llave. No habían forzado la entrada. Y el piso está en la segunda planta, y no tiene balcón ni otras puertas de acceso.

—¿Así que la Cazadora tenía una llave?

—Sí. Tengo el informe de la escena del crimen. La cerradura estaba dañada por dentro porque alguien había utilizado una llave de *bumping* para abrirla.

—Esas llaves son muy corrientes en los casos de robo. Hoy día las puedes comprar en Internet por unos pavos.

—Exacto. Y en la lista de los que compraron bolsas de suicidio en línea hay una persona que también compró en Internet una llave de *bumping*.

—¿De veras?

—Sí. Cuando analizamos los nombres uno a uno, llegamos a acceder a las cuentas y a las transacciones bancarias. Esta persona compró una bolsa de suicidio hace tres años, pero en los últimos tres meses, ha comprado otras cinco. ¿Quién necesita cinco bolsas para suicidarse? También compró una llave de *bumping* hace tres meses.

—¡Maldita sea! ¿Cómo es posible que no investigáramos esa pista?

—Se nos debió de pasar por alto. No estábamos buscando una llave de *bumping* y, además, nos centramos exclusivamente en las mujeres. Esa persona es un hombre de treinta y cinco años que ha estado confinado en una silla de ruedas desde niño. Vive en Worthing, en la costa sur, no lejos de Londres.

—¿Se lo ha explicado a Marsh?

—Aún no.

—¿Y qué piensa hacer? ¿Pasar un día en la playa?

—¿A usted le apetecería un día en la playa?

Moss se quedó callada un momento y contestó:.

—Lo siento. Mañana he de incorporarme al grupo de control de videovigilancia. No puedo… No, no puedo arriesgarme.

—No se preocupe —dijo Erika sonriendo.

—Pero la apoyaré. Haré todo lo que pueda a hurtadillas para ayudarla.

—Gracias.

—Pero vaya con cuidado, jefa, ¿vale? Ya ha conseguido cabrear a bastante gente.

—A menudo hay que cabrear a la gente para llegar a la verdad. Pero no lo voy a hacer para satisfacer a mi ego. Tendría que haber visto a Isaac. Él no lo hizo, estoy segura. Y pienso demostrarlo.

303

66

*D*esde que huyó del piso de Stephen Linley, Simone había procurado pasar desapercibida. El golpe que él le había asestado con el cenicero le había dejado una tremenda hinchazón en el labio y un gran moretón en un lado de la cabeza. También había perdido un diente: el incisivo izquierdo se le había partido cerca de la encía. No sabía si se lo había tragado, o si había salido rodando por algún rincón del dormitorio de la víctima. El nervio al descubierto le había causado terribles dolores, pero estaba demasiado asustada para acudir a un dentista. Temía que le sacara una radiografía de la dentadura y que su ficha dental quedara archivada.

Había intentado recordar si le habían hecho alguna vez una radiografía de la dentadura. Recordaba vagamente que en una ocasión la habían dejado sola en una gran sala con aislamiento en las paredes, y le habían dicho que permaneciera tendida muy quieta. Su madre aguardaba fuera. ¿Eso había sido una radiografía? No lo sabía. Pero sí estaba segura de que nunca le habían tomado las huellas dactilares, ni tampoco una muestra de ADN.

En los primeros momentos, posteriormente a su precipitada huida, había creído que todo había terminado. La había cagado; las cosas no habían salido como había planeado. Había dejado de ir a trabajar al hospital, alegando que estaba enferma. Durante varios días, el sueño la eludió por completo. Las pastillas no le servían de nada por muchas que tomara.

La tercera noche de insomnio, alrededor de las doce, estaba tumbada en la cama cuando oyó un sonido amortiguado al otro lado de la puerta de su habitación. *¡Tap, tap, tap!* Como si cayeran gotas en la moqueta. También se oía una respiración trabajosa; parecía provenir de una nariz tapada.

Se levantó de un salto y atrancó la puerta con la silla del tocador. El ruido continuó: *¡tap, tap, tap, tap, tap!... Inspiración, espiración.*

Se puso las manos en las sienes doloridas y palpitantes. *No, eso no era real.* Pero aun así el ruido seguía sonando. *¡Tap, tap! Inspiración, espiración. Una tos blanda, con flemas.*

—¡No eres real! —gritó—. ¡Vete de aquí, Stan!

¡Tap, tap, tap, tap!... Inspiración, espiración.

Simone apartó la silla, giró el pomo y abrió la puerta. Se le contrajo la garganta al ver que no era Stan quien estaba ahí de pie, chorreando gotas. Era Stephen Linley.

Iba con zapatillas deportivas, vaqueros, camiseta blanca y una liviana chaqueta negra. La bolsa de plástico que tenía atada alrededor del cuello estaba llena hasta la mitad de sangre y otros líquidos que goteaban por debajo del cordón, resbalaban por sus ropas y caían en la moqueta.

¡Tap, tap, tap!

Tenía la frente hundida, allí donde ella le había golpeado con el cenicero, y la cara prácticamente irreconocible. Movía los labios bajo el plástico. Incluso con la cara destrozada, trataba de respirar.

—¡NO! —gritó Simone—. ¡TÚ-ESTÁS-MUERTO!

A cada palabra que pronunciaba, avanzaba un paso hacia aquel cuerpo espantoso, que retrocedió de forma vacilante en dirección al rellano de la escalera, agitando los brazos.

—¡MERECÍAS MORIR!

Al llegar a la escalera, Simone le dio un empujón y el cuerpo cayó hacia atrás, rodó por la escalera entre topetazos y volteretas, y aterrizó abajo, hecho un guiñapo.

Simone cerró los ojos, contó hasta diez y los abrió. Había desaparecido. Todo volvía a ser normal. Estaba sola.

Temblando, bajó la escalera y registró la sala de estar y la cocina. No había nadie. Fue al ordenador y lo encendió. Una vez que hubo arrancado, tecleó:

305

NIGHT OWL: ¿Estás ahí?

Durante un rato, no pasó nada. Ya estaba a punto de levantarse e ir a servirse una copa, cuando Duke respondió.

DUKE: Hola, Night Owl. ¿Cómo va?
NIGHT OWL: Te he echado de menos.
DUKE: Yo también a ti.
NIGHT OWL: Estoy asustada. Vuelvo a ver cosas otra vez.
DUKE: ¿Estás tomando nuevos medicamentos?
NIGHT OWL: No, he dejado de tomarlos.
DUKE: Temía que te hubiera pasado algo.
NIGHT OWL: Estoy bien.
DUKE: ¿Salió como esperabas?
NIGHT OWL: Sí y no. Recibí varios golpes. Tengo los labios muy hinchados.
DUKE: Mientes. ¡Te has operado los labios para cuando nos vayamos de viaje! Colágeno. Ja, ja.
NIGHT OWL: En realidad, se trata del inferior.
DUKE: Muy sensata. Así que estás ahorrando para el superior.

Simone soltó una risita y se llevó las manos a la cara. Todavía la tenía dolorida. Había echado de menos sus conversaciones con Duke. Sonó un pitido y vio que el texto seguía ascendiendo por la pantalla.

DUKE: Bueno, Night Owl. ¿Vamos?
NIGHT OWL: ¿A dónde?
DUKE: A hacer nuestro viaje. ¡Lo hemos hablado tantas veces! ¡Hagámoslo realidad!
DUKE: Todavía quieres hacerlo, ¿no?
DUKE: ¿Night Owl?
NIGHT OWL: Estoy aquí.
DUKE: ¿Y?
NIGHT OWL: Me queda un nombre más en la lista.
DUKE: Bueno, ya he esperado a que tacharas tres. Puedo esperar uno más. Pero quiero saber cuándo.

NIGHT OWL: Un día.

DUKE: ¡Un día!

NIGHT OWL: No. O sea, una semana, un mes. Un año... No lo sé. No me presiones, Duke, ¿vale?

DUKE: Perdona. Es que quería saber...

DUKE: ... pero será antes de un año, ¿verdad?

NIGHT OWL: Sí.

DUKE: ¡Buf!

NIGHT OWL: Te avisaré pronto. Te lo prometo. Y entonces podremos irnos juntos.

DUKE: De acuerdo. Te quiero.

Simone se quedó largo rato mirando la pantalla. En todos los años que llevaban hablando, Duke le había dicho muchas cosas, le había contado sus secretos más oscuros y recónditos. Y ella le había correspondido. Pero esta era la primera vez que le había dicho que la quería. Lo cual la hizo sentirse poderosa.

Salió del foro, apagó el ordenador y subió a acostarse. Se sentía mucho mejor. Volvería al trabajo. Y comenzaría a hacer los preparativos para el cuarto: el cuarto y último.

307

67

—*B*ueno, jefa, ¿a dónde vamos exactamente? —preguntó Peterson cuando se sentó en el asiento del copiloto. Iba vestido de modo informal, con vaqueros y camiseta, y llevaba una mochila pequeña. Eran casi las nueve de la mañana. Erika lo había recogido frente a su casa, un bonito edificio —Tavistock House, se llamaba, según el rótulo del césped—, situado en una tranquila calle arbolada de Beckenham.

—A Worthing —dijo Erika pasándole un mapa plegado.

La cortina de una ventana de la planta baja se movió ligeramente. Por la rendija, se asomó una agraciada chica rubia, mostrando la cara y un hombro desnudo. Le dijo adiós a Peterson y le echó un vistazo a Erika. Él le devolvió el gesto brevemente y sacó de la mochila la funda de unas gafas de sol.

—¿Esa es su novia? —preguntó Erika, mientras el inspector se limpiaba sus Ray Ban con un paño gris y se las ponía. La chica aún seguía mirando.

Él se encogió de hombros.

—Vamos, jefa. En marcha —dijo con aire incómodo. Arrancaron y circularon en silencio bajo el dosel de las hojas de los árboles, cuyo reflejo bailaba en el parabrisas.

—Hemos de tomar la M23 y luego la A23 —informó Erika, notando que Peterson no quería entrar en detalles sobre la chica.

—¿Por qué me ha pedido que la acompañara? —inquirió él desplegando el mapa y mirándola por encima de las gafas.

—A Moss le han asignado otro destino; y usted ha dicho que estaba libre cuando lo he llamado… ¿Por qué ha dicho que sí?

—Me ha dejado intrigado —dijo él sonriendo.

Erika le devolvió la sonrisa.

—A mí también me han destinado a otra investigación —dijo él.

—¿A cuál?

—A la Operación Hemslow.

Erika se giró para mirarlo, y el coche se desvió hacia el carril derecho. Peterson enderezó el volante.

—No se emocione. He estado en el centro de control. Nada más. Es un trabajo bastante aburrido, la mayor parte del tiempo observando a Penny Munro y a Peter.

—¿Y?

—Están protegidos… El niño va al colegio, vuelve a casa, tiene natación una vez a la semana, le gusta dar de comer a los patos… —Peterson resopló hinchando las mejillas—. Ya les falta poco para atrapar a Gary Wilmslow. El foco de la investigación está ahora en un almacén de Crystal Palace. Necesitan pillarlo dentro. Es así de sencillo, aunque resulta muy complicado. Y Wilmslow se las arregla para que haya siempre tres personas entre él y todo el proceso de reclutamiento de niños y de producción de los vídeos… Se trata de ver cuánto tiempo podemos esperar antes de entrar y clausurar el almacén.

—Tiene que atrapar a Wilmslow, Peterson.

—Nadie desea más que yo meterlo entre rejas… Ya sabe que no debería contarle todo esto, jefa.

—Lo sé. Gracias.

—¿Está enterada de que Sparks está a punto de acusar a Isaac Strong de los asesinatos de Gregory Munro y Jack Hart, además del de Stephen Linley?

—Mierda.

—¿Y usted por qué no les ha hablado de esto, quiero decir, de lo que vamos a hacer hoy?

—Porque primero tengo que indagar. Ellos ya han optado, obviamente. Es más fácil acusar a Isaac… Así se acaba todo limpiamente, caso resuelto.

—¿Usted no cree que haya sido él?

—No, no lo creo. Tengo que comprobar esto por mí misma. Es una hipótesis remota, pero si la comunico por teléfono, la pondrán debajo del montón, y quizá sea demasiado tarde cuando alguien le eche un vistazo. ¿Para usted es un problema?

Él se encogió de hombros y sonrió.

—Como muy bien ha dicho por teléfono, jefa, vamos a pasar un día en la playa.

—Gracias.

La inspectora pensó en cómo habían cambiado las cosas. Ahora ella estaba al margen. Se dedicó a explicarle a Peterson lo que había descubierto y cómo quería actuar.

Una hora y media más tarde, salieron de la autovía de dos carriles y se aproximaron a Worthing por una enrevesada red de carreteras sin el menor atractivo. El pueblo, no obstante, resultaba pintoresco. Era una vieja población costera que en plena temporada veraniega parecía suntuosa, más que desvencijada. Erika siguió la carretera del paseo marítimo. La playa estaba llena de bañistas que tomaban el sol sobre tumbonas anticuadas. En el paseo se alineaban las casas adosadas, los bloques de pisos y un ecléctico surtido de tiendas. Aparcó frente al mar y se bajaron del coche. La gente deambulaba por la acera comiendo helados y disfrutando del sol.

—¿Cómo vamos a hacerlo? —preguntó Peterson situándose a su lado frente al parquímetro.

—No tenemos autorización legal para estar aquí. Pero eso él no lo sabe —dijo Erika echando monedas en la máquina—. Espero que nos favorezca el factor sorpresa.

Cogió el tique de la máquina y cerró el coche. La dirección que buscaban quedaba al final del paseo, en una zona donde ya escaseaban las tiendas de recuerdos y los cafés. Las casas adosadas estaban allí más deterioradas y habían sido reconvertidas en pisos y habitaciones de alquiler.

—Es aquí —dijo Erika cuando llegaron a la altura de una casa de cinco plantas; había un pequeño jardín delantero pavimentado de hormigón donde había cinco cubos de basura, con los números de cada piso pintados de blanco sobre la tapa. Estaban abiertas todas las ventanas y de la última planta salía una música atronadora.

—Huele a marihuana —comentó Peterson husmeando el ambiente.

—No hemos venido a buscar un alijo ilegal. Recuérdelo.

Subieron los escalones de la entrada y llamaron al timbre del piso de la planta baja. La música se interrumpió un instante; enseguida sonó «Smells Like Teen Spirit» de Nirvana.

La ventana de la planta baja, que daba al jardín y a los cubos de basura, quedaba parcialmente tapada por varias prendas colgadas dentro, pero dejaba entrever unas luces muy intensas. Erika volvió a pulsar el timbre. A través del vidrio esmerilado de la puerta, distinguió un gran bulto oscuro emergiendo entre las sombras. La puerta se abrió un par de centímetros y se detuvo; tras unos momentos, sonó un zumbido y, lentamente, se abrió del todo.

El bulto oscuro que había visto era una enorme silla de ruedas motorizada, con ruedas reforzadas y bombonas de oxígeno sujetas detrás con correas. Un mecanismo de acordeón zumbó y elevó el asiento, donde estaba sentado un hombre diminuto. De rasgos pequeños y rollizos, tenía unas hebras de pelo pegadas a la cabeza calva y llevaba unas gruesas gafas. Un tubo de oxígeno le entraba por la nariz. Su cuerpo era minúsculo —saltaba a la vista que padecía enanismo—, y las piernas, aún más diminutas y esmirriadas, apenas le llegaban al borde del asiento. Tenía metido un brazo en un lado de la silla; con el otro sujetaba el cordón que había utilizado para abrir la puerta. Soltó el cordón, cogió el mando que había dejado junto a la silla y, avanzando hacia el umbral, bloqueó el paso.

—¿Es usted Keith Hardy? —preguntó Erika.

—Sí —afirmó él con una vocecita aguda, mirándolos alternativamente con expresión desconfiada.

Erika y Peterson sacaron sus placas.

—Soy la inspectora jefe Erika Foster. Y mi compañero es el inspector Peterson. ¿Podemos hablar un momento?

—¿Sobre qué?

Erika miró a Peterson.

—Preferiríamos hacerlo dentro.

311

—Pues no van a entrar.

—No le quitaremos mucho tiempo, señor Hardy —dijo ella.

—No me quitarán ni un segundo.

—Señor Hardy... —soltó Peterson.

—¿Tienen una orden?

—No.

—Pues vayan a pedirla —dijo el hombre. Extendió el brazo y cogió el cordón atado al cerrojo por dentro. Erika se lo arrancó de la mano.

—Señor Hardy, estamos investigando un triple asesinato. El asesino utilizó bolsas de suicidio... Hemos accedido a su cuenta bancaria y hemos visto que usted adquirió cinco bolsas de esas; y sin embargo, sigue vivo. Se trata de aclarar cualquier malentendido.

Keith arrugó la nariz y se subió las gafas; acto seguido, retrocedió con la silla y los dejó pasar.

312

68

*E*l piso de Keith Hardy estaba todo enmoquetado. El estampado, de hexágonos verdes, rojos y amarillos, estaba pasado de moda. Erika y Peterson lo siguieron a lo largo del pasillo. Por encima del respaldo de la ronroneante silla de ruedas, no asomaba más que su cráneo cubierto de pelillos ralos. La primera puerta de la izquierda daba a su dormitorio. Erika atisbó al fondo, en el lado opuesto a la ventana-mirador, una gran cama hidráulica de hospital con ruedas. Al lado de esta, había una vieja cómoda de madera lustrosa, con un espejo desplegable de tres cuerpos, que estaba atestada de medicamentos: grandes tarros de cremas y preparados medicinales, y un paquete de algodón. Había algunas prendas colgadas de la barra de la cortina, cubriendo en parte la ventana-mirador. Por debajo se veía el paseo marítimo por donde desfilaba la riada de gente y las bandadas de gaviotas emitían sus gritos que llegaban débilmente hasta la casa. Una lámpara brillaba en el techo con intensidad y, por si fuera poco, había otras dos lamparillas encendidas: una en la mesilla de noche y otra en la cómoda.

Pasaron junto a un cuartito abarrotado de trastos, incluyendo una vieja silla de ruedas manual, varios montones de libros y otra silla de ruedas eléctrica con el panel trasero despanzurrado y todos los cables y entresijos al aire. Otra puerta, a la derecha, daba a un espacioso baño equipado especialmente para un discapacitado.

Keith llegó a una puerta de vidrio esmerilado, al fondo del pasillo, y maniobró para pasar con su silla. Ellos lo siguieron y accedieron a una pequeña cocina-sala de estar con vistas a un patio minúsculo encajado junto a la pared de ladrillo del edificio colindante. La cocina era vieja y mugrienta, y contaba con encimeras bajas adaptadas. Había en el ambiente un tufo a cloaca, mezclado con olor a fritanga.

En la otra mitad de la estancia, las tres paredes estaban cubiertas de arriba abajo de estanterías con centenares de libros, vídeos y DVD. Había un pequeño leño de gas situado contra la abertura de una chimenea, y encima, más estanterías cargadas de libros y papeles y de un variopinto surtido de lamparillas, todas encendidas, de forma que el conjunto, aunque reducido y atestado, quedaba iluminado profusamente. En un rincón, sobre un soporte metálico, había un ordenador en cuya pantalla rebotaban una serie de pelotas de colores.

—No recibo muchas visitas —se excusó Keith señalando un sillón situado frente a la chimenea, que también estaba cubierto de montones de revistas y periódicos—. Hay un par de sillas plegables junto a la nevera —añadió. Peterson fue a buscarlas y las sacó.

Keith se acercó al ordenador del rincón y, con la palanca de mando, giró la silla para situarse frente a ellos. Se subió las gafas hasta lo alto de la nariz y los escrutó a través de los grasientos lentes. Desplazaba la mirada, inquieto, de un lado para otro. Erika se imaginó que si pasaba una mosca zumbando, la lengua de aquel hombre tal vez saldría disparada y la atraparía al vuelo.

—Ustedes no pueden detenerme —les soltó Keith—. Yo nunca salgo de aquí... No he hecho nada.

Erika sacó unos documentos del bolso y los desplegó cuidadosamente, alisando las páginas, y expuso:

—Aquí tengo los datos de su cuenta bancaria en el Santander. ¿Puede confirmarnos que este es su número de cuenta y el código de la sucursal?

Le pasó el papel. Keith lo miró un momento y se lo devolvió.

—Sí.

—Según estos documentos, usted ha encargado en los últimos tres meses cinco artículos en una página web llamada Allantoin.co.uk. Cinco bolsas de suicidio. He subrayado las transacciones en su extracto bancario... —Le acercó el documento.

—No me hace falta verlo.

—Por consiguiente, ¿reconoce que este extracto bancario es suyo y que estas transacciones son correctas?

—Sí —dijo él mordiéndose el labio.

—También ha encargado lo que llaman una llave de *bumping*. Está subrayado igualmente en su extracto bancario...

—La compré en eBay. Y no es ilegal —protestó Keith, que se arrellanó en la silla y cruzó los bracitos sobre el pecho.

—No, no lo es —aceptó Erika—. Pero hay un serio problema. Yo estoy investigando tres asesinatos cometidos en Londres y alrededores por alguien que ha utilizado: una bolsa de suicidio para asfixiar a las víctimas, y una llave de *bumping* para poder entrar en una de las casas.

Volvió a coger el bolso y sacó una foto de Stephen Linley tomada en la escena del crimen. Se la mostró al hombrecillo, que le echó un vistazo e hizo una mueca.

—Como puede apreciar, en esta ocasión la bolsa de suicidio explotó... El atacante usó una llave de *bumping* para entrar.

Erika guardó la fotografía y sacó otras dos: una de Gregory Munro y otra de Jack Hart, tendidos en la cama con la bolsa sobre la cabeza.

—En estas ocasiones las bolsas quedaron intactas, pero el resultado final fue el mismo...

Keith tragó saliva y apartó la vista de las fotos.

—Yo no puedo ser la única persona que ha comprado estos artículos —adujo.

—Nos han proporcionado una lista de las personas que han adquirido bolsas de suicidio en los últimos tres meses. Muchas de ellas las compraron con el propósito de quitarse la vida y, lamentablemente, ya no pueden responder a nuestras preguntas. Usted es de los pocos que han comprado numerosas bolsas y todavía pueden contarlo.

—Yo he tenido impulsos suicidas —aseguró Keith.

315

—Lo lamento. ¿Ha intentado quitarse la vida?

—Sí.

—¿Tiene aquí las cinco bolsas? Si nos las puede mostrar, lo borraremos de nuestra lista.

—Las tiré.

—¿Por qué? —preguntó Peterson.

—No lo sé.

—¿Y la llave de *bumping*?

Keith se secó el sudor de la frente, y explicó:

—La compré por si me quedaba fuera sin la llave.

—Acaba de decirnos que nunca sale —observó Peterson.

—Tengo a una cuidadora que viene tres veces a la semana. La compré para ella.

—¿Y por qué no darle una llave normal? —replicó Peterson—. Podía haber hecho una copia. ¿Por qué tomarse la molestia de encargar una llave maestra en Internet?

Keith tragó saliva de nuevo y se lamió la sudoración del labio superior. Sus ojos, agrandados por los cristales de las gafas, miraban alternativamente y con inquietud a los dos policías.

—Pero ¿qué está pasando en este país? Yo no he hecho nada ilegal —dijo, recuperando de golpe la compostura—. Nunca salgo de este piso, y ustedes no pueden demostrar nada. Me están intimidando de un modo inaceptable y quiero que salgan de aquí. De lo contrario, llamaré a sus superiores.

Erika miró a Peterson. Ambos se pusieron de pie.

—Muy bien —dijo ella recogiendo las fotografías y los extractos y guardándolos en el bolso. Peterson plegó las dos sillas y volvió a dejarlas junto a la nevera. Keith puso en marcha su silla ronroneante y avanzó hacia ellos, que no tuvieron más remedio que cruzar la puerta de vidrio y salir al pasillo.

—Puedo presentar una queja. Explicaré que me han estado acosando —amenazó Keith.

—Como puede ver, ya nos vamos —dijo Erika. Se detuvo frente al espacioso baño equipado para un discapacitado. Empujó la puerta entornada y entró. Peterson la siguió.

—¿Y ahora qué sucede? —preguntó el hombrecillo, parando junto a la puerta. En el interior, había una gran bañera blanca con elevador motorizado, un lavabo de baja altura con el espejo correspondiente y un váter para discapacitados provisto de una enorme barra metálica de seguridad en un lado, adosada a la pared mediante una bisagra que permitía levantarla y apartarla.

—¿Quién responde si tira de esta alarma? —preguntó Erika tocando un cordón rojo colgado del techo junto al váter.

—La policía y los servicios sociales. Está conectado a un centro de control. —Erika salió del baño y echó un vistazo al cuartito de los trastos, que quedaba enfrente.

—¿Qué es esto? —preguntó

—Mi trastero —respondió Keith.

—Querrá decir una habitación de invitados, ¿no?

—Es un trastero —dijo Keith apretando los dientes.

—No, esto es una habitación de invitados, Keith —repitió Erika.

—Es un trastero —insistió él.

—No, para mí es, sin duda, una habitación de invitados —dijo Peterson, saliendo del baño y situándose junto a ellos. Keith se agarraba de los brazos de la silla, muy agitado.

—Aquí podría meter una cama grande… Sí, no hay duda, es una habitación de invitados —afirmó Erika.

—Sí, una habitación de invitados —asintió Peterson.

—¡No es una habitación! ¡No tienen ni idea! —gritó Keith.

—Ah, sí, ¡vaya si sabemos! —exclamó Erika acercándose a él—. No crea que hemos venido de tan lejos para que usted nos salga con tonterías. Sabemos que el Gobierno le ha cortado las ayudas de discapacitado porque dispone de una habitación de invitados… También sabemos que usted no ha podido alquilarla y que no podrá permitirse seguir aquí mucho tiempo. Cuando lo desahucien, cosa que acabarán haciendo, ¿a dónde irá? Supongo que el único lugar que podrá permitirse con su pensión será una de esas urbanizaciones, lejos de las tiendas, los bancos y los médicos. Tendrá que usar ascensores apestosos y pasar por corredores mugrientos llenos de traficantes.

—Y en esas urbanizaciones la vida es dura para cualquiera, no digamos para una persona como usted —terció Peterson.

—O bien podría acabar en la cárcel por obstrucción a la justicia y complicidad con un asesino. No creo que una temporada en chirona fuera tampoco muy agradable para usted —dijo Erika. Dejó que la idea quedara flotando en el aire unos momentos—. Naturalmente, si nos ayuda en nuestra investigación en lugar de mentirnos, quizá podamos ayudarlo.

—¡De acuerdo! —gritó Keith—. ¡De acuerdo! —Estaba casi al borde de las lágrimas y se tiraba con angustia de los pocos pelos que le quedaban en el cráneo.

—De acuerdo... ¿qué? —quiso saber Erika.

—Se lo contaré. Les contaré lo que sé... Yo he estado hablando por Internet con ella, me parece. Con la asesina...

—¿Cómo se llama? —preguntó Erika.

—Yo... no sé su nombre auténtico. Y ella tampoco sabe el mío. Me conoce como Duke.

69

—Conocí a Night Owl en línea hace pocos años —dijo Keith.

Estaban otra vez sentados en la angosta e iluminada sala de estar.

—¿«Night Owl»? —se extrañó Erika.

—Sí, ese es su apodo, el nombre que usa en los foros. Yo no duermo apenas, y por eso charlo con personas de ideas afines.

Keith notó que Peterson le lanzaba una mirada a Erika, y añadió:

—No es que yo tenga las mismas ideas que Night Owl... Quiero decir que ella es distinta cuando habla conmigo. Hemos conectado a un nivel más profundo. Nos lo podemos contar todo.

—¿Le ha dicho cuál es su nombre auténtico? —preguntó Erika.

—No. Solamente la conozco como Night Owl... Pero eso no significa que no seamos íntimos. Yo la amo.

Erika se dio cuenta de que se las veían con algo mucho más oscuro de lo que habían pensado. Keith estaba totalmente enganchado con ella.

—¿De qué hablaban en concreto? —preguntó Peterson.

—De todo. Empezamos charlando, bueno, en realidad durante meses, de los programas que nos gustaban, de nuestra comida preferida... Más adelante, una noche, el foro estaba muy concurrido, no paraban de meter baza otros usuarios, y yo le propuse que mantuviéramos un chat privado, un chat que los demás no pudieran ver. A partir de ahí la cosa se puso... *heavy*.

—¿A qué se refiere? ¿Cibersexo? —inquirió Peterson.

—No lo llame así. Era mucho más que eso —dijo Keith nervioso, cambiando de posición en la silla.

—Comprendo —dijo Erika—. ¿Pasó algo más esa noche?

—Ella me habló de su marido, me contó que la violaba.

—¿Que la violaba? ¿Dónde?

—En casa, en la cama, por la noche... Él se despertaba y la obligaba a hacerlo. Ella me explicó que mucha gente no considera que eso sea una violación, pero que sí lo es, ¿cierto?

—Sí, en efecto —dijo Erika.

Keith hizo una pausa, pero prosiguió:

—Yo me limitaba a escuchar... bueno, leía... lo que ella escribía en la pantalla. Se desahogó del todo conmigo. Él la maltrataba y la insultaba, y ella se sentía atrapada. Y lo que aún era peor, no podía dormir. Padece insomnio. Como yo.

—¿Todo esto cuándo sucedió? —preguntó Erika.

—Hace cuatro años.

—¿Lleva cuatros años hablando con ella? —dijo Peterson.

—A veces desaparece del mapa, y yo también en ocasiones, pero la mayoría de las noches nos conectamos. Pensamos vivir juntos. Ella quiere fugarse conmigo... —Keith bajó la vista, dándose cuenta de la realidad—. Bueno, ese era el plan.

—¿Qué le ha contado usted sobre sí mismo? —cuestionó Erika.

Keith abrió y cerró la boca varias veces, sin saber muy bien qué contestar.

—Ella cree que tengo una empresa propia, una organización benéfica para proporcionar agua potable. Cree que yo también soy infeliz en mi matrimonio. Que mi esposa no me comprende como ella.

—Y deduzco que usted no está casado, ¿no? ¿Quizá divorciado? —aventuró Peterson abarcando con la mirada la diminuta sala de estar.

—Ninguna de las dos cosas.

—¿Cómo se describió usted, físicamente? —preguntó Peterson. Erika le lanzó una mirada de advertencia. No quería que el hombrecillo se cerrara en banda. Hubo otro silencio incómodo.

—Vale, no importa, usted no fue del todo sincero —dijo Erika—. ¿Qué sucedió después?

—Ella me dijo que fantaseaba con matar a su marido... Al mismo tiempo, yo estaba pasando una época muy sombría y acariciaba la idea de suicidarme. En mi estado, ¿entienden?, no es de esperar que pueda vivir más que unos pocos años... Sufro dolores constantes... Yo había entrado en un foro donde te explicaban cómo comprar una de esas bolsas especiales, que, junto con un bote de gas, puedes utilizar para quitarte la vida. Sin dolor. Como si te durmieras.

—¿Y usted le habló de esa bolsa y le explicó cómo podía matar a su marido?

Keith asintió.

—¿Y ella le pidió que le comprara una bolsa?

—No. En ese momento yo tenía una. Se la mandé por correo.

—¿Se la mandó por correo?

—Sí, bueno, pedí a mi cuidadora que se la enviara a un apartado de correos de Uxbridge, en el oeste de Londres. Ella me explicó que había abierto el apartado de correos para que su marido no lo averiguase. Y no lo averiguó. Pero antes de que ella pudiera pasar a la acción, él se murió.

—¿Cómo? —preguntó Erika.

—Sufrió un ataque al corazón. Yo creía que ella se pondría contentísima, pero no: tenía la sensación de que le habían arrebatado la oportunidad de hacerlo por sí misma. Le entró una auténtica obsesión, repasaba su vida entera con rabia. Parecía trastornada. Y me habló de todos los hombres a los que habría deseado matar. Su médico era uno de ellos. Ella había buscado su ayuda, porque el marido la maltrataba de otras formas. Un día la había sujetado y le había tirado encima una olla de agua hirviendo.

—¡Por Dios! Es lo que sucede en una de las novelas de Stephen Linley —le explicó Erika a Peterson.

—Por eso Linley se convirtió en su tercera víctima —dijo Keith—. Ella lo odiaba. Su marido estaba obsesionado con esas novelas y puso en práctica muchas de las atrocidades que aparecen en ellas.

—¿Y usted no pensó que debía contárselo a alguien, que debía llamar a la policía?

—Tiene que comprender... que estoy resumiendo años, horas y horas de conversaciones.

—¡Vamos, Keith!

—¡Yo la amo! —gritó él—. ¡Usted no lo comprende! Nosotros... nos íbamos a fugar. Ella iba a sacarme de... de... ¡Esto!

El hombre se desmoronó y sollozó con la cabeza gacha. Erika se le acercó y le pasó el brazo por los hombros.

—Keith, lo siento mucho. ¿Sigue hablando con ella?

Él alzó la vista, todavía llorando, y asintió. Tenía los cristales de sus mugrientas gafas empañados de lágrimas.

—¿Estaban a punto de largarse los dos juntos?

Peterson sacó un paquete de pañuelos y le pasó uno.

—Gracias —dijo Keith entre sollozos—. Íbamos a tomar un tren para ir a Francia. El Eurostar dispone de acceso para discapacitados. Lo comprobé. Y pensábamos trasladarnos poco a poco desde allí, siempre en tren, alojándonos en los castillos franceses, y dirigirnos a España para vivir en la costa.

Erika vio que por encima del ordenador había clavadas en la pared varias fotografías de Barcelona y de un pueblo de la costa española.

—¿Cuándo pensaban marcharse? —preguntó Peterson.

Keith se encogió de hombros.

—Cuando ella haya terminado.

—Terminado... ¿el qué? —dijo Erika.

—Terminado... con todos los nombres de su lista.

—¿Cuántos nombres hay en la lista?

—Ella dijo que cuatro.

—¿Y le ha dado alguna idea de quién podría ser la cuarta víctima? —inquirió Erika.

—No. Lo único que yo sé es que cuando haya terminado, nos reuniremos y estaremos juntos. —Keith se mordió el labio, los miró a los dos y se echó otra vez a llorar—. Es que ES real. Ella me quiere. Aunque no sepa cómo soy, ¡tenemos una conexión real! —Inspiró hondo varias veces, se quitó las gafas y se las limpió con el faldón de la camiseta.

—¿Se da cuenta de que ahora que ha hablado con nosotros hay una serie de implicaciones? Nosotros estamos buscando a esa mujer por tres asesinatos.

Él volvió a ponerse las gafas. Su cara se crispó en una mueca de desolación.

Erika suavizó el tono:

—¿Y está seguro de que nunca mencionó su nombre real ni su dirección? ¿No tiene la menor idea de dónde vive?

El hombre negó con la cabeza, y añadió:

—En Londres, dijo una vez. Y yo comprobé el apartado de correos. Es anónimo.

—¿Ha intentado localizarla alguna vez a través de la dirección IP de su ordenador? —preguntó Peterson.

—Sí, lo intenté. Pero no conseguí rastrearla. Seguramente utiliza el programa Tor. Yo también lo utilizo.

—¿Qué es Tor?

—Un *software* de encriptación diseñado para que nadie pueda averiguar lo que haces en Internet.

Erika se llevó la mano a la sien.

—¿Está diciendo que va a ser imposible rastrear su localización cuando ella acceda al chat?

—Sí —asintió Keith—. Imposible.

70

*E*rika y Peterson salieron un rato del piso de Keith y caminaron por el paseo marítimo. Al fondo, las suaves olas rompían sobre los guijarros de la playa con un murmullo que se mezclaba con las risas y las voces de los bañistas.

—Sé que no debería, pero lo compadezco —musitó Peterson.

—Yo lamento que haya acabado en este estado. Pero se ha dedicado a proteger a esa mujer, a Night Owl —dijo Erika.

—No deberíamos dejarlo solo mucho tiempo. —Peterson se giró hacia la casa—. Quién sabe qué va a hacer.

—No puede marcharse a ningún lado. ¿Qué cree que debemos hacer?

—Lo que deberíamos hacer es transmitir esta información al inspector jefe encargado del caso, que es Sparks.

—Pero Sparks está convencido de que fue Isaac Strong quien mató a Stephen; y también está seguro de poder relacionarlo con los otros dos asesinatos —argumentó Erika—. Si yo le explico todo esto a Sparks o a Marsh, ellos pueden decirme que lo deje en sus manos o que no siga indagando. Y en tal caso, si siguiera haciéndolo, estaría desobedeciendo una orden directa.

—O sea que nosotros ahora mismo…

—Ahora mismo estamos visitando a una persona en Worthing.

—A nuestro buen amigo Keith.

La inspectora contempló el Pavilion Theatre, que se alzaba como un curvado y gigantesco molde de gelatina y, a lo lejos, el embarcadero que se internaba en el mar. Al final de todo, una gran bandada de gaviotas apiñadas juntas hundían la cabeza entre las plumas.

—¿Y si pudiéramos orquestar un encuentro entre Keith y esa Night Owl? —planteó Erika.

—¿Dónde? ¿Y cómo íbamos a llevarlo a él? Además, en cuanto ella lo viera, ¿no cree que se daría media vuelta…?

—No, Peterson. Porque no sería Keith quien la estaría esperando. Seríamos nosotros. Junto con la mitad de la policía metropolitana.

$\mathcal{U}$nas horas más tarde, Erika se las había arreglado para cobrarle un favor a Lee Graham, un antiguo compañero de la policía metropolitana que ahora trabajaba en la policía de Sussex. Lee acudió a Worthing para examinar el ordenador de Keith. Joven y brillante, y algo apasionado, era un analista informático forense de primera línea.

Estuvieron trabajando un par de horas, todos apretujados en la sala de estar de Keith. Graham le resumió la situación a Erika:

—Bueno, ahora tienes el ordenador de este señor...

—Me llamo Keith —dijo él mirándolo con suspicacia.

—Sí, ahora tienes el ordenador de Keith, aquí presente, conectado en red con estos dos portátiles —explicó Lee dándoselos a la inspectora—. Así podrás ver lo que sucede en tiempo real y también entrar cuando quieras y teclear un mensaje. La persona que esté chateando con él no se dará cuenta de nada.

—Gracias —dijo Erika.

—Además, yo podré llevar un registro y vigilar el chat desde mi oficina. Trataré de rastrear el paradero de esa Night Owl, pero si utiliza la red Tor será prácticamente imposible.

—¿Cómo funciona esa red? —preguntó Peterson.

—Pongamos que usted usa Internet normalmente, por ejemplo para enviar su correo. Los mensajes van de su ordenador al mío a través de un servidor. Ambos podemos averiguar fácilmente dónde está la otra persona gracias a la dirección IP. Esta es una secuencia especial de números separados por puntos que identifica todos los ordenadores que emplean el Protocolo de Internet para comunicarse en la red. El programa Tor, cuando lo tienes instalado, dirige el tráfico de Internet a través de una red libre de ordenadores que están conectados voluntariamente por todo el mundo. Hay más de siete mil ordenadores que actúan como repetidores para ocultar la ubicación y la actividad del usuario frente a cualquier sistema de vigilancia o de análisis del tráfico de Internet.

—Las llaman «redes cebolla», porque hay infinidad de capas en el sistema de transmisión —aportó Keith.

—Exacto. El programa Tor consigue que sea mucho más difícil rastrear la actividad de Internet de un usuario. Lo cual incluye las visitas a páginas web, los mensajes colgados en línea, los mensajes de texto y otras formas de comunicación —dijo el analista informático.

—¿Y cualquiera puede descargar el programa Tor? —le preguntó Erika.

—Sí. Puede descargarse gratis. Para nosotros, es una auténtica pesadilla.

—Si no pueden rastrear a Night Owl, ¿para qué quieren espiarme mientras hablo con ella? —preguntó Keith.

—Queremos que organice una cita con ella —dijo Erika.

—¡Yo no puedo reunirme con ella! No estoy preparado. ¡Quiero prepararme primero!

—Usted no se reunirá con ella, de hecho.

—No, no. No puedo… Lo siento. No.

—Sí lo hará —dijo Peterson con tono terminante.

—En la estación de tren Waterloo —indicó Erika.

—¿Cómo se me va a ocurrir de repente una manera de convencerla para que nos veamos? —gritó Keith con pánico.

—Ya pensará algo —dijo Peterson.

—He visto que tiene guardado todo el historial de su chat con esa Night Owl —intervino Lee—. Se lo he copiado a los dos en los portátiles —añadió dirigiéndose a los policías.

—Pero… ¡esos chats eran privados! —insistió Keith.

—Hemos hecho un trato, ¿recuerda? —presionó Erika.

Keith asintió, muy nervioso.

Al terminar, Erika y su colega salieron del piso para despedir a Lee. Hacía calor y una calma chicha. Desde el fondo

327

de la playa, les llegaban los gritos estridentes y los aplausos dedicados a una función de marionetas.

—También he sacado una copia de su disco duro. Intentaré averiguar si hay algo turbio que debamos saber —informó Graham, y se dirigió hacia su coche, que estaba aparcado junto a la acera. Abrió el maletero y guardó su maletín—. A veces preferiría que no se hubiera inventado Internet. Hay demasiada gente con demasiado tiempo libre para entregarse a sus fantasías más enfermizas.

—Parece que cada vez que nos vemos es para que descubras algo desagradable —dijo Erika—. Gracias por tu ayuda.

—Quizá la próxima vez deberíamos vernos fuera del trabajo —contestó él con una sonrisa.

Peterson los observó a los dos con atención; ella se había sonrojado sin saber qué decir.

—Gracias otra vez —dijo al fin.

—De nada. Espero que te sirva para atrapar a esa zorra perversa. Estaremos en contacto cuando enciendas el portátil —dijo Lee subiéndose al coche.

—No sabía que se conocían tan bien —soltó Peterson mirando cómo se alejaba el vehículo por el paseo marítimo.

—¿Y a usted qué le importa? —le espetó Erika.

—No, nada…

—Bueno, volvamos adentro. Me da miedo que Keith se vaya a rajar.

Simone iba a trabajar, pero estaba muy excitada Había tomado el autobús hasta King's Cross y ahora caminaba por las callejas de detrás de la estación hacia el hospital Queen Anne. Le gustaba hacer el turno de noche, esa sensación de dirigirse al trabajo cuando todos volvían a casa. Ella era como un salmón, nadaba contra corriente. Cuando trabajaba de noche, no sufría el tormento de no poder dormir, ni de sentirse sola y vulnerable en su casa.

No debía estresarse pensando que iba a tener alucinaciones otra vez.

Hacía una noche suave y cálida. Aguardando para cruzar la calle, descubrió que tenía muchas ganas de volver a ver a Mary. Esa anciana era una luchadora y todavía seguiría allí, estaba segura. Le llevaba unos regalos: un marco de fotos para el retrato con George y un cepillo nuevo para el pelo. Seguro que Mary tenía todo el pelo enredado.

Un repugnante y cálido olor a orina y a pañales desechables le inundó las narices al recorrer el largo pasillo del pabellón de Mary. Varias enfermeras la saludaron, y Simone les devolvió el gesto e intercambió con ellas unos cumplidos. A muchas les sorprendió ver una sonrisa tan radiante en su rostro normalmente huraño.

Al llegar a la habitación y abrir sin llamar, se quedó de piedra. Había una mujer elegante de cierta edad sentada en *su* silla: la silla junto a la cama de Mary que ella siempre ocupaba. La mujer tenía el pelo plateado, cortado impecablemente a lo *garçon*. Llevaba una blusa floral de seda, pantalones blancos de vestir pulcrísimos y zapatos negros de charol. La cama estaba vacía, y Mary se hallaba en una silla de ruedas al lado de la mujer. Iba vestida con una chaqueta de pata de gallo y unos elegantes pantalones de color gris marengo. El pelo lo llevaba recogido detrás con una cinta roja. La mujer se había agachado en ese momento para ayudarla a ponerse unos zapatos nuevos.

—¿Quién es usted? —preguntó Simone mirándolas a ambas con incredulidad. La mujer terminó de calzarle a Mary el segundo zapato y se levantó. Era muy alta.

—Ah, hola, enfermera —dijo con acento americano.

—Pero ¿qué es todo esto? —preguntó Simone con aspereza—. ¿Sabe el médico que está usted aquí?

—Sí, cariño. Soy Dorothy van Last, la hermana de Mary. He venido para llevarla a casa.

—¿Su hermana? No sabía que Mary tuviera una hermana. ¡Usted es americana!

—Nací aquí, pero he estado mucho tiempo fuera de Inglaterra. —Dorothy abarcó con la vista la sombría habitación—. No parece que las cosas hayan cambiado mucho.

—Pero Mary... —farfulló Simone—. Su lugar está aquí con... con nosotros.

Mary carraspeó.

—¿Usted quién es, querida? —preguntó, escrutando el rostro de Simone, con una voz temblorosa y frágil.

—Soy la enfermera Simone. He estado cuidando de usted.

—¿Ah, sí? Mi hermana supo por mi vecina que estaba ingresada en el hospital. Y ha venido en avión desde Boston. No sé qué habría hecho si ella no hubiera venido —musitó Mary.

—Pero usted es... es mi... Yo iba... —tartamudeó Simone, notando que se le anegaban los ojos en lágrimas.

—El médico dice que se ha recuperado de un modo asombroso —la interrumpió Dorothy—. Me pienso quedar con ella hasta que esté mejor. —Quitó el freno de la silla de ruedas y maniobró para rodear la cama.

—Pero Mary... —dijo Simone.

La anciana alzó la vista desde la silla.

—¿Quién es? —le preguntó a su hermana.

—Una enfermera, Mary. Todas parecen iguales al cabo de un tiempo. Dicho sin ánimo de ofender, cariño.

Dorothy pasó con la silla de ruedas junto a ella, salió de la habitación y recorrió el pasillo. Desde el umbral, Simone observó cómo se llevaba a Mary. Esta ni siquiera volvió la cabeza. Finalmente, doblaron una esquina y desaparecieron.

Simone se encerró en uno de los lavabos para discapacitados. Estuvo un momento de pie, temblando. Al poco abrió el bolso, sacó el marco de fotos que había comprado para Mary y lo estampó repetidamente contra el borde de la pila hasta romperlo. Se contempló en el espejo: la rabia crecía en su interior. La habían abandonado. Otra vez.

73

*E*rika reservó dos habitaciones en un hotel apropiadamente llamado Sea Breeze,[5] barato, de aspecto alegre y que estaba a unas pocas puertas del piso de Keith. Las habitaciones eran contiguas, más bien pequeñas, por no decir diminutas, y daban a un patio trasero lleno de cubos de basura. Compraron un poco de comida en el restaurante de la planta baja y volvieron a subir a la habitación de Erika, dispuestos a esperar.

Para matar el tiempo hasta que se hiciera de noche, revisaron la inmensa cantidad de sesiones de chat que Lee había descargado del ordenador de Keith. Eran cuatro años de conversaciones en total, y leer todas aquellas páginas habría resultado imposible. Después de dividir por años los registros del chat, habían importado cada año a un documento Word y habían pasado el rato haciendo búsquedas con una lista de palabras clave que pudieran llevarlos directamente a los pasajes más significativos.

—Este chat es realmente inquietante —dijo Peterson, que estaba sentado en una silla junto a la ventana—. Acabo de buscar «suicidio» y he encontrado páginas y páginas en las que Keith habla de quitarse la vida y del sistema que emplearía. Escuche esto: «Apagaría las luces del piso. Sería la única vez que permitiría que me envolviera la oscuridad. Abriría el bote de gas e inhalaría un poco; me pondría la

5. Brisa Marina.

bolsa en la cabeza y la llenaría de gas para impedir que me entrara pánico. Me la ataría al cuello y respiraría, inspirando hondo cada vez hasta que me desmayara. Así me esfumaría fácilmente y sin dolor... como en un sueño interminable».

—¿De qué fecha es eso? —preguntó Erika.

—De hace tres años, la primera época de la correspondencia entre ambos.

—Yo he buscado «silla de ruedas» y «discapacitado» —dijo ella tecleando en su portátil—. Hay menciones fugaces por parte de Night Owl; una explicando que ha visto a un hombre discapacitado en la calle y le ha dado mucha pena; y otra carente de importancia. Él nunca se lo ha contado.

—Aquí ella explica que su marido le echó agua hirviendo encima —contó Peterson—. Es más o menos de la misma época. El marido trató de violarla y ella salió corriendo y se encerró en el lavabo. Él calentó la olla, derribó la puerta y le dio un puñetazo en la cara; la metió en la bañera medio inconsciente, la desnudó y le echó el agua hirviendo lentamente por todo el cuerpo. Ella dice que le quedaron un montón de marcas, pero que no fue al médico hasta una semana más tarde, únicamente porque las heridas se le infectaron.

—¿Dice el nombre del médico?

—No, pero explica que no la creyó cuando ella le confesó que había sido su marido quien la había escaldado.

Erika miró a Peterson, horrorizada.

—Dice que el médico pensó que la medicación que ella estaba tomando, sumada a la falta crónica de sueño, le provocaba alucinaciones... Ella había acudido previamente a su consulta con quemaduras parecidas que se había provocado accidentalmente al llenar la bañera de agua muy caliente y meterse dentro. El marido, además, le había hablado al médico de los episodios psicóticos que ella sufría y le había explicado que la habían internado en un psiquiátrico en el pasado.

—¡Por Dios! —exclamó Erika—. Creyó al marido, y no a ella...

Ya había oscurecido y, a través de la ventana abierta, les llegaba el rumor amortiguado de las olas en la playa.

—En la prensa, usan siempre la palabra «monstruos»

333

para referirse a la gente; y nosotros también la empleamos —reflexionó en voz alta Erika—. Pero nadie nace convertido en un monstruo, ¿no? Un bebé nunca es un monstruo. ¿Acaso no son buenas todas las personas cuando llegan a este mundo? ¿No son su vida y sus circunstancias las que las vuelven malas?

Sonó un pitido en el portátil de Peterson.

—Es Keith —dijo él—. Acaba de conectar con Night Owl.

$\mathcal{K}$eith estaba sentado frente al ordenador en su diminuta sala de estar. Las luces parecían abrumarle con su intensidad y estaba empapado de sudor. Las gotas le resbalaban entre las hebras de pelo y caían sobre la silla de PVC negro. Erika y Peterson se hallaban detrás de él, en las sillas plegables.

—No sé qué decir —murmuró girándose para mirarlos.

—Tiene que hablar un rato normalmente. No nos interesa que sospeche —le sugirió Erika.

Él asintió, se giró de nuevo hacia el ordenador y tecleó:

DUKE: Eh, Night Owl. ¿Qué tal?
NIGHT OWL: Hola.
DUKE: ¿Cómo va?

Transcurrieron unos momentos. Erika se desabrochó otro botón de la blusa y se abanicó con la tela. Le echó un vistazo a Peterson, también sofocado de calor.

—¿No podemos apagar esas lámparas? —preguntó él secándose la frente con la manga.

—¡No! No me gusta la oscuridad ni las sombras —exclamó Keith—. Si quiere, abra la ventana.

Peterson fue a la minúscula cocina y abrió la ventana de encima del fregadero. Entró un hedor a desagüe atascado, pero al menos el aire era más fresco.

—No está escribiendo —les dijo Keith.

—¿Eso es normal? —cuestionó Peterson sentándose otra vez en la silla plegable.

—No sé... Normalmente no tengo audiencia cuando hablo con ella, ni nadie respirando en mi cogote... ¿Y si lo sabe?

—No lo sabe —aseguró Erika con tono tranquilizador. Esperaron en silencio unos minutos.

—Voy a usar su cuarto de baño —dijo ella.

Keith asintió sin apartar la vista de la pantalla. Erika salió al pasillo, donde las bombillas relucían también con intensidad. Se oía un sordo retumbo de música que venía de arriba. Entró en el baño y cerró la puerta.

Se colocó con cautela, sin sentarse en el mugriento inodoro, y orinó lo más aprisa que pudo. Al volverse para buscar el papel higiénico, se golpeó el hombro con la enorme barra de seguridad. La empujó y observó cómo salía impulsada hacia arriba, como una extraña guillotina al revés. Se apresuró a terminar y se lavó las manos. Ese lavabo resultaba tremendamente deprimente, casi como el de un hospital. Tuvo que agacharse para mirarse en el espejo. Se arrepintió de haberlo hecho. Tenía aspecto de agotada.

Cuando entró otra vez en la sala de estar, le dio la impresión de que hacía aún más calor bajo la intensa luz de las lámparas. Peterson estaba examinando los DVD de las estanterías.

—Un momento. Ahora está escribiendo —advirtió Keith inclinándose sobre la pantalla. Ambos policías se acercaron.

NIGHT OWL: Perdona, estaba cocinando.

DUKE: Ah, vale. ¿Qué vamos a comer?

NIGHT OWL: Huevo escalfado con tostada.

DUKE: Mmm. ¿No hay uno para mí? ¿El mío puede ser con salsa de carne?

NIGHT OWL: Sí. La he comprado para ti expresamente.

—Esto va bien —le susurró Erika a Peterson mirando por encima del respaldo de la silla de Keith. Ambos observaron cómo se desarrollaba la conversación.

—Para mí es toda una novedad ver cómo habla una asesina en serie del día de mierda que ha pasado en el trabajo y

336

de cómo le gustan los huevos escalfados —murmuró él, con el mentón apoyado en la mano, sin apartar los ojos de la pantalla—. ¿Qué hora es?

—Las dos y media —respondió la inspectora, echando un vistazo al reloj.

A las cinco y media, cuando empezaba a clarear, la conversación proseguía. A través de la ventana de la cocina se veía cómo iba iluminándose el patio con un tinte azulado.

Erika le dio un codazo a Peterson, que había logrado dormirse en la silla plegable, con la cabeza echada hacia atrás. Él se despertó y se frotó los ojos.

—Creo que al fin va a ir al grano —susurró Erika. Ambos miraron la pantalla del ordenador.

DUKE: Bueno... Hace rato que quiero decirte una cosa.
NIGHT OWL: ¿Sí?
DUKE: El otro día fui al médico.
NIGHT OWL: ¿Ah, sí?
DUKE: Ya sé que tú odias a los médicos.
NIGHT OWL: Los odio a muerte.
DUKE: Bueno, el mío es una mujer. Es agradable.
NIGHT OWL: ¿Me estás poniendo los cuernos?
DUKE: Por supuesto que no. Me dijo que tengo el colesterol muy alto. Mi trabajo me produce mucho estrés... He de tomármelo con calma o podría...
NIGHT OWL: ¿Podrías?
DUKE: Sufrir un ataque al corazón. Me asustó mucho, la verdad. Me hizo ver las cosas en perspectiva.
NIGHT OWL: Pensaba que querías morirte. Acabar con todo.
DUKE: A ratos lo deseo, a ratos se me pasa. Pero ahora mismo está saliendo el sol y la vida es corta... Y yo te quiero.
DUKE: Así que quería pedirte, y ya sé que es mucho pedir, si quieres que nos veamos. De verdad. En persona.

Hubo una pausa prolongada.

337

—Ya está. La he asustado —masculló Keith. Notaba los ojos cansados, y su mirada dejaba entrever un atisbo de pánico—. Lo he intentado. Ya me han visto aquí, toda la noche... ¡intentándolo!

—No se preocupe —lo tranquilizó Erika—. Mire.

Keith se volvió hacia la pantalla.

NIGHT OWL: Vale, está bien. Veámonos.

—Dios mío —dijo Keith, y tecleó:

DUKE: ¡¡FANTÁSTICO!!
NIGHT OWL: Pero no quiero que te lleves una decepción.
DUKE: Eso nunca. Jamás. ¡JAMÁS!
NIGHT OWL: ¿Dónde?
NIGHT OWL: ¿Y cuándo?

—¿Dónde? ¿Qué le digo? —preguntó Keith.

—Dígale que quiere quedar en la estación Waterloo, en Londres —indicó Erika.

—No. Primero pregúntele qué le parece. Propóngaselo —la contradijo Peterson—. Y si dice que sí, quede con ella esta tarde a las cinco, debajo del reloj del vestíbulo.

Keith asintió y tecleó otra vez:

DUKE: ¿Qué te parece en la estación de tren Waterloo, en Londres?
NIGHT OWL: De acuerdo. ¿Cuándo?
DUKE: Mañana. O sea, hoy en realidad. Debajo del reloj. A las cinco de la tarde.
NIGHT OWL: De acuerdo.
DUKE: ¡¡SÍÍÍÍ!! ¡Estoy contentísimo! ¿Cómo sabré que eres tú?
NIGHT OWL: No te preocupes.
NIGHT OWL: Lo sabrás.

Ella salió del chat, y los tres se quedaron en silencio un momento. Keith sonreía de oreja a oreja. Tenía los pelos húmedos y erizados, y apestaba a sudoración.

338

Y

—Las cinco de la tarde es una hora punta en la estación Waterloo —observó Peterson—. Deberíamos haberle dicho a Keith que quedara más temprano.

—Resultará mucho más complicado apresarla —asintió Erika—. Pero ella también va a tener menos margen de maniobra.

—Jefa, tendrá que explicárselo a Marsh. No hay otra forma de conseguir que nos autoricen un buen dispositivo de vigilancia… Espero que Marsh esté dispuesto a autorizarlo.

—Sí —asintió ella, y consultó el reloj. Eran las seis menos cuarto—. Vayamos a comer algo. Así le damos tiempo a Marsh para que se levante antes de llamarlo.

—Yo tengo que volver. Entro de servicio dentro de un par de horas —explicó Peterson.

—Claro, claro. Perdone. Váyase. No quiero meterlo en ningún lío. Y… humm, usted no ha estado aquí. Es decir, si empieza a salpicar la mierda, usted no ha estado aquí. Si tenemos éxito, sí que ha estado.

75

*E*ran las seis y media de la mañana cuando Erika se despidió de Peterson frente a la casa de Keith, en el paseo marítimo. Se sorprendió al notar que le apenaba mucho verlo partir. Y cuando el taxi se detuvo junto a la acera, él la sorprendió a su vez dándole un gran abrazo de despedida.

—¡Un abrazo rápido! —dijo sonriendo—. ¡Debo de apestar!

—No... bueno, un poco. Yo también —dijo ella devolviéndole la sonrisa.

Él negó con la cabeza y le pidió:

—Manténgame informado, jefa.

—Sí.

Él le mostró los dedos cruzados, como para desearle suerte, y se subió al taxi. Ella observó cómo se alejaba.

Cruzó la calle hacia la playa. Era el comienzo de un precioso día y, bajo el sol matutino, el aire estaba fresco y la playa casi desierta, aparte de un par de personas que paseaban al perro y de un joven que estaba colocando las tumbonas de alquiler. Se acercó a la orilla y se sentó en un banco de guijarros, a pocos pasos de donde las olas rompían suavemente. Inspiró hondo y llamó a Marsh. Primero probó en el número de su casa. Respondió Marcie, y no pareció nada contenta de escuchar su voz. No intercambió cumplidos con ella; dejó el teléfono sobre la mesa y pegó un grito por el hueco de la escalera para llamar a su marido. Erika oyó cómo bajaba ruidosamente y recogía el auricular.

—Erika, espero que me llame desde un lugar caluroso y

que quiera mi dirección para enviarme una postal —le soltó.

—En cuanto a eso, señor... —dijo Erika—. No estoy en Londres. Estoy en Worthing.

—¿En Worthing? ¿Qué demonios hace allí?

Se lo contó, explicándole primero que había hecho un descubrimiento crucial en el caso de la Cazadora Nocturna, y le dio los detalles sobre la cita que habían concertado para ese mismo día en la estación Waterloo.

—¿O sea que ha desafiado mis órdenes una vez más? —rugió Marsh.

—¿Es lo único que tiene que decir, señor? Esto es un avance ENORME en la investigación. Soy consciente de que debería haberle avisado, pero usted ya sabe que yo trabajo siguiendo mi instinto. Bueno, necesitamos montar un dispositivo de vigilancia lo antes posible dentro de la estación de Waterloo y en sus alrededores. Estoy segura de que ella se presentará y debemos estar preparados para atraparla. Tengo pruebas de las conversaciones entre ella y ese hombre, Keith Hardy. Él usa en el chat el apodo «Duke». Y ella, el de «Night Owl».

—¿Dónde están Moss y Peterson?

—Los han destinado a otros casos. Yo estoy aquí sola, señor.

Hubo un largo silencio.

—Es usted demasiado cándida. Actúa como si no hubiera normas, como si no existiera una línea jerárquica.

—Pero, señor, ¡he hecho un descubrimiento decisivo, trascendental! En cuanto vuelva a la habitación del hotel, puedo enviárselo todo: los datos de la cita, los registros del chat. Y apenas hemos tocado la punta del iceberg. Ese tipo, Keith, lleva cuatro años hablando con ella en línea. Tenemos la copia de todas esas conversaciones. También creo que ella era paciente de Gregory Munro. Por lo visto, su marido le había causado graves quemaduras. Podemos emplear este dato para revisar los historiales médicos.

—De acuerdo. Tiene que mandarme toda la información en cuando haya colgado.

—Claro.

—Y, Erika, le ordeno que se vaya de vacaciones y piense

seriamente en su situación en el cuerpo. Si la veo cerca de Lewisham Row, o de cualquier otra comisaría, será formalmente suspendida. ¡Y no crea que resultará sencillo devolverle la placa por cuarta vez! Y si llego a verla cerca de la estación Waterloo, no solo le quitaré la placa: la despediré. ¿Me ha oído?

—¿Eso significa que va a seguir adelante, señor?

—La llamaré más tarde —dijo él, y colgó.

A pesar de la regañina, había captado un deje de excitación en la voz de Marsh.

—Vamos a atraparte, Night Owl. Vamos a atraparte —dijo en voz baja. Se recostó sobre el banco de guijarros y contempló el vasto panorama del mar que se extendía hacia el horizonte. La adrenalina le corrió por las venas.

76

—*N*o entiendo por qué hay que hacer esto —protestó Keith.

Erika, agachada bajo el soporte del ordenador del hombrecillo, iba desenredando los cables y enchufes, que parecían estar todos conectados a un único alargador. La moqueta, la del estampado de hexágonos de colores, estaba cubierta de una gruesa capa de polvo, gran parte del cual flotaba en el aire y se le pegaba en la ropa a causa de la electricidad estática.

—Debería andar con cuidado teniendo tantas cosas conectadas a un único enchufe —dijo ella saliendo de debajo del soporte del ordenador.

Keith movió la palanca de mando hacia él, y la silla de ruedas retrocedió en dirección a las estanterías de detrás, dejándole a Erika más espacio para incorporarse.

—No pasa nada —dijo él.

El reloj situado por encima de la grasienta cocina marcaba las tres de la tarde.

—¿Ese reloj va bien? —preguntó la inspectora sacando su móvil.

—Sí. ¿Y ahora qué pasará? —preguntó Keith mirándola a través de las sucias gafas. Parecía vulnerable.

—Un agente de policía acudirá a la cita con Night Owl y se la llevará para interrogarla…

Estaba contándole la verdad muy por encima. A la vista de la contundencia de las pruebas que le había mandado por correo electrónico a Marsh, se había montado a toda prisa

343

una gran operación de vigilancia en la estación Waterloo para detener a Night Owl a las cinco de la tarde. Recorrió con la vista la estrecha y resplandeciente sala de estar, y trató de convencerse de que ella también formaba parte de la operación. Era importante que se quedara allí con Keith para asegurarse de que no avisara en el último momento a la asesina.

—No, quería decir qué pasará ahora conmigo —aclaró él.

—A usted lo citarán como testigo. Y es muy probable que sea detenido por cooperación y complicidad, y por retener pruebas. Pero teniendo en cuenta sus circunstancias, y el hecho de que va a colaborar en la investigación, dudo mucho que la fiscalía quiera procesarlo. Siempre que colabore plenamente. Y nosotros nos encargaremos de resolver el problema de su vivienda. Esa compensación, al menos, voy a ofrecérsela.

—Gracias.

Permanecieron callados unos minutos. Se oía el tictac del reloj de la cocina.

—¿Qué debe de pensar de mí? —preguntó Keith.

—Nada. Pienso en las víctimas. Pienso en atraparla a ella —contestó Erika.

—Resulta que una de las amistades más importantes de mi vida ha sido con una persona que es una asesina en serie. Estoy enamorado de ella. Lo cual... ¿en qué me convierte?

Ella le cogió una manita entre las suyas.

—Hay muchísima gente que ha sido engañada por sus amigos, sus amantes o sus esposos. Usted la conoció por Internet, donde todo el mundo finge ser lo que no es. Con frecuencia, se inventan una vida distinta. Para que les vean de otro modo.

—En Internet, yo soy la persona que me gustaría ser. No estoy limitado por... —Se ajustó el tubo que tenía en la nariz y bajó la vista a su silla de ruedas—. ¿Quiere que veamos un DVD? Le pondré mi episodio favorito de *Doctor Who*, cuando Tom Baker se regenera.

—Sí, vale. —Todavía tenían dos horas por delante, y ella sabía que se le iban a hacer eternas.

77

Siendo como es la mayor estación de trenes del Reino Unido, la estación Waterloo de Londres está muy concurrida desde el amanecer hasta entrada la noche. El vestíbulo, que da acceso a más de veinte andenes, mide doscientos cincuenta metros de longitud y cuenta con numerosas tiendas y con una galería en el entresuelo llena de restaurantes.

El comisario jefe Marsh se hallaba junto con el inspector jefe Sparks en la enorme sala de control de las cámaras de vigilancia: un recuadro de hormigón sin ventanas, situado a gran altura sobre la estación. Una batería de veintiocho monitores, instalados en una pared, ofrecía una visión exhaustiva de la estación vista desde cualquier ángulo. Se había reclutado un equipo de treinta y cinco agentes —la mayoría, de paisano— para vigilar las salidas y patrullar a lo largo del vestíbulo. En las salidas norte, sur, este y oeste había vehículos de apoyo esperando, cada uno escoltado por tres coches de policía. Además, los agentes de la Policía de Transportes, algunos de los cuales iban armados, llevaban a cabo sus rondas habituales en torno a la estación.

A las 16:30 parecía como si se hubieran congregado en la estación un millón de personas a la vez. El suelo de mármol del vestíbulo no se veía bajo la impresionante multitud de viajeros. Emergían por las escaleras mecánicas de la estación subterránea, entraban y salían por los cuatro accesos principales, se apiñaban bajo los gigantescos paneles electrónicos, que abarcaban en toda su longitud los veintidós andenes, y se arremolinaban frente a los escaparates o hacían cola en la extensa zona de taquillas, situada en el lado opuesto a los andenes.

—Esto va a ser una jodida pesadilla, señor —dijo Sparks inclinándose frente a la batería de pantallas desde las cuales los empleados de la empresa de Transportes de Londres monitorizaban en silencio la estación. El sudor relucía en la frente llena de marcas de acné del inspector jefe.

—No hay otro lugar en Londres más vigilado. En cuanto ella se identifique, será nuestra —sentenció Marsh observando los monitores de las cámaras de vigilancia.

—¿Y usted cree que la corazonada de la inspectora Foster es correcta, señor?

—No es una corazonada, Sparks. Ya ha visto las pruebas que nos ha enviado.

—Sí. Pero esa mujer en ningún momento aparece nombrada o descrita físicamente. Pase lo que pase, esta operación resultará extremadamente cara.

—Eso déjemelo a mí. Usted haga su trabajo.

Un joven asiático se acercó y se presentó:

—Me llamo Tanvir. Yo superviso hoy el centro de control. En estas cuatro pantallas cubriremos la zona clave —dijo. Justo en ese momento apareció una panorámica del reloj de la estación; debajo, el sargento Crane, con vaqueros y una chaqueta ligera, aguardaba con un ramo de rosas de aspecto barato.

—¿Me copia, Crane? —preguntó Sparks por radio—. Tóquese la oreja para indicar que me oye.

En la panorámica general, Crane mantenía su aspecto normal; pero un primer plano tomado desde otro ángulo mostraba que tenía la cabeza ladeada hacia la solapa de la chaqueta y que se estaba tocando la oreja con la mano libre.

—¿Seguro que no llamo la atención? Soy el único aquí abajo que lleva chaqueta. Hace un calor sofocante —dijo por radio.

—Está perfecto, Crane. Ese Keith ha quedado con ella debajo del reloj dentro de media hora. Es un toque romántico. Se supone que se ha engalanado para la ocasión —dijo Marsh, y añadió—: Y no se nota que lleva micrófono. Bueno, basta de charla… Lo mantendremos informado por radio.

—¿Qué hora es? —preguntó el sargento.

—Joder. Está debajo de un puto reloj —masculló Sparks. Cogió su radio—. Son las cuatro y media. La próxima vez que quiera saberlo levante la vista.

Marsh le preguntó a Tanvir:

—¿Por qué cámara se ve la entrada lateral más próxima al reloj?

—¿Quiere poner la cámara diecisiete en estas pantallas? —le pidió Tanvir a una mujer con auriculares sentada ante un ordenador en un rincón. Apareció una imagen de Crane de espaldas, aunque esta vez tomada desde lo alto de la escalera mecánica que subía por detrás del reloj.

Marsh volvió a hablar por radio, y dijo:

—Bueno, Crane, todas las miradas están puestas en usted. Conserve la calma. Le iremos informando de la hora. Si ella se presenta más temprano, no se acerque demasiado. Está usted cubierto por todos lados. Si esa mujer intenta algo, estaremos ahí en cuestión de segundos.

—¿Qué hora es? —preguntó de nuevo Crane, muy nervioso.

—Está debajo del puto reloj —masculló otra vez Sparks.

—Las cuatro y treinta y tres —dijo Marsh—. Estaremos en contacto permanente.

*E*rika se sentó sobre la valla, junto a la hilera de cubos de basura, y encendió un cigarrillo. Keith no le permitía fumar dentro y ella le había dicho que no iba a dejarlo solo, así que él se había avenido a esperar en el umbral de la puerta principal.

—¿Le apetecería caminar por el paseo? Quiero decir, dar una vuelta con la silla. Hace un día bonito y soleado —dijo la inspectora.

—No me gusta salir de casa —respondió Keith alzando la cabeza con desconfianza hacía el cielo azul y despejado.

Erika siguió fumando y contempló el mar en calma, que destellaba bajo la luz del sol. Unos críos estaban construyendo castillos de arena en la orilla, vigilados desde unas tumbonas por sus padres. Un tren turístico de colores blanco y rosa avanzaba torpemente por el paseo, al son de una campanilla que tintineaba sin parar junto a un conductor de expresión hastiada. Desde las ventanillas empañadas de los vagones, les saludaron unos niños que comían helados y algodón de azúcar.

Keith les devolvió el saludo, un detalle que Erika consideró conmovedor. Ella consultó el reloj. Estaban a punto de ser las 16:50. Comprobó que su móvil tenía buena cobertura y suficiente batería.

—Es como mirar una olla en el fogón —comentó Keith—. El agua nunca acaba de hervir.

Erika asintió tristemente y encendió otro cigarrillo. Habría sido capaz de gritar de la frustración que le producía verse alejada de la verdadera acción. Pensó en el inspector Sparks, que debía de estar dirigiendo el equipo de vigilancia, dando órdenes y llevándose toda la gloria.

No solo se sentía frustrada: sentía que le habían robado algo.

79

Ya eran las 17:20, y nadie se había acercado a Crane, que seguía plantado bajo el reloj de la estación Waterloo.

Marsh y Sparks observaban desde el centro de control: la muchedumbre en el vestíbulo aumentaba todavía más. Como se había vuelto más difícil ver con claridad al sargento a través de la cámara que lo enfocaba en primer plano, habían recurrido a una panorámica tomada desde el otro lado del vestíbulo y la habían ampliado a un tamaño enorme en la pantalla central de la sala de control.

—¿Va todo bien, Crane? Tiene que seguir ahí como un clavo. Manténgase en sus trece —dijo Sparks por la radio. Mediante la imagen panorámica veían que el gentío lo empujaba y lo desplazaba de su sitio.

—Sí, señor —murmuró él con un deje de pánico.

Marsh echó un vistazo a las pantallas y volvió a hablarle:

—Lo seguimos vigilando, Crane. Tiene a seis agentes de paisano apostados alrededor, que pueden alcanzarlo en cuestión de segundos. También tiene a dos agentes armados de la Policía de Transportes en el pasaje que queda a su espalda. Mantenga la calma… Es una mujer, no lo olvide. Y ha decidido llegar tarde, como mandan los cánones —añadió el comisario jefe, intentando rebajar la tensión.

—No va a presentarse, joder —exclamó Sparks—. Deberíamos concentrarnos en Isaac Strong y no malgastar recursos en una cita a ciegas. —Marsh lo fulminó con la mirada—. Señor… —farfulló.

En ese preciso momento, en la pantalla central, la muchedumbre que rodeaba a Crane se desplazó bruscamente y empujó a un grupo de mujeres que iban hacia donde él se hallaba. Una de ellas cayó al suelo y provocó que la gente chocara y se tropezara. El sargento se vio arrastrado también y las flores que sujetaba con la mano se le escaparon.

—¿Qué pasa ahí? —dijo Marsh—. Crane, ¿me oye?

—Un momento, señor —contestó él, todavía zarandeado por el gentío.

—Mire. Una pelea. Una jodida pelea —alertó Sparks señalando el monitor que cubría la escalera mecánica de detrás del reloj. Un grupo de jóvenes, cubiertos con gorras de béisbol, aparecieron en la imagen, soltando gritos y abucheos y dividiendo a la muchedumbre por la mitad como si fuera el Mar Rojo. Dos de los jóvenes, uno moreno y otro rubio, se estaban peleando y cayeron rodando por el suelo. El moreno le asestó un puñetazo al rubio, cuyo rostro quedó enseguida bañado de sangre. La gente se apartaba en todas direcciones. La Policía de Transportes avanzó trabajosamente con los fusiles en ristre, lo que provocó todavía más gritos y un revuelo general.

El sargento había logrado meterse en el umbral de una tienda de Marks & Spencer, y observaba desde allí el punto de encuentro bajo el reloj, ahora infestado de agentes de policía que trataban de restaurar el orden. Esposaron a los dos chicos y comenzó la lenta tarea de tomarles los datos.

—¡Maldita sea! —gritó Marsh por su radio—. ¡Haced que se retiren de una puta vez o nos van a joder toda la operación!

—¡Esa mujer no va a estar tan loca como para meterse ahí en medio, suponiendo que se presente! —dijo Sparks.

—Crane, ¿me oye? —urgió Marsh sin hacer caso a Sparks.

—Sí, señor. Las cosas se han puesto peliagudas aquí —respondió él saliendo del umbral de Marks & Spencer.

—Aún lo tenemos enfocado, Crane. ¿Todo en orden?

—Se me han caído las flores.

—No se preocupe. Vamos a ordenar que los agentes uniformados se retiren, y usted vuelva a su sitio —dijo Marsh.

—Pero ¿quién coño es esa? ¿Doña Fregona? —masculló Sparks mirando la pantalla de la zona del reloj. Una mujer de la limpieza, vieja y arrugada, se había detenido con su carrito en el lugar donde la sangre del chico rubio había salpicado el suelo y, con meticulosa lentitud, estaba hundiendo la mugrienta fregona en un cubo de agua grisácea. Uno de los chicos a los que la policía interrogaba la increpó, pero ella o no lo oyó o no le hizo caso, y se puso a fregar el suelo a paso de tortuga.

—¿Dónde está el agente Warren? —preguntó Sparks.

Sonó un pitido en la radio y, acto seguido, la voz del aludido.

—Sí, señor.

—¿Cuál es su posición?

—Estoy en el WH Smith, en el lado opuesto del vestíbulo.

—Saque de ahí a esa abuela, ¿quiere? Y no le permita que ponga una de esas señales amarillas debajo del reloj.

—Espere, espere un momento —dijo Marsh mirando otra vez la pantalla en la que se veía a Crane apostado cerca del reloj. Una mujer de baja estatura y pelo oscuro, vestida con una elegante chaqueta negra, se le estaba acercando en ese momento. Marsh agarró su radio—. ¡Mierda! A todas las unidades: una mujer de cabello oscuro está aproximándose al sargento Crane. Repito: una mujer de cabello oscuro está aproximándose al sargento Crane. Manténganse alerta.

—Todas las unidades preparadas —respondió una voz a través de la radio. Dos de las pantallas más grandes ofrecieron una toma de Crane desde arriba y desde un ángulo del otro lado. La mujer ya estaba hablando con él y alzaba la vista, mirándolo inquisitivamente. Hablaron poco más de un minuto; el sargento le dijo algo y ella se alejó.

—Crane, informe. ¿Qué demonios sucede? —preguntó Marsh.

—Lo siento, jefe. Falsa alarma. Me estaba preguntando si me interesaba un seguro para el coche.

—¡Mierda! —exclamó Marsh dando un puñetazo en una de las mesas—. ¡Mierda! Sparks, quiero que interrogue a esa

352

mujer de todos modos. Ordene que la detengan, la identifi-
quen y averigüen si es quien dice ser.

—Sospecho que esa mujer no va a conseguir hoy su objetivo de ventas —comentó Sparks, al mismo tiempo que
tres agentes de paisano rodeaban a la mujer.

353

$\mathcal{A}$ las 18:30 Erika estaba que se subía por las paredes en el diminuto piso de Keith. Sonó un pitido en su bolso y sacó el móvil. Era un mensaje de texto de Marsh:

NOS RETIRAMOS DE WATERLOO. NO SE HA PRESENTADO.
HEMOS DE HABLAR. LA LLAMARÉ MÁS TARDE.

—¿Qué pasa? —le preguntó Keith, consternado, viendo que se llevaba las manos a la cabeza.

—No se ha presentado... —dijo ella—. ¿No ha recibido ningún mensaje suyo? ¿No hay nada en el chat?

Keith negó con la cabeza.

—¿Está seguro?

—Sí. Totalmente. Mire, lo tengo abierto...

A Erika le entró una terrible sensación de desaliento, como si de repente le hubiera caído en el estómago una enorme y pesada bala de cañón. Se restregó la sudorosa cara.

—Escuche, Keith. Hemos de apagar alguna de estas lámparas. Hace un calor insoportable aquí dentro...

—¡No! Lo siento, no puede ser. Ya se lo he dicho. No me gusta nada la oscuridad...

Ella consultó la hora. Se sentía completamente destrozada.

—¿Y ahora qué? —preguntó Keith.

—Estoy esperando a que me llame mi superior... Más tarde...

—¿Y qué pasa conmigo?

—Humm. No sé. Pero yo mantengo lo que le he dicho. —Miró al hombrecillo en su enorme silla de ruedas. Hacía poco rato le había ayudado a cambiar la bombona de oxígeno.

Tomó una decisión.

—Tengo que salir una hora más o menos… ¿Me puedo fiar de usted? Su ordenador sigue monitorizado. Y supongo que no piensa huir, ¿no?

—¿A usted qué le parece?

—De acuerdo. Aquí tiene mi número de móvil —dijo anotándolo en un trozo de papel—. Voy a tomar un poco el aire… ¿Quiere algo de comer? No sé, ¿le gustan las patatas fritas?

La cara de Keith se iluminó.

—Salchicha rebozada, patatas fritas y puré de guisantes, por favor. El local que queda enfrente del embarcadero es el mejor. Mi cuidadora siempre compra allí la comida.

Erika salió al fresco del paseo marítimo. El sol estaba hundiéndose en el horizonte y soplaba una ligera brisa en la orilla. Miró otra vez el mensaje de texto de Marsh y marcó su número, pero la llamada fue cancelada y saltó el buzón de voz.

—¡Mierda! —masculló. Echó a andar hacia un bar que había visto más abajo en el paseo. Tenía todas las ventanas abiertas y estaba lleno de viejos de cara enrojecida y de mujeres borrachas. Por los altavoces sonaba a todo volumen «Macarena». Se abrió paso hasta la barra y pidió una copa de vino. La camarera estaba desbordada y se la sirvió a toda prisa, plantando ruidosamente la copa en el mostrador.

—¿Me la puedo llevar a la playa? —preguntó Erika.

La chica no contestó; hizo un gesto de paciencia, sacó un vaso de plástico y vertió el vino dentro.

—¿Y podría ponerme un poco de hielo, por favor?

Cogió la bebida, compró un paquete de cigarrillos en la máquina y bajó lentamente a la playa. La marea se había retirado muy lejos. Se sentó sobre los guijarros y contempló la vasta extensión de arena húmeda. Mientras encendía un cigarrillo, sonó su teléfono. Dejó el vaso de plástico sobre los guijarros y respondió. Abrió de par en par los ojos al oír la voz que sonaba al otro lado de la línea.

81

*E*l sol se había ocultado detrás del horizonte y soplaba una brisa fresca a lo largo de la calle. Simone avanzó rápidamente por la acera, junto a la hilera de casas. Llevaba una pequeña mochila e iba con su atuendo negro de deporte.

Algunas farolas estaban rotas. Aceleró al cruzar bajo un arco de luz anaranjada y volvió a relajarse al hundirse otra vez en las sombras. Estaba nerviosa. Todavía era temprano, y las casas adosadas junto a las que iba pasando parecían rebosar de vida. Se encendían luces, sonaba música. Se oían los gritos de una discusión en una ventana alta, con las cortinas abiertas, aunque no dejaban ver más que una bombilla desnuda en el techo.

Simone mantuvo la cabeza gacha cuando vio que se acercaba un hombre en la otra dirección. Era alto y delgado, y caminaba deprisa. Notó que el corazón se le aceleraba y que le subía la tensión. El hombre iba directo hacia ella. Hasta la cicatriz del estómago le palpitó, como si estuviera henchida de sangre. Cuando lo tuvo prácticamente a su altura, se dio cuenta de que también llevaba ropa de deporte. Pasó por su lado a grandes zancadas sin volverse a mirarla siquiera, concentrado en sus auriculares, de los que salía una musiquilla amortiguada. Comprendió que debía calmarse y recobrar el dominio de sí misma.

Sabía el número de la casa que andaba buscando, y tampoco le hacía falta esforzarse en la penumbra para distinguirlos sobre la pared de ladrillo, porque los números estaban pintados con colores llamativos en los cubos de basura que inundaban los angostos jardines delanteros.

Fue llevando la cuenta atrás a medida que avanzaba, sin sentir la ansiedad habitual; tampoco la rabia ni la excitación.

Y finalmente, llegó a la casa. Se acercó a la ventana, inspiró hondo y colocó las manos en el alféizar. Echó un vistazo alrededor y se encaramó encima.

—¡*E*rika! Ya he tenido el bebé y se habían equivocado. ¡Es una niña! —gritó Lenka, jadeante y exhausta. Ella tardó unos segundos en tomar conciencia de que era su hermana.

—¡Ay, Lenka! ¡Qué maravilla! ¿Cuándo ha sido? Pensaba que no salías de cuentas hasta dentro de dos semanas.

—Sí, ya, pero Marek me llevó a almorzar y justo cuando acabábamos de pedir la comida, rompí aguas. Ya sabes cómo es: se empeñó en esperar a que nos la empaquetaran para llevar... Pero fue todo tan rápido... Me empezaron las contracciones, y cuando llegamos al hospital, no hubo tiempo siquiera para ponerme el oxígeno, porque la niña salió sin más...

—¿Cómo se llama?

—Vamos a llamarla Erika, como tú. Y como mamá, obviamente.

La inspectora sintió una oleada de emoción y se limpió la cara con la mano rebozada de arena.

—¡Ay, Lenka¡ ¡Qué maravilla! Gracias —dijo. Las lágrimas y el agotamiento se apoderaron de ella.

—Ojalá estuviera aquí mamá. Y tú, claro —dijo su hermana, también con la voz llorosa.

—Sí, bueno, las cosas se me han complicado mucho...

Se oyó un crujido en la línea, y Marek, el cuñado de Erika, se puso al teléfono. Charló unos minutos con él. Todo aquello resultaba surrealista: estar sentada en esa playa oscura al mismo tiempo que su familia, a cientos de kilómetros, celebraba el nacimiento del bebé. Lenka volvió a ponerse un momento al teléfono y por fin dijo que tenía que dejarla.

—Te prometo que, cuando termine este caso, iré a ver a la niña —dijo Erika.

—¡Es lo que dices siempre! No tardes mucho —contestó Lenka con voz cansada. Se oyó un gemido del bebé, y colgó.

La inspectora Foster permaneció largo rato sentada, fumando y bebiendo, brindando por su hermana y por su sobrina. El cielo se oscureció del todo y su ánimo se fue ensombreciendo también. De nuevo era tía, y pese a que ella y Lenka no tenían una relación estrecha, se alegraba por su hermana. Se alegraba, sí, pero al mismo tiempo se afligía al pensar en cómo la vida las había llevado en direcciones tan distintas.

Habría seguido allí más tiempo, pero el aire cada vez más frío y la conciencia de que Keith estaba esperándola en su casa la impulsaron a levantarse de la húmeda arena.

Cuando volvía caminando por la playa, contempló la hilera de casas y pensiones que se extendían hasta el extremo del paseo marítimo donde se encontraba su hotel. Dejo atrás la playa, subió los escalones y se detuvo ante el edificio de Keith. Las ventanas de arriba estaban iluminadas y dejaban escapar el tañido de un sitar y una vaharada a marihuana. Las ventanas de abajo, en cambio, estaban oscuras. Ya iba a llamar a la puerta, pero retiró la mano de golpe. Keith siempre tenía las luces encendidas. Le daba miedo la oscuridad.

Salió del sendero de acceso y se metió en el recuadro de hormigón donde estaban los cubos de basura. Se acercó a la ventana-mirador de delante y vio que estaba abierta. Atisbó en la oscuridad. Captó un tufo a humedad y desinfectante.

Con decisión, se encaramó en el alféizar y entró en el piso.

83

*U*na vez en el dormitorio a oscuras de Keith, Erika se detuvo a escuchar. El ambiente estaba denso a causa del calor y del polvo. Procuró desconectar de la música amortiguada que venía de la vivienda de arriba, pero aun así no oyó nada en el resto del piso. Pasó junto al bulto de la cama de hospital y salió al pasillo. En la entrada, se colaba un poco de luz a través del cristal de la puerta; pero a medida que avanzaba hacia el otro extremo del pasillo, la oscuridad era casi completa. Pasó también junto a la puerta de la habitación de invitados, que estaba entornada; entrevió la forma de las dos sillas de ruedas, vacías y desoladas, cerniéndose en medio de las sombras.

La música cesó un momento, y ella aprovechó para aguzar el oído. De nuevo un retumbo sordo y desentonado. Siguió avanzando, siempre alerta. Pasó por delante de la puerta completamente abierta del baño. La contaminación lumínica que se colaba por la ventanita situada sobre el lavamanos le permitió habituarse a la penumbra.

Se detuvo y se puso tensa al captar un crujido y un sonido nasal, como de nariz tapada, a pesar del retumbo de arriba. Se acercó muy despacio a la puerta de vidrio esmerilado del final de pasillo y sacó su teléfono móvil. Al mismo tiempo que entraba en la sala de estar, activó la linterna.

Estuvo a punto de gritar. En el centro de la sala había una mujer. Una mujer baja, de piel pálida como un espectro y un casquete irregular de pelo oscuro e hirsuto. Sus pupilas, dos manchas negras, se contrajeron y se convirtieron a toda velocidad en un par de puntos cuando la enfocó con la linterna del móvil. Junto a ella, vio a Keith derrumbado hacia atrás en la silla, con los brazos desmadejados. Tenía una bolsa de plástico atada a la cabeza, y tan tremendamente ceñida que los gruesos cristales de las gafas se le incrustaban en las órbitas oculares.

—¿Quién es usted?

—Me llamo Simone —dijo la mujer sorbiéndose la nariz y secándose una lágrima—. Yo no quería matarlo.

—¡Dios mío! —dijo Erika con voz temblorosa. Apartó la luz de la linterna del cuerpo de Keith y la enfocó directamente a la cara de la mujer, con la intención de deslumbrarla y ganar un poco de tiempo para pensar. La otra, sin embargo, actuó deprisa, y Erika se encontró de pronto arrinconada contra la pared, con un cuchillo apoyado en la garganta.

—Deme el móvil —ordenó Simone con su voz aplomada y extrañamente aguda. Erika notaba el frío filo de acero en el cuello—. Ya ha visto de lo que soy capaz. Yo no voy de farol.

Le entregó lentamente el móvil. Tuvo que hacer un esfuerzo para sostenerle la mirada: Simone era de baja estatura, pero la escrutaba con una intensidad escalofriante y, mientras la miraba, maniobró con rapidez con la mano libre. La luz del móvil se apagó; Erika oyó que la pila caía sobre la moqueta con un golpe sordo. En la oscuridad, las pupilas de Simone se dilataron como las de un drogadicto enloquecido. Dejó caer el móvil al suelo y lo trituró con el pie.

—¿Por qué ha venido aquí, Erika Foster? Yo iba a hacer esto y a desaparecer de la faz de la Tierra. Usted no habría vuelto a saber de mí nunca más.

La inspectora miró alrededor.

—No, no, no. Mantenga los ojos fijos en mí —la instó Simone—. Ahora vamos hacia allá —añadió señalando con la cabeza hacia Keith. Aflojó un poco la presión, pero le mantuvo el cuchillo en la garganta. Se desplazaron en una especie de danza macabra, arrastrando los pies, hasta que Erika estuvo al lado de la silla de ruedas—. Ahora voy a retroceder. Pero si intenta algo, le lanzaré una cuchillada. Primero a los ojos, luego a la garganta. ¿Lo ha entendido?

—Sí —balbuceó Erika. Estaba sudando, y notaba el olor de Keith justo a su lado: un hedor montaraz a transpiración y a mierda. Simone retrocedió hacia el umbral y pulsó el interrup-

362

tor. La habitación se llenó de una luz deslumbrante. Volvió a acercarse y apuntó de nuevo a Erika con la punta del cuchillo.

—Quítele la bolsa de la cabeza.

—¿Cómo?

—Ya me ha oído. Quítesela. —Se le acercó un poco más. La hoja del arma destellaba bajo la intensa luz.

—Está bien, de acuerdo —aceptó Erika levantando las manos. Lentamente, le alzó la cabeza a Keith. Aún tenía el cuello húmedo de sudor, y por un momento pensó que quizá siguiera vivo, pero tenía la cara hinchada y de color morado azulino.

—Vamos, deprisa —le urgió la mujer.

Erika desató el cordón que el inválido tenía en torno al cuello; lo fue desenrollando con cuidado, y sintió un acceso de pánico al ver que estaba enredado, pero al final logró liberarlo. Volvió a alzarle la cabeza. Sonó un ruido de succión cuando le retiró la bolsa de plástico. Las gafas se le desplazaron por encima de la nariz, le resbalaron por la frente y salieron también con la bolsa. La cabeza cayó hacia atrás sobre el respaldo. Al acercarse Simone de pronto, Erika retrocedió instintivamente; la enfermera le arrebató la bolsa de las manos y le mandó: 363

—Coja las gafas y vuelva a ponérselas.

Obedeció: se las colocó otra vez con delicadeza en el puente de la nariz y le metió las patillas detrás de las orejas.

—¿Por qué lo ha matado?

—Debía morir, me había identificado. Él se lo contó a usted.

—No me contó nada. Yo lo averigüé.

—Quería quedar conmigo. Nunca hasta ahora había accedido a que nos viéramos... Yo había tratado de convencerlo varias veces, pero él siempre acababa rajándose. Supuse que usted quizá había establecido la conexión. Y mi paranoia era correcta... La paranoia no funciona en una relación —concluyó echando una ojeada a Keith.

—Él la amaba —dijo Erika mirándolos a ambos alternativamente.

—Ah, sí, lo que me faltaba: el amor de un hombre. —Y frunció la boca con un rictus sarcástico.

—¿Qué tiene de malo ser amado? —inquirió Erika. La mente le funcionaba a toda velocidad. Estaba tratando de averiguar qué pensaba hacer la mujer a continuación y, entretanto, prefería obligarla a hablar.

—¡La gente que debiera hacerlo nunca te devuelve ese amor! —replicó la enfermera—. Las madres deberían quererte. Los maridos. Las personas en las que confías. Pero no es así: ¡te acaban fallando! Y cuando una te ha fallado, se produce como un efecto dominó... Te vuelves vulnerable, y ellos se aprovechan de ti porque han detectado una grieta en tu armadura.

—Lo siento —dijo Erika, dándose cuenta de que Simone estaba peligrosamente crispada, casi fuera de sí.

—No, no lo siente. Pero seguro que lo comprende, ¿verdad? ¿A que la gente que la rodeaba cambió radicalmente cuando murió su marido? Sí. Ven tus debilidades. Te dejan de lado. O se quedan, pero para aprovecharse de ti.

—Simone... yo la comprendo.

—¿De veras?

—Sí.

—Entonces... Entonces entiende por qué he hecho todo esto. Por qué maté a ese médico que no me creyó cuando yo estaba muerta de dolor y de pánico; y a ese escritor, cuya mente enfermiza siempre encontraba formas nuevas y originales de inspirar a mi torturador; y a ese periodista, que fue el culpable de que me separaran de mi madre cuando yo tenía nueve años...

—¿Se refiere a Jack Hart?

—Sí, Jack Hart. Ese hombre no tenía corazón y disfruté especialmente liquidándolo. Había hecho carrera aprovechándose de las miserias de la gente, ganando dinero con las lágrimas y la angustia de los demás. Él se creía un héroe cuando escribió sobre mi madre... cuando desveló todos los detalles de mi niñez... Pero yo sabía cómo sobrevivir con ella, porque en el fondo ella me quería, sí, me quería... Y cuando las cosas se ponían feas de verdad, podía conectar con ese amor... No volví a verla nunca más. ¡Y acabé en un centro de menores! ¿Sabe lo que les pasa a los niños cuando los mandan a esos lugares?

—Me lo imagino —musitó Erika, retrocediendo un poco, porque Simone, dada su histeria, blandía en el aire la punta del cuchillo.

—¡No, usted no se lo puede imaginar!

Erika se llevó las manos a la cara.

—Perdone. No, no puedo. Por favor, Simone. Todo ha terminado. Yo le buscaré ayuda.

—Ah, yo necesito ayuda, ¿no? ¡A mí no me pasa nada! ¡Sencillamente, me he cansado de tragar la mierda que me tiraban a la cara! ¡Yo no nací así! ¡Era una niña inocente, pero me arrebataron la inocencia!

—De acuerdo, está bien —dijo Erika alzando las manos para protegerse, porque Simone seguía acuchillando el aire y ahora más cerca.

—Vamos, Erika, sea sincera. ¿No le encantaría poder liquidar a todos esos hombres: a los que han modelado su futuro? ¿A los hombres que han configurado su vida para peor? ¿A Jerome Goodman, por ejemplo?, ¿a ese narcotraficante que mató a su marido y a sus amigos? Míreme a los ojos y dígame que no le haría lo que yo he hecho: ¡tomar el control y desquitarme!

Erika tragó saliva. Notó que el sudor le resbalaba por la frente sobre los ojos, y que le provocaba escozor.

—¡Confiéselo! ¡Confiese que haría lo mismo!

—¡Haría lo mismo!

Al salir estas palabras de su boca, era consciente de que las decía para seguir viva, para contentar a Simone... pero también se dio cuenta de que en parte comprendía a aquella mujer, cosa que la conmovió hasta el fondo del alma. Echó un vistazo alrededor, tratando de encontrar una escapatoria.

—¡No aparte la vista de mí! —gritó Simone.

—Perdone —dijo Erika que se esforzaba frenéticamente en pensar algo. Se percataba de que tenía la muerte muy cerca—. Ya sé que él la quemó, Simone. Su marido. Estoy intentando comprender su dolor y su ira. Ayúdeme a entenderlo mejor. Explíquemelo.

La mujer se puso a temblar, y las lágrimas le rodaron por las mejillas.

—Él me destruyó. Arruinó mi cuerpo. —Se agarró la camiseta y se la levantó. Erika se estremeció al ver el inflamado amasijo de tejido cicatricial que le cubría el estómago y las costillas. Tenía la piel reluciente y fruncida en torno a la zona del ombligo, ahora desaparecido.

—Lo siento mucho, Simone. Lo comprendo. Pero mírese... Mírese: una guerrera valiente, valerosa.

—Sí, soy valiente... —sollozó.

—Ya lo creo. Es muy valiente. Y muestra con orgullo sus cicatrices.

Simone se levantó todavía más la camiseta para enseñárselo todo. En la fracción de segundo en que la tela le llegó a la altura de la cara, Erika se echó hacia atrás y lanzó una patada a la enrojecida masa de cicatrices. La mujer se dobló sobre sí misma, gritando de dolor. La inspectora consiguió pasar por su lado, pero Simone se recuperó rápidamente y se abalanzó sobre ella. Se estrellaron trabadas contra la puerta de cristal esmerilado. Forcejeando y dando patadas, Erika logró incorporarse a medias y atravesar corriendo la mitad del pasillo antes de que la mujer la alcanzara de nuevo.

—¡Maldita zorra! —gritó echándosele encima. Cayeron brutalmente al suelo, en el umbral del baño. Erika quedó boca arriba; la otra se alzó sobre ella y le asestó un puñetazo en la cara. Volvió a golpearla de nuevo y le hizo ver las estrellas; la dejó al borde del desmayo.

—¡Mentirosa hija de puta! —masculló Simone.

La inspectora notó que la arrastraba por las frías baldosas del baño y que la sentaba con la espalda apoyada en la porcelana del inodoro. Vio sobre ella la cara pequeña y afilada de Simone; se le oscureció la visión por la bolsa de plástico que le estaba deslizando por la cabeza. La misma bolsa que había utilizado para asesinar a Keith.

Percibió cómo crujía el plástico al respirar y sintió el rugido de la sangre en los oídos; también notó cómo se tensaba el cordón alrededor de su cuello. Simone estaba sentada sobre la tapa del inodoro, por detrás de ella. Con una pierna a cada lado, le inmovilizaba los brazos y la mantenía fija en el suelo mientras iba tirando del cordón. Erika jadeaba y daba arcadas a medida que la bolsa formaba un vacío en torno a su cabeza.

—Ahora va a morir. Y dejaré su cuerpo aquí tirado —siseó Simone sujetándola con fuerza.

Los brazos de Erika se agitaron inútilmente por el suelo. Barrió con la mano la parte de detrás del inodoro y encontró una tira de tela gruesa oscilando sobre el zócalo. Estaba conectada a la enorme barra de seguridad. La tanteó con los dedos y logró sujetarla. La visión se le iba nublando a toda velocidad. Con una descarga de adrenalina, se echó bruscamente hacia delante y arrastró a Simone fuera del asiento del inodoro. Al mismo tiempo, dio un fuerte tirón al trozo de tela. La enorme barra de seguridad descendió violentamente y golpeó en la cabeza a la mujer, y la derribó en el suelo.

Liberada de su tenaza, Erika agarró el cordón que le ceñía el cuello y consiguió aflojarlo. Forcejeando frenéticamente, acabó arrancándose la bolsa de la cabeza. Inspiró el maravilloso aire fresco, tiró del cordón rojo de emergencias que estaba junto al inodoro y sonó la alarma.

Simone yacía boca abajo en el suelo. Se agitaba entre débiles gemidos. Erika volvió a tirar del cordón de emergencia, ahora con más fuerza, y lo rompió. Se sentó sobre las piernas de la mujer, le inmovilizó las manos detrás y le ató las muñecas con el cordón.

—Queda detenida, Simone —dijo, jadeante, casi sin aliento—, por los asesinatos de Gregory Munro, Jack Hart, Stephen Linley y Keith Hardy… Y por agresión e intento de asesinato de un agente de policía. No tiene obligación de declarar, pero puede perjudicar a su defensa el hecho de no mencionar, al ser interrogada, algo que más adelante decida alegar ante el juez. Todo lo que diga podrá ser utilizado como prueba.

Se desplomó hacia atrás, aunque continuaba sentada sobre las piernas de Simone, sujetándole las muñecas atadas. Le dolía la parte de la cara donde había recibido los puñetazos, pero la respiración se le iba serenando. Fue entonces cuando oyó a lo lejos el aullido de las sirenas.

Caía una lluvia ligera en el jardín trasero. El cielo de primera hora de la mañana estaba grisáceo. Moss, Peterson y Erika, apretujados en el umbral de la puerta cristalera, comían cruasanes y bebían café.

Los periódicos del día estaban esparcidos por el suelo en torno a ellos.

—Esto es lo que yo llamo un verano inglés de verdad: estar encerrada en casa mirando cómo llueve y fingiendo que te diviertes —se burló Moss. Era la primera vez que ella y Peterson se veían con Erika desde que Simone había sido detenida, cuatro días atrás—. Bueno, la última parte era broma —añadió.

—Gracias por traer el desayuno —dijo Erika alzando su vaso de café.

—Nos alegramos de que se encuentre bien, jefa —dijo Peterson, y chocó su vaso con el de ella.

—Solo recibí unos puñetazos. He pasado peores tragos.

—Pero tiene un ojo muy morado —observó Moss mirando la magulladura azulada que le decoraba el ojo y la mejilla.

—Nunca me había sentido tan perturbada y tan ambivalente ante un asesino. Cuando se la llevaron en camilla, me llamó… Tenía una mirada despavorida. Me dijo que quería que subiera a la ambulancia con ella y le sostuviera la mano. Y estuve a punto de hacerlo. Qué locura…

Dio un sorbo de café.

—Bueno, me alegro de que no lo hiciese, jefa —le dijo

Moss—. ¿Se acuerda de lo que ocurre al final de *El silencio de los corderos?*, ¿con esa gente que se sube a la ambulancia con Hannibal Lecter?

Peterson le lanzó una mirada.

—¿Qué pasa? Estoy tratando de aligerar un poco el ambiente —se defendió Moss.

Erika sonrió.

—Da la impresión de que todos están compitiendo para darle un apodo a Simone Matthews —comentó Peterson cogiendo uno de los periódicos del suelo—. El Ángel de la Muerte... La Cazadora Nocturna... Night Owl.

—¿Qué tiene de angélico esa mujer? —preguntó Moss dando a su vez un sorbo de café.

—*The Sun* ha publicado una fotografía suya, vestida con el uniforme de enfermera —contestó Peterson, y le enseñó una foto de Simone con un grupo de enfermeras tomada en el comedor del personal. Las enfermeras de la primera fila mostraban un gigantesco cheque de trescientas libras: el dinero que habían recolectado para Children in Need.[6] Simone estaba a la izquierda, sonriendo y sujetando el cheque—. En el consejo del Servicio Nacional de Salud están aterrorizados por si resulta que se ha cargado también a pacientes del hospital. Aterrorizados por la demanda que les caería, claro.

—Yo no creo que se haya cargado a ningún paciente. Ella se había centrado en las personas a las que quería matar —opinó Erika. Cogió el *Daily Express* y buscó el artículo que más la perturbaba. Era el único reportaje que Jack Hart había escrito sobre la madre de la enfermera, reproducido junto a los detalles de la serie de crímenes que esta había cometido.

Simone se había criado en Catford, en el ático de un edificio de mala muerte. Su madre, también llamada Simone, era prostituta y drogadicta. Tras una serie de ansiosas llamadas de los vecinos, la policía había entrado en el piso y des-

6. Niños de escasos recursos. Campaña benéfica anual organizada por la BBC.

cubierto que la madre mantenía a su hija atada al radiador del baño. El joven Jack Hart acompañaba a la policía cuando irrumpieron allí. Una foto que Erika encontraba desgarradora mostraba a una niña bajita y de mejillas hundidas, descalza, que vestía algo parecido a una mugrienta funda de almohada. Tenía un bracito atado a un roñoso y amarillento radiador, y miraba a la cámara con unos grandes ojos desconcertados.

—No tuvo ninguna oportunidad, ¿no es cierto? Únicamente deseaba ser querida... Tener a alguien a quien amar.

—Vamos, jefa. Que está volviendo a emocionarme —dijo Moss cogiéndole la mano.

Peterson sacó del bolsillo un paquete de pañuelos y le pasó uno a Erika.

—Usted siempre lleva pañuelos —observó ella, y se enjugó los ojos.

—Es para enrollarse con las mujeres afligidas —bromeó Moss.

Peterson sonrió y puso los ojos en blanco.

370

—En fin —terció Erika recobrando la compostura—. No todo son malas noticias. Al final, ha detenido usted a Gary Wilmslow...

—No lo detuve yo. A mí me habían destinado al centro de control cuando lo detuvieron —especificó Peterson—. Un grupo de agentes armados entró en el almacén de Beckton y detuvo a Wilmslow y a seis socios cuando estaban a punto de llevarse los discos duros que contenían imágenes y vídeos de pornografía infantil de nivel cuatro, así como doce mil DVD del mismo tipo de pornografía, que iban a ser distribuidos por toda Europa.

—¿Cree que podrán procesar a esos hijos de puta y que la acusación se sostendrá? —preguntó Moss.

—Eso espero —dijo Peterson.

—¿Cómo está Penny Munro? —quiso saber Erika.

—Su situación no es fácil. Primero el asesinato de su marido y ahora lo de su hermano —contestó Peterson.

—¿Y el pequeño Peter? ¿Hasta qué punto le va a joder el futuro todo esto? —planteó Erika. Ambos volvieron a mirar las fotografías de Simone, de niña y de mayor.

Moss echó un vistazo a su reloj y, sonriendo, dijo:

—Bueno, vamos. No nos conviene llegar tarde a esa sesión informativa en comisaría.

—¿Marsh le ha insinuado algo sobre el motivo por el que nos ha convocado a todos?

—No. Yo creo que será una última reunión sobre los resultados del caso Simone Matthews —dijo Erika.

—Tengo la sensación de que va a ser algo más que eso, jefa —opinó Peterson—. ¡Creo que está a punto de recibir una enorme palmadita en la espalda!

Al llegar a Lewisham Row, les dijeron que fueran al centro de coordinación. Estaba lleno de gente, y los tres policías solo pudieron saludar brevemente a algunos miembros del equipo y encontrar un hueco en el fondo, antes de que Sparks y Marsh aparecieran en la parte delantera. Al fin, entró el subcomisario general Oakley acompañado de tres agentes cargados con botellas de refrescos y vasos de plástico.

—¿Pueden prestar atención, POR FAVOR? —gritó Oakley, plantado frente a la sala, con el uniforme impecable, el pelo pulcramente peinado y la gorra galoneada pegada al pecho. La larga hilera de pizarras blancas estaba vacía. Todo el mundo enmudeció—. Esta ha sido una semana de lo más intensa para la policía metropolitana. Quiero darles las gracias a todos por haber conseguido lo que parecía imposible. Ayer por la mañana, un grupo de agentes de la Operación Hemslow desarticuló una de las mayores redes clandestinas de pedofilia del Reino Unido. La redada se saldó con la incautación de más de sesenta y siete mil imágenes de niños sometidos a abusos y de doce mil DVD, así como con la detención de Gary Wilmslow y de seis socios más a quienes la policía había tenido bajo vigilancia durante más de un año.

Hubo vítores y aplausos entre los presentes. Moss sonrió y le dio una palmada a Peterson en la espalda.

—¡Todavía no he terminado! —dijo Oakley—. Gracias al esforzado trabajo del equipo del inspector jefe Sparks, en colaboración con la división del comisario jefe Marsh, ¡hemos apresado a la Cazadora Nocturna! Simone Matthews ha sido detenida por los asesinatos de Gregory Munro, Jack Hart, Stephen Linley y Keith Hardy.

Hubo otra salva de aplausos entre los agentes del centro de coordinación. Las miradas de Erika y Marsh se encontraron. Él se inclinó y le susurró algo a Oakley, que añadió:

—Y por supuesto, le estamos muy agradecidos a la inspectora jefe Erika Foster, que se encontraba en el lugar adecuado y en el momento adecuado... ¡o quizá habría que decir en el lugar menos adecuado! Esperamos que siga recuperándose hasta quedar plenamente restablecida. —Miró vagamente hacia donde ella estaba. Los agentes se giraron para mirarla, pero Oakley se apresuró a continuar:

—Y, finalmente, tengo el placer de anunciar que, a la vista de tan impresionantes resultados, va a haber algunos ascensos. En primer lugar, quiero presentarles a nuestro nuevo comandante, ¡el comandante Paul Marsh!

Todo el mundo aplaudió. El propio Marsh, no obstante, hizo como si se sintiera avergonzado y murmuró un «gracias».

Oakley se adelantó un par de pasos y continuó:

—También quiero anunciar otro ascenso. Por sus numerosos logros, tanto en este como en otros casos, el inspector jefe Sparks ha sido ascendido y será, a partir de ahora, el comisario Sparks.

Oakley inició el aplauso y Sparks, sonriendo y adelantándose, hizo una gran reverencia en plan irónico. Alguien le puso a Erika en las manos un vaso de plástico. Ella miró a Moss y a Peterson, que parecían consternados.

—Propongo un brindis. Por los resultados —dijo Oakley.

—Por los resultados —repitieron todos alzando los vasos.

—¡Y ahora a comer y beber, y a celebrarlo! —gritó Oakley.

Sonaron silbidos y una salva de aplausos, pero Erika no los secundó. Estaba furiosa. Se abrió paso entre la multitud de agentes hasta la parte delantera, donde se encontraba Marsh.

—¿Tiene un momento, señor?

—Erika, ¿no podemos posponerlo?

—No, señor —dijo ella en voz alta. Oakley y Sparks los miraron desde donde estaban hablando. Sparks le dirigió una desagradable sonrisita de suficiencia y alzó el vaso hacia ella.

Marsh siguió a la inspectora fuera del centro de coordinación y ambos entraron en uno de los despachos adyacentes vacíos.

—¿Qué demonios ha sido esa farsa? —inquirió ella.

—¿Disculpe?

—Yo los llevé hasta Simone Matthews. Yo hice todo el trabajo preliminar del caso. Y por si se le ha olvidado, señor, el inspector jefe... perdón, el comisario Sparks, fue apartado de una de las investigaciones por asesinato más importantes de la última época por incompetencia. ¡Yo he resuelto este caso!

—Yo no controlo las decisiones tomadas por Oakley.

—Pero sí estaba al corriente de que había un ascenso a la vista, ¿no es así? ¡Y me ha mantenido a raya, dándome falsas esperanzas y dejando para mí todo el trabajo sucio!

Marsh perdió los estribos.

—¿Sabe lo exasperante que es ver cómo trabaja, Erika?

—No me llame Erika. ¡No somos amigos! Soy una agente de policía que...

—Usted era una gran agente, Erika, realmente lo era. Pero no deja de actuar contra las órdenes, contra el protocolo... Y ahora solo es...

—Solo... ¿qué?

Marsh la miró un buen rato.

—Usted se cree que tiene un instinto increíble, pero se trata de pura suerte y estupidez. Se ha convertido en una justiciera. Y está viviendo de prestado. Por este motivo seguirá siendo la inspectora jefe Foster. A la vista de lo ocurrido, de su desafío a las órdenes, de su negativa a marcharse cuando yo se lo ordené, no he podido recomendarla para el ascenso.

Erika lo miró con dureza y le espetó:

373

—Muy bien. Pues yo no voy a quedarme aquí para obedecer órdenes del comisario Sparks. Mañana a primera hora tendrá mi carta solicitando el traslado.

—Espere... ¿el traslado? ¡Erika! —exclamó Marsh, pero ella giró en redondo, salió del despacho y, cruzando los pasillos, abandonó la comisaría de Lewisham Row.

Epílogo

*H*acía un día cálido y soleado. Erika bajó del coche, se quitó las gafas de sol y miró la pequeña puerta que se recortaba en el portón, al otro lado de la enorme verja de la prisión Belmarsh.

Se apoyó en el techo del coche y vio en su reloj que pasaban doce minutos de las once. Se estaba retrasando.

Por fin la puertita se abrió rechinando. Isaac salió, echó un vistazo en derredor, disfrutando del cielo despejado y del silencio, y miró a la inspectora.

Llevaba una bolsa de papel marrón en una mano y la chaqueta colgada del otro brazo. Caminó hacia ella, cruzó la verja y salió a la calle. Se abrazaron largo rato sin decir nada.

—Han retirado todos los cargos. Ya te lo dije —murmuró Erika sonriendo.

—A mí no me dijiste nada —replicó Isaac con ironía—. ¿Y por qué han tardado tanto?

—Los forenses… Ya conoces a tus colegas. Tardan una eternidad. Simone Matthews hizo una confesión completa, pero tenían que comprobar que el ADN del piso de Jack Hart era de ella. Moss y Peterson me han mantenido al corriente.

—No dejo de pensar que va a venir alguien a decirme que ha habido un terrible error y que yo… —Isaac se llevó una mano a la cara.

—Tranquilo. Estás completamente exonerado. Y sigues conservando tu licencia para ejercer la medicina.

El forense permaneció unos momentos respirando el aire

fresco; al poco abrió la puerta del coche y subió. Erika dio la vuelta y se sentó al volante.

—¿Qué significa que Moss y Peterson te han mantenido al corriente? Creía que habías resuelto el caso.

—Y lo resolví. Bueno, es una larga historia. La versión resumida es que he solicitado el traslado. Y ahora mismo me estoy tomando un descanso.

—¿El traslado? ¿A dónde?

—Aún no lo sé. Marsh está tratando de disuadirme. De ahí el descanso... Por primera vez en muchos años, solamente me apetece bajar un poco el ritmo y averiguar cómo es la vida de una persona normal.

—Avísame cuando lo descubras.

Arrancaron y circularon en silencio. Isaac reclinó la cabeza y cerró los ojos. Al cabo de un rato, advirtió que estaban pasando por la calle principal de Shirley.

—¿Por qué hemos venido por aquí? —preguntó.

Erika aparcó a cierta distancia de la casa de Penny Munro. En el jardín de delante, Penny, muy pálida, vigilaba al pequeño Peter, que estaba regando el césped con la manguera. El crío metió el dedo en la boquilla y se echó a reír con ganas cuando el agua los roció a ambos.

—Es un niño encantador. ¿Crees que le irá bien? —preguntó Erika. Ambos lo observaban.

—Francamente, ¿quién sabe? Hay que tener fe en que el bien acabará imponiéndose —respondió él.

—Es muy pequeño para haber perdido a su padre. Y ahora el recuerdo de su tío ha quedado destruido para siempre.

Isaac puso una mano sobre las de ella.

—No puedes salvar el mundo, Erika.

—Pero podría hacerlo mejor mientras lo intento. —Y se enjugó una lágrima.

—Me has salvado a mí. Y siempre te estaré agradecido por ello. —Se quedaron unos minutos en silencio mirando cómo Peter rociaba a Penny con la manguera y la perseguía por el jardín. Al final, ella estalló en carcajadas, lo agarró y lo cubrió de besos.

—¿Qué piensas hacer? —preguntó Isaac.

—Hay un nuevo bebé en la familia. Tengo una sobrinita.

—Felicidades. De tu hermana, en Eslovaquia, ¿no?

—Sí. La ha llamado Erika. Como mi madre y como yo. Estaba pensando en hacerles una visita.

—Siempre he deseado conocer Eslovaquia.

—¿Te apetecería venir conmigo? Así conocerías a la loca de mi hermana y a su marido mafioso; y cuando nos cansáramos, podríamos visitar el Alto Tatra y las fuentes termales, emborracharnos a conciencia y olvidarnos de todo por un momento.

—Suena de maravilla —dijo Isaac sonriendo.

Erika arrancó otra vez y siguió adelante, sin pensar en el pasado ni en el futuro. Por una vez disfrutaba del presente.

Una nota de Rob

*E*n primer lugar, quiero darte las gracias, unas gracias enormes, por decidir leer *Una sombra en la oscuridad*. Si te ha gustado, te agradeceré mucho que escribas una reseña. No hace falta que sea larga, basta con unas cuantas líneas, pero para mí significa mucho y resulta útil para que otros lectores descubran mis libros por primera vez.

Al final de la anterior novela de Erika Foster, *Te veré bajo el hielo*, escribí que me encantaría recibir noticias de mis lectores. Gracias por todos los mensajes maravillosos que he recibido. Me encantaría tener noticias de todos y cada uno de vosotros, saber hasta qué punto os han gustado los personajes y la historia, y también cómo desearíais que continuara la serie. Me gustó especialmente el gracioso mensaje de una señora que me decía que había disfrutado enormemente la novela, pero que le molestaba la costumbre de Erika de fumar... ¡y de apagar las colillas en la taza de té! En esta novela he procurado que, en la medida de lo posible, usara un cenicero. Seguid enviando mensajes y muchas gracias.

Podéis contactar conmigo en mi página de Facebook, a través de Twitter, de Goodreads o de mi página web, que encontraréis en www.robertbryndza.com. Leo todos los mensajes y siempre respondo.

¡Todavía han de venir muchos libros más, y confío en que sigáis acompañándome en esta aventura!

ROBERT BRYNDZA

P.D. Si quieres recibir un correo electrónico cuando aparezca mi nuevo libro, puedes suscribirte a mi lista de correos en el enlace que hay abajo. Tu dirección no se empleará para ningún otro fin y puedes anular la suscripción cuando quieras.

www.bookouture.com/robert-bryndza
Twitter: @RobertBryndza
Facebook: bryndzarobert

Agradecimientos

Gracias a Oliver Rhodes y al maravilloso equipo de Bookouture. Sois todos increíbles, y me alegro muchísimo de trabajar con vosotros. Gracias especiales a Claire Bord. Trabajar contigo es un auténtico placer. Sabes sacar lo mejor de mi trabajo, y me has impulsado a ser mejor escritor. Y además, ¡siempre recomiendas unos programas de televisión fantásticos!

Gracias a Henry Steadman por otra cubierta espectacular, y a Gabrielle Chant por editar el manuscrito con tanto cuidado y tanta atención a los detalles. Gracias a Caroline Mitchell por responder a mis preguntas sobre procedimiento policial, y a Kim Nash por el duro trabajo que llevas a cabo para promocionar y dar a conocer nuestros libros en Bookouture.

Gracias especiales al excomisario jefe Graham Bartlett de South Downs Leadership and Management Services Ltd., que leyó el manuscrito y me hizo comentarios muy valiosos sobre procedimientos policiales, ayudándome a andar con pies de plomo sobre la sutil separación entre la realidad y la ficción. Todas las licencias respecto a la realidad son mías.

Gracias a mi suegra Vierka, que no pudo leer lo que escribí en mi última dedicatoria. Estas palabras son para ella: *Mojej svokre Vierke, ktorá má talent vystihnúť tie najdôležitejšie chvíle. Keď ide písanie ťažko a pracujem do neskorých nočných hodín, zjaví sa pri dverách s úžasným domácim jedlom a láskou, čo ma vždy dokonale povzbudí.*

Gracias inmensas a mi marido, Ján. No sería capaz de hacer todo esto sin tu amor y tu apoyo. Eres el mejor. ¡El equipo Bryndza funciona!

Y, finalmente, gracias a todos vosotros, mis maravillosos lectores, a todos los maravillosos grupos de lectura, blogueros de libros y comentaristas. Siempre digo lo mismo, pero es verdad: el boca a boca es un instrumento muy poderoso, y estoy seguro de que sin vuestro trabajo y vuestra pasión al hablar y escribir acerca de mis libros, tendría muchos menos lectores.

Este libro utiliza el tipo Aldus, que toma su nombre
del vanguardista impresor del Renacimiento
italiano Aldus Manutius. Hermann Zapf
diseñó el tipo Aldus para la imprenta
Stempel en 1954, como una réplica
más ligera y elegante del
popular tipo
Palatino

***

**

*

Una sombra en la oscuridad
se acabó de imprimir
un día de invierno de 2018,
en los talleres gráficos de Liberdúplex, s.l.u.
Ctra. BV-2249, km 7,4, Pol. Ind. Torrentfondo
Sant Llorenç d'Hortons (Barcelona)

***

**

*